飛龍在天

先秦兩漢民間文藝與思想變化

高有鵬 著

從上古巫辭到漢代俗說，
追溯先秦兩漢的信仰、歌謠與思想構造

【獨屬百姓的精神敘事與文學記憶】
從卜辭到戲曲，一脈民聲書寫著時代的靈魂與呼吸

民間歌謠藏於古卷，
巫風神話撐起華夏文明的遠古記憶

目錄

第一章　遠古歌謠

第一節　《周易》是遠古歌謠的集成……………007

第二節　遠古歌謠的傳承和傳播……………014

第二章　商周時代的傳說、故事和歌謠

第一節　歷史著作中的民間傳說……………022

第二節　諸子著作中的民間傳說……………035

第三節　商周時代的民間故事……………048

第四節　商周時代的民間歌謠……………058

第三章　秦漢間俗說

第一節　漢樂府民歌……………094

第二節　史傳文學中的民間文學……………112

第三節　個人著述與民間文學……………192

第四節　典籍注釋與民間文學……………289

目錄

第五節　緯書中的民間文學 ………………………………… 297

第六節　神廟與石刻中的民間文學 ………………………… 308

第七節　民間戲曲是後世戲劇文學的重要源頭 ………… 312

第八節　漢代民間故事的重要特點 ………………………… 315

第一章

遠古歌謠

　　歌謠與神話一樣，是原始先民口頭創作的文學作品，或誦，或唱，或伴以樂舞。對於歌謠的存在形式，如今多以《呂氏春秋·古樂篇》中的「昔葛天氏之樂，三人操牛尾，投足，以歌八闋」為例，說明其實用性特徵。遠古時代的生產方式和生活方式，決定了遠古人民的思考方式和審美表現方式，因而也決定了遠古歌謠的存在方式。但對於其具體存在方式及其認定判斷，更多限於推測；因為歌謠自其產生之日就是口耳相傳，而文字的出現及其對歌謠的具體記載，又同樣是十分有限的。整個遠古時代都是傳說時代，那麼，這個時代的歌謠，又如何不是後人追憶所保存的呢？當然，後人的記憶及其表述中不乏偽託之作，但在沒有足夠的證據認定其偽託時，只好沿襲舊說。

　　對於這一點，前輩學者所說紛紜，莫衷一是。如，梁啟超以為，最古的歌謠在經書中被記述的當數《尚書·皋陶謨》，其辭為：

股肱喜哉，

元首起哉，

百工熙哉。

元首明哉，

股肱良哉，

庶事康哉。

元首叢脞哉，

第一章　遠古歌謠

　　股肱惰哉，

　　萬事墮哉。

　　他以為這是君臣間對話之作，沒有太多的藝術價值[01]。顯然，他是受清代學者杜文瀾輯《古謠諺》的影響。《宋書·謝靈運傳》中曾提到，「虞夏之前，遺文未睹」。諸如〈擊壤歌〉較早見諸文獻的是在皇甫謐的《帝王世紀》中，傳說它是堯時八十老人所歌。又如〈卿雲歌〉、〈南風歌〉傳說為舜所歌，見諸文獻也較晚。朱自清先生在《古詩歌箋釋三種·古逸歌謠集說》中對此做過考辨，但同樣不能令人完全信服。因為歌謠的記述和神話的記述一樣，並非同步實錄。如三國時期吳人徐整所記盤古神話，是否就不是原始神話呢？當然，古人所記，未必盡信。這裡，姑且從其內容上做出大致判斷，主要依據同樣是文獻。較早的文獻除了「有典有冊」[02]者，還有一些甲骨刻辭和青銅銘，即《墨子·明鬼下》中所述「琢之盤盂，鏤之金石以重之」者。甲骨文和青銅銘文中不乏遠古歌謠，其記述功能和《山海經》中所記夏后啟上天庭取得「九韶」，《呂氏春秋·古樂》中所載「帝堯立，乃命質為樂；質乃效山林豀谷之音以歌」是一樣的。如魯迅在《且介亭雜文·門外文談》中所述：「人類是在未有文字之前，就有了創作的，可惜沒有人記下，也沒有法子記下。我們的祖先原始人，原是連話也不會說的，為了共同勞作，必須發表意見，才漸漸地練出複雜的聲音來。假如那時大家抬木頭，都覺得吃力了，卻想不到發表，其中有一個（人）叫道『杭育杭育』，那麼，這就是創作」、「倘若用什麼記號留存了下來，這就是文學」。同樣，「杭育杭育」之聲，就是較早的民間文學。從現存的典籍來看，遠古歌謠保存最為豐富者，當首推《周易》，其他像《尚書》、《禮記》和後來的《吳越春秋》等典籍，記述也頗多。此外，《山海經》中許多語

---

[01] 梁啟超：《中國之美文及其歷史》，東方出版社 1996 年版，第 1 頁。
[02] 《尚書·多士》：「唯殷先人有典有冊。」

句，也可看作歌謠，諸如其《大荒北經》載「令曰：神，北行！先除水道，決通溝瀆」，就是最典型的歌謠[03]，更不用說在甲骨卜辭和青銅銘文中，也可辨析出一些遠古歌謠[04]。遠古歌謠是遠古人民生活的忠實紀錄和真實呈現，透過字裡行間，能深切感受到歷史隧洞中幽暗的燭光，那明明滅滅中，分明是遠古祖先沉重的嘆息，和他們炙熱的情愛。正是這燭光，濫觴了浩瀚的中華民族文明，哺育了無數的華夏子孫。

第一節　《周易》是遠古歌謠的集成

我之所以把《周易》稱為遠古歌謠的集成，是因為我曾經做過一個實驗，即把其中的一些卦名和卦辭進行刪簡，而剝離出來的辭句，分明就是能獨立成章句的歌謠。在出現時間上，它作為「歌謠集成」比《詩經》要早，而且把它與《詩經》的內容相連繫，可以看到，它們之間是可以承接的。

《詩經》所保存的詩句除了歌謠（如《國風》和《小雅》），都比較成熟，刪簡的痕跡非常明顯，即典型的雅化。《周易》更為渾樸，它所保留的那些諸如「吉」、「凶」、「亨」、「利貞」、「無咎」等，都是它自身存在的具體場景。事實上，遠古歌謠的存在，和今天的歌謠一樣，從來沒有單純地存在，它從來都是屬於一定的生活。《周易》更多地存在於信仰活動之中，其辭句既有可以唱的，又有用來誦的，巫的成分異常濃郁。一些單句，則可看作諺語，同樣也可看作遠古歌謠。這種場景，在今天一些少數

---

[03] 筆者曾論述《山海經》是上古史詩，詳見拙作《山海經與中國文化》，河南大學出版社2001年版。
[04] 如郭沫若《卜辭通纂》所記：「癸卯卜，今日雨？其自西來雨？其自東來雨？其自北來雨？其自南來雨？」在句式上就明顯地屬於歌謠。

第一章　遠古歌謠

民族的宗教信仰活動中，仍可看到類似的內容[05]。長時期內，理解和判斷歌謠，更多地是從「勞動創造世界」這樣簡單的道理出發，從而忽略了信仰是民間歌謠的主要成分這一重要現象。《周易》中的歌謠，既有勞動歌謠，又有儀式歌謠。當然，因為其成書問題，中間羼雜了一些文人化的內容，這也是應注意到的。

《周易》簡稱為《易》，分為《易經》和《易傳》兩部分。應該指出，《易》並不是一朝一人之作，其成書經過了相當長的一段時間[06]，和《山海經》一樣，它也是在漫長的歲月中經過無數人（主要是一群巫師）的反覆探索，總結成書的。《易》被稱為「經」，最早見諸《莊子·天運篇》，它被列於「六經」之中，爾後的「五經」（漢）、「七經」（漢）、「九經」（唐）、「十三經」（宋），都以其為諸經之首。許多學者都指出，《易》是卜筮之書。在《易》中，其要素為「—」（陽）和「--」（陰），然後組成乾、坤、坎、震、巽、離、艮、兌八卦[07]，再演化成六十四卦[08]，每卦有六爻，以卦辭說明題義，以爻辭述說各卦的具體內容[09]。這些爻辭，有許多就是遠古時代的民間歌謠（甚至在每一卦中，都可以找到遠古歌謠）。

《周易》中的民間歌謠，在許多方面可以看作古老的儀式歌，表達出原始信仰的重要特徵。其內容表現最突出，讓人印象最深的，是關於婚姻

---

[05] 1942年，重慶國民圖書出版社出版了朱光潛的《詩論》，朱光潛說：「我們研究詩的起源，與其拿荷馬史詩或《商頌》、《周頌》做根據，倒不如拿現代未開化民族或已開化民族中未受教育的民眾的歌謠做根據。」

[06] 當代學者對此看法不盡相同，如任繼愈以為較早，當在殷周相交之際，而郭沫若、楊伯峻則認為在周代（包含東周）。其實，從其內容上看，其產生似乎更早，當在夏商之際，因為夏末文明發展已相當成熟。

[07] 由三爻組成的八個符號總稱八卦，也叫經卦。

[08] 與八卦相對的六十四個符號，總稱別卦、重卦、復卦。一卦六爻，經文以「九」示陽爻，以「六」示陰爻。

[09] 所謂卦，是古代一套具豐富象徵意義的符號。用「—」代表陽，用「--」代表陰，用三個這樣的符號，組成八種形式，叫做八卦。每一卦形代表一定的事物。如乾代表天，坤代表地，坎代表水，離代表火，震代表雷，艮代表山，巽代表風，兌代表澤。八卦互相搭配又得到六十四卦，用來象徵各種自然現象和人事現象。

習俗的作品。如：

〈屯〉卦六二爻：

屯如,邅如,

乘馬,斑如；

匪寇,婚媾。

〈屯〉卦六四爻：

乘馬,斑如,

求婚媾；

往,吉,

無不利。

〈屯〉卦上六爻：

乘馬,

斑如,

泣血,

漣如。

〈賁〉卦六四爻：

賁如,

皤如,

白馬翰如；

匪寇,

婚媾。

第一章　遠古歌謠

〈睽〉卦上九爻：

睽孤，

見豕負塗。

載鬼一車，

先張之弧，

後說之弧。

匪寇，

婚媾。

往，遇雨，則吉。

其中的「匪寇，婚媾」，意為搶婚。其他像表現勞動生活的作品，雖然不多，但給我們的印象同樣很深刻。如：

〈無妄〉卦六二爻：

不耕，

獲；

不菑，

畬。

〈歸妹〉卦上六爻：

女承筐，

無實。

士刲羊，

無血。

還有一些作品表現了人們不同的生活場景，諸如酒宴、行旅、苦難（災殃）。如：

〈中孚〉卦九二爻：

鳴鶴在陰，

其子和之。

我有好爵，

吾與爾靡之。

〈明夷〉卦初九爻：

明夷于飛，

垂其翼。

君子于行，

三日不食。

〈離〉卦六四爻：

突如，

其來如；

焚如，

死如，

棄如。

〈困〉卦六三爻：

困于石，

據于蒺藜；

入于其宮，

不見其妻。

爻辭中更多的是生活哲理的闡述。如：

第一章　遠古歌謠

〈履〉卦六三爻：

眇能視，

跛能履，

履虎尾，

咥人，凶。

〈井〉卦九三爻：

井渫不食，

為我心惻，

可用汲。

王明，

並受其福。

《周易》中有爻辭，還有〈彖傳〉、〈象傳〉、〈文言〉、〈繫辭〉、〈說卦〉、〈序卦〉、〈雜卦〉等，被稱為「十翼」。這些作品多屬於闡釋性內容，其語言表現形式稍加變動，即比照詩歌形式上下排列，分明就是一首首歌謠（或歌謠體詩）。

〈彖傳〉所論多為社會生活發展變化的道理；〈象傳〉有大象、小象，大象釋卦，小象釋爻辭；〈文言〉釋〈乾〉卦、〈坤〉卦的意義；〈繫辭〉屬於總結性的通論，所論在於世事發展及其規律；〈說卦〉主要解釋八卦方位及發展變化道理；〈序卦〉主要解釋六十四卦次序及其道理；〈雜卦〉主要解釋各卦之間的連繫。

這些作品具有內在的韻律，劉勰、阮元和章學誠等學者就已經注意到這個問題。如劉勰在《文心雕龍‧麗辭》中說：「《易》之〈文〉、〈繫〉，聖人之妙思也。序〈乾〉四德，則句句相銜；龍虎類感，則字字相儷……雖句字或殊，而偶意一也。」阮元在《揅經室續集卷三‧文韻說》中講道：「孔

第一節　《周易》是遠古歌謠的集成

子自名其言《易》者曰〈文言〉，此千古文章之祖。〈文言〉固有韻矣，而亦有平仄焉。」章學誠在《文史通義・易教下》中說：「易象通於詩之比興。」錢鍾書在《管錐編》第一冊的第二條中也談到「蓋與詩歌之托物寓旨，理有相通」。這些現象不是偶然的，我以為，說到底是與《周易》作為遠古時代歌謠集成分不開的。

《詩經》中的詩句一般為四字，而《周易》中的詩句除了四字之外，兩字、一字者也甚多，甚至有相當長的詩句。如〈繫辭〉中述及「古者包犧氏之王天下也」一段，可以在排成詩歌句式時，看到基本保持著其韻律。這種參差不齊的詩句保持著明顯的韻律，給予人生動的美感，正是民間歌謠一般形式和規律的表現。

《周易》的歌謠應該與其成書背景有關，與民族的表達方式和文化傳統即以歌述事有關。

令人遺憾的是，有許多學者並不懂得這些，每談及民歌體就以五言或七言概括之。殊不知民間歌謠的形式異常豐富，既有陝北民歌信天游那樣異常自由的形式，又有吳越地區採茶歌那樣的精妙句式，同時也有中原地區童謠中的一字句、兩字句等極其簡練的形式。其形式不一樣，其韻律即內在的或外在的韻致相通則是一種普遍現象。《周易》所保存的遠古歌謠，應該說就是不同形式的歌謠。在某種意義上講，《周易》就是遠古時代中原地區的一部民間歌謠總集。

百家言《周易》，各有所見。此說《周易》有歌謠，有韻律，與《山海經》具有上古史詩色彩一樣，皆因為其具有神話傳說故事的內容被保存，其講述者很可能具有巫的身分。誠然，對於民族的經典，應該有神聖感，像歐陽脩那樣「焚香讀易」。今天，文化流行諸端罪惡，竟然戲稱《周易》「八卦」即不可靠云云，這是時代的恥辱和悲哀。這不是什麼真正的民間文學，這只是幾個無聊的腦殘粉、鍵盤俠在肆意作踐聖典。這是沒有信仰

第一章　遠古歌謠

的一代對文化傳統的戲弄，只能用無知、淺薄、愚昧概括此類不肖之徒。

後人把《周易》看作一部巫覡之書，並用它來作為占卜、預測的經典，更重要的原因在於《周易》的思想博大精深，尤其是其中充滿了神祕的意蘊，這就更易於為巫覡所用。同時，也不排除早期的巫曾經參與了對於《周易》的整理和闡釋、編撰等工作。與《詩經》相比，《周易》與那些甲骨卜辭、金銘文等早期的文字更為接近，所以可以斷言，它出現（成書）更早，其民間色彩也更濃郁。在這種背景上也可以講，《周易》對《詩經》具有一定的影響作用；只不過後人在整理《詩經》時做了更多的簡刪工作；當然，還有一種原因，那就是離人類文明的起源越近，巫的成分就越濃；越遠，則巫的淡化就越明顯。在《詩經》成書的時代，人們文體意識的覺醒，意味著文體的格律化更明顯。

第二節　遠古歌謠的傳承和傳播

一般來說，在文明的曙光世界之中，神話更多地用來闡釋世界，歌謠則更多地用來抒發情懷，前者偏重於敘事，後者偏重於抒情。它們的基本功能都在於作為遠古人民的思想資源、文化資源和精神資源。在文字作為記述工具尚不發達的時代，作為遠古人民思維的物質表現即記憶的講述（包括傳唱），在社會文明發展進步的歷程中就有了特殊的意義。遠古歌謠的存在方式主要表現在兩個方面，一個方面是甲骨文、金銘文、石刻等物質表現形式，另一個方面更重要，即不同時期記憶或追述的語言表現形式。

甲骨卜辭和金銘文所顯示的歌謠極其簡練。所謂卜，是先人用灼骨的方法來請示神靈，觀察骨版火灼後的裂紋（即「兆」），再採取決策和具體行動的一種巫術方法。從出土的文物可知，骨卜巫術在原始氏族社會已經得到運用。後來，人們偶然間在河南的安陽小屯一帶發現大批殷商時的

第二節　遠古歌謠的傳承和傳播

「卜骨卜甲」，甲骨卜辭便成為了解殷商及其前社會生活的重要文獻資料。從卜問的內容上來看，有祭品的種類與數量、農事及收成、風雨陰晴和旱潦、征伐與俘虜問題、病患與狩獵以及夢兆等。其中，甲骨卜辭中既有「貞（問）辭」，又有「占辭」、「驗辭」。卜辭是不是文學作品，應該根據卜辭的具體情形來看。楊公驥等學者以為，雖然卜辭是極其珍貴的可靠的材料，「但並非文學」，金銘文也並非文學[10]。在舉例卜辭中的一些歌謠時，他針對「卜辭是韻文散文合組」的說法，否認卜辭有韻腳有節奏，強調其「並不是《詩經》的押韻法」[11]。事實上，不是《詩經》的「押韻法」，正是甲骨卜辭和金銘文的特色——在論述《周易》與遠古歌謠時，我已經談到這個問題，即卜辭與《周易》更為接近，比《詩經》更早，它們當然不相同。卜辭中的遠古歌謠，正如楊公驥所舉例的這幾首，在形式和內容上都是非常典型的：

　　癸卯，貞：

　　東方受禾？

　　北方受禾？

　　西方受禾？

　　南方受禾？

　　癸卯卜：

　　今日雨？

　　其自西來雨？

　　其自東來雨？

---

[10]　楊公驥：《中國文學》（第一分冊），吉林人民出版社1980年版，第12、129頁。

[11]　楊公驥：《中國文學》（第一分冊），吉林人民出版社1980年版，第141頁

第一章　遠古歌謠

其自北來雨？

其自南來雨？

其他像「其雨？不其雨」、「受年？不受年」、「㞢羌？勿㞢羌」、「其遘大雨？其遘小雨」等，這些卜辭同樣是遠古歌謠的表現形式。所應指出的是，郭沫若等學者所強調的「表現了勞動人民的智慧和靈活運用語言文字的自由創造精神」[12]，其偏頗在於不僅是「勞動人民」，而是當時創造主體的範圍應該更廣大，因為遠古時代的歷史條件決定了其「全民共巫」。應該看到全民創造的時代特徵，那麼，又何必依靠晚出的《詩經》韻法而否認它之前的文學存在呢？還應該特別指出的是，甲骨卜辭和金銘文等早期遠古歌謠在審美表現機制上更多地處於不自覺的狀態，而《詩經》則更多地出於較為自覺的狀態，其巫的成分明顯淡化就是典型表現。更何況從現在的出土文物來看，《詩經》，包括各地的專家學者所考據的竹簡，其佚失的並不是太多，而甲骨卜辭等文獻的獲得還在不斷地延續。相信在將來，甲骨卜辭更多地被發現後，我們能夠更清楚地看到遠古歌謠的存在。也就是說，刻寫甲骨卜辭和金銘文的那群巫們，他們對於遠古歌謠的記憶更為準確，他們所提供的資料也更為真實。像《吳越春秋》等文獻中對遠古歌謠的追憶，缺乏實證，自然就有人表示懷疑；但懷疑只能是懷疑，同樣的理由是，也還沒有找到更確鑿更充分的材料來否定它。

《吳越春秋》所載遠古歌謠以〈彈歌〉最為著名：

斷竹，

續竹，

飛土，

逐肉。

---

[12]　郭沫若：《卜辭通纂》，《郭沫若全集》，科學出版社 1983 年版。

第二節　遠古歌謠的傳承和傳播

《吳越春秋》卷五載：

於是，范蠡復進善射者陳音。音，楚人也。越王請音而問曰：「孤聞子善射，道何所生？」音曰：「臣楚之鄙人，嘗步於射術，未能悉知其道。」越王曰：「然。願子一二其辭。」音曰：「臣聞弩生於弓，弓生於彈，彈起於古之孝子。」越王曰：「孝子彈者奈何？」音曰：「古者人民樸質，飢食鳥獸，渴飲霧露，死則裹以白茅，投於中野。孝子不忍見父母為禽獸所食，故以彈以守之，絕鳥獸之害，故歌曰斷竹續竹飛土逐肉之謂也。於是，神農黃帝弦木為弧，剡木為矢，弧矢之利，以威四方。」

劉勰在《文心雕龍‧麗辭》中也說：「二言肇於黃世竹彈之謠。」趙曄也好，劉勰也好，都是在追述。他們判斷這首歌謠為黃帝時代之作，其依據並非空玄。1949年後，有許多文學史著作和教材論及〈彈歌〉時，總是依據某經典作家（哲學家）的名言，闡釋勞動創造世界、創造藝術的道理，簡單地斷定其為狩獵歌、勞動歌。走進民間文化生活的天地，去親身感受相關的生活事項時，會發現趙曄和劉勰並沒有大錯。因為民間文化有傳承性的特徵和功能，在民間文化生活中，至今還保留著與〈彈歌〉相連的儀式。許多地方的學者，都有人採用這種文化人類學的方法來認定這是不同地域的遠古歌謠或原始崇拜，古老的中原地區，同樣存在著類似的現象[13]。這正說明〈彈歌〉及其信仰崇拜的原始遺留意義普遍存在，更進一步表現了〈彈歌〉的古老即其原始性特徵。

〈彈歌〉的詩句只有兩個字，有四行，而《呂氏春秋‧音初篇》所載的〈塗山女歌〉更短，只有一句：「禹行功，見塗山之女，禹未之遇而巡省南土。塗山之女乃令其妾候禹於塗山之陽，女乃作歌，歌曰：『候人兮猗！』』實始作為南音。」一句「候人兮猗」成為千古名歌，在這首歌的背後，可以

---

[13] 參見拙作《彈歌新探》，《民間文學研究動態》，1984年第1期。另見《民間文學論壇》、《邊疆地區歷史文化論集》等書刊在1980年代中期相關論題的探討與爭鳴。

第一章　遠古歌謠

想見大禹與塗山之女絢麗的情愛世界。

在《禮記・郊特牲》中，記載一首傳說是伊耆氏時代的歌謠：「天子大蠟八，伊耆氏始為蠟。蠟也者，索也。歲十二月，合聚萬物而索饗之也。蠟之祭也，主先嗇而祭司嗇也，祭百種以報嗇也。饗農，及郵表畷、禽獸，仁之至，義之盡也。古之君子，使之必報之。迎貓，為其食田鼠也；迎虎，為其食田豕也；迎而祭之也。祭坊與水庸，事也。」其曰：

土反其宅，

水歸其壑；

昆蟲毋作，

草木歸其澤！

這明顯是一首咒語歌謠（即祭祀儀式歌），具有濃厚的巫術色彩，諸如動物崇拜、圖騰、禁忌等成分，都充斥其中。這種現象在遠古歌謠中是相當普遍的。

遠古歌謠具有濃厚的巫術色彩，其時代性常被隱沒於歷史的文化風雲之中。在對時代的及時反映上，遠古歌謠與商周時代的歌謠形成鮮明的對比。一個重要原因，就是遠古歌謠所表現的時代尤為漫長，它所表現的內容也就異常豐富。歌謠走進商周這段歷史空間時，雖然還有一些儀式歌，但它更多的是產生了時政歌。在《左傳》和《國語》等史學著作中，可以更清楚地看到這些內容。

遠古的風把遠古的歌謠扯得格外長，讓這遠古神聖的歌唱貫穿在歷史的長空中，任其自由飄蕩。歌謠的流傳途徑有許多，其中的代代相傳並不缺少。直到今天，仍然可以在古老的鄉間聽到那熟悉的旋律。曾經有多少次，我咀嚼著遙遠的村間我多情的故鄉的工作歌、牛歌、婚戀歌、紀時歌，我的眼睛常轉向遠古的經卷，發現它們是那樣地相似。我想，這些歌

第二節　遠古歌謠的傳承和傳播

謠應該就是從遠古起飛的。

我常常想起兒時記憶中的歌謠，有許多是兩字詩句，而且吟唱時那音節拉得悠長、悠長。我曾在一部長篇歷史小說中用這樣的歌謠開題，作為我對故鄉的紀念。兒時不懂得這些歌謠的價值，如今，在我閱讀了祖先們留下的長卷時，才真正明白這些歌謠的價值和意義。當然，我並沒有全部明白。故鄉古老的歌謠是家鄉百姓鮮活的「詩經」，它的歌唱中夾著遠古的風。從另一個方面來講，若僅僅蜷縮在書齋中，即使把冰涼的板凳坐個粉碎，也未必就懂得遠古歌謠的真正含義。遠古的風和今天的風是相通相連的，遠古的歌謠不僅屬於藝術，而且屬於生活。

第一章　遠古歌謠

第二章
商周時代的傳說、故事和歌謠

　　我在前面講過，大禹時代象徵著中國神話時代的終結，也是中國歷史的一次開始。這是在整體上所講，而且在夏王朝之後神話傳說並沒有完全絕跡，甚至在特殊的歷史時期還相當旺盛。神話時代的結束，並不意味著神話傳說的消亡。夏王朝的建立，目前來說是可以確認其年代的[14]。夏商周斷代工程後，當年考古學家懸賞的禹坑被挖掘，已不再成為一代又一代人的夢想。一般來講，有文字可考的歷史是從殷商時期開始的，學者們依據於這個時代即商周時期青銅器的發掘，稱之為「青銅時代」。這個時代在歷史上有著獨特的意義，這一時期的傳說、故事和歌謠正是這種意義的具體表現。當秦帝國崛起，結束了諸侯爭霸的歷史時，這個時代也就相應終結，代之而起的是國家的大統一。高度的中央集權政治深刻影響著新的時代和新的文化。但是，和歷史上的其他王朝更迭一樣，商周時期的民間文學還在生生息息，無論是什麼樣的長刀都割不斷這條流自遠古的長河。

　　傳說這一概念，在民間文學史上具有特定的意義。它和神話有連繫，和故事也有連繫。魯迅曾在《中國小說史略》中提到，傳說是由神話演進而來的：「傳說之所道，或為神性之人，或為古英雄，其奇才異能神勇為凡人所不及，而由於天授，或有天相者⋯⋯」[15]另一位學者王國維在《古史新證·總論》中說：「上古之事，傳說與史實混而不分，史實之中固不

---

[14] 《新聞出版報》2000 年 11 月 13 日報導：「《夏商周斷代工程 1996～2000 年階段成果報告》公布：中國史紀年前推 1,229 年。夏代始年約為西元前 2070 年；夏商分界約為西元前 1600 年；商周分界為西元前 1046 年⋯⋯」
[15] 《魯迅全集第九卷·中國小說史略》，人民文學出版社 2005 年版，第 20 頁。

第二章　商周時代的傳說、故事和歌謠

免有所緣飾，與傳說無異，而傳說之中亦往往有事實之素地。」在民間文學研究者看來，民間傳說是一種具有一定真實背景的敘事性文學，這種真實性背景或者是歷史上的真人、真事，或者是實際存在的山川風物，或者是影響著人們實際生活的民俗節日、禁忌、信仰等事項[16]。因為它和歷史連繫最為密切，所以，歷史傳說包括歷史人物傳說備受人們關注。當年的「古史辨」學派甚至把夏之前的歷史完全看作傳說；歷史學家徐旭生的《中國古史的傳說時代》把夏商時期稱作「古史的傳說時代」。我們這裡所指的商周傳說更多地是指商周歷史的傳說，包括相關文獻中關於商周社會歷史及商周歷史人物的傳說等材料。

神話、傳說、故事三者之間的連繫非常複雜，但它們相互之間並非渾然不可分，其區別的關鍵就在於敘述重點即中心所指。商周傳說的保存，主要依賴於當世的一些文獻，如《尚書》、《逸周書》、《左傳》、《國語》、《戰國策》、《公羊傳》、《汲冢瑣語》、《竹書紀年》等歷史類著作，和《論語》、《孟子》、《莊子》、《荀子》、《韓非子》、《晏子春秋》、《呂氏春秋》、《墨子》、《管子》、《尸子》等諸子著作。

第一節　歷史著作中的民間傳說

首先應提到的是《春秋》和《尚書》。班固在《漢書・藝文志》中說：「左史記言，右史記事。事為春秋，言為尚書。」「春秋」是一種文體，記錄一些歷史。春秋戰國時代各國都曾有自己的「春秋」。今人所見《春秋》為

---

[16] 參見鍾敬文主編《民間文學概論》第八章〈神話和民間傳說〉，上海文藝出版社1980年版。其中舉例「民間傳說的產生是伴隨著歷史的」，如「隨著人類社會發展，神話產生的基礎削弱了，而社會生活日趨紛繁和複雜……引起了人們傳頌自己歷史的要求」，黃帝與蚩尤之戰、夏禹治水，「就既有神話，也有傳說」。

第一節　歷史著作中的民間傳說

《魯國春秋》，相傳孔子曾經修改過[17]。它記載的傳說不在於多少，而在於所保存的歷史傳說條理清楚、言簡意賅，成為其他歷史傳說的重要參照。相比之下，《尚書》所記述的傳說更為豐富。《尚書》的流傳經過了曲折的過程，有《古文尚書》和《今文尚書》。今存《尚書》五十八篇，除三十三篇為今古兩《尚書》所共有，餘為東晉時人偽造。但無論如何，它們都保存了豐富的民間傳說這一點是無疑的。《尚書》即「上古之書」，古稱「書經」，法國學者馬伯樂（Henri Maspero）曾著有《書經中的神話》，就已經注意到其中的民間傳說等內容。

《尚書》中有〈商書〉和〈周書〉等篇，傳說原有百篇之多，孔子曾經纂輯過這部典籍。其中的〈堯典〉，開題即述「曰若稽古」，即根據傳說寫成。應該說，《尚書》具有明確的傳說輯錄意識，而且如實地記述了商周時期的各種歷史傳說。如〈堯典〉和〈皋陶謨〉中對堯、舜、禹、皋陶等神話人物故事在商周時期流傳情景的記述，既有神話，又有傳說。尤其是〈禹貢〉所記述的大禹治水從神話到傳說的「事蹟」，異常豐富。在〈西伯戡黎〉中，紂王自認受命在天而為所欲為的形象非常生動，顯然具有傳說色彩。《尚書》記述歷史傳說最生動者，當數〈金滕〉[18]。它記述了周公從輔佐武王到蒙冤受屈後又復出輔佐成王的一段歷史傳說。它先講述了武王克殷之後病重，周公祈禱神靈保佑武王痊癒，申明自己願替武王去死，從而感動神靈，武王病癒，周公依然活著。史官把這件事和禱告詞一同記錄下來，置放於金櫃中。待武王去世，周成王執政，管叔等人散布流言，使周公被迫避位。周公的避位使國家發生了變異，天象出現異常。周成王和群臣打開金滕之書時，終於真相大白，為周公的忠心所感動，親自到郊外迎接周公回到朝中繼續輔佐自己。這時，「禾則盡起」，「歲則大熟」，一片歡喜。

---

[17]《史記·孔子世家》：「為春秋，筆則筆，削則削，子夏之徒不能贊一辭。」
[18] 這則傳說在後世流傳甚廣，民國時期河南、湖北、山東、河北一帶的地方戲曲中有〈金滕記〉，即取材於此。

第二章　商周時代的傳說、故事和歌謠

　　《尚書》中的民間傳說在整個中國民間文學史上具有獨特的地位，一方面它與古典神話連繫在一起，表現出濃郁的巫風，另一方面它在敘事手段上影響了此後的民間傳說。這種承前啟後的意義是和它所處的時代密切連繫在一起的。把歷史傳說納入對歷史事件的敘述，這種方式對於後世歷史著作的文化傳統有著相當重要的影響。在後來的《左傳》和《史記》等典籍中，我們都可以看到這些內容。當然，在敘述形態上，《尚書》基本上保持著甲骨卜辭和金銘文的特色。與之相聯的還有一部據說是孔子刪定《尚書》時所剩餘的《汲塚周書》，也稱《周書》，文學史家稱《逸周書》。這部著作記述周代的政治思想觀念，其中保存了一些歷史傳說。在一些篇章的開頭，它也有「曰若稽古」的字樣。如〈王會解〉、〈殷祝解〉和〈太子晉解〉等篇，明顯地摻雜著一些神話傳說。最典型的例子就是〈太子晉解〉，太子晉雖然只有15歲，但他反應機敏，見識非凡，若後世多才多智的神童。

　　對商、周歷史時期的民間傳說進行保存的著作，我們不能不提「春秋三傳」，即《公羊傳》、《穀梁傳》、《左傳》。尤其是《左傳》中的歷史傳說，對後世民間文學的發展影響格外深遠。如唐代史學家劉知幾所說：「左氏之敘事也，述行師則簿領盈視，哤聒沸騰；論備火則區分在目，修飾峻整⋯⋯若斯才者，殆將工侔造化，思涉鬼神，著述罕聞，古今卓絕。」

　　《左傳》的原名是《春秋左氏傳》，又名《左氏春秋》。長期以來，《左傳》的作者問題被人爭論不休；同時，也有許多學者對這部著作進行注疏、訓釋，使它的影響日益廣大。尤其是作為一部歷史著作，它的民本思想表現得非常突出，這和民間文學具有最直接的人民性是一致的，所以，它也易於為後世民間文學所關注、吸收、運用。若我們把後世的民間傳說整理成一定的典冊，不難發現有一套口述的《左傳》，即《左傳》的故事滲透進後世的民間文學之中。再者是《左傳》中有許多關於占卜、鬼神、

第一節　歷史著作中的民間傳說

災祥、禁忌、祭祀、節令、星象[19]、曆法、婚喪習俗等內容的記述，具有神祕意蘊和傳奇色彩[20]，這和民間文學所具有的神祕性、傳奇性特徵相一致，因而就很容易形成史實、歷史傳聞（說）、神話、故事相融合的敘事特點，諸如作品中的石頭說話、雄雞斷尾、降神和報應等奇聞，每一種奇聞在事實上都構成了民間傳說故事。如《左傳・襄公十九年》：

　　荀偃癉疽，生瘍於頭。濟河，及著雍，病，目出……二月甲寅，卒，而視，不可含。宣子盥而撫之，曰：「事吳敢不如事主猶視。」欒懷子曰：「其為卒事於齊故也乎？」乃復撫之曰：「主苟終，所不嗣事於齊者，有如河！」乃瞑，受含。宣子出，曰：「我淺之為丈夫也。」

　　重視口述歷史，廣泛採擷民間傳說，這種史著撰寫方法不僅使作品更加生動傳神，而且為後世保存了珍貴的民間傳說資料。

　　在某種意義上講，《左傳》中的民間傳說具有原型、母題意義，它在民俗學、神話學、傳說學等方面具有重要的文獻價值。如著名的《孟姜女》這個家喻戶曉的民間傳說，其源頭我們在《左傳・襄公二十三年》中可以見到：

　　齊侯還自晉，不入，遂襲莒，門於且於，傷股而退。明日，將復戰，期於壽舒。杞殖、華還載甲，夜入且於之隧，宿於莒郊。明日，先遇莒子於蒲侯氏。莒子重賂之，使無死，曰：「請有盟。」華周對曰：「貪貨棄命，亦君所惡也。昏而受命，日未中而棄之，何以事君！」莒於親鼓之，從而伐之，獲杞梁，莒人行成。齊侯歸，遇杞梁之妻於郊，使弔之。辭曰：「殖之有罪，何辱命焉？若免於罪，猶有先人之敝廬在，下妾不得與郊弔。」齊侯弔諸其室。

---

[19] 如《左傳・昭西元年》所記「昔高辛氏有二子，伯曰閼伯，季曰實沈」與商星、參星的神話，已明顯走向傳說化。
[20]《左傳》中有許多幽靈傳說，如「莊公八年」中的齊侯殺彭生，彭生後來化為豕「人立而啼」，「宣公十五年」中的杜回被草結絆倒應魏顆之夢，「僖公二十八年」中的晉文公夢與楚子爭鬥，以及「莊公十四年」、「昭公二十九年」中的龍傳說，都是典型的民間傳說。

第二章 商周時代的傳說、故事和歌謠

雖然有人不同意齊侯郊弔是《孟姜女》傳說最早的形態，但我們在認真考察文獻之間的連繫時，就有更多理由認為顧頡剛先生當年的見解是有力的[21]。當然，《左傳》的重要意義表現在它是第一部完備的編年史，民間傳說的採用和保存只是其中的一個方面，問題在於它開創了把民間傳說即口述史納入史籍傳統的先河。這種方法表現了作者非凡的膽識，使後世史傳文學中人物的表現效果更加傳神。我們可以看到，《左傳》中所記錄的歷史人物有一千四百多個，既有社會上層的天子、士大夫、王公諸侯，又有商賈、倡優、役人、盜賊等社會下層人物，而其中最傳神者，是這些社會底層的人物。要達到這種效果，作者若不走進民間去遍訪那些口述的歷史，又怎能產生「讀其文，連性情、心術、聲音、笑貌，千載如生」[22]的功效呢？

民間傳說的基本功能還表現在對歷史事件或生活現象的闡釋上。《左傳》在闡釋功能的表現上既集中又生動，有許多篇章或在當世或在後世就已經成為人們廣泛接受的傳說。如對神降與「物」的闡釋，我們可看作典型的風物傳說。《左傳·莊公三十二年》：

秋七月，有神降於莘。惠王問諸內史過曰：「是何故也？」對曰：「國之將興，明神降之，監其德也。將亡，神又降之，觀其惡也。故有得神以興，亦有以亡。虞夏商周皆有之。」王曰：「若之何？」對曰：「以其物享焉。其至之日，亦其物也。」

風物傳說是傳說中的重要類型，其流傳範圍的廣大是一般傳說所不及的。《左傳》在表現這類傳說時，有的是明確揭示出傳說發生的具體根據，有的則是指示或顯示某種傳說的淵源。如前面我所舉到的《孟姜女》與「齊侯郊弔」的連繫，就是對《孟姜女》傳說淵源的原型揭示。

---

[21] 參見顧頡剛、鍾敬文等著《孟姜女故事論文集》，中國民間文藝出版社1983年版。
[22] 馮李驊、陸浩輯：《春秋左繡·讀左卮言》。

第一節　歷史著作中的民間傳說

再如歷史上關於介之推與寒食節的連繫，最早介紹以禁火紀念介之推的並不是《左傳》，而是漢代蔡邕的《琴操》；晉代陸翽的《鄴中記》和《後漢書・周舉傳》，才把禁火與寒食連接起來。真正揭示這風俗淵源即傳說原型的是《左傳》。這裡雖然沒有直接顯示禁火的內容，但它卻把晉文公對介之推的追隨出亡無所賞賜，導致介之推退隱而亡的重要原因點明——晉文公之悔成為這一傳說發生的最重要的背景。《左傳・僖公二十四年》：

晉侯賞從亡者，介之推不言祿，祿亦弗及。推曰：「獻公之子九人，唯君在矣。惠、懷無親，外內棄之。天未絕晉，必將有主；主晉祀者，非君而誰？天實置之，而二三子以為己力，不亦誣乎？竊人之財，猶謂之盜，況貪天之功以為己力乎？下義其罪，上賞其奸，上下相蒙，難與處矣。」其母曰：「盍亦求之，以死誰懟？」對曰：「尤而效之，罪又甚焉，且出怨言，不食其食。」其母曰：「亦使知之，若何？」對曰：「言，身之文也；身將隱，焉用文之？是求顯也。」其母曰：「能如是乎？與女偕隱。」遂隱而死。晉侯求之不獲，以綿上為之田，曰：「以志吾過，且旌善人。」

同一個題材，戰國時期的相關記載，還見諸《莊子》、《韓非子》、《呂氏春秋》等書。

如《莊子・盜跖》「介子推」：

介子推至忠也，自割其股以食文公。文公後背之，子推怒而去，抱木而燔死。

如《呂氏春秋・季冬紀・介立》「介子推」：

晉文公反國，介子推不肯受賞，自為賦詩曰：「有龍於飛，周遍天下，五蛇從之，為之丞輔。龍返其鄉，得其所處。四蛇從之，得其露雨。一蛇羞之，橋死於中野。」懸書公門而伏於山下。文公聞之曰：「譆！此必介子推也。」避舍變服，令士庶人曰：「有能得介子推者爵上卿，田百萬。」或

第二章　商周時代的傳說、故事和歌謠

遇之山中，負釜蓋簦，問焉，曰：「請問介子推安在？」應之曰：「夫介子推苟不欲見而欲隱，吾獨焉知之。」遂背而行，終身不見。

《左傳》的表現方法在許多方面具有民間文學的色彩，這說明《左傳》與民間文學的複雜連繫，即它們之間相互影響。所以，有人說，《左傳》對文學發展的影響「正如荷馬史詩之於西方文學」[23]，這是很有道理的。或者可以說，《左傳》與《山海經》共同構成中國古代敘事文學的重要源頭，其虛實相間，一個開闢了後世文學包括民間文學中歷史傳說的敘事傳統，一個開闢了其中神話傳說的敘事傳統。

春秋「三傳」中的《公羊傳》所保存的民間傳說也頗有特點。該書的作者「公羊子，齊人」（《漢書·藝文志》），受口頭傳說的影響尤其明顯。如《公羊傳》對「宣公六年」晉靈公謀害趙盾的講述，充滿通俗的口語。其中有一個細節，即刺客窺視趙盾吃剩魚，作者是齊人，齊地近海，就以為吃剩魚是節儉，而不知道魚在晉國是珍饈，口頭傳說的痕跡躍然而出。又如對「昭公三十一年」叔術讓國的講述：

當郳婁顏之時，郳婁女有為魯夫人者，則未知其為武公與？（或為）懿公與？孝公幼，顏淫九公子於宮中，因以納賊，則未知其為魯公子與？郳婁公子與？臧氏之母，養公者也。君幼，則宜有養者。大夫之妾，士之妻，則未知臧氏之母者曷為者也。養公者必以其子入養。臧氏之母聞有賊，以其子易公，抱公以逃。賊至，湊公寢而弒之。臣有鮑廣父與梁買子者，聞有賊，趨而至。臧氏之母曰：「公不死也，在是，吾以吾子易公矣。」於是，負孝公之周訴天子。天子為之誅顏而立叔術，反孝公於魯。顏夫人者，嫗盈女也，國色也。其言曰：「有能為我殺殺顏者，吾為其妻。」叔術為之殺殺顏者而以為妻。有子焉，謂之盱。夏父者，其所為有於顏者也。盱幼，而皆愛之，食必坐二子於其側而食之。有珍怪之食，盱

---

[23] 褚斌傑、譚家健主編：《先秦文學史》，人民文學出版社1998年版，第209頁。

必先取足焉。夏父曰：「以來，人未足，而盱有餘。」叔術覺焉，曰：「嘻，此誠爾國也夫！」起而致國於夏父。夏父受而中分之；叔術曰：「不可，」三分之；叔術曰：「不可。」四分之；叔術曰：「不可。」五分之，然後受之。

整個作品分明就是一則情節完整的民間傳說。如人所言，其「三未知，如村老語」[24]。由此我們可以看到魯宮之中顏公、孝公、乳母、叔術、顏氏之妻和盱等人鮮活的個性。特別是其中的乳母易子救孝公的故事，我們可以看作古典劇作《趙氏孤兒》的原型。

《穀梁傳》的作者並非一人，穀梁子是一位對整理這部書稿做出突出貢獻的學者。從行文中我們可以看到，集體創作和口耳相傳在這本書的形式上有重要作用，因而其中也不免保存一些民間傳說。如其中的「成西元年」所描述的幾個人物，具有民間文學常用的重疊排比句法而形成滑稽效果：

季孫行父禿，晉欲克眇，衛孫良夫跛，曹公子手僂，同時而聘於齊。齊使禿者御禿者，使眇者御眇者，使跛者御跛者，使僂者御僂者。蕭同姪子處臺上而笑之；聞於客，客不說而去……

《穀梁傳》中的民間傳說，既保持了口語化的重要特徵，又表現出傳奇性。如「文公十一年」所記「長狄也，兄弟三人，佚宕中國，瓦石不能害……身橫九畝……眉見於軾」，按每畝六尺，軾高三尺三寸，可見巨人型民間傳說的典型。

《國語》，顧名思義，就是關於各個國家的口頭傳說，是最早的地域傳說。

如其中的《魯語》，其實就是魯國的傳說故事。

《國語》中的民間傳說多短小精悍。這是它的敘事方式以記言為主所決定的。司馬遷曾在《史記‧太史公自序》中說：「左丘失明，厥有《國

---

[24] 明代張賓王《周文歸》引孫月峰語。

第二章　商周時代的傳說、故事和歌謠

語》。」其意謂《國語》乃左丘明所著。今天的《國語》在版本上肯定經過多人加工，共分二十一卷，記述了周、魯、齊、晉、鄭、楚、吳、越八個國家的歷史。

有人做過統計，《國語》中的故事總計有240多個。這些故事之間沒有密切的連繫，相對獨立，有許多就是民間傳說的記述，或者摻雜著民間傳說的內容。特別是《國語》對各國的歷史進行敘述，在某些程度上，我們可以把它看作不同地區的民間傳說彙編。如在《楚語》中就提到有別於史官筆錄的文體「語」，用以教育太子，其實這「語」就是口頭傳說。在《國語》中有許多通俗化、口語化的語言，就是證明。

《國語》中對各國歷史的記述，在篇幅上並不一致。其記述晉國的最為詳細，傳說也最為豐富。其次是魯國和周國的，楚國記述了楚靈王和楚昭王，越國記述了越王勾踐，吳國記述了吳王夫差，齊國只記述了齊桓公與管仲的談話。書中的傳說故事有許多不是直接敘述，而是透過不同人物的議論、相互間的對話來講述的，這是《國語》保存民間傳說的一個重要特色。

如《晉語》：

獻公卜伐驪戎。史蘇占之，曰：「勝而不吉。」公曰：「何謂也？」對曰：「遇兆，挾以銜骨，齒牙為猾。戎夏交捽，交捽是交勝也。臣故云。且懼有口，攜民，國移心焉！」公曰：「何口之有！口在寡人，寡人弗受，誰敢興之？」對曰：「苟可以攜其入也，必甘受逞而不知，胡可壅也？」公不聽，遂伐驪戎，克之，獲驪姬以歸，有寵，立以為夫人。公飲大夫酒，令司正實爵與史蘇，曰：「飲而無爵。夫驪戎之役，女曰勝而不吉，故賞女以爵，罰女以無爵。克國得妃，其有吉孰大焉？」史蘇卒爵，再拜，稽首曰：「兆有之，臣不敢蔽；蔽兆之紀，失臣之官，有二罪焉，何以事君？大罰將及，不唯無爵！抑君亦樂其吉而備其凶。凶之無有，備之何害？若

其有之,備之為瘳。臣之不信,國之福也,何敢憚罰!」飲酒出,史蘇告大夫曰:「夫有男戎,必有女戎;若晉以男戎勝戎,而戎亦必以女戎勝晉。其若之何?」里克曰:「何如?」史蘇曰:「昔夏桀伐有施,有施人以妹喜女焉。妹喜有寵,於是乎與伊尹比而亡夏。殷辛伐有蘇,有蘇氏以妲己女焉。妲己有寵,於是乎與膠鬲比而亡殷。周幽王伐有褒,有褒人以褒姒女焉。褒姒有寵,生伯服,於是乎與虢石甫比,遂太子宜咎而立伯服。大子出奔申。申人繒人召西戎以伐周,周於是乎亡。今晉寡德而安俘女,又增其寵,雖當三季之王不亦可乎?」

這是故事中套故事的敘述方式,透過史蘇與大夫里克的對話,把夏桀與妹喜、殷辛與妲己、周幽王與褒姒這三則歷史傳說生動地描述出來。晉獻公受驪姬蠱惑害死申生,逼得重耳和夷吾外逃,後來又有重耳走國,遇衛國五鹿野人(農夫)「舉塊以與之」,狐偃說「天賜也,民以土服,又何求焉?天事必象,十有二年必獲此土」,重耳「再拜稽首受而載之」。後來重耳果然當國,成為春秋五霸之一的晉文公。應該說,這些細節都是民間傳說的內容,與真正的歷史本來面目是有區別的。所以,柳宗元在〈非《國語》〉中說它「益之以誣怪」,指責它不顧事實。

進入商、周兩個歷史時期之後,神話被傳說所替代,對遠古神話的闡釋和對夢占的闡釋一樣,都成為民間傳說的表現內容。《國語·魯語》中記述了孔子答吳子使的一段話,顯然也屬於當世的民間傳說:

吳伐越,墮會稽,獲骨焉,節專車。吳子使來好聘,且問之仲尼……曰:「敢問骨何為大?」仲尼曰:「丘聞之,昔禹致群神於會稽之山,防風氏後至,禹殺而戮之,其骨節專車,此為大矣。」客曰:「敢問誰守為神?」仲尼曰:「山川之靈足以紀綱天下者,其守為神……」客曰:「防風氏何守也?」仲尼曰:「汪芒氏之君也,守封嵎之山者也,為漆姓。在虞夏商為汪芒氏,於周為長翟,今為大人。」客曰:「人長之極幾何?」仲尼曰:「僬僥氏長三尺,短之至也;長者不過十之,數之極也。」

第二章　商周時代的傳說、故事和歌謠

《國語》對這類傳說的記述，一方面為我們理解遠古神話提供了重要的參考證據，另一方面則為我們理解從神話到傳說的嬗變及傳說的發生規律提供了珍貴資料。和《左傳》一樣，《國語》中的民間傳說作為史料的保存，我們都可以看作古代史傳文學發展中口述史採錄的實踐。

相比較而言，《戰國策》也具有語錄體的特點，但它更多地保存著民間故事，其保存的民間傳說集中於蘇秦的活動。劉向在〈戰國策敘錄〉中說，其「或曰國策，或曰國事，或曰短長，或曰事語，或曰長書，或曰修書」；楊公驥也稱其「可能是戰國時策論、傳說的彙編」[25]。今傳《戰國策》共三十三篇，所記史料包括東西周和秦、趙、魏、齊、燕、宋、衛、中山、楚諸國。記蘇秦說秦，前後對比十分明顯：前曾「歸至家，妻不下紝，嫂不為炊，父母不與言」，於是發憤讀書，「讀書欲睡，引錐自刺其股，血流至足」，而後成功，「父母聞之，清宮除道，張樂設飲，郊迎三十里。妻側目而視，傾耳而聽。嫂蛇行匍伏，四拜自跪而謝」。在這裡不僅可以看到「頭懸梁、錐刺股」的原型，而且讓人感受到「貧窮則父母不子，富貴則親戚畏懼」的社會眾生相。其他像顏斶「晚食以當肉，安步以當車，無罪以當貴」的威武不屈的正直形象、孟嘗君納士、毛遂勇於自薦、藺相如胸懷大度、荊軻義無反顧刺秦除暴等，都成為民間文學中的經典性內容，不但保存在民間傳說中，而且被戲曲、小說等藝術所選用，深刻地影響著我們民族道德情操的陶鑄、審美趣味的冶煉。

《戰國策》保存了許多意蘊深長的民間寓言。如狐假虎威的故事，即最早見於《戰國策》：

> 虎求百獸而食之，得狐。狐曰：「子無敢食我也！天帝使我長百獸。今子食我，是逆天帝命也！—— 子以我為不信？吾為子先行，子隨我後，觀百獸之見我而敢不走乎？」

---

[25] 楊公驥：《中國文學》（第一分冊），吉林人民出版社 1980 年版，第 431 頁。

第一節　歷史著作中的民間傳說

虎以為然，故遂與之行。獸見之皆走。虎不知獸畏己而走也，以為畏狐也。

《戰國策・楚策》「狐假虎威」

同一個故事，《尹文子・逸文》、漢劉向撰《新序・雜事二》中的文字與《戰國策》基本相同。

還有著名的「鷸蚌相爭」故事，記述一隻鷸啄河蚌的肉時被河蚌死死夾住其長嘴，互不相捨，後來被漁人全都捉住。這一個故事，也是最早見諸《戰國策》：

蚌方出曝，而鷸啄其肉，蚌合而拑其喙。鷸曰：「今日不雨，明日不雨，即有死蚌！」蚌亦謂鷸曰：「今日不出，明日不出，即有死鷸！」兩者不肯相捨，漁者得而并擒之。

《戰國策・燕策二》「鷸蚌相爭」

後世唐代馮贄所撰《雲仙雜記》卷九〈鷸蚌〉等文獻，不斷記述這個故事，自然出自《戰國策》。

《越絕書》是一部值得重視的以民間文化（民間文學）為主要內容的歷史著述。一般認為，這是關於江浙地區春秋戰國包括秦漢時期歷史文化的典籍，傳說其作者或為子貢，或為伍子胥，或為非一人。其中的非一人，包括後世諸多人的增刪。許多學者把它稱為地方志的鼻祖，開創了後世志書列入民間風俗、民間傳說的先河。諸如泰伯、伍子胥、范蠡、越王勾踐、吳王夫差等人的傳說，以及「由鍾窮隆山者，古赤松子所取赤石脂也，去縣二十里。伍子胥死，民思祭之」（《越絕書・卷二外傳・吳地傳第三》）之類風俗，確實深刻影響到地方志重視風俗文化中民間傳說內容傳統的形成和發展。

商、周時期民間傳說的保存，還應該提到《汲塚瑣語》和《竹書紀年》等典籍。《汲塚瑣語》傳說因出於汲郡墓中而得名。《晉書・束晳傳》中稱

第二章　商周時代的傳說、故事和歌謠

它為「諸國卜夢妖怪相書也」。它保存的民間傳說頗為生動。如《太平御覽》卷九百一十七所引平公與叔向對話中關於祥鳥的傳說：

> 有鳥飛自西方來，白質，五色皆備，集平公之庭，相見如讓。公召叔向問之；叔向曰：「吾聞之師曠曰：西方有白質鳥，五色皆備，其名曰翠；南方赤質，五色皆備，其名曰搖。其來為吾君臣，其祥先至矣。」

《汲塚瑣語》中關於夢占、預測之類的傳說尤其多。後人不斷輯錄到新的「汲塚所得」，使我們可以看到更多的民間傳說。如嚴可均在《全上古三代秦漢三國六朝文》卷十五中所錄的兩則〈古文周書〉，其中有一則記述了周穆王姜后「晝寢而孕」，為嬖妃越姬將其子竊走而代之以塗了豬血的燕子，後又有越姬死而七日後復活的故事。從這裡我們可以看到後世「狸貓換太子」故事的原型。《竹書紀年》也是汲郡墓中所得，又叫《汲塚紀年》（酈道元注《水經》時始稱為《竹書紀年》）。這部書記述了「太甲殺伊尹」、「文丁殺季歷」和周穆王西征至崑崙山見西王母等傳說。當然，這些典籍對民間傳說的記述同樣受制於當時的文化發展條件，即把民間傳說作為歷史的真實這樣一種不自覺的意識，而並非清楚地了解到民間傳說與歷史真實是兩種概念、兩個範疇。無疑，巫的思維對這些現象有重要影響作用；也就是說，巫在整個先秦時期的文化發展中，基本處於支配地位，這就很自然地出現了幾乎所有文化典籍都不能區分歷史真實與歷史傳說的普遍現象。不唯歷史著作是這樣，其他典籍，諸如諸子著作中，也常常模糊於這種區分，因而也就保存了大量的口述史料即民間傳說，為我們了解先秦時期的民間文學發展史提供了方便。嚴格區分歷史真實與民間傳說，並不是一件容易的事情，先秦的文化典籍在形成過程中，有些編者或作者本身就是巫祝，這就很自然地出現經即史、史即巫書的現象；而對於這種現象，至今還有許多文學史家並沒有給予足夠的重視，甚至有不少學者不僅看不到這種文化特點，反而一味指責其「誣怪」。

第二節　諸子著作中的民間傳說

　　相比於歷史著作對民間傳說的不自覺的採錄採用，諸子著作則有了較為清楚的區分態度與區分意識，如孔子即倡言「子不語怪力亂神」。那麼，在諸子著作中是否就沒有民間傳說的具體保存呢？

　　對此，有學者講得非常有道理。其稱：「春秋戰國是諸子競出、百家爭鳴的時代，所以子書的種類和數量很多。由於子書的內容多是闡發個人或學派的學術觀點，與史傳的專於記事不同，所以其中包含傳說的情況也與史傳有異。有的子書，如著名的《老子》，又名《道德經》，純屬哲學論著，其中自無傳說可尋。又如《論語》、《孟子》，記事寫人的分量也很輕，像《論語》中的楚狂接輿過孔子，長沮、桀溺耦而耕，子路遇荷丈人等篇，多少有一點傳說的意味，但只是片段，不夠完整。至於《孟子》中的『齊人有一妻一妾』，更只是民間故事或文人創作的寓言。《莊子》雖然文學性很強，但本質仍是哲學著作，它裡邊多的是作者為闡明哲理而作的設譬和寓言，即使有時牽出堯、舜、許由、老子、孔子、梁惠王、惠施這樣的歷史人物，也只是把他們當作對話的夥伴或說理的工具，並未提供關於他們的傳說故事。倒是後人從《莊子》中受到啟發，把有些篇章編成故事和戲劇，這種故事和戲劇被看作了有關莊子的傳說，例如莊子的夢中化蝶（〈齊物論〉）和他妻死之後的鼓盆而歌（〈至樂〉）。」那麼，什麼是典型的傳說呢？「《墨子》中的〈公輸〉篇所記的墨子救宋故事，因有真實的人物墨子、公輸盤（魯班），能與歷史記載和其他著作相印證（見《戰國策・宋策》、《呂氏春秋・愛類》），但又不全合於史實，所以是典型的傳說。」[26] 問題在於「片段」和「典型」。我以為，「片段」和「典型」一樣重要，都是對民間傳說的記錄保存，它們之間的差別只是對傳說記述和運用的具體方

---

[26] 祁連休、程薔主編：《中華民間文學史》，河北教育出版社 1999 年版，第 204、205 頁。

第二章　商周時代的傳說、故事和歌謠

式不同。不論是「片段」還是「典型」，都是民間傳說。更重要的是有些當時未必很典型而只在後世才日益明確化的情節，我們同樣可以把它看作民間傳說，至少可以看作是民間傳說的「原型」或「母題」。對於諸子保存的民間傳說，我們應該從歷史實際出發，更應該從整個民間文學發展的角度來看待。也就是說，先秦諸子著作中的民間傳說被記述得怎麼樣不會太重要，重要的是曾經記述過。我們更需要的是歷史發展中的「蛛絲馬跡」，因為在文化發展中，不同的藝術形態其自身也存在著不均衡狀態。我們對前人在記述和運用民間傳說時所能表現的「典型」程度，不能過於苛求。若嚴格按照我們今天所概括的「定義」對前人的著作進行觀照對比，有許多真正的民間傳說會被我們忽視。當然，我們在甄別時還應盡量以「典型」的標準來要求、審視，而在尋找民間傳說時則宜廣泛而不宜苛刻，因為在歷史上，像今天這樣具備現實感而自覺的成熟的民間文學、民間傳說記述，基本上不存在，更多的人是在無意識、不自覺中記述了民間文學作品[27]。諸如《山海經》保存了那麼豐富的神話傳說，它也只是一部被後人看作「巫書」的著作或資料彙編，而且至今還有許多學者並不把它僅看作神話典籍，見仁見智者甚為眾多。

諸子著作與前面所舉歷史類著作明顯存在著差異，即歷史類著作在某種意義上來說，其本身就是民間傳說尤其是歷史傳說的重要源頭，而諸子著作重在闡述道理，其保存民間傳說多處於不自覺狀態。如《老子》（又名《道德經》）是一部哲學著作，在民間傳說的保存上無意之間提到了「雖有甲兵，無所陳之，使民復結繩而用之」（〈八十章〉）。「結繩」就是民間傳說，只不過像這樣其實未免過於簡單了一些 —— 但它畢竟保存了民間傳說。當然，這樣說好像有些牽強，而事實確實如此。在歷史上，這樣的現象並不少。

---

[27]　在今天的民間文學田野作業中，我們記述某些民間傳說，更多只是記述到隻言片語，所以，我們不得不「捕風捉影」，沿循著一定的線索去尋找那些民間文化生活中的「瑰寶」。

第二節　諸子著作中的民間傳說

　　《論語》、《孟子》和《莊子》等典籍就不一樣了。在《論語》中，雖然我們也可以看到孔子所「曰」及孔子與他人的對話，但許多地方已經顯示出民間傳說的原型或雛形。諸如前面引文中所舉到的「楚狂接輿過孔子」、「長沮、桀溺耦而耕」、「子路遇荷丈人」等，雖然是片段，但也應看作民間傳說，何況《論語》本身就是經過口頭傳播後形成典籍的！在〈八佾〉中的「孔子謂季氏八佾舞於庭，是可忍也，孰不可忍也」、「管仲之器小哉……邦君樹塞門，管氏亦樹塞門；邦君為兩君之好，有反坫，管氏亦有反坫。管氏而知禮，孰不知禮」；在〈公冶長〉中的「臧文仲居蔡，山節藻梲，何如其知也」、「伯夷、叔齊不念舊惡，怨是用希」；在〈泰伯〉中的「巍巍乎，舜、禹之有天下也，而不與焉」、「大哉，堯之為君也」、「舜有臣五人而天下治」、「禹，吾無間然矣！菲飲食而致孝乎鬼神，惡衣服而致美乎黻冕，卑宮室而盡力乎溝洫」；在〈微子〉中的「微子去之，箕子為之奴，比干諫而死。孔子曰：『殷有三仁焉……』」、「逸民伯夷、叔齊、虞仲、夷逸、朱張、柳下惠、少連。子曰：『不降其志，不辱其身，伯夷、叔齊與！』謂：『柳下惠、少連，(其) 降志辱身矣，言中倫，行中慮，其斯而已矣。』謂：『虞仲、夷逸，(其) 隱居放言，身中清，廢中權；我則異於是，無可無不可……』」在〈子張〉中的「子貢曰：『紂之不善，不如是之甚也。是以君子惡居下流，天下之惡皆歸焉』」；在〈堯曰〉中的「堯曰：『咨，爾舜！天之曆數在爾躬，允執其中。四海困窮，天祿永終。』舜亦以命禹」等文獻中，這些內容都包含著民間傳說，或者其本身就是傳說。在這裡，我們不但看到了民間傳說的嬗變形態，而且還可以從中窺見孔子他們的民間文學觀[28]。

　　《孟子》也是經過多人整理而成書的。孟子有辯才，在論辯中他廣徵博引，運用了許多民間文學作品，包括當時所流傳的民間傳說。如〈梁惠

---

[28] 如「子不語怪力亂神」等具體的民間文學觀，他處詳述。

第二章　商周時代的傳說、故事和歌謠

王下〉中，他針對人所言湯放逐桀、武王伐紂為「以臣弒君」，說「賊仁者謂之賊，賊義者謂之殘；殘賊之人，謂之一夫。聞誅一夫紂矣，未聞弒君也」；在〈告子下〉中他提到「人皆可以為堯舜」；針對人所言禹之聲高於文王之聲，禹所傳鍾為人所喜愛而連紐都快弄斷，他不以為然，以為是年月久遠的緣故。在《孟子》中，我們可以看到許多地方所閃放出的民本思想，他所舉的例子包括那些民間傳說，都表現出他的基本態度。如「三代得天下也，以仁；其失天下也，以不仁。國之所以廢興存亡者亦然」、「桀、紂之失天下也，失其民也；失其民者，失其心也」、「堯舜之道，孝悌而已」、「舜視棄天下，猶棄敝蹝也！竊負而逃，遵海濱而處，終身欣然，樂而忘天下」[29] 等，表現出他獨特的民間文學觀。再如〈梁惠王〉中，孟子對齊宣王所言「王政可得聞與」所答的「昔者文王之治岐也，耕者九一，仕者世祿，關市譏而不徵，澤梁無禁，罪人不孥。老而無妻曰鰥，老而無夫曰寡，老而無子曰獨，幼而無父曰孤。此四者，天下之窮民而無告者。文王發政施仁，必先斯四者」及「昔者公劉好貨」等，既是孟子對當世關於周文王傳說的轉述，又表達了他的政治理想。

在《莊子》中，我們能夠感受到「處窮閭陋巷，困窘織屨，槁項黃馘」的莊周，其「寧遊戲汙瀆之中自快，無為有國者所羈」這種崇尚自由自在的民間文化心態。和《孟子》相同的是，民間傳說在其中都成為對話或述說某種道理的工具，沒有表現出獨立的故事形態，但這並不影響其保存民間傳說的意義。莊周繼承了老子的哲學思想，著重闡釋和述說「道」、「萬物一齊」等哲學概念，宣揚「絕聖棄智」、「使民無知無欲」、「小國寡民」，所採用的民間傳說大都具有神話色彩，即遠離現實。如〈天道〉中說「夫天地者，古之所大也，而黃帝堯舜之所共美也」；在〈逍遙遊〉中，我們看到鯤鵬之大的傳說；在〈應帝王〉中，看到南海之帝儵、北海之帝忽對中

---

[29]「舜視棄天下……」透露出舜與瞽叟之間的矛盾，是舜傳說的重要內容。

第二節　諸子著作中的民間傳說

央之帝渾沌謀報而「日鑿一竅，七日而渾沌死」的傳說（此為許多學者以為盤古神話形成的雛形，另議）；在〈胠篋〉中，可以看到「昔者容成氏、大庭氏、伯皇氏、中央氏、慄陸氏、驪畜氏、軒轅氏、赫胥氏、尊盧氏、祝融氏、伏羲氏、神農氏，當是時也，民結繩而用之，甘其食，美其服，樂其俗，安其居，鄰國相望，雞犬之音相聞，民至老死而不相往來」；在〈在宥〉中，可以看到「昔者黃帝始以仁義攖人之心，堯舜於是乎股無胈，脛無毛，以養天下之形」和「堯於是放兜於崇山，投三苗於三危，流共工於幽都」；在〈山木〉中，可以看到「舜之將死，直令禹曰：『汝戒之哉！形莫若緣，情莫若率；緣則不離，率則不勞；不離不勞，則不求文以待形；不求文以待形，固不待物』」；在〈知北遊〉中，「知問黃帝曰」、「黃帝曰」與「舜問乎丞曰」等，顯然已非原始神話，而是傳說。不論這些傳說流傳在哪個層面，我們都可以看到莊周對傳說的保存，在事實上為我們提供了研究先秦傳說的珍貴資料。《莊子》中的民間故事哲理意義非常突出，有許多故事成為後世重要的哲學命題，如有一個童子準備彈擊樹上的黃雀，這一故事類型，最早見於《莊子》：

　　莊周遊乎雕陵之樊，睹一異鵲自南方來者，翼廣七尺，目大運寸，感周之顙而集於慄林。莊周曰：「此何鳥哉，翼殷不逝，目大不睹？」褰裳躩步，執彈而留之。睹一蟬，方得美蔭而忘其身；螳螂執翳而搏之，見得而忘其形；異鵲從而利之，見利而忘其真。莊周怵然曰：「噫！物固相累，二類相召也！」捐彈而反走，虞人逐而誶之。

《莊子‧山木》「遊雕陵」

　　另外，像〈齊物論〉中的夢中化蝶和〈至樂〉中的鼓盆而歌，我們同樣可以看作莊周傳說的一些原型存在。當然，《莊子》對民間文學更大的貢獻是對民間寓言的保存。

　　《墨子》一書是墨子門人後學所錄而編撰成書的，其中也保存了不少

第二章　商周時代的傳說、故事和歌謠

民間傳說，如著名的墨子救宋，其見之於〈公輸〉，是我們研究魯班傳說的重要文獻。在〈所染〉中，我們看到染絲的比喻所連繫到的帝王治國傳說，如舜、禹、湯、武染於賢臣，所以才能「王天下」而「功名蔽天地」，桀、紂、幽、厲則染於佞人，所以「國殘身死，為天下僇」，諸侯興亡也是同樣的道理，其中的興亡故事即民間傳說。

《墨子》是最早系統化記錄鬼故事傳說的典籍。傳說一大臣無辜而為君王所殺，此大臣發誓，不出三年，其必定雪冤。到了第三年，君王出遊時，果然大臣顯靈，將其射死。這一故事最早見諸《墨子》：

今執無鬼者言曰：「夫天下之為聞見鬼神之物者，不可勝計也。」亦孰為聞見鬼神有、無之物哉？子墨子曰：「若以眾之所同見，與眾之所同聞，則若昔者杜伯是也。」周宣王殺其臣杜伯而不辜，杜伯曰：「吾君殺我而不辜，若以死者為無知，則止矣；若死而有知，不出三年，必使吾君知之。」其三年，周宣王合諸侯而田於圃，田車數百乘，從數千人，滿野。日中，杜伯乘白馬素車，朱衣冠，執朱弓，挾朱矢，追周宣王，射入車上，中心折脊，殪車中，伏弢而死。當是之時，周人從者莫不見，遠者莫不聞，著在周之《春秋》。為君者以教其臣，為父者以警其子，曰：「戒之！慎之！凡殺不辜者，其得不祥，鬼神之誅，若此之憯遬也！」以若書之說觀之，則鬼神之有，豈可疑哉！

《墨子・明鬼》下「杜伯報冤」

非唯若書之說為然也，昔者燕簡公殺其臣莊子儀而不辜莊子儀曰：

「吾君王殺我而不辜。死人無知亦已，死人有知，不出三年，必使吾君知之。」期年，燕將馳祖。燕之有祖，當齊之社稷，宋之有桑林，楚之有雲夢也，此男女之所屬而觀也。日中，燕簡公方將馳於祖塗，莊子儀荷朱杖而擊之，殪之車上。當是時，燕人從者莫不見，遠者莫不聞，著在燕之《春秋》。諸侯傳而言之曰：「凡殺不辜者，其得不祥，鬼神之誅，若此

第二節　諸子著作中的民間傳說

其憯遫也！」以若書之說觀之，則鬼神之有，豈可疑哉！

《墨子・明鬼》下「莊子儀報冤」

《墨子》表面寫的是鬼，其實又如何不是寫的人間？更重要的是其開創了後世鬼故事的先河。同時，這也說明了當世的鬼故事與鬼信仰存在的狀況。

《管子》是齊國學者根據管仲的事蹟和傳說等材料編成的，其中一些文章如〈大匡〉保存了齊桓公重用管仲而成霸業的歷史傳說；又如〈小稱〉保存了「桓公、管仲、鮑叔牙、甯戚四人飲」和管仲臨終勸桓公遠奸佞小人的歷史傳說。在〈小問〉中，管仲因桓公所使求甯戚，不明白甯戚所說「浩浩乎」的用意，結果婢女為其解謎團，並轉述了百里奚飯牛而相秦等傳說。這則傳說應被看作後世巧女故事的雛形。〈尸子〉是晉人尸佼在商鞅被刑之後逃往蜀地所撰，其中保存了一些民間傳說。如〈貴言〉中以「范獻子游於河」的傳說為題，透過舟人清涓所答，講述了「若不修晉國之政，內不得大夫，而外失百姓」的道理。在《晏子春秋》中，我們看到受人敬重的齊國著名政治家晏嬰的傳說故事。這部書又叫《晏子》，可看作諸子之作，也可看作史傳文學。書中的晏子睿智，正直，善良，勇敢，傳說形象栩栩如生。如〈內篇雜下〉表現晏子使楚，以使狗國者從狗門入、橘生淮南為橘而生淮北為枳屢勝楚王；在〈內篇諫上〉中，晏嬰藉對圉人的詰問勸阻了齊景公濫殺無辜。晏子品格高尚，躬行節儉，忠於職守，愛護人民。特別是在〈內篇雜上〉中崔杼弒齊莊公，面對崔杼的利誘和威脅，他泰然自若；在〈內篇雜下〉中，齊景公屢次嘉獎他，都被他謝絕，從而「父之黨無不乘車者，母之黨無不足於衣食者，妻之黨無凍餒者，國之簡士待臣而後舉火者數百家」。這些傳說可以看作後世民間傳說中機智人物故事的原型。

最後特別應該提到的是《呂氏春秋》對民間傳說的保存。《呂氏春秋》

第二章　商周時代的傳說、故事和歌謠

是呂不韋主編的類書。司馬遷在《史記・呂不韋列傳》中說：「當是時，魏有信陵君，楚有春申君，趙有平原君，齊有孟嘗君，皆下士，喜賓客，以相傾。呂不韋以秦之強，羞不如，亦招致士，厚遇之，至食客三千人。是時，諸侯多辯士，如荀卿之徒，著書布天下。呂不韋乃使其客人人著所聞，集論以為八覽、六論、十二紀，二十餘萬言。」在某種意義上講，這部類書內容之豐富，堪稱先秦時期的一部百科全書，是對整個先秦時期思想文化的總結。編者的主導思想在於參考「治亂存亡」、「壽夭吉凶」而使人成為治國「智公」。內中所保存的民間傳說，也多是歷史傳說。如〈名類〉中，從黃帝、禹、湯、文王等帝王傳說來談金木水火土五行與帝王事業的連繫：

　　黃帝之時，天先見大螾大螻，黃帝曰土氣勝；土氣勝，故其色尚黃，其事則土。及禹之時，天先見草木秋冬不殺，禹曰木氣勝；木氣勝，故其色尚青，其事則木。及湯之時，天先見金刃生於水，湯曰金氣勝；金氣勝，故其色尚白，其事則金。及文王之時，天先見火，赤烏銜丹書集於周社，文王曰火氣勝；火氣勝，故其色尚赤，其事則火。

　　《呂氏春秋》對民間傳說的保存不像《晏子春秋》那樣集中談論晏子的傳說，而是博採百家雜書，許多傳說是從其他典籍中採取的，但它同樣對保存民間傳說做出了重要貢獻。尤其是它對音樂藝術起源傳說的記述，為我們研究藝術起源提供了珍貴的資料。如在〈古樂〉篇中，記述了我們舉例中談到的「昔葛天氏之樂，三人操牛尾，投足，以歌八闋」，還記述了「黃帝令伶倫作為律」：

　　昔黃帝令伶倫作為律。伶倫自大夏之西，乃之阮隃之陰，取竹於嶰溪之谷，以生空竅厚鈞者，斷兩節間，其長三寸九分，而吹之以為黃鐘之宮，吹曰舍少。次制十二筒，以之阮隃之下，聽鳳皇之鳴，以別十二律。其雄鳴為六，雌鳴亦六，以比黃鐘之宮，適合黃鐘之宮皆可以生之。故

曰：黃鐘之宮，律呂之本。黃帝又命伶倫與榮將鑄十二鍾，以和五音，以施英韶，以仲春之月、乙卯之日，日在奎，始奏之，命之曰咸池。

其他還有「昔朱襄氏之治天下也，多風而陽氣蓄積，萬物散解，果實不成。故士達作為五絃瑟，以來陰氣，以定群生」、「帝顓頊生自若水，實處空桑，乃登為帝，唯天之合，正風乃行。其音若熙熙、悽悽、鏘鏘。帝顓頊好其音，乃令飛龍作效八風之音，命之曰承雲」、「夔乃效山林溪谷之音以歌，乃以麋置缶而鼓之，乃拊石擊石，以象上帝玉磬之音，以致舞百獸」等從神話演變而成的傳說。在〈音初〉篇，還記述了有娀氏之二女與北音起源的傳說。

《呂氏春秋》對民間傳說的記述十分廣泛，而其目的性也很明確，即偏重於教化，如〈求人〉篇中對大禹辛苦於民，四處奔波跋涉，「不有懈墮，憂其黔首，顏色黧黑，竅藏不通，步不相過，以求賢人，欲盡地利，至勞也」的記述，這是從神話走向傳說的典型。其他還有一些當世民間傳說的記述，如〈慎小〉中吳起夜日置表於南門之外而取信，具有教化意義。這也是諸子著作中的普遍現象。

《呂氏春秋》保存的神話傳說在民間文學史上有著非常重要的價值和意義。如其記述的伊尹生於空桑的傳說：

有侁氏女子採桑，得嬰兒於空桑之中，獻之其君。其君令烰人養之，察其所以然。曰：「其母居伊水之上，孕，夢有神告之曰：『臼出水而東走，毋顧！』」明日，視臼出水，告其鄰，東走十里而顧，其邑盡為水，身因化為空桑。故命之曰伊尹。此伊尹生空桑之故也。

《呂氏春秋‧孝行覽》「伊尹生空桑」

不唯如此，在《呂氏春秋》中記述的歷史傳說，常常有著更為豐富的含義。如：

第二章　商周時代的傳說、故事和歌謠

周宅酆、鎬，近戎人，與諸侯約：為高葆（堡）禱於王路，置鼓其上，遠近相聞。即戎寇至，傳鼓相告，諸侯之兵皆至，救天子。戎寇當（嘗）至，幽王擊鼓，諸侯之兵皆至，褒姒大說，喜之。幽王欲褒姒之笑也，因數擊鼓，諸侯之兵數至而無寇。至於後戎寇真至，幽王擊鼓，諸侯兵不至，幽王之身乃死於麗山之下，為天下笑。

《呂氏春秋・慎行論・疑似》「幽王擊鼓」

又如，傳說一個將軍，猛然見草中有一石，以為遇見猛虎，急而射之，中石沒羽。詳細視之，乃一石，再射，終不能射入石。此故事最早見於《呂氏春秋》，故事主角是春秋時楚國的養由基：

養由基射兕，中石，矢乃飲羽，誠乎兕也。

《呂氏春秋・季秋紀・精通》「養由基射石」

急中生智，生出許多奇蹟，其應該是後世李廣射虎的原型。而且，這種故事類型在許多民間文學作品中曾經出現。

《呂氏春秋》還記述了許多具有濃郁地方色彩的民間傳說。如講一老者酒醉還家，途中被假扮其子（或孫，下同）的鬼欺侮。回家後才發現原來是鬼魅所為，決意殺鬼。過了不久，老者佯醉而歸，卻將來迎接他的兒子當成鬼殺死。這既是具有真實地域名稱的民間生活傳說，也應該是一個鬼故事，其最早見諸《呂氏春秋》：

梁北有黎丘部，有奇鬼焉，喜傚人之子姪昆弟之狀。邑丈人有之市而醉歸者，黎丘之鬼效其子之狀，扶而道苦之。丈人歸，酒醒，而誶其子曰：「吾為汝父也，豈謂不慈哉？我醉，汝道苦我，何故？」其子泣而觸地曰：「孽矣，無此事也！昔也往責於東邑人，可問也。」其父信之，曰：「嘻！是必夫奇鬼也，我固嘗聞之矣！」

明日，端復飲於市，欲遇而刺殺之。明旦之市而醉，其真子恐其父之

不能反也,遂逝迎之。丈人望其真子,拔劍而刺之。丈人智惑於似其子者,而殺其真子。

《呂氏春秋·慎行論·疑似》「黎丘奇鬼」

《韓非子》中對於歷史傳說的記述也有許多,但是,其記述方式與表達意圖則表現出自己的特點,更突出於哲理性意義的表達。如《韓非子·外儲說左上》「酒醉擊鼓」:

楚厲王有警,為鼓以與百姓為戍。飲酒醉,過而擊之也,民大驚。使人止,曰:「吾醉而與左右戲,過擊之也。」民皆罷。居數月,有警,擊鼓而民不赴,乃更令明號而民信之。

如《韓非子·說林上》「不死之藥」:

有獻不死之藥於荊王者,謁者操之以入。中射之士問曰:「可食乎?」曰:「可。」因奪而食之。王大怒,使人殺中射之士。中射之士使人說王曰:「謁者曰可食,臣故食之。是臣無罪,而罪在謁者也。且客獻不死之藥,臣食之而王殺臣,是死藥也,是客欺王也。夫殺無罪之臣,而明人之欺王也,不如釋臣。」王乃不殺。

《韓非子·難三》「子產聞哭」:

鄭子產晨出,過東匠之閭,聞婦人之哭,撫其御之手而聽之。有間,遣吏執而問之,則手絞其夫者也。異日,其御問曰:「夫子何以知之?」子產曰:「其聲懼。凡人於其親愛也,始病而憂,臨死而懼,已死而哀。今哭已死,不哀而懼,是以知其有奸也。」

其中的楚厲王、荊王、子產都是真實的歷史人物。對於這些歷史人物相關的傳說故事的記述,字裡行間表達出韓非的具體立場。

《列子》中的傳說故事也值得我們注意。如其〈湯問〉中的〈愚公移山〉,就是一篇具有神話色彩的傳說故事,其講述愚公年九十,因為整日

第二章　商周時代的傳說、故事和歌謠

面太行、王屋二山生活，深感外出不便，毅然率領其子孫用最簡樸的工作方法去移山。天帝被其行為感動，命誇娥氏二子搬開大山，分別置放在朔東與雍南：

太行、王屋二山，方七百里，高萬仞。本在冀州之南，河陽之北。

北山愚公者，年且九十，面山而居。懲山北之塞，出入之迂也，聚室而謀曰：「吾與汝畢力平險，指通豫南，達於漢陰，可乎？」雜然相許。

其妻獻疑曰：「以君之力，曾不能損魁父之丘，如太行、王屋何？且焉置土石？」

雜曰：「投諸渤海之尾，隱土之北。」遂率子孫荷擔者三夫，叩石墾壤，畚箕運於渤海之尾。鄰人京城氏之孀妻有遺男，始齔，跳往助之。寒暑易節，始一反焉。

河曲智叟笑而止之曰：「甚矣，汝之不惠！以殘年餘力，曾不能毀山之一毛，其如土石何？」

北山愚公長息曰：「汝心之固，固不可徹。曾不若孀妻弱子。雖我之死，有子存焉。子又生孫，孫又生子；子又有子，子又有孫；子子孫孫無窮匱也，而山不加增，何苦而不平？」

河曲智叟亡以應。

操蛇之神聞之，懼其不已也，告之於帝。帝感其誠，命誇娥氏二子負二山，一厝朔東，一厝雍南。自此，冀之南，漢之陰，無隴斷焉。

在如今的河南省濟源，保存著傳說中的愚公村、愚公洞等神話傳說「遺址」，當地政府在城市廣場豎起愚公移山的巨型雕塑；地方百姓日夜講述著愚公移山的故事，講這位搬山老人取名為呂三太，甚至把地方呂姓列為其後裔，云云。

《列子·湯問》「偃師獻所造能倡者」，是一篇較早的民間智慧故事，與公輸般故事並列為早期的民間能工巧匠故事。其講述古時有一巧匠，技

藝超群，曾製作出一木人，能歌善舞，巧奪天工，與真人相差無異：

周穆王西巡狩，越崑崙，不至弇山，反還。未及中國，道有獻工人，名偃師。穆王薦（進）之。問曰：「若有何能？」偃師曰：「臣唯命所試。然臣已有所造，願王先觀之。」穆王曰：「日以俱來，吾與若俱觀之。」

越日，偃師謁見王。王薦之，曰：「若與偕來者，何人邪？」對曰：「臣之所造能倡者。」穆王驚視之，趣步俯仰，信人也。巧夫鎮其頤，則歌合律；捧其手，則舞應節：千變萬化，唯意所適。王以為實人也，與盛姬內御並觀之。技將終，倡者瞬其目而招王之左右侍妾。王大怒，立欲誅偃師。

偃師大懾，立剖散倡者以示王，皆傅會革、木、膠、漆、白、黑、丹、青之所為。王諦料之，內則肝、膽、心、肺、脾、腎、腸、胃；外則筋、骨、支、節、皮、毛、齒、髮：皆假物也，而無不畢具者。合會，復如初見。王試廢其心，則口不能言；廢其肝，則目不能視；廢其腎，則足不能步。

穆王始悅而嘆曰：「人之巧乃可與造化者同功乎？」

詔貳車載之以歸。

夫班輸之雲梯，墨翟之飛鳶，自謂能之極也。弟子東門賈、禽滑釐，聞偃師之巧，以告二子，二子終身不敢語藝，而時執規矩。

《荀子》等先秦諸子著作中也有不少民間傳說的具體記述，因其側重處不同，若繁星閃爍，內容過於浩瀚，這裡不再一一舉例。

民間傳說故事的基本要素在於人物、地點和時間（時期）的相對真實性表現。一個歷史事件成為傳說的因素有很多，被反覆講述的背後，包含著不同人物在不同地點與不同時期的認同與選擇。在先秦時期，民間傳說除了在歷史著作和諸子著作之中有大量保存，在一些典冊諸如《禮記》和《詩經》、《楚辭》等詩歌典籍中有保存，還保存在大量的岩畫、各種原始

第二章　商周時代的傳說、故事和歌謠

圖案及早期的歷史文字中,如甲骨文。當然,這需要我們不斷揭開其歷史的面紗,走進歷史的隱祕。

第三節　商周時代的民間故事

民間故事包括幻想故事、生活故事、民間寓言和民間笑話,它的產生與神話、傳說有密切的連繫,但作為一種成熟的民間文學形態,它在春秋戰國時期才形成和發展起來。這是因為民間故事的思考形式相對於神話和傳說,屬於更高級的一個階段;尤其在審美表現上,民間故事對人們社會生活的同步表現顯然有了飛躍性的發展。當然,要完全區分民間故事和神話、傳說之間的差別,也是非常困難的。若從其發生歷史上進行考察,就會發現,民間故事在某種程度上講,是從神話、傳說之中發育出來的,問題在於如何理解民間故事的具體特徵。《莊子·逍遙遊》中曾提到「齊諧者,志怪者也」,並舉到「諧之言曰」的例子。西方一位學者說:「故事在遠古時代就已經出現,可以追溯到新石器時代,以至舊石器時代。從當時尼安德塔人的頭骨形狀,便可判斷他已聽講故事了。」[30] 另一位學者說:「當我們的考察以自己的西方世界為限時,大約在三、四千年前,故事講述者的技藝就已經在社會的各個階層培養起來。」[31] 在中國,其情形也大致相同。最典型者就是先秦時期著作中的「語」體,有「《國語》」,有「《論語》」。《國語》中所記的「語」是傳說或具有傳說色彩的故事,而《論語》中的「語」則更多地屬於民間故事即口述民間故事的具體形態。其中最典型的民間故事是在諸子著作中首先出現的,這和先秦諸子對口述文

---

[30] 愛德華·摩根·福斯特(Edward Morgan Forster)著,蘇炳文譯:《小說面面觀》(*Aspects of the Novel*),花城出版社1984年版,第23頁。

[31] 斯蒂·湯普森(Stith Thompson)著,鄭海、鄭凡、劉薇琳等譯:《世界民間故事分類學》(*Motif-Index of Folk-Literature*),上海文藝出版社1991年版,第2頁。

第三節　商周時代的民間故事

體傳統的創造有直接連繫。先秦諸子著作中保存的民間故事最集中的內容是民間寓言,這也是民間故事發展史上一個重要特色,它在一開始就對我們提出了如何理解民間故事的原始形態保存與文人化創作及運用的棘手問題。先秦寓言故事是否都屬於民間文學的範疇呢?有許多學者是肯定的。如一位學者所述:「據史籍所載,先秦諸子大量收集、加工和改造民間故事作寓言,已成為當時的一種社會風習。先秦史籍中保存下來的大量寓言,絕大部分可以看作是在民間故事基礎上的再創造。」[32]但應該指出的是,明確記載先秦諸子如何「改造」而成為「社會風習」的史料,至今所見並不太多。倒是寓言故事與民間寓言在文體上的區別,應該引起我們的思索。民間寓言屬於民間文學的一種,而寓言故事則難免有作家的創作。要十分清楚地辨別二者,也是非常困難的。當然,我們辨別的依據是有條件的,其一在於所述內容的基本語態,其二則在於作為文字是否為後世的歷史所驗證、認可。同時,我們也因此可以看到後世民間故事的迅速發展及更進一步的成熟,其中一個很重要的原因是文人參與。對於這一點,我們受蘇聯對民間文學是「勞動人民的口頭創作」這一概念的闡釋和範疇界定的限制,把民間知識分子這個階層從民間文學發生的主體層中剔除出去,這是非常狹隘的。阿蘭・鄧迪斯(Alan Dundes)關於「民間」概念的論述,倒是更值得我們思索。即使在今天我們考察民間故事的發生狀態時,也可以看到民間知識分子在民間文學傳播(包括創作形成)中的重要作用。我這樣說,並不是要抹殺文人創作寓言故事和民間寓言之間的差別,而是提出如何理解「民間化」的問題。若沒有文人即民間知識分子的參與,民間文學包括大量的民間傳說、民間故事在保存上肯定會受到許多限制;在某些時候,民間知識分子因為更熟悉民間生活,他們提供的傳說和故事的文字,更宜於為民間百姓所接受,因而也易於被演繹成民間文學。在今天,

---

[32]　公木:《先秦寓言概論》,齊魯書社 1984 年版,第 53 頁。

第二章　商周時代的傳說、故事和歌謠

這種現象仍是很普遍的。例如，在酒桌上，一個處長（受過高等教育，有豐富的生活閱歷）講了一個帶有顏色的故事，即不能夠在大庭廣眾間公布的各種笑話，滿桌的人大笑不止，這個黃色笑話就有可能成為當代民間故事並為社會所接受。笑話的基本模式有兩條，一是對性隱祕性所做出的各種解釋、表達、渲染，一是對不同人物如愚蠢者包括裝瘋賣傻等現象的嘲諷。這時候，這個處長已經不純粹是官員即社會上層成員的角色，而是融入或回歸到民間百姓這個泛社會化的大眾層面。那麼，先秦時期的諸子也應該是這樣吧。

　　諸子著作中民間寓言的保存，應該和諸子的生活閱歷及其哲學取向有關。如諸子中的莊周，《史記》老、莊、申、韓列傳中有其史蹟。這位才思馳騁八方的哲學家生在中原，曾經做過漆園小吏，還曾編賣草鞋，甚至以貸粟度日，生活相當貧困。《莊子·列禦寇》描述其「處窮閭陋巷，困窘織屨，槁項黃馘」，但他的哲學思想卻異常豐富。他接受了老子關於天道自然無為的哲學思想，兼收楊朱、田駢等人的哲學思想，從而進一步提出「萬物一齊」等新的哲學思想。在《莊子·大宗師》中，他提出「神鬼神帝，生天生地；在太極之先而不為高，在六極之下而不為深，先天地生而不為久，長於上古而不為老」。他把「道」的內涵與民間文化的內容相糅合。他以為，「安之若命」（〈人間世〉）才是至高的道德境界；在他看來，「竊鉤者誅，竊國者為諸侯；諸侯之門，而仁義存焉」（〈胠篋〉），「夫堯畜畜然仁」而「其後世人與人相食與」（〈徐無鬼〉）。他所嚮往的理想世界是「民之常性」，即「冬日衣皮毛，夏日衣葛絺；春耕種，形足以勞動；秋收斂，身足以休息；日出而作，日入而息，逍遙於天地之間而心意自得」（〈讓王〉）。所以，他著作中的「謬悠之說，荒唐之言，無端崖之辭」（〈天下〉），更接近民間百姓；「巵言為曼衍，以重言為真，以寓言為廣」（〈天下〉），也更易為民間百姓所接受。在先秦諸子中，莊周的寓言創作成就

第三節　商周時代的民間故事

最大,其對民間寓言的保存同樣最為突出。《莊子》中的民間寓言不論是在當世或者在後世,都具有一定迴響。諸如〈秋水〉中的「坎井之蛙」,〈外物〉中的「轍中有鮒」,〈養生主〉中的「庖丁解牛」,〈山木〉中的「惡貴美賤」,〈列禦寇〉中的「舐痔者得車五乘」,〈讓王〉中的「捉衿而肘見」,〈人間世〉中的「不材之木」,以及《外篇・至樂》中的「鼓盆而歌」等,多成為後世傳誦的成語,或被作為文學創作的素材,家喻戶曉。在《莊子》中,民間寓言的保存及其被認定,為其他典籍共同運用,是一個重要證據。如〈養生主〉中的「庖丁解牛」,還見之於《管子・制分》和《呂氏春秋・精通》;〈山木〉中的「惡貴美賤」,還見之於《列子・黃帝》和《韓非子・說林上》;〈達生〉中的「紀渻子養鬥雞」,還見之於《列子・黃帝》、《莊子》,呈現出莊周對自由的真誠嚮往,表現出鮮明的神話思維特徵。如他在〈逍遙遊〉中所舉的長生木、藐姑射之山神人,和他在〈齊物論〉中所表現的夢境等,都具有神話色彩。判斷神話、傳說與民間寓言的區別,關鍵在於其寓意所在。如〈逍遙遊〉:

> 藐姑射之山,有神人居焉,肌膚若冰雪,淖約若處子,不食五穀,吸風飲露,乘雲氣,御飛龍,而遊乎四海之外。

這裡的寓意在於對人的眼界與胸懷狹隘性的嘲諷。又如〈逍遙遊〉:

> 楚之南有冥靈者,以五百歲為春,五百歲為秋。上古有大椿者,以八千歲為春,八千歲為秋。而彭祖乃今以久特聞,眾人匹之,不亦悲乎!

這裡所顯示的是對生命有涯而短暫的理解。很明顯,這種無限而廣大、悠遠的藝術境界來自對神話世界的嚮往,是神話思維的傳承。這既是莊周哲學思想的文化風格的表現,又是《莊子》中民間寓言的藝術特點的表現。

當然,這和莊周自覺深入民間生活、蔑視權貴的跋扈而庸俗的人生態

第二章　商周時代的傳說、故事和歌謠

度有關。再如其〈達生〉：

> 桓公曰：「然則有鬼乎？」曰：「有。沈有履，灶有髻，戶內之煩壤，雷霆處之；東北方之下者倍阿，鮭蠪躍之；西北方之下者，則泆陽處之。水有罔象，丘有峷，山有夔，野有彷徨，澤有委蛇。」公曰：「請問委蛇之狀何如？」皇子曰：「委蛇，其大如轂。其長如轅，紫衣而朱冠。其為物也惡，聞雷車之聲，則捧其首而立，見之者殆乎霸。」桓公辴然而笑曰：「此寡人之所見者也。」於是，正衣冠與之坐，不終日而不知病之去也。

這裡的故事既有傳說的痕跡，又有民間故事的神思，它所寓示的內容是人的精神狀態頗為重要；同時，它表現出濃郁的民間信仰色彩，即泛鬼神意識。與《孟子》、《韓非子》、《墨子》等諸子著作相比，民間寓言在《莊子》中所表現的民間故事特點更為突出。也就是說，他人更多的是把民間寓言作為對話所使用的工具，而《莊子》更多的是展示民間故事即民間寓言的獨立而完整的藝術形態。

《孟子》運用民間故事闡發其哲學思想，在先秦諸子中也是很突出的。

有人統計，《孟子》全書共260章，而比喻的使用就有160多處，其中的民間故事篇幅不長，其深刻的諷喻性和鮮明的思辨色彩尤為犀利。最突出的是其〈離婁下〉中的「齊人」吹噓自己「饜酒肉而後返」的一段：

> 齊人有一妻一妾而處室者，其良人出，則必饜酒肉而後返。其妻問所與飲食者，則盡富貴也。其妻告其妾曰：「良人出，則必饜酒肉而後返，問其與飲食者，盡富貴也，而未嘗有顯者來，吾將良人之所之。」早起，施從良人之所之，遍國中無與立談者。卒之東郭墦間，之祭者，乞其餘，不足，又顧而之他。此其為饜足之道也。其妻歸，告其妾曰：「良人者，所仰望而終身也，今若此！」與其妾訕其良人，而相泣於中庭，而良人未之知也，施施從外來，驕其妻妾。

這是一則民間故事，也可以看作一篇民間寓言，其影響相當深遠，

第三節　商周時代的民間故事

明傳奇《東郭記》、清蒲松齡《東郭簫鼓兒詞》等作品都化用了它。孟子的哲學思想中，民本意識具有突出的表現。他主張「民為貴，社稷次之，君為輕」，所用的民間故事尤其是民間寓言，也多表現為對所謂蔑視下民的「君子」、「貴人」輩自大、無聊、無恥心理的無情揭示。「齊人有一妻一妾者」是這樣，「今有人日攘其鄰之雞者」也是這樣。再如其〈公孫丑上〉：

宋人有閔其苗之不長而揠之者也，芒芒然歸，謂其人曰：「今日病矣，予助苗長矣。」其子趨而視之，苗則槁矣。

孟子反對保守、無聊，鄙視權貴，有「浩然之氣」，在〈梁惠王〉等篇中集中表現了對統治者偽善面目的揭示，他所嚮往的是「五畝之宅，樹之以桑，五十者可以衣帛」、「百畝之田，勿奪其時，數口之家可以無飢」，他悲憤於「獸相食，人且惡之，為民父母行政，不免於率獸而食人，惡在其為民父母也」，可見孟子多用具有諷喻意義的民間故事即在情理之中。長期以來，人們誤解孟子「勞心者治人，勞力者治於人」，而無視其「老吾老以及人之老，幼吾幼以及人之幼」的真性。孟子是一位傑出的哲學家，對孔子的仁義繼承並發揚光大。考察他的經歷，我們可以看到，他也曾周遊列國，後「退而與萬章之徒序《詩》、《書》，述仲尼之意，作《孟子》七篇」（《史記・孟子荀卿列傳》）。正因為他有這樣的經歷，胸懷非凡的抱負而不遠離人民，所以他被後世尊為「亞聖」——這雖然包含有統治者的用心，而又怎能不包含著民間百姓的道德判斷與選擇！

韓非子是一位傑出的政治理論家，是先秦法家學說的集大成者。傳說他口吃，但擅長於著文，曾和李斯共同受業於荀卿；後來，韓非不能為韓王所用，於是發憤著《韓非子》，為秦王所喜愛。正當秦王欲用韓非時，韓非卻被李斯等人陷害而服毒自殺。《韓非子》中保存了許多民間故事，在民間故事的基本類型上非常全備，如民間幻想故事、民間生活故事、民間寓言、民間笑話等，在《韓非子》中都有集中呈現，這在先秦諸子中是

第二章　商周時代的傳說、故事和歌謠

不多見的。

民間故事在《韓非子》中集中飽存在〈內儲說〉、〈外儲說〉、〈說林〉、〈五蠹〉、〈喻老〉、〈十過〉等篇章中，諸如「濫竽充數」、「畫犬馬最難」、「守株待兔」、「鄭人買履」、「買櫝還珠」、「自相矛盾」等故事，不但在民間廣泛傳播，而且成為人們常用的俗諺、成語。民間故事在《韓非子》中是用來作為說理論據的，而韓非的目的性很明確，集中了商鞅的「明法」、申不害的「任術」、慎到的「乘勢」與老子的「道」等思想，強調實用性、質樸性。這些故事生動而完整，寓意深邃，為我們所保存的文字也就更為珍貴。如〈內儲說〉中鴟夷子皮對田成子所講的故事：

> 涸澤，蛇將徙。有小蛇謂大蛇曰：「子行而我隨之，人以為蛇之行者耳，必有殺子，不如相銜負我以行，人以我為神君也。」乃相銜負以越公道。而行人皆避之，曰：「神君也。」

這是先秦時期較為少見的一篇完整的動物故事（民間幻想故事）[33]，在同時期的文獻中更顯其意義獨特。在〈內儲說下〉中，韓非記述了兩則內容相同的民間故事（即異文）：

> 燕人無感，故浴狗矢。燕人其妻有私通於士，其夫早自外而來，士適出，夫曰：「何客也？」其妻曰：「無客。」問左右，左右言無有，如出一口。
>
> 其妻曰：「公惑易也。」因浴之以狗矢。
>
> 一曰，燕人李季好遠出，其妻私有通於士。季突至，士在內中；妻患之，其室婦曰：「令公子裸而解髮，直出門，吾屬佯不見也。」於是，公子從其計，疾走出門。季曰：「是何人也？」家室皆曰：「無有。」季曰：「吾見鬼乎？」婦人曰：「然。」「為之奈何？」曰：「取五牲之矢浴之。」季曰：「諾。」
>
> 乃浴以矢。一曰浴以蘭湯。

---

[33] 在《韓非子》中，動物故事還有「鷸蚌相爭，漁翁得利」，使其寓言特徵更明顯。

054

第三節　商周時代的民間故事

「通姦騙夫」的愚人型故事在民間流傳甚廣，明清時期的戲曲和小說中屢有表現。顯然，這種故事非一般文人所能寫作出來，而且以「一日」作為開題語，保存了異文，不但在內容上是同類故事的最早記述，而且在異文紀錄上也是較早的。《韓非子》中對民間故事的記錄（述）因此具有非常重要的價值，值得我們重視。

《韓非子》中的民間寓言流傳甚廣，前面已舉例，並稱其中有許多已經成為後世常用的成語，這裡不再詳述；應該指出的是，與其他先秦作家不同，韓非所運用的民間寓言有著鮮明的傾向性，即對保守現象的集中抨擊。〈五蠹〉[34]中的「守株待兔」抨擊的是「守」，是坐以待斃的空想、懶惰；〈外儲說左上〉中的「鄭人買履」抨擊的是墨守成規；〈解老〉中的「秦伯嫁女」寫主人因為妾美而愛妾、「楚人賣珠」寫鄭人因為櫝華麗而買櫝還珠，抨擊只講究形式而不論質美者；〈外儲說左上〉中的「畫犬馬最難畫鬼最易」，抨擊了躲避現實、沉溺空想者；〈說林上〉中的善織者魯國夫婦欲到異鄉謀生卻不知異鄉實情，抨擊不從實際出發者；〈外儲說左上〉中的「濫竽充數」者、教燕王學不死之道而學生未到先生已死的假神仙以及自稱能在棘木頂端雕刻成母猴卻沒有雕刻工具的騙子，都是抨擊不學無術而招搖撞騙者；〈喻老〉中的「扁鵲見蔡桓公」抨擊不聽良言以至於病入膏肓的不可救藥者；〈難勢〉中的「自相矛盾」抨擊說謊而貪欲的無恥者；〈喻老〉中的「紂為象箸」抨擊了欲無止境而不知防微杜漸者；〈喻老〉中的「趙襄主學御於王子期」抨擊了那些求勝心切而意在防止他人超越自己者等等。這裡幾乎包容了所有不利於社會迅速發展的邪惡現象。作為熱愛變法事業的學者，韓非倡言的是切實而有效的變法。他在〈難一〉中先舉了韓獻子斬人而郤獻子救人的傳說，提出「救罪人，法之所以敗也」。他以為，既

---

[34] 〈五蠹〉之名仿《商君書‧靳令》中「六蝨」而來，意在抨擊時尚的「法古」，把空談的學者（儒家）、只談而不做的縱橫家、帶劍的游俠、逃避兵役的人和唯利是圖的工商之民稱為五蠹，鼓吹變革才是出路。

第二章　商周時代的傳說、故事和歌謠

要變法，又要面對現實，更要嚴格守法，保證變革的徹底而有序、有效。在他看來，營私舞弊、以勢壓人、嫉賢妒能、自欺欺人的「當塗之人」（〈孤憤〉），是變法的大敵。其文激昂慷慨，熱情澎湃，洋溢著一位具有卓越才情的學者的赤誠，難怪秦王（始皇帝）讀後嘆道：「嗟乎，寡人得見此人與之遊，死不恨矣！」民間寓言在其文中的作用是很大的。在這種意義上講，韓非是諸子中尤為出色的一位作家。

更可貴的是韓非保存了先秦典籍中較早的民間笑話故事。如在〈外儲說左上〉中有兩則笑話，分別為：

鄭縣人卜子，使其妻為褲。其妻問曰：「今褲何如？」夫曰：「像吾故褲。」妻因毀新，令如故褲。

鄭縣人乙子妻之市，買鱉以歸。過潁水，以為渴也；因縱而飲之，遂亡其鱉。

與韓非其他故事相連繫，我們可以看到，作者所引用的故事中的主角，以「鄭人」為多。這裡應該包含著一種特殊的情愫。鄭國與韓國相鄰，韓國滅掉了鄭國，但韓國的國王卻不求進取，不思變革，那麼，韓國也就難以逃脫像鄭國那樣的命運，於是鄭人就成了他筆下嘲諷的愚人。在這裡，同樣寄寓著韓非火熱的變革情懷。

《列子》的作者傳說是鄭人列禦寇，其中也保存了一些民間寓言故事。

這在先秦民間故事中具有典型意義。誠如一位學者所說：「在寓言文學發展的最初階段，寓言往往就是神話傳說和故事。」[35] 又如《列子·說符》中的〈亡鐵者〉，揭示了主觀和持成見者的畸形心理[36]。其他還有《戰國策》中的「三人成虎」（另見於《韓非子》和《呂氏春秋》）、「狐假虎威」（另見於《尹文子》）、「畫蛇添足」、「南轅北轍」，《呂氏春秋》中的「枯梧

---

[35]　楊公驥：《中國文學》（第一分冊），吉林人民出版社 1980 年版，第 446 頁。
[36]　關於《列子》的成書，學者們爭論不一。有學者對此考證，以為基本上是魏晉輯錄、補充、發揮

第三節　商周時代的民間故事

不祥」（另見於《列子》）、「宣王好射」（另見於《尹文子》）等，都成為影響深廣的成語，這顯示出先秦民間寓言的獨特魅力。

這裡應該特別指出的是，在先秦時期的民間故事中，較早地出現了異文，如我們在前面所舉的《韓非子》中的「燕人李季浴矢」。還出現了一篇民間故事被幾種文獻所記述的現象，如在《戰國策》和《呂氏春秋》中都記述的「迎娶新婦」故事，其所記異文表現出民間故事的變異軌跡，這種「變異」也有人不以為然。此類論點參見《社會科學戰線》2000 年第 3 期譚家健〈《列子》故事淵源考略〉等。

尤其值得我們重視。如，在《戰國策·宋衛策》中，其情形是：

衛人迎新婦。婦上車，問：「驂馬，誰馬也？」御曰：「借之。」新婦謂僕曰：「拊驂，無笞服。」車至門，扶，教送母：「滅灶，將失火。」入室見臼，曰：「徙之牖下，妨往來者。」主人笑之。此三言者，皆要言也，然而不免為笑者，早晚之時失也。

在《呂氏春秋·不屈》中則是這樣記述的：

白圭新與惠子相見也，惠子說之以強，白圭無以應。惠子出。白圭告人曰：「人有新取婦者；婦至，宜安矜，煙視媚行。豎子操蕉火而鉅，新婦曰：『蕉火大鉅。』入於門，門中有斂陷，新婦曰：『塞之，將傷人之足。』此非不便之家氏也，然而有大甚者。今惠子之遇我尚新，其說我有大甚者。」

這兩篇異文都顯示出禁忌的主題，同時也顯示出民間故事異地流傳後的具體形態。透過異文，我們能感受到先秦時期的民俗生活。研究民間文學的發展歷史，我們不能不關注這些內容。

整體來看，先秦時期的民間故事中，民間寓言被記述、保存得最豐

而成。

富，幻想故事、生活故事也有一些紀錄，笑話則被記述得較少。這是因為在商周社會中，諸子百家爭鳴，遊說之風盛行，人們一方面要很好地表達自己的思想和情感，另一方面則要借用廣泛傳播的民間故事來增強表達效果，所以很自然地選擇了民間寓言故事這種文體；笑話的發展相對於其他故事形態來說，要求的藝術表現能力更強，所以它被記述得少是一方面，在當時產生得少也應當是很重要的因素。也就是說，民間故事各種形態的發生和發展，與其他民間文學形態一樣，都有一定的背景，都需要相應的發生機制、嬗變機制。

商周時期的民間傳說與民間故事常常在內容上互生，構成後世民間文學的重要母題。一定的體裁，是一定的時代所需要的產物，也是一定的時代生成的產品。當神話走出遠古時代，它就自然地終結了，代替它的是具有神話色彩的傳說故事；而當民間文學走進一個更新的時代，它必須與一定的社會需要（需求）相吻合，才能生存和發展。在任何一個時代，民間文學都沒有消失過，所不同的是各類文體（形態）之間的不均衡現象。

第四節　商周時代的民間歌謠

商周時代民間歌謠的保存基本上有兩種情況，即：一、先秦典籍的保存，其中又有零星保存和集中保存之別；二、後世典籍文獻的保存（包括後人追憶）。從現存典籍的整體情況來看，以先秦典籍的保存為主，並集中在《詩經》與《楚辭》中，分別表現了北方與南方兩地民間歌謠的基本狀況。當然，諸如歷史著作和諸子著作中，也保存有豐富的材料（其他還有卜辭和金銘文所保存的遠古歌謠，前面已經詳述，此略）。這裡，為了便於集中論述商周時期的歌謠，我們先從零星保存方面來窺其原貌。

第四節　商周時代的民間歌謠

一、先秦典籍對商周時代民間歌謠的保存

歌謠在先秦典籍中的保存，零星者居多，諸如《尚書》、《左傳》、《國語》、《戰國策》、《晏子春秋》、《論語》、《孟子》、《荀子》、《韓非子》、《呂氏春秋》、《莊子》和《列子》等，都不同程度地記述、保存了商周時期的民間歌謠。其中，《左傳》中保存的民間歌謠數量最多，其類型也最全。

《左傳》的目的在於記事，在「記」即描述（敘述）中引用了一些民間歌謠，其類型以時政歌謠和兒童歌謠居多，有些諺語也可以看作歌謠。時政歌謠是民間歌謠中反映社會生活最及時的歌謠，如載於〈宋宣公二年〉的〈宋城者謳〉：

鄭公於歸生受命於楚，伐宋。宋華元、樂呂御之。二月王子，戰於大棘，宋師敗績，囚華元……宋人以兵車百乘、文馬百駟以贖華元於鄭。半入，華元逃歸……宋城，華元為植，巡功。城者謳曰：

睅其目，

皤其腹，

棄甲而復。

於思於思，

棄甲復來！

（華元）使其驂乘謂之曰：

牛則有皮，

犀兕尚多，

棄甲則那？

第二章　商周時代的傳說、故事和歌謠

役人曰：

從其有皮，

丹漆若何？

華元曰：「去之，夫其口眾我寡。」

從這裡我們可以看到華元的無恥被役人揭示得淋漓盡致。同時，我們也可以看到，這裡的「對歌」，即華元所曰「其口眾我寡」的效果。像這樣不僅描繪其歌唱內容，又描述其歌唱環境者，在先秦典籍中是很有代表性的。

又如，〈襄公十七年〉：

宋皇國父為大宰，為平公築臺，妨於農收。子罕請俟農功之畢，公弗許。築者謳曰：

澤門之晳，

實興我役。

邑中之黔，

實慰我心。

在這裡，我們可以看到擾民而引發的民怨。這類歌謠差不多成為專制社會民間歌謠的主流，其原因就在於封建統治者向來以擾民、害民而成為社會的禍端。同樣，對於為社會發展帶來繁榮昌盛景象的賢人能臣，民間歌謠則給予讚譽。當然，民間社會對任何人都有一個理解過程。如〈襄公三十年〉：

（子產）從政一年，輿人誦之曰：

取我衣冠而褚之，

取我田疇而伍之。

孰殺子產，

第四節　商周時代的民間歌謠

吾其與之！

及三年，又誦之曰：

我有子弟，

子產誨之。

我有田疇，

子產殖之。

子產而死，

誰其嗣之？

子產是著名的政治家，他對社會發展採用了一系列新的政策，民間百姓的歌謠就反映了他的為政效果。再如〈昭公十二年〉所載：

南蒯之將叛也，其鄉人或知之，過之而嘆，且言曰：

恤恤乎，

湫乎，

攸乎。

深思而淺謀，

邇身而遠志，

家臣而君圖，

有人矣哉！

……

(其)將適費，飲鄉人酒。鄉人或歌之曰：

我有圃，

生之杞乎！

第二章　商周時代的傳說、故事和歌謠

從我者子乎，

去我者鄙乎，

倍其鄰者恥乎！

已乎已乎，

非吾黨之士乎！

民間歌謠是社會政治的晴雨表，時政歌最直接地傳達了人民的心聲，表現出人民的愛憎。在民間歌謠中，所有的醜惡都不能被掩飾。如〈定公十四年〉中的「宋野人歌」：

衛侯為夫人南子召宋朝，太子蒯聵獻盂於齊，過宋野。野人歌之曰：

既定爾婁豬，

盍歸吾艾豭！

與時政歌謠對社會歷史的直接表現相比，民間兒童歌謠對社會政治的反映有著更複雜的內容。如〈僖公五年〉：

八月甲午，晉侯圍上陽。問於卜偃曰：「吾其濟乎？」對曰：「克之。」

公曰：「何時？」對曰：「童謠云：

丙之晨，

龍尾伏辰，

均服振振，

取虢之旗。

鶉之賁賁，

天策焞焞，

火中成軍，

虢公其奔。

第四節　商周時代的民間歌謠

其九月、十月之交乎？丙子旦，日在尾，月在策，鶉火中，必是時也。」

冬十二月丙子朔，晉滅虢。

這種現象即以童謠為讖語的「驗證」，在《左傳》中頗不少見，其中包含著典型的神祕文化的意蘊，特別是星占與時政的連繫，表現出先秦時代社會文化發展的基本特點。又如〈昭公二十五年〉所載「鴝鵒謠」：

有鴝鵒來巢。書所無也。師己曰：「異哉，吾聞文、成之世，童謠有之曰：

鴝之鵒之，

公出辱之。

鴝鵒之羽，

公在外野，

往饋之馬。

鴝鵒跦跦，

公在乾侯，

徵褰與襦。

鴝鵒之巢，

遠哉遙遙。

裯父喪勞，

宋父以驕。

鴝鵒鴝鵒，

往歌來哭。

童謠有是，今鴝鵒來巢，其將及乎？」

第二章　商周時代的傳說、故事和歌謠

這裡的「鳲鳩來巢」是很典型的比興手法，其運用效果非常突出，一方面增強了意象的生動性，一方面使詩句更富於樂感。它和《詩經》的連繫，我們從一個方面可以管窺到。

《國語》中所保存的民間歌謠也不少，其中不少歌謠成為後世廣泛流傳的諺語、成語，如《周語》中的「眾心成城，眾口鑠金」、「從善如登，從惡如崩」等名句，直到今天還為我們所運用。《國語》中的時政歌謠也好，兒童歌謠也好，其保存都具有一定的環境，即具有闡釋性內容，述說其發生背景。如《晉語》中的「暇豫歌」講述了著名的驪姬傳說：

驪姬告優施曰：「君既許我殺太子而立奚齊矣，吾難里克，奈何？」優施曰：「吾來里克，一日而已。子為我具特羊之饗，吾以從之飲酒。我優也，言無郵。」驪姬許諾，乃具，使優施飲里克酒。中飲，優施起舞，謂里克妻曰：「主孟啖我，我教茲暇豫事君。」乃歌曰：

暇豫之吾吾，

不如鳥烏。

人皆集於苑，

己獨集於枯。

里克笑曰：「何謂苑？何謂枯？」優施曰：「其母為夫人，其子為君，可不謂苑乎？其母既死，其子又有謗，可不謂枯乎？枯且有傷。」

這是《國語‧晉語》中所述「晉獻公殺子而重耳走國」的一段故事。驪姬是個狡詐的女人，以讒言害申生，立奚齊為太子；晉獻公盲目自大，狂妄專橫而又貪色，他聽信驪姬的謊言，想藉讓太子申生伐霍之機，待其兵敗而殺之，但申生得勝而歸。驪姬再向獻公進讒言，先派優施去到大夫里克那裡探聽消息。這就是優施與里克載酒載歌載舞載言中的一段。後來申生含冤而死，驪姬又迫害重耳和夷吾。最後晉獻公死去，晉國大亂，奚

第四節　商周時代的民間歌謠

齊、卓子繼位之後，里克等人被殺，驪姬也被殺。當我們讀到這一段歌謠時，猶如身臨其境，為優施這個人的奸詐和陰險而驚心。《國語‧鄭語》中的「周宣王時童謠」，記述了「檿弧箕服，實亡周國」的預言，同樣伴隨著歷史傳說，引人深思。類似的現象在《戰國策》、《呂氏春秋》等典籍中也不乏其例，如《戰國策‧齊策》所載「齊人為王建歌」：

秦使陳馳誘齊王，內之，約與五百里之地。齊王不聽即墨大夫而聽陳馳，遂入秦，處之共松柏之間，餓而死。先是，齊為之歌曰：

松邪柏邪，

住建共者，

客耶！

以歌謠預示天下大事，作為一種藝術傳統，我們在後世的讖書中時有所見，在一些文學作品中也可以看到。這些歌謠已不單單是一種民間歌唱的載體，而且包容了許多人對未來世事的分析與預見，如《燒餅歌》又何嘗不是這樣！

在先秦典籍諸如諸子著作中，歌謠成為另一種意義的述說表現方式，顯示出諸子對社會、歷史、人生等問題的思索。如《論語‧子路》中的「人而無恆，不可以作巫醫」；又如《論語‧微子》中的「楚狂接輿歌」：

楚狂接輿歌而過孔子，曰：

鳳兮，鳳兮！

何德之衰？

往者不可諫，

來者猶可追。

已而，已而！

今之從政者殆而！

第二章　商周時代的傳說、故事和歌謠

《孟子・離婁上》載「孺子歌」：

有孺子歌曰：

滄浪之水清兮，

可以濯我纓；

滄浪之水濁兮，

可以濯我足。[37]

孔子曰：「小子聽之，清斯濯纓，濁斯濯足矣。自取之也。」

《莊子》中也引用了一些歌謠，如在《論語・微子》中曾被引用過的「楚狂接輿歌」；所不同者，是他加上了「天下有道，聖人成焉；天下無道，聖人生焉」。在〈大宗師〉中，有所謂「孟子反、子琴張歌」：

而子桑戶死，未葬。孔子聞之，使子貢往侍事焉。或編曲，或鼓琴，相和而歌曰：

嗟來桑戶乎！

嗟來桑戶乎！

而已反其真，

而我猶為人猗！

在《韓非子》中所引用歌謠也是比較多的。如〈說林篇下〉：

管仲、鮑叔相謂曰：「君亂甚矣，必失國。齊國之諸公子其可輔者，非公子糾則小白也，與子人事一人焉，先達者相收。」管仲乃從公子糾，鮑叔從小白。國人果弒君。小白先入為君，魯人拘管仲而效之，鮑叔言而相之。故諺曰：

---

[37]《文子》中變為「混混之水濁，可以濯吾足乎；泠泠之水清，可以濯吾纓乎」。

第四節　商周時代的民間歌謠

巫咸雖善祝，

不能自祓也。

秦醫雖善除，

不能自彈也。

其他如〈難二〉中的「公胡不復遺冠」等，以及〈外儲說右上〉中的「晏子述周秦民歌」等，都並非單純為了述說歌謠，而是藉以抒發自己渴望社會變革的熱烈情懷。

在《荀子》中也是這樣。值得說明的是，這位先秦時期的哲學家自覺地採用民間說唱的藝術形式，其〈成相〉篇可看作民間歌謠體的長卷。「相」作為一種民間文學體裁，類似於今日民間流行的鼓書，在字句上有明顯的節拍。如《尚書·皋陶謨》中所言「搏拊琴瑟以詠」，「搏拊」即「相」，即鄭玄在注中所言「搏拊以韋為之，裝之以糠，形如小鼓，所以節樂，一名相」。所謂「成」，即「奏」。〈成相〉共有五十六節，每節為五句，第一句、第二句都是三字，第三句是七字，第四句是四字，第五句還是七字。這種句式給予人特殊的韻致美感，恰與今日河南東部地區流行的大鼓書相一致。〈成相〉中的基本內容為：先述對賢與奸的任用不同而出現了治與亂兩種效果，然後舉出歷史事實包括大量民間傳說和民間故事，進一步闡述用奸佞之人所產生的危害，最後再提出自己的具體主張。荀子作〈成相〉篇時，應該是他在齊國不被任用而被迫去楚，之後又因遇讒而遊趙再赴秦，最後終老於楚時所作[38]。在楚國，他曾經為春申君所用，但由於政治漩渦將他推出政壇，所以他空有壯志而不得實現，便走進民間，藉此歌謠體述說自己的萬千胸臆。我們不能肯定地說〈成相〉就是民間歌謠，但可以肯定地說其中保存有不少民間歌謠；荀子在自己的晚年目睹社會政治的全面腐敗，借用民間文藝形式來抒懷，為我們保存了當世民間歌

---

[38]　荀子經歷見《史記·孟子荀卿列傳》。

第二章　商周時代的傳說、故事和歌謠

謠等民間文藝文體，這是他非凡的貢獻。

《尚書》、《禮記》等先秦典籍中，也保存了不少傳說為這個時期的一些歌謠，如〈伊尹歌〉、〈麥秀歌〉、〈曳杖歌〉、〈登木歌〉等，此外還有《琴操》中所舉的〈猗蘭操〉、〈龜山操〉、〈岐山操〉、〈箕山操〉、〈思親操〉等，《吳越春秋》所舉的〈漁父歌〉、〈伍子胥引河上歌〉、〈越王夫人歌〉、〈采葛婦歌〉等。《史記》、《風俗通義》、《後漢書》和《韓詩外傳》等典籍所引傳說中的歌謠，其辨偽非常困難。我們不能一概而論其皆偽或皆真，但至少可以說，這是與先秦典籍的影響分不開的。透過其中的句式，我們可以管窺商、周時代或遠古時代歌謠的一斑。這種情況與相傳為堯時代的〈擊壤歌〉、〈康衢童謠〉相差無幾，我們只能把它們看作傳說。

二、《詩經》與《楚辭》、楚歌

先秦時期即遠古歌謠之後的民間歌謠，最集中的保存當推《詩經》與《楚辭》。這兩部詩歌總集，分別表現出北方和南方民間歌謠的基本風格。

1.《詩經》中的民間歌謠

首先我們可以從《詩經》中看到先秦時期以河洛為中心，東到齊，西到渭，北到燕，南到江漢這樣一個大致相當於今天黃河中下游地區、淮河流域（即河南、河北、山西、陝西和山東的全部及湖北、安徽的一部分）的民間歌謠保存狀況。從《詩經》中，我們能夠管窺先民們豐富多彩的文化生活，尤其是民間文藝和禁忌、圖騰、巫術等信仰崇拜在民俗事項中的具體表現。

《詩經》原稱《詩》、《詩三百》，它被人稱為儒學的經典之一。相傳孔子曾經刪定過它。但我們從《左傳》等典籍中可以看到，早在孔子之前，就應該有其基本形式的流傳了。如《左傳・襄公二十九年》：

第四節　商周時代的民間歌謠

　　（吳國公子季札聘問魯國）使工為之歌《周南》、《召南》，曰：「美哉！始基之矣，猶未也；然勤而不怨矣。」為之歌《邶（風）》、《鄘（風）》、《衛（風）》，曰：「美哉！淵乎！憂而不困者也。吾聞衛康叔、武公之德如是，是其《衛風》乎？」為之歌《王（風）》，曰：「美哉！思而不懼，其周之東乎？」為之歌《鄭（風）》，曰：「美哉！其細已甚，民弗堪也，是其先亡乎？」為之歌《齊（風）》，曰：「美哉，泱泱乎！大風也哉！表東海者，其大公乎？國未可量也。」為之歌《豳（風）》，曰：「美哉！蕩乎！樂而不淫，其周公之東乎？」為之歌《秦（風）》，曰：「此之謂夏聲；夫能夏則大，大之至也，其周之舊乎？」為之歌《魏（風）》，曰：「美哉，渢渢乎！大而婉，險而易行，以德輔此，則明主也。」為之歌《唐（風）》，曰：「思深哉，其有陶唐氏之遺民乎？不然，何憂之遠也；非令德之後，誰能若是！」為之歌《陳（風）》，曰：「國無主，其能久乎？」自《檜（風）》以下無譏焉。為之歌《小雅》，曰：「美哉，思而不貳，怨而不言，其周德之衰乎？猶有先王之遺民焉。」為之歌《大雅》，曰：「廣哉！熙熙乎！曲而有直體，其文王之德乎？」為之歌《頌》，曰：「至矣哉！……」

　　這與今天所傳《詩經》中的「十五國風」、「大小雅」和「頌」大致相同。

　　新華社曾發表一則消息，上海博物館發現一批戰國竹簡，其中有 30 枚竹簡記有孔子論詩的內容。在這些竹簡（其被定名《竹書孔子詩論》）中，涉及孔子所論詩有 60 篇，其十分之一為今傳《詩經》中所無，有〈腸腸〉、〈卷而〉、〈涉秦〉、〈河水〉、〈角幡〉等。《詩經》中的「國風」、「大雅」、「小雅」和「頌」，在此被稱為「邦風」、「大夏」、「小夏」和「訟」，其排列順序正好與今所傳相顛倒，為「訟」、「夏」、「風」。其中還記載了孔子「詩毋離志，樂毋離情，文毋離言」的詩觀和他講授詩的情形。再連繫到我們在上述材料中引的「為之歌《秦（風）》，曰，此之謂夏聲」，可以想見，《詩經》的成書當在孔子之前就已經完備。《詩經》在流傳中曾經發生過浩劫。《後漢書‧儒林傳》說：「詩有齊魯韓毛。」今天所傳《詩經》屬於

第二章　商周時代的傳說、故事和歌謠

在兩漢時限於民間傳授的《毛詩》，為大毛公毛亨、小毛公毛萇所傳。從《禮記》、《國語》等文獻中，我們可以看到古代有采詩制度。如《禮記·王制》中所述的「天子五年一巡狩」而「命大師陳詩以觀民風」，《國語·召公諫弭謗》中所述的「故天子聽政，使公卿至於列士獻詩，瞽獻曲，史獻書，師箴，瞍賦，矇誦」。何休在《春秋公羊傳解詁》中對此做進一步解釋道：「男女有所怨恨，相從而歌。飢者歌其食，勞者歌其事。男年六十女年五十無子者，官衣食之，使之民間求詩。鄉移於邑，邑移於國，國以聞於天子。」《詩經》作為詩歌總集，一般以為其《國風》和《雅》的一部分保存民間歌謠較多，其作者可考者不多，如《小雅》中提到的尹吉甫、家父等人，大部分是民間百姓包括一些出身低下或居於下層民眾中的民間知識分子。《詩經》之所以保存民歌，其目的首先在於教化，其次才在於「觀民風」，這是當世統治者的政治策略所決定的。孔子在《論語·陽貨》中說：「《詩》可以興，可以觀，可以群，可以怨。邇之事父，遠之事君。多識於草木鳥獸之名。」當然，這是經世致用的目的性表現，也正是由於此種目的性，使後人更多地撇開了《詩經》的原始內容而不斷地曲解、誤解它。如《論語·八佾》中，孔子說〈關雎〉是「樂而不淫，哀而不傷」，這個評說被後世所傳誦，甚至成為定論。其實，整部《詩經》除了「頌」之外，更多的就是「淫」和「傷」！而「淫」和「傷」從來都是民間歌謠真正的主題和基本功能。

總觀《詩經》中「國風」和「小雅」中的民間歌謠，我們可以看到，表現內容最突出者是情愛主題和婚姻生活。在這部分內容中，我們可以看到男歡女愛的盡情張揚，而這正是民間文化生活的主流，即封建衛道人士所指斥的「淫」。如〈關雎〉詩，開篇即以「關關雎鳩，在河之洲，窈窕淑女，君子好逑」來指明年輕的心對戀情的投入，其暗示的內容則應該是關於「野合」的民俗生活。其後的「參差荇菜，左右流之」和「參差荇菜，左

第四節　商周時代的民間歌謠

右采之」、「參差荇菜，左右芼之」，並不是指具體的勞動動作，而是「野合」的歡愛情景；最後的「鐘鼓樂之」，則應是仲春之月桑林之會的盛景的想像。也就是說，我們理解《詩經》中的民間歌謠，應該結合當時的民俗生活，而諸如《周禮》、《禮記》等典籍中所述的民間盛會，正是〈關雎〉這類作品的具體背景。《周禮》中所述的「仲春之月，令會男女，於是時也，奔者不禁」，《禮記·月令》中所述的「是月也，玄鳥至。至之日，以太牢祠於高禖，天子親往，後妃帥九嬪御。乃禮天子所御，帶以弓，授以弓矢，於高禖之前」，指的都是仲春之會及高禖崇拜，這在《詩經》形成的時代應該是廣為流行的民俗生活。更重要的是「關關雎鳩」在河洲上所示的意義。朱熹在《詩集傳》中對此解釋為「雌雄相應之和聲也」，但他卻又來了一句「生有定偶而不相亂，偶常並遊而不相狎」來喻此〈關鳩〉為頌「后妃之德」（《詩集傳》卷一）。清人王先謙做了更詳細的考證，他舉《史記·佞幸傳索引》中的「關，通也」，《尚書大傳》中的「雖禽獸之聲，猶悉關於律」，《太玄·玄測都序》注「關」為「交」，「鳥之情意通，則鳴聲往復相交，故曰關」（《詩三家義集疏》卷一）。鳥之交，實際上就是人之交。仲春之會中男女相交相歡相愛，在鳥相交的圖畫中自然顯示出來。再者是詩中所用的「參差荇菜」，即俗稱的金針花，《唐本草》稱「蕃菜」，《本草綱目》中稱為「金蓮子」，在古代既可做藥又可食用，還可供觀賞，其療效與洗濯意義相連，給予人特殊的美感。由此，我們連繫到鄉村民俗生活中以鳥喻男根，以黃花喻少女，可以想見這仲春之會中男女間熱烈歡愛的動人情景──而這在當時絲毫沒有淫的色彩，一切都順乎自然。由此，我們再看《邶風·靜女》中的「靜女其姝，俟我於城隅」和《鄭風·溱洧》、《召南·野有死麕》、《王風·采葛》、《鄘風·桑中》等作品，也就不難見其中的情愛世界了。

　　人常以為《鄭風》「淫」。「淫」其實就是無拘無束的情愛，忘我的投

第二章　商周時代的傳說、故事和歌謠

入。舉數《鄭風》，可見〈緇衣〉、〈將仲子〉、〈叔于田〉、〈大叔于田〉、〈清人〉、〈羔裘〉、〈遵大路〉、〈女曰雞鳴〉、〈有女同車〉、〈山有扶蘇〉、〈蘀兮〉、〈狡童〉、〈褰裳〉、〈豐〉、〈東門之墠〉、〈風雨〉、〈子衿〉、〈揚之水〉、〈出其東門〉、〈野有蔓草〉、〈溱洧〉，共21首詩。除了〈緇衣〉被釋為「鄭武公好賢」、〈清人〉被釋為「刺鄭文公」、〈羔裘〉被釋為「讚美鄭國大夫」，其餘諸篇都是表現男女情愛的。〈將仲子〉中的「無逾」、「無折」及「亦可畏也」所形成的重複結構，表現出一對男女相愛相歡的情形。〈遵大路〉二章每章四句，每章的前兩句都是「遵大路兮，摻執子之袪（或手）兮」，使我們聯想起流傳至今的西北民歌〈走西口〉，其中「走路要走大路」和「緊拉著妹妹（哥哥）的手」，其意境與意蘊是驚人的一致。在〈蘀兮〉和〈狡童〉、〈褰裳〉、〈山有扶蘇〉中，我們同樣可以看到仲春之會的狂歡，「狂且」、「狂童」、「狡童」和「叔兮伯兮」是當時最親暱的稱呼。在〈出其東門〉中，我們看到「有女如雲」、「有女如荼」，在〈野有蔓草〉中，我們看到「零露漙兮」、「零露瀼瀼」與「邂逅相遇」，其中都流露出野合的痕跡。最突出也是最典型的野合情景表現在〈溱洧〉，它集中呈現了溱洧之濱，男男女女踏青修禊，以祓除不祥，其「維士與女，伊其相謔，贈之以勺藥」更直接更具體地描繪了上巳節男歡女愛的恣肆。而這些內容，正是腐儒們克己勿視勿聞的，因此，也就難怪口口誣其為「淫聲」了。

《齊風》中也不乏「淫聲」，如〈還〉、〈著〉、〈東方之日〉等篇，描繪情愛間的交流與相悅。〈還〉曾被認為「刺荒」即諷刺田獵之事，事實上其中的「遭我乎峱之間兮」與「並驅從兩肩兮」，和後世民歌中的「雌雄傍地走」意義相同，是男女在野外追逐嬉戲的情景。值得提出的是《齊風》中的〈南山〉、〈敝笱〉、〈載驅〉、〈猗嗟〉，表面上連成一體，可看作是諷刺齊襄公與其妹文姜淫亂的故事，其實其主題意旨已被民間衍化為男女情愛的歌唱，失去了諷刺的意義。其中的「匪斧不克」、「其魚唯唯」、「敝笱在

梁」和「汶水湯湯」、「汶水滔滔」、「美目揚兮」,都包含著炙熱的情愛。但我們從唐代詩歌中「女媧本是伏羲妻」等神話傳說的嬗變形態中,還可以尋找到其蹤跡。也就是說,《詩經》中的傳說雖源於歷史,但已經不是真實的歷史記述,而是再創造成新的意蘊的歷史。這種現象在《陳風》中也有所表現。如〈宛丘〉,有人以為「刺幽公也,淫荒昏亂,遊蕩而無度焉」(〈詩序〉),但我們通讀全篇之後並沒有這種感覺,看到的卻是宛丘之上成群的男女自由自在、載歌載舞、盡情歡娛的景象。與之相近的是〈東門之墠〉,也有人說它是「刺女巫盛行之詩」(〈詩序〉)。其實〈東門之墠〉和〈宛丘〉一樣,都是再現了高禖崇拜、桑林之會、仲春之會等具有原始信仰包括生殖崇拜、性崇拜內容的集體狂歡。還有〈株林〉,有人以為其「刺靈公也,淫乎夏姬,驅馳而往,朝夕不休息焉」(〈詩序〉),其中的「胡為乎株林」、「朝食於株」同樣是表現仲春野合的內容,這裡的夏南也並不是指夏姬的兒子,而應是泛指美貌女子,若說有〈詩序〉所講的靈公故事(《左傳·宣公九年》載),也只是說明仲春之會中不分男女、不分尊卑的集體行為。甚至可以說,在《國風》中,只有情愛即純樸的男歡女愛的內容,並不存在對所謂「淫亂」的指斥。這是當時社會生活的具體內容決定的。後世學者根據主流文化即統治者鞏固社會秩序的需求,強調《詩經》的教化功能,極力扼殺《詩經》之中所張揚的歡愛內容。可以說,若沒有這些內容,「國風」將失去其絢麗的姿色,整個《詩經》也將和其他先秦典籍一樣被束之高閣,遠沒有像現在這樣在民間文化、民俗生活中為大眾傳播所青睞。當然,愛與歡樂是美麗的,其中也不乏憂傷,《詩經》中有不少民間歌謠直接表現了這種痛苦、無奈和焦渴。如《檜風》中的〈羔裘〉所唱的「豈不爾思,我心憂傷」,〈素冠〉中所唱的「棘人欒欒兮」、「我心傷悲兮」,還有《曹風》中的〈蜉蝣〉所唱的「心之憂矣」,〈候人〉中所唱的「不遂其媾」與「季女斯飢」。

第二章　商周時代的傳說、故事和歌謠

　　《詩經》中所保存的民歌，還集中反映了勞動生活、人生苦難與憂愁等內容。在《詩經》形成的時代，農耕技術已經得到相當充足的發展，社會分工帶給民間百姓許多歡樂，也帶來許多煩惱和仇恨、不滿。人們透過這些民歌的誦唱，得到情感的宣洩，獲得慰藉，另一方面，人們也把這些民歌作為生產知識和生活經驗的教材，甚至是他們的百科全書，透過傳唱教育、培養後代，同時，也陶冶著一代又一代人的性情和操守。這類作品最典型的當數《豳風》中的〈七月〉。「七月流火，九月授衣」，「四月秀葽，五月鳴蜩，八月其獲，十月隕蘀」，「九月築場圃，十月納禾稼」，「二之日鑿冰沖沖，三之日納於凌陰，四之日其蚤，獻羔祭韭」等時令的描述，具體表現了于耜、舉趾、執筐（採桑、採蒿）、條桑、載績、狩獵、燻鼠、春酒、食瓜、斷壺、叔苴、索綯、乘屋、饗宴、祭祀、祈禱等民俗生活。在後世的民間歌曲中普遍流行〈十二月〉之歌，即把一年的農事和主要生活事項，包括民間節日，都透過歌謠表現出來，〈七月〉就是這類歌曲的最原始的類型。先人熱愛生活，同樣也熱愛勞動，在勞動中歌唱快樂。如在《周南・芣苢》中，每個詩句之前都有「采采芣苢」作為重複章句，描述勞動中的歡樂。又如《召南・騶虞》和《齊風・還》中對獵手的稱讚，可看作較早的狩獵歌。在勞動歌謠中，《詩經》中一些作品還表現了唱和的效果，除了《周南・芣苢》外，突出的典型如《魏風・十畝之間》：

　　十畝之間兮，

　　桑者閑閑兮。

　　行與子還兮！

　　十畝之外兮，

　　桑者泄泄兮。

　　行與子逝兮！

第四節　商周時代的民間歌謠

但並不是所有的勞動都充滿了歡樂，當過重的勞役對人民帶來苦痛時，民歌就多了一些咒罵、指斥和憎恨。如《唐風·鴇羽》中「悠悠蒼天，曷其有常」的發問，充滿了悲苦和淒涼。最典型的同類作品是《魏風·碩鼠》和《魏風·伐檀》，人們把那些欺壓人的人比作「碩鼠」，發出「逝（誓）將去汝」的吶喊，對「不狩不獵」的「彼君子兮」提出質問。還有一些民歌表現了對征戰的厭惡。周代連年征戰，為人民帶來不盡的哀傷和痛苦，諸如《豳風·東山》成為這種苦情傾訴的典型。在〈東山〉中，每章前幾句都是「我徂東山，慆慆不歸。我來自東，零雨其濛」，展現了厭戰、思鄉、懷舊的心態。《小雅·採薇》、《衛風·伯兮》、《邶風·擊鼓》等，也是這類歌謠的代表。

原始信仰和祖先崇拜是《詩經》民歌中的重要內容。我們這樣理解《詩經》，而更多的學者雖然也承認其中有豐富的民間歌謠，但做具體闡釋時總是依照文人詩來理解，有意無意地忽略其中的原始信仰和祖先崇拜。尤其是一些人片面強調《詩經》所具有的人民性，以為其基本價值就在於揭露黑暗、嘲諷醜惡、歌頌正義，這樣理解《詩經》是相當偏頗的。我們認為，《詩經》源自特殊的時代，它雖然具有表現社會現實的意義，但無論如何都擺脫不了特殊時代所賦予的文化特徵，即它首先屬於生活，其次才屬於藝術。

《詩經》的誦唱，曾經是先秦時期文藝生活的重要內容，如《左傳·文公十三年》：

鄭伯與公宴於棐。子家賦〈鴻雁〉，季文子曰：「寡君未免於此。」文子賦〈四月〉。子家賦〈載馳〉之四章，文子賦〈采薇〉之四章。鄭伯拜，公答拜。

在《詩經》中，〈詩序〉說「風，風也，教也」，「雅者，正也」，「頌者，美盛德之形容，以其成功告於神明者也」。鄭樵在《詩辨妄》中說：「鄉土

第二章　商周時代的傳說、故事和歌謠

之音曰風,朝廷之音曰雅,宗廟之音曰頌。」

原始信仰和祖先崇拜作為《詩經》民歌的重要內容,在各篇章中以不同的程度存在著。如,原始信仰中的生殖崇拜、性崇拜、動物崇拜透過「鳥獸草木之名」展現出來,有時伴之以野合的描繪、高禖崇拜的表現,像我們在前面所舉到的例子;諸如巫術崇拜、自然崇拜、靈魂崇拜在許多篇章中更是普遍性表現;尤為突出的是星辰崇拜及其伴隨的民間傳說,成為《詩經》中原始信仰的動人表現。如《小雅・大東》中所列的織女星、牽牛星、啟明星、長庚星、天畢星、箕星、斗星,每一顆星辰後面,都有相關的傳說作為詩句,融成一體:

維天有漢,

監亦有光。

跂彼織女,

終日七襄。

雖則七襄,

不成報章。

皖彼牽牛,

不以服箱。

東有啟明,

西有長庚。

有捄天畢,

載施之行。

維南有箕,

不可以簸揚。

維北有斗,

第四節　商周時代的民間歌謠

不可以挹酒漿。

維南有箕，

載翕其舌。

維北有斗，

西柄之揭。

這應該是先秦文獻中最早提到《牛郎織女》的神話傳說材料。我們考察這則民間傳說，〈大東〉是一個重要的起點（原型）。其他像許多篇章中提到的祭祀、祈禱、詛咒性內容，與原始信仰有著密切的連繫，諸如《小雅‧桑扈》中的「兕觥其觩，旨酒思柔；彼交匪敖，萬福來求」等，我們可以看作繼遠古歌謠之後重要的儀式歌謠，直接影響著後世的民間儀式歌的形成和變化。在提到這一點時，許多學者只把《國風》和《小雅》的一部分看作民間歌謠，而排除《大雅》和《頌》中民間儀式歌的存在，這是不夠全面的。我以為，在《國風》中也有並非純屬民間歌謠的作品，如《鄘風‧載馳》，有人考證即為許穆夫人所作[39]；在《頌》中，也未必沒有民間歌謠的存在，只是我們通常不把一些民間儀式歌謠作為所謂規範的民間歌謠看待。如《商頌》中的〈那〉、〈烈祖〉、〈玄鳥〉、〈長發〉、和〈殷武〉，是祭祀祖先、先王的「樂歌」，而此時周已經滅商，商的子孫還在傳唱、懷念自己的祖先和先王，內容和語句都與那些民歌無異，又為何不能直作祭祀時所唱的民間歌謠呢？尤其是〈長發〉，〈詩序〉稱其「大禘也」。《禮記‧喪服小記》載：「王者禘其祖之所自出，以其祖配之，而立四廟。庶子王亦如之。」鄭玄注曰：「禘即祭天。」二者都是講「禘」作為重要的祭儀而存在[40]。顯然，《商頌》所保存的被征服民族的「樂歌」，其實就是正在民間流傳的歌謠。《周頌‧載芟》在〈詩序〉中被釋為「春籍田而祈社稷也」，即

---

[39] 褚斌傑、譚家健主編：《先秦文學史》第二編第四章，人民文學出版社 1998 年版。
[40] 《論語‧八佾》中，孔子曰：「不知（禘）也。」《禮記‧王制》：「天子諸侯宗廟之祭，春曰礿，夏

第二章　商周時代的傳說、故事和歌謠

春耕祀神的樂歌；《周頌·良耜》是秋收後祀神的樂歌。它們都是集體活動中演唱的「樂歌」，也可以被看作民間儀式歌。在某種意義上講，在整部《詩經》中，處處都可以看到集體性的意義，而集體性正是民間歌謠存在的基礎。那麼，一部《詩經》被看作先秦時期或商周時期的民間歌謠總集，並不為過。特別是《商頌·玄鳥》，可以被看作最早保存的民間敘事詩。正因為許多學者在文化研究中長期固守於偏狹的「民間」概念，即一味強調下層體力勞動者對口頭創作的貢獻，才人為地抹殺了民間文學全民性的重要內容，這同樣是一種偏見。

祖先崇拜在《詩經》中主要保存在《大雅》和《頌》中，集中表現在《大雅》中的〈綿〉、〈生民〉、〈公劉〉和《商頌》等篇章。其中《大雅》中所表現的是周民族的幾代祖先神，《商頌》中所表現的是殷商民族的祖先神。在信仰成分與表現方式上，它們和西方學者所論述的「史詩」(epic)的具體概念，並無太大的差異。如卡頓 (J. A. Cuddon) 在《文學術語詞典》(*A Dictionary of Literary Terms and Literary Theory*)「史詩」中所說：「史詩指在大範圍內描述武士和英雄們的功績的長篇敘事詩，是多方面的英雄故事，包括神話、傳說、民間故事與歷史。」[41] 那麼，依此而論，〈生民〉和〈玄鳥〉這幾篇作品被看作先秦時期所保存的史詩，是有道理的。

《大雅》之意即「大事」，即鄭樵在《詩辨妄》中所述「朝廷之音」。如〈生民〉從姜嫄生育后稷開始，述說后稷在周民族發展史上具有史詩意義的神聖事蹟：

厥初生民，

時維姜嫄。

生民如何，

日禘，秋日嘗，冬日烝。」

[41] 卡頓：《文學術語詞典》，倫敦出版社 1979 年版，第 225 頁。

第四節　商周時代的民間歌謠

克禋克祀，

以弗無子。

履帝武敏歆，

攸介攸止。

載震載夙，

載生載育，

時維后稷。

它詳細地述說了周始祖誕生的神話傳說，並以農耕儀禮等形式來表達後人對祖先的懷念。這是周民族第一代祖先的頌歌。

〈公劉〉描述了周民族的第二代英雄祖先對周國家建立及在豳創業的艱辛歷史，反覆詠嘆「篤公劉」，謳歌其「乃場乃疆」、「爰方啟行」、「瞻彼溥原」、「于京斯依」、「既景乃岡，相其陰陽」、「于豳斯館」而「涉渭為亂，取厲取鍛，止基乃理，爰眾爰有」。

在〈綿〉中，描述了周民族第三代英雄祖先神古公亶父（即王季之父、文王之祖，後稱太王）由豳遷往「岐下」建立周國家的歷程：

綿綿瓜瓞，

民之初生，

自土沮漆。

古公亶父，

陶復陶穴，

未有家室。

詩中還描述了「周原，堇荼如飴。爰始爰謀，爰契我龜」的內容。

古公亶父領導周民族在「岐下」這片土地上「乃慰乃止，乃左乃右；

第二章　商周時代的傳說、故事和歌謠

乃疆乃理，乃宣乃畝」、「乃立皋門」、「乃立應門」、「乃立塚土」，而後才有「文王蹶厥生」以及疏附、先後、奔奏、禦侮的強大陣容。在《大雅‧思齊》中，文王齊家治國，他「不顯亦臨，無射亦保」，全心全意為人民服務，而且「成人有德，小子有造」，周王朝的人民無限幸福、光榮和自豪，而這和〈生民〉、〈公劉〉、〈綿〉都是一脈相承的。同樣，在這三篇史詩性的作品中，從內容到形式都是經過許多人共同創造才完成的。

《商頌》的情況更為特殊，因為這裡的商民族已經失去了統治者的地位而被周民族所征服。但我們可以看到，在《商頌》中，諸如〈玄鳥〉這類作品，不會是在短時間內由個別人創作完成的，而是經過了相當長時間的集體傳播，在這一時期被整理、保存。諸如〈長發〉中，先述「濬哲維商，長發其祥」，然後以「洪水芒芒，禹敷下土方，外大國是疆」引出「有娀方將，帝立子生商」，謳歌契、相、成湯等商民族的英雄神，還讚頌了「實維阿衡（即伊尹），實左右商王」，一點也看不出沮喪的情緒，顯然是周滅商之前的作品。

在〈玄鳥〉中，以「天命玄鳥，降而生商」引題，在揭示商民族的圖騰「玄鳥」的同時，鋪敘「武湯」、「正域彼四方」而「方命厥後，奄有九有」，再述說孫子「武丁」、「肇域彼四海，四海來假」的昌盛景象。顯然，這也是商滅亡之前的作品。武王滅紂而封微子啟於宋，商的子孫在宋這片土地上繼續傳唱著他們的先人留下的史詩。和《大雅》中的〈生民〉、〈公劉〉、〈綿〉一樣，這些「樂歌」應該被看作民間歌謠或民間敘事詩、史詩。

《詩經》確實是中國第一部詩歌總集，這是在把文人詩和民間詩同等看待條件下的論斷，但它也是繼《周易》之後的又一部民歌總集；尤其是《大雅》和《頌》中，保存了包括民間儀式歌、民間史詩或民間敘事詩在內的作品，特別是後者，應該為我們重新理解和深入思索。

第四節　商周時代的民間歌謠

2.《楚辭》與楚地古歌

楚國的歷史與周民族代替殷商是分不開的，即楚國民眾更多的是殷人的後裔[42]。殷人封魯、殷人南遷，離開了作為政治和文化中心的中原地區，在南方的開發中發揮重要作用，從而也影響到楚地文化、南方文化的發展。郭沫若在《屈原研究》（上海群益出版社1950年版）中曾提到「把殷人創生的文化移植到了南方」。殷商民族在歷史上不斷遷徙，過去許多學者以為商人來自東方，如郭沫若、范文瀾、李亞農等都持此見，但也有學者以為其源自北方，如金景芳等人以為商文化起源於遼水發源處即今內蒙古昭烏達盟一帶[43]。近年來北方地區的考古材料頗多，可證殷商民族源自北方說更近史實。從神話傳說中可知，北方地區曾是顓頊、帝嚳統治的地方，所以，作為殷人後裔的屈原，在其詩中高唱「帝高陽之苗裔兮，朕皇考曰伯庸」，也就並不奇怪了。有的學者在考察楚國先世時，以為其「實際上的始祖鬻熊卻是住在荊山（在今湖北西部、武當山東南、漢水西岸）的荊蠻，並且在周夷王時（約西元前9世紀）和楚武王三十五年（前705年）時楚王還都以蠻夷自居」[44]。鬻熊曾孫熊繹曾被周封為楚子，建都於丹陽，《左傳·昭公十二年》稱楚人在其時「篳路藍縷，以處草莽，跋涉山林」。後來到楚莊王時，楚國曾經達到鼎盛；至楚懷王時，楚國的疆域更進一步擴大，甚至東北至今山東東南一帶，西南至今廣西東北一帶，以及浙江、江蘇、河南的一部分還曾歸其占有，但由於國內政治腐敗，以致屢次為秦所敗——秦攻下郢時，楚遷都於陳（今河南淮陽）；當楚再遷鉅陽（今安徽阜陽北）、壽春（今安徽壽陽）時，其大勢已趨於滅亡。待西元前223年，這個從長江中游起家，曾輝耀江浙、威震淮河中游地區的國家（民族），終於被秦帝國所滅亡。當然，在這一次又一次擴張即發展中，土

---

[42]　《史記·楚世家》稱楚之先祖出自「帝顓頊高陽」。
[43]　金景芳：《商文化起源於中國北方說》，《中華文史論叢》第七輯，上海古籍出版社1978年版。
[44]　葛劍雄：《中國移民史（第二卷）》，福建人民出版社1997年版，第23頁。

第二章　商周時代的傳說、故事和歌謠

著的蠻夷與北方遷來的殷人的共同努力也是不可忽視的因素。《楚辭》作為楚國古歌的一部分，融進這些歷史的氤氳，化成一道道雲霓，閃爍在我們的面前。

《楚辭》與《詩經》一樣，既是對歷史的真實記述，又包含了許多民間歌曲、民間歌謠和民間傳說等內容。當年楚人所包容的「九夷八蠻」，即南方越、苗、氐、羌、巴等民族的文化，與中原文化相匯聚，一同在楚古歌中表現出來。楚古歌包括《楚辭》在內，是楚文化的一部分，構成其自身的特點；而在楚文化的具體構成中，民俗生活發揮了非常重要的「底色」作用。如《漢書·地理志》所說：

楚有江漢川澤山林之饒。江南地廣，或火耕水耨；民食魚稻，以漁獵山伐為業，果蓏蠃蛤，食物常足。故呰窳偷生，而亡積聚，飲食還給，不憂凍餓，亦亡千金之家。（其）信巫鬼，重淫祀。而漢中淫失枝柱，與巴蜀同俗。

巴、蜀、廣漢本南夷，秦並以為郡，土地肥美，有江水沃野、山林竹木、蔬食果實之饒。南賈滇、僰僮，西近邛、筰馬、旄牛。民食稻魚，亡凶年憂，俗不愁苦而輕易淫泆，柔弱褊阨。

這種文化包括民間信仰在內的民俗生活等因素，決定了《楚辭》和楚古歌的基本內容與個性。王逸在《楚辭章句·九歌·序》中說：

昔楚國南郢之邑，沅湘之間，其俗信鬼而好祠。其祠必作歌樂、鼓舞，以樂諸神。屈原放逐，竄伏其域，懷憂苦毒，愁思沸鬱，出見俗人祭祀之禮、歌舞之樂，其詞鄙陋，因為作〈九歌〉之曲。

當然，屈原是否因「其詞鄙陋」而「作〈九歌〉之曲」是另一回事，其受楚地「俗人祭祀之禮、歌舞之樂」的影響是不可避免的，也是不可否認的。

後來朱熹也談道：「昔楚南郢之邑，沅湘之間，其俗信鬼而好祀。其祀必使巫覡作樂、歌舞以娛神。蠻荊陋俗，詞既鄙俚，而陰陽神鬼之間，

第四節　商周時代的民間歌謠

又或不能無褻慢淫荒之雜。」(《楚辭集注辨證》)可見王逸、朱熹都曾強調〈九歌〉原為楚地沅湘之間的民間祭歌即民間儀式歌，屈原曾經因「其詞鄙陋」而重作(寫)。他們一味強調的「其詞鄙陋」，正是楚古歌的重要特色。

令人遺憾的是，以楚古歌為代表的南方先秦民歌沒有得到更多的保存，只是散見於一些文獻中，諸如《孟子‧離婁上》所記的〈孺子歌〉，《呂氏春秋》所舉的「候人兮猗」(前已引)，還有劉向《說苑‧善說》中所記的〈越人歌〉，《新序‧節士》中所記的〈徐人歌〉，《吳越春秋》卷一所載的〈漁父歌〉。

此舉如下：

〈越人歌(越人擁楫歌)〉：

今夕何夕兮搴舟中流，
今日何日兮得與王子同舟。
蒙羞被好兮不訾詬恥，
心幾頑而不絕兮得知王子。
山有木兮木有枝，
心悅君兮君不知！

〈徐人歌〉：

延陵季子兮不忘故，
脫千金之劍兮帶丘墓。

〈漁父歌〉：

日月昭昭乎侵已馳，
與子期乎蘆之漪。

第二章　商周時代的傳說、故事和歌謠

日已夕兮予心憂悲，

月已馳兮何不渡為？

事寖急兮將奈何！

蘆中人！

蘆中人！

豈非窮士乎？

〈越人歌〉在《說苑・善說》中被載為「鄂君子皙之泛舟於新波之中」，其「會鐘鼓之音畢，榜枻越人擁楫而歌」，原來的歌辭被記為「濫兮抃草濫予昌澤予昌州州鍖焉乎秦胥胥縵予乎昭澶秦逾滲惿隨河湖」。鄂君子皙不懂越語，召人譯成楚語。這應該是廣義上的楚地民歌。〈徐人歌〉在《新序・節士》中載為徐人稱讚季札講信用不忘故諾而唱的歌。〈漁父歌〉的背景是伍子胥亡楚至吳，「至江，江中有漁父乘船從下方溯水而上，子胥呼之，謂曰：『漁父渡我！』如是者再。漁父欲渡之，適會旁有人窺之，因而歌曰……」

《越絕書》卷一中也載有這首歌，其詞有所改：

（伍子胥）於是乃南奔吳。至江上，見漁者曰：「來渡我！」漁者知其非常人也，欲往渡之，恐人知之，歌而往過之曰：

日昭昭侵以施，

與子期甫蘆之碕。

子胥即從漁者之蘆碕。日入，漁者復歌往曰：

心中目施，

子可渡河，

何為不出？

船到，即載入船而伏。

第四節　商周時代的民間歌謠

這些楚地古歌在句式上與《詩經》中的北方民歌有顯著不同。如清人沈德潛將「心悅君兮君不知」與〈九歌〉中的「思公子兮未敢言」作比較，以為其「同一婉至」。近人王國維也曾稱〈滄浪歌〉「已開楚體格」。這種現象在中國文學史上並不鮮見；從某一個方面來講，正是屈原對楚地民間歌謠的吸收、運用與再創作，形成了後世作家自覺地學習、運用民間文學的優良傳統。誠如魯迅在《漢文學史綱要》中所說的那樣：

戰國之世，言道術既有莊周之蔑詩禮，貴虛無，尤以文辭，陵轢諸子。

在韻言則有屈原起於楚，被讒放逐，乃作〈離騷〉。逸響偉辭，卓絕一世。

後人驚其文采，相率仿效，以原楚產，故稱「楚辭」。[45]

有學者考，《楚辭》雖在屈原生活的時代被創作，但當時並無這一概念。

「楚辭」一詞始見於司馬遷《史記·酷吏列傳》「（朱）買臣以『楚辭』與助俱幸」處，即漢武帝時。「楚辭」作為一種新詩體，戰國時代產生於楚地；它的產生從王逸、朱熹的論述中，可知是受到楚地「鄙俚」之詞、「褻慢淫荒之雜」的具體影響而形成的。後人在文體分類上把「楚辭」歸為「騷」，即以屈原的〈離騷〉為代表，強調其形式的獨特。

屈原生活的時代，懷王被囚於秦，頃襄王不用賢良，楚國危在旦夕。屈原滿懷救國的壯志，先是被「（懷）王怒而疏」（《史記·屈原賈生列傳》），後「至於襄王，復用讒言，逐屈原」（班固〈離騷贊序〉）。他被黜貶之後，流浪於漢北一帶，感世傷懷，不忍見自己的國家被秦所滅而身蒙恥辱，憤而自沉於汨羅江。他自沉的時節是〈懷沙〉中所記的「滔滔孟夏」，後人傳說即農曆五月端五（午）節，賽龍舟、食米粽等習俗都源自民間百姓對這位偉大愛國詩人的敬仰、紀念。在他的作品中，〈離騷〉、

---

[45]《魯迅全集第九卷·漢文學史綱要》，人民文學出版社 2005 年版，第 382 頁。

第二章 商周時代的傳說、故事和歌謠

〈九歌〉、〈九章〉、〈天問〉、〈招魂〉等詩篇，都明顯吸收和借鑑、運用了楚地的民歌。不用舉數其詩中大量運用的神話傳說和民間信仰（它們形成了中國詩歌史上詩性神話思維的重要典型，影響了後世），單是其中所用的夾帶「兮」字之類的詩句，我們就可以看到其深受民歌影響的一面。當然，他的作品並不僅僅限於受楚地古歌的影響，還受到中原文化的重要影響。在〈離騷〉和〈天問〉中，我們可以看到豐富的古典神話系統，諸如〈天問〉中的「女媧有體，孰制匠之」等句，明顯是對古代典籍中神話傳說的探究、詰問，透過這些「問」，我們可以復原出古典神話燦爛輝煌的大一統面目。最為典型的是〈九歌〉，作為古代神曲的「九歌」之名，我們在《山海經·大荒西經》中「開（啟）上三嬪於天，得〈九辯〉、〈九歌〉以下」句，可以看到一些端倪。屈原為其作品取此名，應該是受此影響。〈九歌〉中的神仙世界，氣勢恢宏，無比壯麗，充滿真摯的深情。〈九歌〉今傳十一篇，有〈東皇太一〉、〈雲中君〉、〈湘君〉、〈湘夫人〉、〈大司命〉、〈少司命〉、〈東君〉、〈河伯〉、〈山鬼〉、〈國殤〉和〈禮魂〉，篇篇都有巫載歌載舞的場面，與「楚人信巫鬼，重淫祀」（《漢書·地理志》）相通相合。詩中最為動人的是那些女神，如〈湘君〉、〈湘夫人〉和〈山鬼〉，那種纏綿、狂野、娟秀、清麗被絢麗的世界襯托得分外妖嬈。詩中格外動人的還有數不盡的香草，這些五彩繽紛、充滿芬芳的鮮花，在神界仙國盡情開放，顯現出詩人高潔的品格和非凡的胸懷。〈九章〉包括〈惜誦〉、〈涉江〉、〈哀郢〉、〈抽思〉、〈懷沙〉、〈思美人〉、〈惜往日〉、〈橘頌〉和〈悲迴風〉。在這裡，同樣可以看到「生南國」的嘉樹、風雲、江水中閃現的巫文化色彩。在〈天問〉中，詩人不僅問來自遠古的各種神話，而且問到夏桀滅亡、成湯為萬民擁戴，尤其是對「師望在肆，昌何識」即對文王發現呂尚的才能並重用而得天下的詰問，對「比干何逆，而抑沉之」和「梅伯受醢，箕子佯狂」的詰問，對「周幽誰誅，焉得夫褒姒」的詰問，都顯現出

其熱烈的濟世情懷。當我讀到〈招魂〉時,聽到屈原一聲聲「魂兮歸來」,心靈就止不住顫動。我想起了在田野作業中親眼見到的那些招魂場面,眼前交織著千年前的三閭大夫和今天滿面刻著滄桑的鄉間父老,應該說,他們都是靈魂的信仰者,都因此而憧憬著美好,同樣,也憎恨著邪惡。從兩千多年前的荊楚蠻荒,到今天遠離高樓大廈的現代鄉村,我看到了連續不斷的巫。「魂兮歸來!」和「來家咧——」都是同一個語調。我由此想起了《阿達婆吠陀》中的〈保胎咒〉,也想起了英國學者詹姆斯·喬治·弗雷澤(James George Frazer)在《金枝》(*The Golden Bough: A Study in Magic and Religion*)中所描繪的內米林中的小湖和在岸邊徘徊的狄安娜的靈魂,還有那位晝夜守護在聖樹旁的祭司。每年 8 月 13 日,聖林中總是要舉行相當於古廟會那樣隆重的祭典,那無數火炬的光芒被湖水倒映得格外美麗。那湖水因為許多充滿神祕意味的傳說應該和汨羅江是相連著的。如今,我不知道如何從屈原的詩中辨別哪些是楚地的古歌,哪些才是三閭大夫自己的心聲。但是,我看到了這樣一種事實,那就是《孟子·離婁上》中「滄浪之水」的歌聲、〈越人歌〉和〈徐人歌〉中的「兮」字句,與屈原的〈九歌〉與〈招魂〉是一致的,而且連接著今天鄉野間一聲聲異常沉重的歌謠。曾經有人懷疑屈原的詩不是屈原所作,這是否因為他的歌聲與楚地古歌太相近呢?後來,我從林河的《〈九歌〉與沅湘民俗》[46]中略略讀懂了一些。我相信,待我們到楚地的鄉間親耳聽那些民間歌謠時,我們會讀懂更多。

---

[46]　林河:《〈九歌〉與沅湘民俗》,上海三聯書店 1990 年版。

第二章　商周時代的傳說、故事和歌謠

第三章

秦漢間俗說

　　秦漢時期是經過周王朝之後對中國文化進行重新整理的階段，具有文化復興的特殊意義。這一時期的民間文學有許多內容成為後世歷史文化最深刻的記憶。

　　民間文學發展到秦統一中國時，發生了重要變化。秦始皇進行了一系列文化政策的革新與創制，既是對先秦時代民間文學的總結與繼承，又深刻地影響著後世。如秦代最早設置了「樂府」，有「奉常」和「少府」二署。班固《漢書・百官公卿表》曾最早記載「奉常」和「少府」所屬官職情況，其中有「少府，秦官，掌山海池澤之稅，以給供養，有六丞。屬官有尚書、符節、太醫、太官、湯官、導官、樂府、若盧、考工室、左弋、居室、甘泉居室、左右司空、東織、西織、東園匠十六官令、丞」的詳細記載。後來，唐代杜佑的《通典》、宋代鄭樵的《通志》、元代馬端臨的《文獻通考》等典籍，都提及「太常卿——太樂署」。1977 年，考古工作者在陝西秦始皇陵附近發掘出一件重要文物秦錯金甬鐘，在鐘的柄上鐫刻著篆書「樂府」兩字。應該說，這是最有力的證據。在《史記・李斯列傳》中，我們可以看到秦代的俗樂頗為繁盛，如其所引〈諫逐客書〉：

　　夫擊甕叩缶彈箏搏髀，而歌呼嗚嗚快耳目者，真秦之聲也。鄭、衛、桑間、昭、虞、武、象者，異國之樂也。今棄擊甕叩缶而就鄭、衛，退彈箏而取昭、虞，若是者何也？快意當前，適觀而已矣。

　　秦王朝統治者曾經焚書坑儒，但它並沒有消滅文化，而是在吸收與改

第三章　秦漢間俗說

造民間文藝上獲得了一些令後人矚目的成就。如它曾經把戰國時代的「講武之禮」改名為「角觝」。

任昉在其《述異記》中特意提到這個著名的民間文藝現象：

秦漢間說，蚩尤氏耳鬢如劍戟，頭有角，（其）與軒轅鬥，以角觝人，人不能向。今冀州有樂，名蚩尤戲，其民兩兩三三，頭戴牛角而相觝，漢造角觝戲，蓋其遺制也。

同是在《史記・李斯列傳》中，也提到「是時（秦）二世在甘泉，方作觳（角）觝優俳之觀」，即此「角觝戲」。秦之前，吳國的吹簾（《史記・范雎蔡澤列傳》）、燕國的擊築（《戰國策・燕策三》）、齊國的彈唱（《戰國策・齊策一》）都頗盛行，俗樂的影響超過了雅樂。《史記・秦始皇本紀》中提到其「所得諸侯美人鐘鼓，以充入之」，劉向在《說苑・反質》中說：「關中離宮三百所，關外四百所，皆鐘鼓帷帳，婦女倡優。」可見樂府的設立及其影響在秦代是那樣普遍和深入。但是，由於秦王朝的苛政對天下百姓帶來無盡災難，強制勞役和沉重的賦稅，加上焚書坑儒，終於把其罪惡推向了極點；「大楚興，陳勝王」（《史記・陳涉世家》）的呼聲，為秦帝國敲響了喪鐘。

這個朝代留下了太多的控訴，在後世文獻中保存著，諸如《史記》、《漢書》和南朝劉敬叔的《異苑》、任昉的《述異記》，宋人郭茂倩的《樂府詩集》，明代楊慎《升庵詩話》、楊泉《物理論》等，都或載，或記，或引地記下了這些作品。尤為典型的如劉敬叔《異苑》中所載的〈秦世謠〉：

秦始皇，

何僵梁！

開吾戶，

據吾床，

飲吾酒，

唾吾漿，

餐吾飯，

以為糧，

張吾弓，

射東牆。

前至沙丘當滅亡！

在《升庵詩話》所引的〈秦記〉中唱道：

運石井泉口，

渭水不為流。

千人唱，

萬人嘔。

在《物理論》中也記述了相似的內容：

秦始皇起驪山之塚，使蒙恬築長城，死者相屬。民歌曰：

生男慎勿舉，

生女哺用。

不見長城下，

屍骸相支柱。

對沉重的徭役替人民帶來的災難進行控訴，成為秦代歌謠的主題。與此相關的還有許多關於秦始皇出巡、求仙的傳說，尤其是他派徐福率童男童女渡海求仙的故事，也被《史記》等典籍所記載，成為後世同類主題傳說的原型。秦代歷史短暫，卻在後世民間傳說中屢屢被演繹成一幕幕驚心動魄的故事；秦始皇成為中國歷史上為數不多的暴君的典型，幾乎所有的

第三章　秦漢間俗說

專制罪惡都在他的身上集中。這並不是因為千百萬人民不了解秦始皇對統一國家所做的重大貢獻,而是由於令人不堪忍受的勞役和殘酷的迫害成為人民憎恨的枷鎖,尤其是那些好大喜功、草菅人命、飛揚跋扈的醜惡行徑,必然受到唾棄和詛咒。相比而言,秦代歌謠和秦代傳說在後世廣為流傳,而秦始皇命秦博士所作的〈仙真人詩〉(見《史記·始皇本紀》)、雜賦(《漢書·藝文志》)等時文,都化作了歷史的灰燼。如魯迅所說:「由現存者而言,秦之文章,李斯一人而已。」[47]

那些被秦始皇所焚燒的典籍,有許多被人們口述,到漢代被整理成文,重見天日。秦代文獻被保留完整者,當數李斯在秦始皇巡遊時所撰的碑文即「刻石」,如〈泰山刻石〉、〈琅琊刻石〉、〈之罘刻石〉、〈會稽刻石〉和〈嶧山刻石〉,「政暴而文澤」(劉勰《文心雕龍·銘箴》)。其他如唐代初年發現的石鼓文(如〈汧沔〉、〈霝雨〉、〈而師〉、〈作原〉、〈吾水〉、〈車工〉、〈田車〉、〈鑾敕〉、〈馬薦〉、〈吳人〉),宋代初年發現的「詛楚文」(如〈大沈厥湫文〉等「三石」之作),以及後來秦代墓中所發現的竹簡(如睡虎地秦墓竹簡)等,更多地被鎖在學識淵博的學者們的書齋中。只有那些歌謠和傳說,作為秦代的風,至今還飄蕩著。當然,相伴的還有戰火硝煙中滅秦興漢的一曲曲戰地歌謠,諸如《史記·陳涉世家》中所舉的「大楚興,陳勝王」,《史記·項羽本紀》中的「力拔山兮氣蓋世,時不利兮騅不逝。騅不逝兮可奈何?虞兮虞兮奈若何」,以及《史記·高祖本紀》中的「大風起兮雲飛揚,威加海內兮歸故鄉,安得猛士兮守四方」[48]。不過,這些歌謠已經成為大秦帝國的輓歌,成為宣告漢帝國崛起的新聲,掀開了歷史包括民間文學的新篇章。

---

[47] 《魯迅全集第九卷·漢文學史綱要》,人民文學出版社2005年版,第395頁。李斯有〈議廢封建〉、〈議燒詩書百家語〉、〈議刻金石〉、〈上書言治驪山陵〉,也有〈獄中上書〉,但其人格卑微,死亦應得,其文也失去光彩。至於秦二世的〈責李斯文〉,當屬無恥之作,不足以談。

[48] 任昉的《文章緣起》:「漢祖〈大風歌〉汪洋自恣,不必三百篇遺音,實開漢一代氣象,實為漢後詩開創。若武帝〈瓠子〉、〈秋風〉、〈柏梁〉諸作,從湘累脫化,有詞人本色也。」

第四節　商周時代的民間歌謠

漢王朝建立後，統治者吸取了秦帝國滅亡的教訓，也汲取了往昔統治者的經驗，進行了政治、經濟、文化等方面在政策上的調整與革新，建起了新的社會秩序。特別是著名的文景之治，朝廷倡導休養生息，發展生產，強調孝道在社會道德中的作用，出現了繁榮景象。當然，漢王朝也出現了許多新的罪惡，充滿動盪和戰火，使人民蒙受新的苦難。但它畢竟在進步、發展，尤其是漢代文化政策重視樂府制度的建設，重視對前人文化遺產的整理，重視文人和方士在文化生活中的支配作用，這些都深刻影響著漢代民間文學的具體構成和發展，從而使漢代民間文學形成了一個全新的格局：

首先是漢樂府民歌成為漢代民間文學的重要內容，特別是長篇民間敘事詩的出現，象徵著漢代民間文學的成熟發展，戲曲藝術出現了萌芽。

其次是以《史記》和《漢書》為代表的歷史著作，保存了豐富的民間文學。

再次是以《說苑》、《淮南子》、《風俗通義》、《論衡》以及《四民月令》等著作為代表，出現了以民俗生活和民間文學為主要內容的專門典籍。

第四是對以經學為代表的先秦典籍的整理和注釋，使民間文學的鉤沉與發微得到空前的發展，並成為後世民間文學研究的重要依據。而且，以此形成雅俗互證的文化傳統。事實證明，雅俗可以共存，更能夠相互轉化。

第五是緯書的盛行，特別是其中的天文占、五行占、史事讖，對民間文學整理工作及其社會政治影響產生了重要作用；神仙、精怪、佛事成為民間文化生活的重要內容。尤其是五行志，是中國歷史文化典籍中表現民間文學內容最豐富的文獻之一；而我們常常沒有重視其特殊的價值意義。

第六是神廟的大肆修建、畫像石刻的廣泛流行，這些民間文學的物化具形在文化生活和文化發展中都具有重要意義。

第三章　秦漢間俗說

最後是中國戲曲藝術呈現雛形，對後世的戲曲藝術產生重要影響。民間曲藝當稱為戲曲之源。

這種格局不僅影響到當世，而且影響到後世。漢代民間文學因此而成為繼戰國時代之後又一次文化高潮的主體。在某種意義上講，漢代民間文學在類型和主題上，是秦之前民間文學的集大成。幾乎可以說，若全面理解了漢代民間文學，差不多就理解了整個中國古典民間文學。因為這個時期的民間文學意味著對先秦以來歷史文化的吸收、整理與再創造，從而具有全新的意義。它同樣成為後世文學的「元典」。當然，漢代民間文學的保存，在某些方面仍然離不開其他文獻。其豐富性、完整性明顯超過了它之前的時代，一個非常重要的原因，就是典籍的眾多，使我們能夠多角度多層次地了解到其具體存在。

第一節　漢樂府民歌

漢代民間歌謠以樂府民歌為典型，其形式多樣，內容豐富，代表著漢代民間文學所獲得的重要成就。但我們應該看到，漢代民間歌謠遠不止樂府民歌一種類型，況且它作為政府介入民間文化、疏導民間生活的一種藝術方式，其保存範圍受到很大限制。漢代民間歌謠還散布在《樂府詩集》之外的其他典籍中，甚至明確記述了相當可觀的少數民族歌謠。

《樂府詩集》為宋代郭茂倩所編，但他並不是僅選取漢一代，而是包括了漢代至漢之後到唐五代這樣漫長歲月中的樂府民歌，其中有大量作品並不是民歌，而是文人的創作。正如後人顧炎武在《日知錄》中所說：「樂府是官署之名」，其「後人乃以樂府所採之詩，即名之曰樂府焉」。樂府的建立是與劉邦沿用秦制，「頗採古禮與秦儀雜就之」等具體措施分不開的。秦始皇實行嚴酷的專制統治，曾經焚書坑儒，使中國文化受到浩劫，但他

第一節　漢樂府民歌

並不是拒絕一切文化。他曾經「立百官之職」，在宮廷設立「太樂」和「樂府」兩種掌管音樂歌舞的機構。「太樂」主要負責宗廟祭禮中的音樂歌舞，歸奉常所管；「樂府」主要負責一般娛樂的音樂歌謠，歸少府所管。劉邦回故鄉時所唱的〈大風歌〉就曾為樂府所存，「於樂府習常肄舊而已」（《史記‧樂書》）。到漢武帝時，樂府被加強管理，還增設「協律都尉」來總管具體的創編音樂及蒐集民間歌曲等任務。如《漢書‧禮樂志》所說：「至武帝定郊祀之禮」，其時「乃立樂府，采詩夜誦，有趙代秦楚之謳，以李延年為協律都尉」。《漢書‧禮樂志》中提到「至武帝……乃立樂府」，又提到「哀帝時罷之」，許多人也就誤以為到漢武帝時才設樂府，才有樂府民歌。《漢書‧李延年傳》載：「李延年，中山人，身及父母兄弟皆故倡也。延年坐法腐刑，給事狗監中。」、「延年善歌，為新變聲。是時，上方興天地諸祠，欲造樂，令司馬相如等作詩頌。延年輒承意絃歌所造詩，為之新聲曲。」、「哀帝時罷之」並不是因其他，其詔書中的理由是「唯世俗奢泰文巧，而鄭衛之聲興」，「鄭衛之聲興，則淫辟之化流」。應該說，真正的原因，一是漢哀帝確實對樂府不感興趣（有學者提出因他身體病弱），另一種更重要的是這種樂府及民歌的採編、傳播，造成了對政權鞏固不利的因素。

但樂府作為一種官方機構，對民歌的傳播發揮了重要的推動作用；樂府民歌作為一種官方提倡的文化運動，也就勢不可當了。在後世如六朝時期，樂府已經由音樂歌舞的管理機構變成詩體即詩歌藝術的一種專有名稱；再往後，有魏時的古題樂府，又有唐代的新題樂府。樂府民歌對後世詩體的變化和發展產生了重要影響，如郭茂倩在《樂府詩集‧新樂府辭》的「序」中所講：

樂府之名，起於漢魏；自孝惠帝時，夏侯寬為樂府令，始以名官。至武帝，乃立樂府，采詩夜誦，有趙代秦楚之謳。則採歌謠，被聲樂，其來

第三章　秦漢間俗說

蓋亦遠矣。凡樂府歌辭，有因聲而作歌者，若魏之三調歌詩[49]，因絃管金石，造歌以被之是也。有因歌而造聲者，若清商、吳聲諸曲，始皆徒歌，既而被之絃管是也。有有聲有辭者，若郊廟、相和、鐃歌、橫吹曲是也。有有辭無聲者，若後人之所述作，未必盡被於金石是也。新樂府者，皆唐世之新歌也。

以其辭實樂府，而未常被於聲，故曰新樂府也。……其或頗同古義，全創新詞，則〈田家〉止述軍輸，〈捉捕〉請先螻蟻。如此之類，皆名樂府。

郭茂倩把樂府具體劃分為郊廟歌辭、燕射歌辭、鼓吹曲辭、橫吹曲辭、相和歌辭、清商曲辭、舞曲歌辭、琴曲歌辭、雜曲歌辭、近代辭曲、雜歌謠辭、新樂府辭共計十二類。其中的「郊廟歌辭」、「燕射歌辭」、「鼓吹曲辭」、「橫吹曲辭」、「相和歌辭」、「舞曲歌辭」、「琴曲歌辭」、「雜曲歌辭」、「雜歌謠辭」這九類，保存了漢代樂府詩歌。漢樂府民歌主要保存在「鼓吹曲辭」、「相和歌辭」、「雜曲歌辭」和「雜歌謠辭」中。

當然，漢樂府民歌的保存，不獨郭茂倩的《樂府詩集》，其他典籍如鄭樵《通志·樂略》、吳兢《樂府古題要解》、徐陵《玉臺新詠》、蔡邕《禮樂志》、班固《漢書》和《文選》、《藝文類聚》、《太平御覽》，以及《漢書》注、《文選》注等注疏，都保存了相當多的樂府詩和樂府民歌[50]。特別是徐陵編撰的《玉臺新詠》(又名《玉臺集》)，保存了相當重要的漢樂府詩與民歌。《玉臺新詠》編定於梁，共十卷(程琰在《玉臺新詠》跋中稱宋本收詩690首，吳兆宜在《玉臺新詠箋注》中稱收詩869首，今所見為明代趙均

---

[49] 三調，《舊唐書·樂志》曰：「平調、清調、瑟調，皆周房中曲之遺聲。漢世謂之三調。總謂之相和調。」

[50] 魏晉之後不少學者整理、鉤沉樂府詩歌，如《新唐書·藝文志》所載的孔衍《琴操》，荀勗《太樂雜歌辭》、《太樂歌辭》、《樂府歌詩》，謝靈運《新樂府集》，釋智匠《古今樂錄》，鄭譯《樂府歌辭》，蘇夔《樂府志》等，惜其大都不傳或散佚。但這顯示對樂府詩歌、樂府民歌的整理工作一直未斷。

翻刻南宋陳玉父本，共659首），其中卷一和卷十所收漢樂府民歌最多、最集中。卷一收詩40首，有古詩、古樂府、漢童謠等內容，另有枚乘、張衡、蘇武等人的詩；卷十收詩153首，包括漢至梁的小詩即五言二句的「古絕句」。著名的樂府敘事民歌或稱民間敘事詩〈孔雀東南飛〉，原名〈古詩為焦仲卿妻作〉，即保存在卷一。

唐吳兢鑒於前人對樂府編纂的粗疏，編撰成《樂府古題要解》二卷，上卷有〈相和歌〉、〈拂舞歌〉、〈白紵歌〉、〈鐃歌〉、〈橫吹曲〉和〈清商曲〉，下卷有〈雜題〉和〈琴曲〉。他的「題辭」，對於我們理解漢樂府民歌的意義很有價值。

如他對〈相和歌〉等所作「題辭」：

以上樂府〈相和歌〉。案，相和而歌，並漢世街陌謳謠之詞，絲竹更相和，執節者歌之……

以上樂府〈鐃歌〉。案，漢明帝定樂有四品，最末篇曰〈短簫鐃歌〉，軍中鼓吹之曲。舊說黃帝所造，以建武揚德。《周禮》所謂王大捷則愷樂，軍大獻則愷歌是也……

以上樂府〈橫吹曲〉，有鼓角，《周禮》：「以鼖鼓鼓軍事用角。」舊說云，蚩尤氏帥魑魅與黃帝戰於涿鹿之野，帝始命吹角為龍鳴以禦之……吳兢著重對樂府古題的起源和嬗變所作的探索很有特色，成為我們理解漢代樂府民歌存在狀況的重要參考材料。如他對〈相和歌〉中〈薤露歌〉所作的「要解」：

右喪歌。舊曲本出於田橫門人，歌以葬橫。一章言人命奄忽如薤上之露，易晞滅也。詞云：「薤上露，何易晞。露晞明朝已復落，人死一去何時歸！」二章言人死精魄歸於蒿里。詞云：「蒿里誰家地，聚斂魂魄無賢愚。鬼伯一何相催促，今乃不得少踟躕。」至漢武帝時，李延年分為二曲，〈薤露〉送王公貴人，〈蒿里〉送士大夫、庶人；挽柩者歌之，亦呼為

第三章 秦漢間俗說

〈挽柩歌〉。《左氏春秋》：齊將與吳戰於艾陵，公孫夏使其徒歌〈虞殯〉。杜預注云：「送喪歌也。」即喪歌不自田橫始矣。復有〈泰山吟行〉，亦言人死精魄歸於泰山，〈薤露〉、〈蒿里〉之類也。

另外值得提出的是班固《漢書》中所見的漢樂府及〈鐃歌〉問題。在班固之前，劉向、劉歆父子整理文獻典籍，曾經在《七略》中論及樂府；班固繼承了劉氏父子的學術方法對樂府進行分類，在《漢書‧藝文志》專科列「詩賦略」，錄28家314篇詩，一類分為「郊祀歌」等雅歌，一類分為「趙代之謳、秦楚之風」的民間歌謠。而且，他尤為看重後者，以為其「皆感於哀樂，緣事而發，亦可以觀風俗，知厚薄」。更重要的是班固在《漢書》的〈禮樂志〉、〈藝文志〉和他的〈兩都賦〉等作品中，詳細記述了漢代前期尤其是文景兩帝和漢武帝時代樂府運動的狀況。如他在〈禮樂志〉中記述了漢武帝時的「掖庭材人」和「上林樂府」，以及「皆以鄭聲施於朝廷」和「常御及郊廟皆非雅聲」的情景；在〈藝文志〉中還記述了「齊謳員」、「劉謳員」、「蔡謳員」、「鄭四會員」、「楚四會員」、「秦倡員」和「邯鄲鼓員」、「沛吹鼓員」、「陳吹鼓員」、「臨淮鼓員」等，這應該是文獻中民間藝人群體的最早紀錄。有一些學者對此不以為然，以為其與民歌連繫不大，事實上是這些學者因視角的偏頗而沒能看到其真相。班固不但記述了樂府對傳統民歌的改造與利用，而且具體記述了內外民間文學的交流，如《漢書‧敘傳上》載：「始皇之末，班一避地於樓煩，致馬牛羊數千群。值漢初定，與民無禁，當孝惠、高后時，以財雄邊，出入弋獵，旌旗鼓吹，年百餘歲，以壽終。」

《漢書‧禮樂志》還詳細記述了哀帝下詔罷廢樂府的情況：

是時，鄭聲尤甚，黃門名倡丙彊、景武之屬，富顯於世，貴戚五侯、定陵、富平、外戚之家，淫侈過度，至與人主爭女樂。哀帝自為定陶王時疾之，又性不好音，及即位，下詔曰：「唯世俗奢泰文巧，而鄭衛之聲興。

第一節　漢樂府民歌

夫奢泰則下不孫而國貧，文巧則趨末背本者眾。鄭衛之聲興，則淫辟之化流，而欲黎庶敦樸家給，猶濁其源而求其清流，豈不難哉！孔子不云乎？『放鄭聲，鄭聲淫。』其罷樂府官；郊祭樂及古兵法武樂，在經非鄭衛之樂者，條奏別屬他官。」

在漢哀帝罷遣樂府之後，大批的歌工樂人又回到了民間。這時的樂府作為官方文化管理機構已失去了其職能，而民歌包括樂府民歌的創作及傳播並沒有停止，而是以新的姿態存在著，為當世的民間歌曲注入了活力，並深刻地影響著後世的民間歌謠。應該說，這對於當時民間文藝活動的繁榮發展並非壞事。特別是大批民間藝人流入社會底層，這對於全社會民間文藝創作主體自身素養的提高，肯定具有正面意義。東漢時的大予樂、舉謠言，當屬樂府運動的遺響。

樂府民歌運動在漢代歷史上的出現，是中國民間文學史上輝煌的一頁，它不但在當世具有重要意義，而且深深地影響到後世，諸如唐代出現的新樂府運動，它們之間在許多方面是一脈相承的。明代學者胡應麟在《詩藪·內編》中說：「樂府之體，古今凡三變：漢魏古詞，一變也；唐人絕句，一變也；宋元詞曲，一變也。」應該說，樂府民歌的求俗風尚，在某種意義上奠定了中國詩歌藝術及小說、戲曲面向民眾的文化傳統。漢樂府把「禮失求諸野」的文化哲學思想鍛鍊成一種經久不衰的創作方法，這正是中國文學常變常新的底蘊。

理解漢樂府民歌，繞不開對漢代三大雅歌〈房中歌〉(《漢書·禮樂志》)、〈郊祀歌〉(《漢書·禮樂志》)和〈鐃歌〉[51]三篇作品的了解，許多學者都以其為雅，排除其為民間歌謠。其實，若我們對歌辭作詳細考察，就會發現其俗而不雅的一面。究其原因，在於其中摻和了民間歌曲的成分。如〈房中歌〉第八章：

---

[51] 〈鐃歌〉始載於《宋書·樂志》。

第三章　秦漢間俗說

豐草葽，

女羅施。

善何如？

誰能回？

大莫大，

成教德。

長莫長，

被無極。

這種句式明顯帶有楚地古歌的色彩。唐山夫人改周、秦之聲，把原本的祈求子嗣換成頌揚高祖皇帝的內容，形成這種雅中有俗的現象。這種現象在〈郊祀歌〉和〈鐃歌〉中也存在著。

如〈鐃歌〉的第一首〈朱鷺〉：

朱鷺，

魚以烏。

路訾邪，鷺何食？

食茄（荷）下。

不之食，

不之吐，

將以問諫者。

它所描述的是古時路設諫鼓的故事，有問，有答，顯然以俗為個性，不宜為典雅的祭儀所用，類似於先秦或遠古時期的民間歌謠。

最典型的是〈上邪〉：

第一節　漢樂府民歌

上邪！
我欲與君相知，
長命無絕衰。
山無陵，
江水為竭，
冬雷震震夏雨雪，
天地合，
乃敢與君絕！

顯然，這是一首純粹的愛情民歌，其口氣明顯與宮廷生活相異，這又如何能做「黃門鼓吹」的慶宴之聲呢？〈鐃歌〉中的〈戰城南〉、〈巫山高〉、〈有所思〉也是如此。可見，其原意絕不在宮廷慶宴，而應是生在民間，或者是從民間採擷來，為「黃門鼓吹」所用。有許多學者強調漢〈鐃歌〉十八曲難解，其實正是這些學者沒有注意到民間文化生活的重要背景。

再如其中的〈石留〉，全句為「石留涼陽涼石水流為沙錫以微河為香向始冷將風陽北逝肯無敢與于揚心邪懷蘭志金安薄北方開留離蘭」，這成了一樁公案。其中很可能是域外所傳或者是音譯所造成的混亂；我曾試著做過「修復」，即將字句中的襯音清理出來，便可看到一首優美的小詩或歌謠：

石留（榴）「涼陽涼」石（榴），
水流為沙「錫以」（兮）；

第三章　秦漢間俗說

> 微河（為何）為香？
> 向始（相識）「穌」（兮）冷（能）將（相）風陽（逢），
> 北（彼）逝！
> 肯無勿敢與欸「于揚」。
> 心邪，
> 懷蘭（念）志（至）金（今），
> 安薄（何）北方開？
> 「留離蘭（戀）」

「修復」後，全句就成了：

石榴石榴，

水流為沙兮；

為何為香？

相識兮能相逢！

彼（指河水）逝矣！

肯勿敢欸。

心邪，

懷念至今，

安何北方開（石榴為何朝陰一面開）？

留戀──

可以將此設想為一對妙齡男女，站立在河邊的石榴樹叢中，目睹石榴成熟散出芬芳香味，引來蜂蝶飛舞，而河水閃著漣漪。他們正互訴衷腸，發誓永不分離。當然，這只能是一種試驗，是一種猜測。

第一節　漢樂府民歌

在今天文獻中我們所能見到的漢樂府民歌，尤其是那些注為「古辭」的作品，應當如《宋書‧樂志》所說：「凡樂章古辭，今之存者，並漢世街陌謠謳。〈江南可採蓮〉、〈烏生十五子〉、〈白頭吟〉之屬是也。」由於其大多為後世輯錄，考據就出現許多困難。尤其是漢樂府民歌的辨別認定，我們的依據多半來自文獻，特別是對史籍的尋索。同時，我們還必須對民歌本身作認真的分析和判斷。

漢樂府民歌的整體內容可分為愛情歌謠、生活歌謠，時政歌謠三大類；另外，民間敘事詩若可以歸於其中的話，應歸於愛情歌謠類。其他像勞動歌謠、儀式歌謠和兒童歌謠等，在這裡保存較少。這種情況是多方面原因造成的。其中，與中國文化發展中的記錄技術、選擇觀念有著直接的連繫。特別是時政歌謠散見於樂府詩集之外的歷史典籍類文獻中，就顯示了統治者的矛盾心態：雖然他們採錄民歌的重要目的之一是「觀風俗，知厚薄」，但他們更多地卻是迴避矛盾，不敢正視現實，因而選錄或記述的民歌就多屬於愛情歌謠和生活歌謠兩大類；雖然在生活歌謠中也保存了一些具有時政內容的民間歌謠，但這並不能改變其整體面貌。其實，從《樂府詩集》的目錄排列上，我們就可以看到它對《詩經》輯錄、編選方法與觀念的直接繼承。在後世的民間歌謠集中，此類現象甚為普遍。余冠英在《樂府詩選‧前言》中提及這個問題時也說道：「其採錄標準是有問題的。」另一點需要強調指出的是，下層文人的創作，有一些也應該被看作是民間歌謠。

這是因為下層文人在民間文學的創作或傳播過程中，始終是不可忽視的主體構成部分。樂府詩歌包括樂府民歌中，此類例子很多，《文選》所載《古詩十九首》，是人們公認的文人創作，明人譽為「五言之《詩經》」，「無名氏」的身分其實就是下層文人。弄清楚這個問題，我們才能全面地理解漢樂府民歌；其他時期的民歌，也有這樣的情況存在。當然，文人詩

第三章　秦漢間俗說

與樂府民歌還是有明顯區別的。

我以為，漢樂府民歌中，保存最多、審美價值最高的，首先是愛情歌謠。這不僅因為愛情是感情中最美麗神聖，也最為脆弱的部分，還因為它最真實地呈現出不同時代不同階層人們複雜的心理世界。同時，愛情歌謠中寄寓著民間百姓對自由幸福的真切嚮往，它永遠都是藝術的精靈──儘管一代代衛道者裝模作樣地斥責他人「思有邪」，其實許多衛道人士正是最無恥的淫欲橫行者。在樂府民歌中，我們可以感受到民間百姓熱烈的情懷，其中包含著對愛情的忠貞不渝，也包含著黑白分明的愛與憎，如《樂府詩集》中的「相和歌辭」。流傳很廣的是《宋書·樂志》中舉到的〈江南可採蓮〉：

江南可採蓮，

蓮葉何田田！

魚戲蓮葉間。

魚戲蓮葉東，

魚戲蓮葉西，

魚戲蓮葉南，

魚戲蓮葉北。

表面看來這是一首採蓮曲，其實它所包含的是男歡女愛和生殖崇拜等生活內容，只不過其訴說方式更為隱祕含蓄。最直接表現愛情守望的無比忠貞者，是「橫吹曲辭」中的〈上邪〉：

上邪！

我欲與君相知，

長命無絕衰。

山無陵，

第一節　漢樂府民歌

江水為竭,

冬雷震震夏雨雪,

天地合,

乃敢與君絕!

其他還有「相和歌辭」中的〈陌上桑〉、〈相逢行〉、〈豔歌行〉等作品。其中的〈陌上桑〉廣為流傳,《古今注》中記述道:「〈陌上桑〉者,出秦氏女子。秦氏,邯鄲人;有女名羅敷,為邑人千乘王仁妻。王仁后為趙王家令。羅敷出採桑於陌上,趙王登臺見而悅之,因置酒欲奪焉。羅敷巧彈箏,乃作〈陌上桑〉之歌以自明。趙王乃止。」此可看作與這首民歌伴生的民間傳說。與之相似的〈羽林郎〉、〈秋胡行〉等,也都表現出女性對愛情的忠貞。與之相對的是一些棄婦詩、怨婦詩,表達了對那些摧殘愛情、褻瀆愛情者的譴責、憤恨,如〈豔歌何嘗行〉(又名〈雙白鵠〉)等。相傳為蔡邕所寫的樂府民歌〈飲馬長城窟行〉,表達的是思念親人的情感;〈隴西行〉則表達了對婦女不卑不亢、精明能幹的讚譽,它和〈飲馬長城窟行〉一樣,都可看作情與愛的歌唱,是另一種風格的愛情歌謠。此外,諸如〈王昭君〉以及《古詩十九首》中的〈青青河畔草〉、〈冉冉孤生竹〉、〈庭中有奇樹〉、〈迢迢牽牛星〉等篇,也是愛情歌謠。

尤其是〈迢迢牽牛星〉藉牛郎織女的傳說來表達衷情,別有情致:

迢迢牽牛星,

皎皎河漢女。

纖纖擢素手,

札札弄機杼。

終日不成章,

泣涕零如雨。

第三章　秦漢間俗說

河漢清且淺，

相去復幾許。

盈盈一水間，

脈脈不得語。

這是牛郎織女傳說在漢代流傳的重要文字，成為我們考察它嬗變軌跡的一座碑石。

著名的敘事民歌〈孔雀東南飛〉形成在漢代，其最早被完整地記述，則見於南朝徐陵的《玉臺新詠》中，舊題〈古詩為焦仲卿妻作〉，作者署為「無名人」（郭茂倩將它編入「雜曲歌辭」，題為〈焦仲卿妻〉）。它也可以被歸入漢樂府的愛情歌謠類。徐陵在《玉臺新詠》的「序」中記道：

漢末建安中，廬江府小吏焦仲卿妻劉氏（蘭芝）為仲卿母所遣，自誓不嫁。其家逼之，乃投水而死。仲卿聞之，亦自縊於庭樹。時人傷之，為詩云爾。

在《太平御覽》所存漢樂府古辭〈古豔歌〉中，我們可以看到這則民間敘事詩的雛形：

孔雀東飛，

苦寒無衣。

為君作妻，

中心惻悲。

夜夜織作，

不得下機。

三日載匹，

尚言吾遲。

第一節　漢樂府民歌

　　此處不能斷言這首民歌與〈孔雀東南飛〉之間的必然連繫，但我們可以由此看到，〈孔雀東南飛〉不是一朝一夕所成，而是經過了漫長歲月的浸染、鍛鍊而形成的。

　　漢樂府民歌中的生活歌謠頗為豐富，按其內容可分為遊子類、傷世類。其中的遊子類歌謠或抒發生活中的孤獨、悲苦，或抒發對自然世界的感慨。遊子的成分也頗複雜，有士卒，有農民，也有商賈。這類人的遭遇及其心態的表達，成為漢樂府民歌的一種特色。如「雜曲歌辭」中的〈傷歌行〉、〈枯魚過河泣〉，「相和歌辭」中的〈猛虎行〉，以及「橫吹曲辭」中所錄的〈紫騮馬歌辭〉後的四曲「古詩」，都是此類作品。「古詩」〈十五從軍征〉當為漢樂府民歌：

　　十五從軍征，

　　八十始得歸。

　　道逢鄉里人：

　　家中有阿誰？

　　遙望是君家，

　　松柏塚纍纍。

　　兔從狗竇入，

　　雉從梁上飛。

　　中庭生旅穀，

　　井上生旅葵。

　　烹穀持作飯，

　　採葵持作羹。

　　羹飯一時熟，

　　不知貽阿誰。

第三章　秦漢間俗說

出門東嚮往，

淚落沾我衣。

生活歌謠中的傷世之作相當多，其中有對世態炎涼的感慨，有對苦難生活的傾訴，充滿了痛苦。如「相和歌辭」中的〈箜篌引〉、〈孤兒行〉、〈婦病行〉、〈西門行〉、〈烏生〉、〈東門行〉、〈驅車上東門行〉等，刻劃人生，入木三分。《續漢書·五行志》中載有一首以東漢桓帝時涼州羌族造反大敗官軍，朝廷徵丁無數，對百姓帶來極大災難為背景的歌謠：

大麥青青小麥枯，

誰當獲者婦與姑。

丈夫何在西擊胡！

吏買馬，

君具車，

請為諸君鼓嚨胡！

這首歌謠在後世不斷被借用，如傳說近代有一首「詩」中寫道：「穀撒地，薯葉枯，青壯煉鐵去，唯剩婦與孺，吾為農民鼓嚨胡！」兩首歌謠的背景不一樣，它們所傳達的來自最底層的真誠心聲，卻是一致的。

除了樂府民歌，在《史記》、《漢書》和《風俗通義》等典籍中，還記述了一些漢代民間歌謠的其他形式。如《史記·灌夫傳》：

（灌）夫不喜文學，好任俠，已然諾。諸所與交通，無非豪傑大猾。家累數千萬，食客日數十百人。陂池田園，宗族賓客為權利，橫於潁川。潁川兒乃歌之日：

潁水清，

灌氏寧；

第一節　漢樂府民歌

潁水濁,

灌氏族。

《史記・淮南厲王傳》載:

孝文十二年,民有作歌歌淮南厲王,日:

一尺布,

尚可縫;

一斗粟,

尚可舂。

兄弟二人,

不能相容。

上聞之乃嘆曰:「……天下豈以我為貪淮南王地邪?」……上憐淮南厲王廢法不軌,自使失國早死,乃立其三子……皆復得厲王時地,參分之。

其他如《史記・滑稽傳》、〈貨殖傳〉、〈酷吏傳〉和〈司馬相如傳〉等篇,也記述了許多時政類歌謠。這恰是在類型上對樂府民歌的補充。《漢書》和《後漢書》等典籍,記載的時政歌謠更為豐富。如《漢書・五行志》中所記「元帝時童謠」、「成帝時童謠」,《漢書・廣川惠王越傳》中所記「廣川王去為陶望卿歌」、「廣川王去為諸姬歌」,《漢書・翟方進傳》中所記「汝南鴻陂童謠」,《漢書・揚雄傳贊》中所記「京師為揚雄語」,《漢書・尹賞傳》中所記「長安中為尹賞歌」,《漢書・石顯傳》中所記「牢石歌」、「長安謠」,《漢書・王莽傳》中所記「寧逢赤眉,不逢太師;太師尚可,更始(將軍)殺我」等,表現出漢王朝的動亂、腐敗、黑暗。特別是《漢書・匈奴傳》和《漢書・烏孫傳》中第一次全面記述了少數民族的民歌,彌足珍貴。如《漢書・匈奴傳》中所載「元狩二年春,霍去病伐匈奴,過焉支山。其夏

第三章　秦漢間俗說

又攻祁連山。匈奴人作〈匈奴歌〉，歌中有「亡我祁連[52]山，使我六畜不蕃息；失我焉支[53]山，使我婦女無顏色」之句。《漢書・烏孫傳》載：

漢元封中，遣江都王建女細君為公主，以妻焉。賜乘輿服御物，為備官屬宦官侍御數百人，贈送甚盛。烏孫昆莫以為右夫人。匈奴亦遣女妻昆莫，昆莫以為左夫人。公主至其國，自治宮室，居歲時，一再與昆莫會，置酒飲食，以幣帛賜王左右貴人。昆莫年老，語言不通，公主悲愁，自為作歌曰：

吾家嫁我兮天一方，

遠托異國兮烏孫王……

顯然，這不是少數民族歌曲，而應是楚風，但它記述了在少數民族地區即興演唱的歌謠。這和《漢書・蘇武傳》中記的李陵所歌「徑萬里兮度沙幕」屬於同類。在《後漢書》和《續漢書》中所記的一些漢代民間歌謠尤其值得注意，如《後漢書・劉玄傳》：

時李軼、朱鮪擅命山東，王匡、張卬橫暴三輔。其所授官爵者，皆群小賈豎，或有膳夫庖人，多著繡面衣、錦褲、襜褕、諸於，罵詈道中。長安為之語曰：

灶下養，

中郎將。

爛羊胃，

騎都尉。

爛羊頭，

關內侯。

---

[52]　祁連，蒙古語，溼潤的草原。
[53]　焉支，蒙古語，母親。

第一節　漢樂府民歌

在這些歌謠中，抨擊社會的腐朽政治成為其主題。如《後漢書·馬廖傳》中的「長安語」：「城中好高髻，四方高一尺；城中好廣眉，四方且半額；城中好大袖，四方全匹帛。」《後漢書·賈琮傳》中載「賈父來晚，使我先返；今見清平，吏不敢飯」。當然，那些正直的官吏，若為民勤奮工作，同樣會在歌謠中受到稱讚。如《後漢書·張堪傳》中載：

(張堪)拜漁陽太守，捕擊奸猾，賞罰必信，吏民皆樂為用。……乃於狐奴開稻田八千餘頃，勸民耕種，以致殷富。百姓歌曰：

桑無附枝，

麥穗兩歧。

張君為政，

樂不可支。

(其)視事八年，匈奴不敢犯塞。

民間歌謠是社會政治的晴雨表。但整體來看，漢王朝的歷史雖有盛世，更多的卻是腐朽的黑暗政治，民謠聲聲，催它早日滅亡。在《續漢書·五行志一》中所記的一些「童謠」，從一個方面反映了這種趨勢。如〈更始時南陽童謠〉：「諧不諧，在赤眉；得不得，在河北。」再如〈王莽末天水童謠〉：「出吳門，望緹群。見一疊人，言欲上天。令天可上，地上安得民！」〈順帝末京都童謠〉：「直如弦，死道邊。曲如鉤，反封侯。」桓帝時代的「童謠」在這裡被記述得格外多，所表達的主題都是對時政的譏諷、鞭撻，包含著憤怒的詛咒和控訴[54]。應該指出的是，這些作品雖題為「童謠」，實際卻並非純粹意義的兒童歌謠，而是時政歌謠與讖謠的結合體，顯得撲朔迷離。如《續漢書·五行志一》中所記的「千里草，何青青。十日卜，不得生」，被闡釋為董卓作亂並「旋破亡」的預言。其中所包含的

---

[54] 後世文獻中散存著對漢代民間歌謠諺語的引述，也應看作漢代民間歌謠的一部分，如《通俗編》卷二十三所載「廷尉獄，平如砥，有錢生，無錢死」，顯示其流傳甚遠。

民間傳說成分，是非常明顯的。

整體來看，漢樂府民歌中愛情歌謠和生活歌謠占據著很重要的位置；在史籍典冊中保存的歌謠，則以時政歌謠為主。與這之前的民間歌謠相比，面向現實的成分越來越明顯，勞動歌謠和儀式歌謠所占比例卻很少。這顯示了漢代民間文學的重要特點，也說明漢代民間文學審美表現機制的日益現實化、多樣化。

第二節　史傳文學中的民間文學

漢代的歷史典籍，十分注重對民間文學，尤其是民間傳說、民間故事的採錄，並以此作為對歷史事件或歷史人物的闡釋或補充。以此為背景，形成了獨具特色的史傳文學，保存下大量民間文學作品。

漢代史傳文學基本上可以分為兩類：一類是具有真實意義的歷史記載，以《史記》、《漢書》、《越絕書》和《吳越春秋》作為典型，稱為「正史」；一類是具有傳奇意義的歷史演繹，諸如《列女傳》、《列仙傳》、《漢武故事》、《漢武內傳》等典冊，稱為「外史」或「野史」。它們共同影響了漢代民間文學的系統性構成，成為後世民間文學闡釋和演繹的對象。

司馬遷是一位偉大的歷史學家，他對於民間文學的保存具有突出貢獻，同時也形成了他獨特的民間文學觀，這和他的非凡經歷有著直接連繫。首先是他幼年承父訓誦讀大量古文經傳，受到良好的古典文化教育；其次是他不但有很好的天資，而且具有很好的藝術修養和道德修養。青年時代，他跋山涉水，尋訪神州大地上的文化瑰寶，自覺走進民間，深入了解民間傳說和民俗生活，獨立思索，刻苦鑽研，直面人生，譜寫出《史記》這部光照千古的史學鉅著。如《史記·太史公自序》中所記述的：

第二節　史傳文學中的民間文學

　　遷生龍門，耕牧河山之陽。年十歲則誦古文。二十而南遊江淮，上會稽，探禹穴，窺九疑（嶷），浮於沅湘，北涉汶泗，講業齊魯之都，觀孔子之遺風，鄉射鄒嶧，厄困鄱薛彭城，過梁楚以歸。

　　他在《史記》的「書」、「世家」和「列傳」中，也多次具體記述了他遊歷各地的經過：「南登廬山，觀禹疏九江，遂至會稽大湟，上姑蘇，望五湖」（〈河渠書〉）；「適齊，自泰山屬之琅邪，北被於海，膏壤二千里」（〈齊太公世家〉）；「適魯，觀仲尼廟堂、車服、禮器；諸生以時習禮其家」，「低徊留之，不能去」（〈孔子世家〉）；「過薛，其俗閭里率多暴桀子弟，與鄒魯殊」（〈孟嘗君列傳〉）；「過大梁之墟，求問其所謂夷門」（〈信陵君列傳〉）；「適楚，觀春申君故城，宮室盛矣哉」（〈春申君列傳〉）；「適長沙，觀屈原所自沉淵」（〈屈原賈生列傳〉）；「如淮陰，淮陰人為余言，韓信雖為布衣時，其志與眾異」（〈淮陰侯列傳〉）；「適豐沛，問其遺老，觀故蕭曹樊噲滕公之塚」（〈樊酈滕灌列傳〉）。他壯年時，襲父職而為太史令，曾「奉使西征巴蜀以南，南略邛、筰、昆明」，並曾隨皇帝「行幸緱氏，登崇高，遂東巡海上」，「還登封泰山；復東巡海上，自碣石至遼西，歷北邊九原，歸於甘泉」（〈太史公行年考〉中引《漢書·武帝紀》等）。他因職務之便，「從巡祭天地、諸神、名山而封禪」（《史記·封禪書》），「適北邊，自直道歸，行觀蒙恬所為秦築長城亭障」（《史記·蒙恬列傳》），這些經歷，不但開闊了他的視野，而且增長了他的學識。他在這些經歷中直接接觸到許多民間傳說，這些傳說無疑成為他在《史記》寫作中所用的具體資料。這和《左傳》的徵引文獻，在方法上有明顯不同。特別是他48歲時因李陵之禍而身遭腐刑，身心都受到沉重的打擊與考驗。這些都直接影響著他在寫作史傳文學中所表現出的民本意識。司馬遷大膽開拓史傳文學的新思路，在史傳中摻入大量民俗生活事項和民間傳說、民間歌謠。應該說，他是中國最早具有田野作業自覺意識，而且獲得卓越成就的民間文藝學的

第三章　秦漢間俗說

探索者，堪稱口述史學的先驅。這是我們今天從事歷史、文化、民俗研究時所應特別關注的。

從嚴可均輯《全後漢文》中所存〈東海廟碑〉等可知，《史記》之稱始見於桓帝靈帝時，其自定名為「太史公書」，「凡百三十篇，五十二萬六千五百字」，其意在「藏之名山，副在京師，俟後世聖人君子」(《史記·太史公自序》)。班固在《漢書·司馬遷傳》中說他「網羅天下放失舊聞，王跡所興」，「略推三代，錄秦漢，上記軒轅，下至於茲，著十二本紀，既科條之矣。並時異世，年差不明，作十表。禮樂損益，律曆改易，兵權山川鬼神，天人之際，承敝通變，作八書」。這都說明司馬遷的學識與膽識的非凡。《史記》成為中國第一部紀傳體史學著作，包括口述文學的方法在內，深刻地影響著後世。

司馬遷將民間傳說、民間歌謠和神話納入史學著作，不僅是大膽的，而且是審慎的，並不是無原則地濫造。這既是他史學觀的呈現，也是他民間文學觀的呈現。以《史記·五帝本紀》等篇所談黃帝，在歷史上的「史蹟」為例，可以看到司馬遷這種觀念的集中展現：

太史公曰：學者多稱五帝，尚矣。然《尚書》獨載堯以來，而百家言黃帝，其文不雅馴，薦紳先生難言之。孔子所傳〈宰予問五帝德〉及〈帝系姓〉，儒者或不傳。余嘗西至空峒，北過涿鹿，東漸於海，南浮江淮矣，至長老皆各往往稱黃帝、堯、舜之處，風教固殊焉，總之不離古文者近是。予觀《春秋》、《國語》，其發明〈五帝德〉、〈帝系姓〉章矣。顧弟弗深考，其所表見皆不虛。《書》缺有閒矣，其軼乃時時見於他說。非好學深思，心知其意，固難為淺見寡聞道也。余並論次，擇其言尤雅者，故著為本紀書首。

司馬遷「擇其言尤雅者」，絕非拒絕民間文學，而是如其在〈三代世表〉中所說的，「疑則傳疑，蓋其慎也」。在論及〈禹本紀〉、《山海經》時，他

第二節　史傳文學中的民間文學

說：「太史公曰：〈禹本紀〉言河出崑崙，崑崙其高二千五百餘里，日月所相避隱為光明也。其上有醴泉、瑤池。今自張騫使大夏之後也，窮河源，惡睹〈(禹)本紀〉所謂崑崙者乎。故言九州山川，《尚書》近之矣。至〈禹本紀〉、《山海經》所有怪物，余不敢言之也。」這和他在《史記》中大量保存民間傳說並不矛盾。因為神話、傳說在作為史料處理時，必須別除「玄怪」成分，才能具有史實的意義。與之相聯的是司馬遷撰寫《史記》並不是憑主觀臆斷，更不是為著名而著史，而是在總結歷史的經驗和教訓。他是透過對歷史的科學總結，抨擊歷史和現實中共存的醜惡，這些見解表現在《史記》的字裡行間。

他所採用的民間傳說、神話、歌謠，大多有所據，即強調其真實性，這樣在表現史實上就更加有力了。《史記》的史學思想，集中呈現在對歷史人物包括歷史事件、社會活動的具體態度上。司馬遷對歷史上的賢良，表現出崇高的敬意，如他為陳涉和東方朔等人立傳，不因為他們出身卑賤而鄙薄之。他對那些醜惡現象，無論是歷史上的或者現實中的，都表示出憤慨。尤其是他不畏強權，敢對上層統治者的種種荒淫無恥和愚昧無知進行揭露和批判，誠如沈湛鈞所舉論，「太史公見漢武惑於方士而好神仙，斂集資財而作宮室列觀，物力殫於上，民風靡於下，舉世洶洶，不可終日，因作〈封禪書〉以隱諷之」（《知非齋古文錄・書〈史記・封禪書〉後》）。同時，司馬遷還透過大量生動的史實，向後人展示了昌與亡的社會發展規律，不言自見。司馬遷的博大胸懷和鮮明愛憎，透過民間文學作品的具體運用，或襯托，或烘托，或寓意，顯得尤為生動傳神。

在司馬遷的筆下，我們可以看到漢代歷史尤其是武帝時代及武帝之前歷史真實而全面地展現。那些民間傳說和歌謠令我們沉醉，如置身於其情其景之中。更為珍貴的是，他向我們展示了十分廣闊的世界。歷史上各個階層的人物形象，透過民間傳說的運用而栩栩如生；歷史上的歌謠，其

第三章　秦漢間俗說

發生背景及具體含義，在事件的描述中自然地展現出來。特別是他對黃帝神話時代的勾勒與展示，讓我們看到華夏民族大融合的發生史、奮鬥史。「黃帝者，少典之子，姓公孫，名曰軒轅……」此琅琅書聲在我們歷史的長空中從未停息，無論走到世界的哪裡，我們聽到這聲音，都能找到自己的同胞，因為這聲音凝聚著無數人的神聖感情，而這感情中又分明夾帶著悠久而堅韌的歷史，包括那些源自《史記》的歷史傳說。在我看來，《史記》中關於三代的歷史，實際上就是歷史傳說的彙集。在〈夏本紀〉中，我們可以看到「夏禹，名曰文命；禹之父曰鯀，鯀之父曰帝顓頊，顓頊之父曰昌意，昌意之父曰黃帝。禹者，黃帝之玄孫而帝顓頊之孫也」的記述，司馬遷從堯時大洪水論及鯀和禹的出世，逐步展示出夏禹王朝的建立。在〈殷本紀〉中，我們可以看到「殷契，母曰簡狄，有娀氏之女，為帝嚳次妃。三人行浴，見玄鳥墮其卵，簡狄取吞之，因孕生契。契長而佐禹治水有功，帝舜乃命契曰……契興於唐虞大禹之際」。在〈周本紀〉中，我們看到「周后稷名棄，其母有邰氏女，曰姜原。姜原為帝嚳元妃。姜原出野，見巨人跡，心忻然說（悅），欲踐之；踐之而身動如孕者，居期而生子，以為不祥，棄之隘巷，馬牛過者皆辟不踐；徙置之林中，適會山林多人，遷之而棄渠中冰上，飛鳥以其翼覆薦之。姜原以為神，遂收養長之。初欲棄之，因名曰棄」。《史記・封禪書》記述了許多當世的民俗生活，尤其是其中的民間傳說，成為某種民俗生活的文化闡釋。但長期以來，許多人不以為〈封禪書〉保存了豐富的民間傳說，而只以為它是一部國家祭祀天地的禮儀史志。如果我們走進其中，就會發現它不僅是一部珍貴的民俗志，而且是一部民間傳說的整合。它應該是中國秦漢時期難得的一部民間文學史志。因為封禪不單單是國家祭祀大典，而且是對先秦乃至遠古時代全民族信仰習俗的集中展現，是對全社會民俗生活，包括漢代民間信仰的整體性經驗總結。在民俗生活的文化認定即判斷中，我們長期堅持著一種將國家與民間百姓全然對立的態度，其實這中間有許多偏頗，好像民間文

第二節　史傳文學中的民間文學

化與官方文化或經典文化總是截然對立的，事實上它們經常共存共享。諸如春節作為民俗，俗稱「過年」，是否只有民間百姓才是其行為主體，官員階層就被排除在外呢？民間文學的存在，最重要的就是以口頭性、集體性作為其基本象徵；民俗生活包括民間文化（民間文學），是全社會全民族的共同的資源。《史記·封禪書》非常突出地表現出這種官民共享的文化特徵。如其中所載：

　　是時李少君亦以祠灶、穀道、卻老方見上，上尊之。少君者，故深澤侯人，主方。匿其年及其生長，常自謂七十，能使物，卻老。其遊以方遍諸侯。無妻子。人聞其能使物及不死，更饋遺之，常餘金錢衣食。人皆以為不治生業而饒給，又不知其何所人，愈信，爭事之。少君資好方，善為巧發奇中。嘗從武安侯飲，坐中有九十餘老人，少君乃言與其大父遊射處，老人為兒時從其大父行，識其處，一坐盡驚。少君見上，上有故銅器，問少君。少君曰：「此器齊桓公十年陳於柏寢。」已而案其刻，果齊桓公器，一宮盡駭，以為少君神，數百歲人也。少君言上曰：「祠灶則致物，致物而丹沙可化為黃金；黃金成，以為飲食器則益壽，益壽而海中蓬萊仙者乃可見，見之以封禪則不死，黃帝是也。臣嘗遊海上，見安期生。安期生食巨棗，大如瓜。安期生，仙者，通蓬萊中，合則見人，不合則隱。」於是，天子始親祠灶而遣方士入海求蓬萊安期生之屬，而事化丹沙諸藥齊為黃金矣。居久之，李少君病死，天子以為化去不死，而使黃錘、史寬舒受其方，求蓬萊安期生莫能得，而海上燕齊怪迂之方士，多更來言神事矣。

　　齊人少翁以鬼神方見上。上有所幸王夫人。夫人卒，少翁以方蓋夜致王夫人及灶鬼之貌云，天子自帷中望見焉。於是，乃拜少翁為文成將軍。賞賜甚多，以客禮禮之。文成言曰：「上即欲與神通，宮室被服非像神，神物不至。」乃作畫雲氣車，及各以勝日駕車辟惡鬼。又作甘泉宮，中為臺室，畫天地太一諸鬼神，而置祭具以致天神。居歲餘，其方益衰，神不

第三章　秦漢間俗說

至。乃為帛書以飯牛,佯不知,言曰:「此牛腹中有奇。」殺視得書,書言甚怪。天子識其手書。問其人,果是偽書,於是誅文成將軍,隱之。

這是關於當世民間文學的記述。《史記》對民間文學的記述有著明顯的歷史化傾向,最典型的就是開篇第一章中對黃帝神話的描述,而司馬遷任何時候都沒有忘卻對現實的關注——所有這些,都是他遊歷天下,自覺進行田野作業性的寫作準備的具體結果。

在司馬遷的筆下,有許多民間傳說以歷史事件的面目出現,更具有時代意義。如其《史記》卷一二六〈滑稽列傳〉記述的西門豹傳說:

魏文侯時,西門豹為鄴令。豹往到鄴,會長老,問之民所疾苦。長老曰:「苦為河伯娶婦,以故貧。」豹問其故,對曰:「鄴三老、廷掾常歲賦斂百姓,收取其錢得數百萬,用其二三十萬為河伯娶婦,與祝巫共分其餘錢持歸。當其時,巫行視人家女好者,云是當為河伯婦,即娉取。洗沐之,為治新繒綺縠衣,閒居齋戒;為治齋宮河上,張緹絳帷,女居其中。為具牛酒飯食,行十餘日。共粉飾之,如嫁女床蓆,令女居其上,浮之河中。始浮,行數十里乃沒。其人家有好女者,恐大巫祝為河伯取之,以故多持女遠逃亡。以故城中益空無人,又困貧,所從來久遠矣。民人俗語曰『即不為河伯娶婦,水來漂沒,溺其人民』云。」西門豹曰:「至為河伯娶婦時,願三老、巫祝、父老送女河上,幸來告語之,吾亦往送女。」皆曰:「諾。」

至其時,西門豹往會之河上。三老、官屬、豪長者、里父老皆會,以人民往觀之者三二千人。其巫,老女子也,已年七十。從弟子女十人所,皆衣繒單衣,立大巫後。西門豹曰:「呼河伯婦來,視其好醜。」即將女出帷中,來至前。豹視之,顧謂三老、巫祝、父老曰:「是女子不好,煩大巫嫗為入報河伯,得更求好女,後日送之。」即使吏卒共抱大巫嫗投之河中。有頃,曰:「巫嫗何久也?弟子趣之!」復以弟子一人投河中。有頃,曰:「弟子何久也?復使一人趣之!」復投一弟子河中。凡投三弟子。西

門豹曰:「巫嫗弟子是女子也,不能白事,煩三老為入白之。」復投三老河中。西門豹簪筆磬折,向河立待良久。長老、吏傍觀者皆驚恐。西門豹顧曰:「巫嫗、三老不來還,奈之何?」欲復使廷掾與豪長者一人入趣之。皆叩頭,叩頭且破,額血流地,色如死灰。西門豹曰:「諾。且留待之須臾。」須臾,豹曰:「廷掾起矣。狀河伯留客之久,若皆罷去歸矣。」鄴吏民大驚恐,從是以後,不敢復言為河伯娶婦。

這篇故事的背後,包含許多想像的內容。無論其表述的效果還是西門豹讓巫婆們自作自受,以其人之道還治其人之身的整個過程,都是非常典型的傳說故事。

另外,他旁徵博引,大膽將史實與傳說共同納進自己的視野,以此來論證自己對歷史的見解,使《史記》各章都顯得那樣神采飛揚。如《史記‧周本紀》中關於褒姒的一段傳說:

昔自夏后氏之衰也,有二神龍止於夏帝庭而言曰:「余,褒之二君。」夏帝卜殺之與去之與止之,莫吉。卜請其漦而藏之,乃吉。於是,布幣而策告之,龍亡而漦在,櫝而去之。夏亡,傳此器殷。殷亡,又傳此器周。比三代,莫敢發之。至厲王之末,發而觀之,漦流於庭,不可除。厲王使婦人裸而澡之,漦化為玄黿,以入王後宮。後宮之童妾既齔而遭之,既笄而孕,無夫而生子,懼而棄之。宣王之時,童女謠曰:「檿弧箕服,實亡周國。」於是宣王聞之,有夫婦賣是器者,宣王使執而戮之。逃於道,而見鄉者後宮童妾所棄妖子出於路者,聞其夜啼,哀而收之。夫婦遂亡,奔於褒。褒人有罪,請入童妾所棄女子者於王以贖罪。棄女子出於褒,是為褒姒。當幽王三年,王之後宮,見而愛之,生子伯服,竟廢申后及太子,以褒姒為后,伯服為太子。

接下來便是著名的烽火戲諸侯的故事。周王朝因褒姒禍國而四分五裂。《韓非子‧外儲說左上》「酒醉擊鼓」曾經記述類似故事:「楚厲王有

第三章　秦漢間俗說

警，為鼓以與百姓為戍。飲酒醉，過而擊之也，民大驚。使人止，曰：『吾醉而與左右戲，過擊之也。』民皆罷。居數月，有警，擊鼓而民不起，乃更令明號而民信之。」《呂氏春秋·慎行論·疑似》「幽王擊鼓」詳細記述了周幽王烽火戲諸侯的故事。這則傳說成為戲言、失信、淺薄、重色等惡性的明鑑，在周王朝之後的歷史上流傳甚廣，而在漢代，自然也廣為流傳。司馬遷記述這則傳說，是為了進一步述說歷史規律。那麼，什麼是歷史最真實的規律呢？民間傳說所作的回答，最形象具體，也最準確。這是被歷史所證明了的。司馬遷獨具慧眼，為後人做出了榜樣。但令人遺憾的是，後世的正史在撰寫中，更多的人丟棄了民間傳說的內容，在貌似公允的外表下，充滿了瞞和騙，這一副副陳年流水簿子，人輕易不敢踹，若誰踹了它一腳，便成了不為世所容的「狂人」！這使我想起了法國新史學的代表作家布勞岱爾（Fernand Braudel）。布勞岱爾在腓力二世（Felipe II）時代對地中海的調查，為法國新史學贏得了極大的聲譽，他對口述史料的充分重視，成為一種新的史學方法。我並不是說司馬遷如何影響了布勞岱爾，而是認為在所有的偉大史學家身上，都塗滿了來自民間的風霜雨雪；而在那些庸俗、怯懦的史家筆下，我們除了看到虛假之外，又能看到什麼有價值的東西呢？今天，在民間文學史乃至整個文學史的寫作中，嚴重地存在著一種不健康的現象，即不是從史料出發，而是從觀念出發，一部文學史成了幾個人為了證明某種狹隘、偏頗甚至無聊的觀念的黏土。曾有人把這種現象歸之於庸俗社會學的方法；不僅僅是這樣。其十分重要的原因是對千百萬人民大眾作為文化創造主體這一歷史背景的忽視。比如，在當代中國文學史的寫作中，有哪一位學者充分注意到近代民間文學的價值和意義？在司馬遷的面前，我們應該感到羞愧！

在司馬遷之後，班固的《漢書》對民間文學的保存，也做出了重要貢獻。從《漢書·敘傳》中，我們可以看到班固與司馬遷相異的另一種家世

與出身、經歷。班固的先人「壹」生「孺」，而「孺為任俠，州郡歌之」，至班伯輩曾受過良好的古典文化教育，這對班氏家風有一定影響。到了班固父親班彪一輩，「博而不俗」，「述而不作」。由於世道變化，班固「弱冠而孤」。他「年九歲能屬文誦詩賦。及長，遂博貫載籍，九流百家之言，無不窮究。所學無常師，不為章句，舉大義而已」，他「自永平中始受詔（修史），潛精積思二十餘年，至建國中乃成」（《後漢書·班彪列傳》）。班固廣採百家學說，撰寫成了《漢書》，其記事上自漢高祖，下至王莽世，有十二本紀、八表、十志和七十列傳，為中國首部紀傳體斷代史。與司馬遷所不同的是，班固沒能像司馬遷那樣遊歷天下，去獲取大量的第一手資料，而且，也沒能像司馬遷那樣讓自己的著作「俟後世聖人君子」，而是受到漢明帝的直接介入。這不是班固個人所能改變的。但他同樣注意到對民間文學的重視，除了前面舉到的對民間歌謠的保存之外，還在〈東方朔傳〉等紀傳之作中使用了大量民間傳說的內容。尤其是《漢書·藝文志》對當世民間傳說故事的保存相當豐富。如他在其中的「諸子略」中設了「小說家」類，並在闡釋「小說家」的含義時說：

　　右小說十五家千三百八十篇。小說家者流，蓋出於稗官，街談巷語，道聽塗說之所造也。孔子曰：「雖小道，必有可觀者焉。致遠恐泥，是以君子弗為也。」然亦弗滅也，閭里小知者之所及，亦使綴而不忘，如或一言可採，此亦芻蕘狂夫之議也。

　　由此可知，所謂「小說」就包含著一些民間傳說故事。從班固所列的「小說」，我們可以很清楚地看到這些內容：

　　伊尹說二十七篇（其語淺薄，似依託也）；

　　鬻子說十九篇（後世所加）；

　　周考七十六篇（考周事也）；

　　青史子五十七篇（古史官記事也）；

第三章　秦漢間俗說

師曠六篇（見《春秋》，其言淺薄，本與此同似因託也）；

務成子十一篇（稱堯問，非古語）；

宋子十八篇（孫卿道宋子，其言黃老意）；

天乙三篇（天乙謂湯，其言非殷時，皆依託也）；

黃帝說四十篇（迂誕依託）；

封禪方說十八篇（武帝時）；

待詔臣饒心術二十五篇（武帝時）；

待詔臣安成未央術一篇；

臣壽周紀七篇（項國圉人，宣帝時）；

虞初周說九百四十三篇（河南人，武帝時，以方士侍郎，號黃車使者）；

百家百三十九卷。

其中的「其語（言）淺薄」、「依託也」、「迂誕依託」，就是民間傳說、民間故事最典型的特點。《漢書》諸志有「律曆」、「禮樂」、「刑法」、「食貨」、「郊祀」、「天文」、「五行」、「地理」、「溝洫」和「藝文」，都或多或少地涉及民間傳說等民間文學內容。如《漢書·郊祀志》提到「在男曰覡，在女曰巫」，及顓頊使「南正重司天」、「火正黎司地」和「共工氏霸九州，其子曰句龍，能平水土，死為社祠」、「烈山氏王天下，其子曰柱，能殖百穀，死為稷祠」等神話傳說，其他還有關於「威宣燕昭使人入海，求蓬萊、方丈、瀛洲此三神山者，其傳在渤海中」得見「不死之藥」等神仙傳說、陝西寶雞「命曰陳寶」等地名傳說（此兩類傳說，可看作後世流傳的八仙傳說、識寶傳說兩大類型民間故事的原型）。尤其是班固所寫〈匈奴傳〉、〈西南夷兩粵朝鮮傳〉、〈西域傳〉等章，記述了許多少數民族中流傳的故事和歌謠，可看作較早專門記述少數民族文學史的文獻。《漢書·王莽傳》寫得尤為精采，其中保存了不少傳神的王莽傳說，這也是一般學者

第二節　史傳文學中的民間文學

所忽略的地方。當然，我們也要看到，班固在寫作《漢書》時，有許多民間傳說是直接從司馬遷《史記》中摘取的。班固因為永元初年竇憲事的牽連，死於獄中，傳說其妹班昭與馬續接下來完成了《漢書》。南朝范曄的《後漢書》中也保存了不少漢代民間文學。其他還有《吳越春秋》、《越絕書》等史籍，對民間文學的保存都做出了一些貢獻。《吳越春秋》原書有十二卷，今存十卷，為東漢趙曄所撰，主要記述了吳越爭霸的歷史，其中西施和范蠡的故事、勾踐臥薪嘗膽的故事及伍員傳說等，對此後的民間文學產生了深遠影響。《越絕書》也是記述吳越爭霸歷史的，其中的少年計倪、持劍英雄干將等傳說，頗有風采。此書原有二十五篇，今存十九篇，篇首標為伍員、子貢所撰，而末篇有隱語，應為東漢人袁康和吳平編撰而成。

漢魏之際，出現了一批神怪史話著作，諸如《漢武故事》、《漢武內傳》、《趙飛燕外傳》、《洞冥記》、《列仙傳》等，或託名班固，或託名東方朔，其中所保存的民間文學也是相當豐富的。但是，這些作品已經明顯超出了史學的範疇，而是與《淮南子》相似的言「道」之作。關於它們對保存民間文學所做的貢獻，在另外的章節中，將再作詳細論述。如兩部以漢武帝為傳主的作品，舊題為班固所著，《趙飛燕外傳》舊題漢伶玄所著，其實都是託名。這些著作在文化品格上表現出另外一些內容，我們可以看到它們從《史記》和《漢書》的「傳」體中分離出來的痕跡。這些具有怪異色彩的著作激盪著史傳文學，同時其自身也形成了一股潮流，直接影響了後世神怪文學《搜神記》之類作品的產生。這種現象的出現，一方面是由於社會文化在哲學性格上不斷自覺地走向「玄」、「異」，對「道」進行發揚光大；另一方面則是由於《史記》所影響的個體化史著風尚，使更多的學者不再局限於對社會和歷史、文化的發展作簡單的表述。經與史的徹底結合，導致了中國漢魏之後歷史著作、史傳文學的畸形發展，漢代末期的學者，主要是經學家們，應該對此負主要責任。這對民間文學的保存貌似有

利,其實並非完全這樣,甚至成為對民間文學原始性的衝擊與消解。經、史之作與宗教(主要是道教與佛教)相結合後,匯聚成新的文化潮流,衝擊著時勢,使民間文學的面目發生了非常明顯的大轉變。

一、司馬遷的傳說時代

黃帝之前的世界面目如何?

人的生命如何產生?中國人的世界就是從黃帝開始的嗎?

開天闢地的盤古、摶土造人和煉石補天的女媧、畫製八卦的伏羲與嘗遍百草的神農等神祇,這些獨立的時代,為什麼沒有系統地出現在司馬遷的筆端呢?

《史記》中的〈五帝本紀〉對這些歷史有明顯的取捨,其記述了「神農氏世衰。諸侯相侵伐,暴虐百姓,而神農氏弗能徵。於是軒轅乃習用干戈,以徵不享,諸侯咸來賓從」的背景。那麼,神農之前各個階段的情形呢?從黃帝到堯舜禹時代,司馬遷總結道:「自黃帝至舜、禹,皆同姓而異其國號,以章明德。故黃帝為有熊,帝顓頊為高陽,帝嚳為高辛,帝堯為陶唐,帝舜為有虞。帝禹為夏后而別氏,姓姒氏。契為商,姓子氏。棄為周,姓姬氏。」

繼而,他稱:「學者多稱五帝,尚矣。然《尚書》獨載堯以來,而百家言黃帝,其文不雅馴,薦紳先生難言之。孔子所傳〈宰予問五帝德〉及〈帝系姓〉,儒者或不傳。余嘗西至空峒,北過涿鹿,東漸於海,南浮江淮矣,至長老皆各往往稱黃帝、堯、舜之處,風教固殊焉,總之不離古文者近是。予觀《春秋》、《國語》,其發明〈五帝德〉、〈帝系姓〉章矣。顧弟弗深考,其所表見皆不虛。《書》缺有間矣,其軼乃時時見於他說。非好學深思,心知其意,固難為淺見寡聞道也。余並論次,擇其言尤雅者,故著為

本紀書首。」

顯然，司馬遷對歷史的描述有自己的根據，他在事實上認定黃帝以來的「五帝」都是真實的朝代。這種觀念是他對自己實地考察歷史文化遺跡和歷史文獻閱讀的總結，也深刻影響了後人的文化判斷。

司馬遷描述歷史的發生，首先選擇軒轅黃帝，鄭重地為其列傳，主要是從黃帝的事蹟構成方面認定國家開端階段的。

其描述道：

黃帝者，少典之子，姓公孫，名曰軒轅。生而神靈，弱而能言，幼而徇齊，長而敦敏，成而聰明。軒轅之時，神農氏世衰。諸侯相侵伐，暴虐百姓，而神農氏弗能征。於是軒轅乃習用干戈，以征不享，諸侯咸來賓從。

而蚩尤最為暴，莫能伐。炎帝欲侵陵諸侯，諸侯咸歸軒轅。軒轅乃修德振兵，治五氣，藝五種，撫萬民，度四方，教熊羆貔貅虎，以與炎帝戰於阪泉之野。三戰，然後得其志。蚩尤作亂，不用帝命。於是黃帝乃徵師諸侯，與蚩尤戰於涿鹿之野，遂擒殺蚩尤。而諸侯咸尊軒轅為天子，代神農氏，是為黃帝。天下有不順者，黃帝從而征之，平者去之，披山通道，未嘗寧居。

東至於海，登丸山，及岱宗。西至於空桐，登雞頭。南至於江，登熊、湘。北逐葷粥，合符釜山，而邑於涿鹿之阿。遷徙往來無常處，以師兵為營衛。官名皆以雲命，為雲師。置左右大監，監於萬國。萬國和，而鬼神山川封禪與為多焉。獲寶鼎，迎日推策。舉風後、力牧、常先、大鴻以治民。順天地之紀，幽明之占，死生之說，存亡之難。時播百穀草木，淳化鳥獸蟲蛾，旁羅日月星辰水波土石金玉，勞勤心力耳目，節用水火材物。有土德之瑞，故號黃帝。

黃帝二十五子，其得姓者十四人。

第三章　秦漢間俗說

黃帝居軒轅之丘，而娶於西陵之女，是為嫘祖。嫘祖為黃帝正妃，生二子，其後皆有天下：其一曰玄囂，是為青陽，青陽降居江水；其二曰昌意，降居若水。昌意娶蜀山氏女，曰昌僕，生高陽，高陽有聖德焉。黃帝崩，葬橋山。

然後是軒轅黃帝的繼承者，分別為「顓頊」、「高辛」、「帝嚳」、「帝摯」、「帝堯」，其描述道：

其孫昌意之子高陽立，是為帝顓頊也。

帝顓頊高陽者，黃帝之孫而昌意之子也。靜淵以有謀，疏通而知事；養材以任地，載時以象天，依鬼神以制義，治氣以教化，絜誠以祭祀。北至於幽陵，南至於交趾，西至於流沙，東至於蟠木。動靜之物，大小之神，日月所照，莫不砥屬。

帝顓頊生子曰窮蟬。顓頊崩，而玄囂之孫高辛立，是為帝嚳。

帝嚳高辛者，黃帝之曾孫也。高辛父曰蟜極，蟜極父曰玄囂，玄囂父曰黃帝。自玄囂與蟜極皆不得在位，至高辛即帝位。高辛於顓頊為族子。

高辛生而神靈，自言其名。普施利物，不於其身。聰以知遠，明以察微。順天之義，知民之急。仁而威，惠而信，修身而天下服。取地之財而節用之，撫教萬民而利誨之，曆日月而迎送之，明鬼神而敬事之。其色郁郁，其德嶷嶷。其動也時，其服也士。帝嚳溉執中而遍天下，日月所照，風雨所至，莫不從服。

帝嚳娶陳鋒氏女，生放勳。娶娵訾氏女，生摯。帝嚳崩，而摯代立。

帝摯立，不善，崩，而弟放勳立，是為帝堯。

顓頊和帝嚳是黃帝之後兩個非常重要的時代，都是以傑出的才幹和德行受到世人的尊重。相比而言，是否司馬遷忽略了顓頊絕地天通的政治事蹟和帝嚳的傳說？

至堯的時代，形成選賢任能的政治禪讓制度，被後世熱烈讚頌。司馬

第二節　史傳文學中的民間文學

遷非常詳細地描述道：

> 帝堯者，放勳。其仁如天，其知如神。就之如日，望之如雲。富而不驕，貴而不舒。黃收純衣，彤車乘白馬。能明馴德，以親九族。九族既睦，便章百姓。百姓昭明，合和萬國。
>
> 乃命羲、和，敬順昊天，數法日月星辰，敬授民時。分命羲仲，居郁夷，曰暘谷。敬道日出，便程東作。日中，星鳥，以殷中春。其民析，鳥獸字微。申命羲叔，居南交。便程南為，敬致。日永，星火，以正中夏。其民因，鳥獸希革。申命和仲，居西土，曰昧谷。敬道日入，便程西成。夜中，星虛，以正中秋。其民夷易，鳥獸毛毨。申命和叔，居北方，曰幽都。便在伏物。日短，星昴，以正中冬。其民燠，鳥獸氄毛。歲三百六十六日，以閏月正四時。信飭百官，眾功皆興。
>
> 堯曰：「誰可順此事？」放齊曰：「嗣子丹朱開明。」堯曰：「吁！頑凶，不用。」堯又曰：「誰可者？」兜曰：「共工旁聚布功，可用。」堯曰：「共工善言，其用僻，似恭漫天，不可。」堯又曰：「嗟，四嶽，湯湯洪水滔天，浩浩懷山襄陵，下民其憂，有能使治者？」皆曰鯀可。堯曰：「鯀負命毀族，不可。」嶽曰：「異哉，試不可用而已。」堯於是聽嶽用鯀。九歲，功用不成。
>
> 堯曰：「嗟！四嶽：朕在位七十載，汝能庸命，踐朕位？」嶽應曰：「鄙德忝帝位。」堯曰：「悉舉貴戚及疏遠隱匿者。」眾皆言於堯曰：「有矜在民間，曰虞舜。」堯曰：「然，朕聞之。其何如？」嶽曰：「盲者子。父頑，母罵，弟傲，能和以孝，烝烝治，不至奸。」堯曰：「吾其試哉。」於是堯妻之二女，觀其德於二女。舜飭下二女於嬀汭，如婦禮。堯善之，乃使舜慎和五典，五典能從。乃遍入百官，百官時序。賓於四門，四門穆穆，諸侯遠方賓客皆敬。堯使舜入山林川澤，暴風雷雨，舜行不迷。堯以為聖，召舜曰：「女謀事至而言可績，三年矣。女登帝位。」舜讓於德不懌。正月上日，舜受終於文祖。文祖者，堯大祖也。

第三章　秦漢間俗說

　　於是帝堯老，命舜攝行天子之政，以觀天命。舜乃在璿璣玉衡，以齊七政。遂類於上帝，禋於六宗，望於山川，辯於群神。揖五瑞，擇吉月日，見四嶽諸牧，班瑞。歲二月，東巡狩，至於岱宗，祡，望秩於山川。遂見東方君長，合時月正日，同律度量衡，修五禮五玉三帛二生一死為摯，如五器，卒乃復。五月，南巡狩；八月，西巡狩；十一月，北巡狩。皆如初。歸，至於祖禰廟，用特牛禮。五歲一巡狩，群後四朝。遍告以言，明試以功，車服以庸。肇十有二州，決川。象以典刑，流宥五刑，鞭作官刑，撲作教刑，金作贖刑。眚災過，赦；怙終賊，刑。欽哉，欽哉，唯刑之靜哉！

　　讙兜進言共工，堯曰不可而試之工師，共工果淫辟。四嶽舉鯀治鴻水，堯以為不可，嶽強請試之，試之而無功，故百姓不便。三苗在江淮、荊州數為亂。於是舜歸而言於帝，請流共工於幽陵，以變北狄；放讙兜於崇山，以變南蠻；遷三苗於三危，以變西戎；殛鯀於羽山，以變東夷：四罪而天下咸服。

　　堯立七十年得舜，二十年而老，令舜攝行天子之政，薦之於天。堯辟位凡二十八年而崩。百姓悲哀，如喪父母。三年，四方莫舉樂，以思堯。

　　堯知子丹朱之不肖，不足授天下，於是乃權授舜。授舜，則天下得其利而丹朱病；授丹朱，則天下病而丹朱得其利。堯曰「終不以天下之病而利一人」，而卒授舜以天下。堯崩，三年之喪畢，舜讓辟丹朱於南河之南。諸侯朝覲者不之丹朱而之舜，獄訟者不之丹朱而之舜，謳歌者不謳歌丹朱而謳歌舜。舜曰「天也」，夫而後之中國踐天子位焉，是為帝舜。

　　對於堯的事蹟，司馬遷進行了甚為詳細的描述，關鍵性內容在於對舜的出場做鋪陳。堯舜一體，成為中國政治制度的理想境界，在司馬遷筆下被塑造出輝煌的畫面。

　　舜的時代同樣是曲折而彰顯悲壯的，司馬遷描述道：

第二節　史傳文學中的民間文學

虞舜者，名曰重華。重華父曰瞽叟，瞽叟父曰橋牛，橋牛父曰句望，句望父曰敬康，敬康父曰窮蟬，窮蟬父曰帝顓頊，顓頊父曰昌意：以至舜七世矣。自從窮蟬以至帝舜，皆微為庶人。

舜父瞽叟盲，而舜母死，瞽叟更娶妻而生象，象傲。瞽叟愛後妻子，常欲殺舜，舜避逃；及有小過，則受罪。順事父及後母與弟，日以篤謹，匪有懈。

舜，冀州之人也。舜耕歷山，漁雷澤，陶河濱，作什器於壽丘，就時於負夏。舜父瞽叟頑，母嚚，弟象傲，皆欲殺舜。舜順適不失子道，兄弟孝慈。欲殺，不可得；即求，嘗在側。

舜年二十以孝聞。三十而帝堯問可用者，四嶽咸薦虞舜，曰可。於是堯乃以二女妻舜以觀其內，使九男與處以觀其外。舜居嬀汭，內行彌謹。

堯二女不敢以貴驕事舜親戚，甚有婦道。堯九男皆益篤。舜耕歷山，歷山之人皆讓畔；漁雷澤，雷澤上人皆讓居；陶河濱，河濱器皆不苦窳。一年而所居成聚，二年成邑，三年成都。堯乃賜舜衣與琴，為築倉廩，予牛羊。

瞽叟尚復欲殺之，使舜上塗廩，瞽叟從下縱火焚廩。舜乃以兩笠自扞而下，去，得不死。後瞽叟又使舜穿井，舜穿井為匿空旁出。舜既入深，瞽叟與象共下土實井，舜從匿空出，去。瞽叟、象喜，以舜為已死。象曰：「本謀者象。」象與其父母分，於是曰：「舜妻堯二女，與琴，象取之。牛羊倉廩予父母。」象乃止舜宮居，鼓其琴。舜往見之。象鄂不懌，曰：「我思舜正鬱陶！」舜曰：「然，爾其庶矣！」舜復事瞽叟愛弟彌謹。於是堯乃試舜五典百官，皆治。

昔高陽氏有才子八人，世得其利，謂之「八愷」。高辛氏有才子八人，世謂之「八元」。此十六族者，世濟其美，不隕其名。至於堯，堯未能舉。

舜舉八愷，使主后土，以揆百事，莫不時序。舉八元，使布五教於四

第三章　秦漢間俗說

方，父義，母慈，兄友，弟恭，子孝，內平外成。

昔帝鴻氏有不才子，掩義隱賊，好行凶慝，天下謂之渾沌。少皞氏有不才子，毀信惡忠，崇飾惡言，天下謂之窮奇。顓頊氏有不才子，不可教訓，不知話言，天下謂之檮杌。此三族世憂之。至於堯，堯未能去。縉雲氏有不才子，貪於飲食，冒於貨賄，天下謂之饕餮。天下惡之，比之三凶。舜賓於四門，乃流四凶族，遷於四裔，以御螭魅，於是四門辟，言毋凶人也。

舜入於大麓，烈風雷雨不迷，堯乃知舜之足授天下。堯老，使舜攝行天子政，巡狩。舜得舉用事二十年，而堯使攝政。攝政八年而堯崩。三年喪畢，讓丹朱，天下歸舜。而禹、皋陶、契、后稷、伯夷、夔、龍、垂、益、彭祖自堯時而皆舉用，未有分職。於是舜乃至於文祖，謀於四嶽，辟四門，明通四方耳目，命十二牧論帝德，行厚德，遠佞人，則蠻夷率服。舜謂四嶽曰：「有能奮庸美堯之事者，使居官相事？」皆曰：「伯禹為司空，可美帝功。」

舜曰：「嗟，然！禹，汝平水土，維是勉哉。」禹拜稽首，讓於稷、契與皋陶。

舜曰：「然，往矣。」舜曰：「棄，黎民始飢，汝后稷播時百穀。」舜曰：「契，百姓不親，五品不馴，汝為司徒，而敬敷五教，在寬。」舜曰：「皋陶，蠻夷猾夏，寇賊奸宄，汝作士，五刑有服，五服三就；五流有度，五度三居：維明能信。」舜曰：「誰能馴予工？」皆曰垂可。於是以垂為共工。舜曰：「誰能馴予上下草木鳥獸？」皆曰益可。於是以益為朕虞。益拜稽首，讓於諸臣朱虎、熊羆。舜曰：「往矣，汝諧。」遂以朱虎、熊羆為佐。舜曰：「嗟！四嶽，有能典朕三禮？」皆曰伯夷可。舜曰：「嗟！伯夷，以汝為秩宗，夙夜維敬，直哉維靜絜。」伯夷讓夔、龍。舜曰：「然。以夔為典樂，教穉子，直而溫，寬而栗，剛而無虐，簡而無傲；詩言意，歌長言，聲依永，律和聲，八音能諧，毋相奪倫，神人以和。」夔曰：「於！予

擊石拊石,百獸率舞。」舜曰:「龍,朕畏忌讒說殄偽,振驚朕眾,命汝為納言,夙夜出入朕命,唯信。」

舜曰:「嗟!女二十有二人,敬哉,唯時相天事。」三歲一考功,三考絀陟,遠近眾功咸興。分北三苗。

此二十二人咸成厥功:皋陶為大理,平,民各伏得其實;伯夷主禮,上下咸讓;垂主工師,百工緻功;益主虞,山澤闢;棄主稷,百穀時茂;契主司徒,百姓親和;龍主賓客,遠人至;十二牧行而九州莫敢辟違;唯禹之功為大,披九山,通九澤,決九河,定九州,各以其職來貢,不失厥宜。方五千里,至於荒服。南撫交阯、北發,西戎、析枝、渠廋、氐、羌,北山戎、發、息慎,東長、鳥夷,四海之內咸戴帝舜之功。於是禹乃興〈九招〉之樂,致異物,鳳皇來翔。天下明德皆自虞帝始。

舜年二十以孝聞,年三十堯舉之,年五十攝行天子事,年五十八堯崩,年六十一代堯踐帝位。踐帝位三十九年,南巡狩,崩於蒼梧之野。葬於江南九疑,是為零陵。舜之踐帝位,載天子旗,往朝父瞽叟,夔夔唯謹,如子道。封弟象為諸侯。舜子商均亦不肖,舜乃豫薦禹於天。十七年而崩。三年喪畢,禹亦乃讓舜子,如舜讓堯子。諸侯歸之,然後禹踐天子位。

堯子丹朱,舜子商均,皆有疆土,以奉先祀。服其服,禮樂如之。以客見天子,天子弗臣,示不敢專也。

最後是大禹時代,從「禹亦乃讓舜子,如舜讓堯子。諸侯歸之,然後禹踐天子位」到「帝舜朝,禹、伯夷、皋陶相與語帝前」,中間形成政治過渡。以禪讓為主題,這裡的政治作為制度,既是歷史,也是神話。於是,「禹者,黃帝之玄孫而帝顓頊之孫」與「舜舉鯀子禹」的身分認同,形成新的神話敘事。

對此,司馬遷沒有如堯舜時代那樣詳細描述,而是用另外一種筆法敘說:

第三章　秦漢間俗說

夏禹，名曰文命。禹之父曰鯀，鯀之父曰帝顓頊，顓頊之父曰昌意，昌意之父曰黃帝。禹者，黃帝之玄孫而帝顓頊之孫也。禹之曾大父昌意及父鯀皆不得在帝位，為人臣。當帝堯之時，洪水滔天，浩浩懷山襄陵，下民其憂。堯求能治水者，群臣四嶽皆曰鯀可。堯曰：「鯀為人負命毀族，不可。」四嶽曰：「等之未有賢於鯀者，願帝試之。」於是堯聽四嶽，用鯀治水。九年而水不息，功用不成。於是帝堯乃求人，更得舜。舜登用，攝行天子之政，巡狩。行視鯀之治水無狀，乃殛鯀於羽山以死。天下皆以舜之誅為是。於是舜舉鯀子禹，而使續鯀之業。

堯崩，帝舜問四嶽曰：「有能成美堯之事者使居官？」皆曰：「伯禹為司空，可成美堯之功。」舜曰：「嗟，然！」命禹：「女平水土，維是勉之。」禹拜稽首，讓於契、后稷、皋陶。舜曰：「女其往視爾事矣。」

禹為人敏給克勤；其德不違，其仁可親，其言可信；聲為律，身為度，稱以出；亹亹穆穆，為綱為紀。

禹乃遂與益、后稷奉帝命，命諸侯百姓興人徒以傳土，行山表木，定高山大川。禹傷先人父鯀功之不成受誅，乃勞身焦思，居外十三年，過家門不敢入。薄衣食，致孝於鬼神。卑宮室，致費於溝淢。陸行乘車，水行乘船，泥行乘橇，山行乘檋。左準繩，右規矩，載四時，以開九州，通九道，陂九澤，度九山。令益予眾庶稻，可種卑溼。命后稷予眾庶難得之食。食少，調有餘相給，以均諸侯。禹乃行相地宜所有以貢，及山川之便利。

禹行自冀州始。冀州：既載壺口，治梁及岐。既修太原，至於岳陽。覃懷致功，至於衡漳。其土白壤。賦上上錯，田中中，常、衛既從，大陸既為。鳥夷皮服。夾右碣石，入於海。

濟、河維沇州：九河既道，雷夏既澤，雍、沮會同，桑土既蠶，於是民得下丘居土。其土黑墳，草繇木條。田中下，賦貞，作十有三年乃同。其貢漆絲，其篚織文。浮於濟、漯，通於河。

第二節　史傳文學中的民間文學

海岱維青州：嵎夷既略，濰、淄其道。其土白墳，海濱廣潟，厥田斥鹵。

田上下，賦中上。厥貢鹽，海物維錯，岱畎絲、枲、鉛、松、怪石，萊夷為牧，其篚檿絲。浮於汶，通於濟。

海岱及淮維徐州：淮、沂其治，蒙、羽其藝。大野既都，東原底平。其土赤埴墳，草木漸包。其田上中，賦中中。貢維土五色，羽畎夏狄，嶧陽孤桐，泗濱浮磬，淮夷蚌珠臮魚，其篚玄纖縞。浮於淮、泗，通於河。淮海維揚州：彭蠡既都，陽鳥所居。三江既入，震澤致定。竹箭既布。其草唯夭，其木唯喬，其土塗泥。田下下，賦下上上雜。貢金三品，瑤、琨、竹箭，齒、革、羽毛，島夷卉服，其篚織貝，其包橘、柚錫貢。均江海，通淮、泗。

荊及衡陽維荊州：江、漢朝宗於海。九江甚中，沱、涔已道，雲、夢土為治。其土塗泥。田下中，賦上下。貢羽、旄、齒、革，金三品，杶、榦、栝、柏，礪、砥、砮、丹，維箘簵、楛，三國致貢其名，包匭菁茅，其篚玄纁璣組，九江入賜大龜。浮於江、沱、涔於漢，逾於雒，至於南河。

荊河唯豫州：伊、雒、瀍、澗既入於河，滎播既都，道菏澤，被明都。其土壤，下土墳壚。田中上，賦雜上中。貢漆、絲、絺、紵，其篚纖絮，錫貢磬錯。浮於雒，達於河。

華陽黑水唯梁州：汶、嶓既藝，沱、涔既道，蔡、蒙旅平，和夷底績。其土青驪。田下上，賦下中三錯。貢璆、鐵、銀、鏤、砮、磬，熊、羆、狐、狸、織皮。西傾因桓是來，浮於潛，逾於沔，入於渭，亂於河。

黑水西河唯雍州：弱水既西，涇屬渭汭。漆、沮既從，灃水所同。荊、岐已旅，終南、敦物至於鳥鼠。原隰底績，至於都野。三危既度，三苗大序。其土黃壤。田上上，賦中下。貢璆、琳、琅玕。浮於積石，至於龍門西河，會於渭汭。織皮崑崙、析支、渠搜，西戎即序。

第三章　秦漢間俗說

　　道九山：汧及岐至於荊山，逾於河；壺口、雷首至於太嶽；砥柱、析城至於王屋；太行、常山至於碣石，入於海；西傾、朱圉、鳥鼠至於太華；熊耳、外方、桐柏至於負尾；道嶓塚，至於荊山；內方至於大別；汶山之陽至於衡山，過九江，至於敷淺原。

　　道九川：弱水至於合黎，餘波入於流沙。道黑水，至於三危，入於南海。道河積石，至於龍門，南至華陰，東至砥柱，又東至於盟津，東過雒汭，至於大邳，北過降水，至於大陸，北播為九河，同為逆河，入於海。嶓塚道漾，東流為漢，又東為蒼浪之水，過三澨，入於大別，南入於江，東匯澤為彭蠡，東為北江，入於海。汶山道江，東別為沱，又東至於醴，過九江，至於東陵，東迆北會於匯，東為中江，入於海。道沇水，東為濟，入於河，泆為滎，東出陶丘北，又東至於荷，又東北會於汶，又北東入於海。道淮自桐柏，東會於泗、沂，東入於海。道渭自鳥鼠同穴，東會於灃，又東北至於涇，東過漆、沮，入於河。道雒自熊耳，東北會於澗、瀍，又東會於伊，東北入於河。

　　於是九州攸同，四奧既居，九山刊旅，九川滌原，九澤既陂，四海會同。六府甚修，眾土交正，致慎財賦，咸則三壤成賦。中國賜土姓：「祗臺德先，不距朕行。」

　　令天子之國以外五百里甸服：百里賦納緫，二百里納銍，三百里納秸服，四百里粟，五百里米。甸服外五百里侯服：百里採，二百里任國，三百里諸侯。侯服外五百里綏服：三百里揆文教，二百里奮武衛。綏服外五百里要服：三百里夷，二百里蔡。要服外五百里荒服：三百里蠻，二百里流。

　　東漸於海，西被於流沙，朔、南暨：聲教訖於四海。於是帝錫禹玄圭，以告成功於天下。天下於是太平治。

　　皋陶作士以理民。帝舜朝，禹、伯夷、皋陶相與語帝前。皋陶述其謀曰：「信其道德，謀明輔和。」禹曰：「然，如何？」皋陶曰：「於！慎其身

第二節　史傳文學中的民間文學

修，思長，敦序九族，眾明高翼，近可遠在已。」禹拜美言，曰：「然。」皋陶曰：「於！在知人，在安民。」禹曰：「吁！皆若是，唯帝其難之。知人則智，能官人；能安民則惠，黎民懷之。能知能惠，何憂乎兜，何遷乎有苗，何畏乎巧言善色佞人？」皋陶曰：「然，於！亦行有九德，亦言其有德。」乃言曰：「始事事，寬而栗，柔而立，願而共，治而敬，擾而毅，直而溫，簡而廉，剛而實，強而義，章其有常，吉哉。日宣三德，早夜翊明有家。日嚴振敬六德，亮採有國。翕受普施，九德咸事，俊乂在官，百吏肅謹。毋教邪淫奇謀。非其人居其官，是謂亂天事。天討有罪，五刑五用哉。吾言底可行乎？」禹曰：「女言致可績行。」皋陶曰：「余未有知，思贊道哉。」

帝舜謂禹曰：「女亦昌言。」禹拜曰：「於，予何言！予思日孳孳。」皋陶難禹曰：「何謂孳孳？」禹曰：「鴻水滔天，浩浩懷山襄陵，下民皆服於水。予陸行乘車，水行乘舟，泥行乘橇，山行乘檋，行山刊木。與益予眾庶稻鮮食。以決九川致四海，浚畎澮致之川。與稷予眾庶難得之食。食少，調有餘補不足，徙居。眾民乃定，萬國為治。」皋陶曰：「然，此而美也。」

禹曰：「於，帝！慎乃在位，安爾止。輔德，天下大應。清意以昭待上帝命，天其重命用休。」帝曰：「吁，臣哉，臣哉！臣作朕股肱耳目。予欲左右有民，女輔之。余欲觀古人之象。日月星辰，作文繡服色，女明之。予欲聞六律五聲八音，來始滑，以出入五言，女聽。予即辟，女匡拂予。女無面諛。退而謗予。敬四輔臣。諸眾讒嬖臣，君德誠施皆清矣。」禹曰：「然。帝即不時，布同善惡則毋功。」

帝曰：「毋若丹朱傲，維慢遊是好，毋水行舟，朋淫於家，用絕其世。予不能順是。」禹曰：「予辛壬娶塗山，癸甲，生啟予不子，以故能成水土功。輔成五服，至於五千里，州十二師，外薄四海，咸建五長，各道有功。苗頑不即功，帝其念哉。」帝曰：「道吾德，乃女功序之也。」

135

第三章　秦漢間俗說

　　皋陶於是敬禹之德，令民皆則禹。不如言，刑從之。舜德大明。

　　於是夔行樂，祖考至，群后相讓，鳥獸翔舞，簫韶九成，鳳皇來儀，百獸率舞，百官信諧。帝用此作歌曰：「陟天之命，維時維幾。」乃歌曰：「股肱喜哉，元首起哉，百工熙哉！」皋陶拜手稽首揚言曰：「念哉，率為興事，慎乃憲，敬哉！」乃更為歌曰：「元首明哉，股肱良哉，庶事康哉！」又歌曰：「元首叢脞哉，股肱惰哉，萬事墮哉！」帝拜曰：「然，往欽哉！」於是天下皆宗禹之明度數聲樂，為山川神主。

　　帝舜薦禹於天，為嗣。十七年而帝舜崩。三年喪畢，禹辭避舜之子商均於陽城。天下諸侯皆去商均而朝禹。禹於是遂即天子位，南面朝天下，國號曰夏后，姓姒氏。

　　帝禹立而舉皋陶薦之，且授政焉，而皋陶卒。封皋陶之後於英、六，或在許。而後舉益，任之政。

　　十年，帝禹東巡狩，至於會稽而崩。以天下授益。三年之喪畢，益讓帝禹之子啟，而辟居箕山之陽。禹子啟賢，天下屬意焉。及禹崩，雖授益，益之佐禹日淺，天下未洽。故諸侯皆去益而朝啟，曰「吾君帝禹之子也」。

　　於是啟遂即天子之位，是為夏后帝啟。

　　此後，「授益，益之佐禹日淺，天下未洽」，「諸侯皆去益而朝啟」，又有「夏后帝啟崩，子帝太康立」，大禹時代之後的夏王朝便以新的面目出現。司馬遷述說夏朝國家歷史，從半神半人的時代開始。如其所述：

　　夏后帝啟，禹之子，其母塗山氏之女也。

　　有扈氏不服，啟伐之，大戰於甘。將戰，作甘誓，乃召六卿申之。啟曰：「嗟！六事之人，予誓告女：有扈氏威侮五行，怠棄三正，天用勦絕其命。今予維共行天之罰。左不攻於左，右不攻於右，女不共命。御非其馬之政，女不共命。用命，賞於祖；不用命，僇於社，予則帑僇女。」遂

第二節　史傳文學中的民間文學

滅有扈氏。天下咸朝。

夏后帝啟崩，子帝太康立。帝太康失國，昆弟五人，須於洛汭，作五子之歌。

太康崩，弟中康立，是為帝中康。帝中康時，羲、和湎淫，廢時亂日。胤往征之，作胤征。

中康崩，子帝相立。帝相崩，子帝少康立。帝少康崩，子帝予立。帝予崩，子帝槐立。帝槐崩，子帝芒立。帝芒崩，子帝泄立。帝泄崩，子帝不降立。帝不降崩，弟帝扃立。帝扃崩，子帝廑立。帝廑崩，立帝不降之子孔甲，是為帝孔甲。帝孔甲立，好方鬼神，事淫亂。夏后氏德衰，諸侯畔之。天降龍二，有雌雄，孔甲不能食，未得豢龍氏。陶唐既衰，其後有劉累，學擾龍於豢龍氏，以事孔甲。孔甲賜之姓曰御龍氏，受豕韋之後。龍一雌死，以食夏后。夏后使求，懼而遷去。

孔甲崩，子帝皋立。帝皋崩，子帝發立。帝發崩，子帝履癸立，是為桀。帝桀之時，自孔甲以來而諸侯多畔夏，桀不務德而武傷百姓，百姓弗堪。乃召湯而囚之夏臺，已而釋之。湯修德，諸侯皆歸湯，湯遂率兵以伐夏桀。桀走鳴條，遂放而死。桀謂人曰：「吾悔不遂殺湯於夏臺，使至此。」湯乃踐天子位，代夏朝天下。湯封夏之後，至周封於杞也。

對此，司馬遷總結道：「禹為姒姓，其後分封，用國為姓，故有夏后氏、有扈氏、有男氏、斟尋氏、彤城氏、褒氏、費氏、杞氏、繒氏、辛氏、冥氏、斟戈氏。孔子正夏時，學者多傳夏小正云。自虞、夏時，貢賦備矣。或言禹會諸侯江南，計功而崩，因葬焉，命曰會稽。會稽者，會計也。」不僅如此，在述說商周朝代和秦的歷史起源時，司馬遷都做了具有「帝嚳次妃」、「帝嚳元妃」之類神話內容的描述。如其描述商朝歷史的發端，稱：「殷契，母曰簡狄，有娀氏之女，為帝嚳次妃。三人行浴，見玄鳥墮其卵，簡狄取吞之，因孕生契。契長而佐禹治水有功。帝舜乃命契

第三章　秦漢間俗說

曰：『百姓不親，五品不訓，汝為司徒而敬敷五教，五教在寬。』封於商，賜姓子氏。契興於唐、虞、大禹之際，功業著於百姓，百姓以平。」其描述周朝歷史起源，稱：「周后稷名棄，其母有邰氏女，曰姜原。姜原為帝嚳元妃。姜原出野，見巨人跡，心忻然說，欲踐之；踐之而身動如孕者，居期而生子，以為不祥，棄之隘巷，馬牛過者皆辟不踐；徙置之林中，適會山林多人，遷之而棄渠中冰上，飛鳥以其翼覆薦之。姜原以為神，遂收養長之。初欲棄之，因名曰棄。棄為兒時，屹如巨人之志。其遊戲，好種樹麻、菽，麻、菽美。及為成人，遂好耕農，相地之宜，宜穀者稼穡焉，民皆法則之。帝堯聞之，舉棄為農師，天下得其利，有功。帝舜曰：棄，黎民始飢，爾后稷播時百穀。封棄於邰，號曰后稷，別姓姬氏。后稷之興，在陶唐、虞、夏之際，皆有令德。」其描述秦朝，同樣從神話傳說開始，稱：「秦之先，帝顓頊之苗裔孫曰女脩。女脩織，玄鳥隕卵，女脩吞之，生子大業。大業取少典之子，曰女華。女華生大費，與禹平水土。已成，帝錫玄圭。禹受曰：非予能成，亦大費為輔。帝舜曰：咨爾費，贊禹功，其賜爾皁遊。爾後嗣將大出。乃妻之姚姓之玉女。大費拜受，佐舜調馴鳥獸，鳥獸多馴服，是為柏翳。舜賜姓嬴氏。」秦始皇統一天下，在封禪泰山等活動中，也不乏神話傳說，如「齊人徐市等上書，言海中有三神山，名曰蓬萊、方丈、瀛洲，仙人居之。請得齋戒，與童男女求之。於是遣徐市發童男女數千人，入海求仙人」，「過彭城，齋戒禱祠，欲出周鼎泗水。使千人沒水求之，弗得。乃西南渡淮水，之衡山、南郡。浮江，至湘山祠。逢大風，幾不得渡。上問博士曰：湘君神？博士對曰：聞之，堯女，舜之妻，而葬此。於是始皇大怒，使刑徒三千人皆伐湘山樹，赭其山」，「使韓終、侯公、石生求仙人不死之藥」，「始皇夢與海神戰，如人狀」等。神話傳說與歷史事實相混淆，包含著中國史學頑固的信仰。

二、班固的民間文學民族志

班固的《漢書》是中國歷史上第一部斷代史。與《史記》不同，班固的目光集中在整個漢代，其記述人物有以漢高祖為典型的帝王，也有諸侯王公大臣，更有社會各階層的著名人物。在敘說這些人物時，不乏神話傳說的內容，顯示出獨特的語言風格。在民間文學史上，其突出意義還在於〈五行志〉、〈地理志〉、〈郊祀志〉對於社會文化生活的記述，尤其是其對於西域、西南夷、匈奴、朝鮮等中原地區之外的少數民族社會文化生活的記述，保存了豐富的社會風俗與民間文學，堪稱西漢時代的民族志。

首先，班固繼承了司馬遷以民間傳說描述歷史人物與歷史事件的筆法，使得敘說內容非常生動。

一切歷史的記述都不是偶然的，都有著認同與選擇的因素，其中也不乏信仰的呈現。劉邦既然能夠成為一代帝王，便有不平凡的性格、意志和能力，具有英雄主義的色彩。如其〈高帝紀〉中對漢高祖劉邦幼年的記述：「高祖，沛豐邑中陽里人也，姓劉氏。母媼嘗息大澤之陂，夢與神遇。是時雷電晦冥，父太公往視，則見交龍於上。已而有娠，遂產高祖。」這是民間傳說常用的附會方式，是堆疊式傳說主體不斷衍化的基礎。繼而，其描述劉邦成為一代帝王的種種奇異經歷，以民間信仰為核心內容，應和於命運與風水等充滿神祕性意味的傳說故事。一是相貌不凡：「高祖嘗告歸之田。呂后與兩子居田中耨，有一老父過，請飲，呂后因之。老父相後曰：夫人天下貴人也。令相兩子，見孝惠帝，曰：夫人所以貴者，乃此男也。相魯元公主，亦皆貴。老父已去，高祖適從旁舍來，呂后具言：客有過，相我子母皆大貴。高祖問，曰：未遠。乃追及，問老父。老父曰：鄉者夫人兒子皆以君，君相貴不可言。高祖乃謝曰：誠如父言，不敢忘德。及高祖貴，遂不知老父處。」一是經歷的不平凡：「高祖以亭長為縣送徒驪

第三章　秦漢間俗說

山，徒多道亡。自度比至皆亡之，到豐西澤中亭，止飲，夜皆解縱所送徒，曰：公等皆去，吾亦從此逝矣！徒中壯士願從者十餘人。高祖被酒，夜徑澤中，令一人行前。行前者還報曰：前有大蛇當徑，願還。高祖醉，曰：壯士行，何畏！乃前，拔劍斬蛇。蛇分為兩，道開。行數里，醉睏臥。後人來至蛇所，有一老嫗夜哭。人問嫗何哭，嫗曰：人殺吾子。人曰：嫗子何為見殺？嫗曰：吾子，白帝子也，化為蛇當道，今者赤帝子斬之，故哭。人乃以嫗為不誠，欲苦之，嫗因忽不見。後人至，高祖覺。告高祖，高祖乃心獨喜，自負。諸從者日益畏之。」一是氣度不凡：「秦始皇帝嘗曰東南有天子氣，於是東遊以當之。高祖隱於芒、碭山澤間，呂后與人俱求，常得之。高祖怪問呂后，后曰：季所居上常有雲氣，故從往常得季。高祖又喜。沛中子弟或聞之，多欲附者。」由是，命運注定，即天賜皇權。班固總結道：「贊曰：《春秋》晉史蔡墨有言：陶唐氏既衰，其後有劉累，學擾龍，事孔甲，范氏其後也。而大夫范宣子亦曰：祖自虞以上為陶唐氏，在夏為御龍氏，在商為豕韋氏，在周為唐杜氏，晉主夏盟為范氏。范氏為晉士師，魯文公世奔秦。後歸於晉，其處者為劉氏。劉向云戰國時劉氏自秦獲於魏。秦滅魏，遷大梁，都於豐，故周市說雍齒曰：豐，故梁徙也。是以頌高祖云：漢帝本系，出自唐帝。降及於周，在秦作劉。涉魏而東，遂為豐公。豐公，蓋太上皇父。其遷日淺，墳墓在豐鮮焉。及高祖即位，置祠祀官，則有秦、晉、梁、荊之巫，世祠天地，綴之以祀，豈不信哉！由是推之，漢承堯運，德祚已盛，斷蛇著符，旗幟上赤，協於火德，自然之應，得天統矣。」不唯劉邦的身世如此，他的繼承者也是如此，許多奇異的事件，如彗星出現、地震發生等，都應和於朝廷重大事件。如班固〈惠帝紀〉中所記述：「春正月癸酉，有兩龍見蘭陵家人井中，乙亥夕而不見。隴西地震。」〈宣帝紀〉記述了同類的內容：「巫蠱事連歲不決。至後元二年，武帝疾，往來長楊、五柞宮，望氣者言長安獄中有天子氣，上遣使者分條中都官獄繫者，輕、重皆殺之。內謁者令郭穰夜至郡

邸獄,吉拒閉,使者不得入,曾孫賴吉得全。因遭大赦,吉乃載曾孫送祖母史良娣家。」奇異的世相,常常用來隱喻或者鋪陳某種社會政治理念。這是歷史的宿命論,也是中國述說政治更迭的文化傳統。而在民間傳說世界,這種現象普遍存在。

天人相應,天人合一,信奉蒼天的神聖、公正,是中國傳統文化的重要內容,也是民間信仰的重要基礎,是民間文學的核心思想。它不僅僅表現在民間社會,融化成為社會風俗生活的主體,而且成為上層社會的文化主題。

班固在〈景帝紀〉、〈武帝紀〉等章節中詳細記述了這些內容。如〈武帝紀〉所記「春正,行幸緱氏。詔曰:朕用事華山,至於中嶽。獲駮麃,見夏后啟母石。翌日,親登嵩高,御史乘屬,在廟旁吏卒咸聞呼萬歲者三。登禮罔不答。其令祠官加增太室祠,禁無伐其草木。以山下戶三百為之奉邑,名曰崇高,獨給祠,覆亡所與。行,遂東巡海上。春三月,祠后土。詔曰:朕躬祭后土地祇,見光集於靈壇,一夜三燭。幸中都宮,殿上見光。其赦汾陰、夏陽、中都死罪以下,賜三縣及楊氏皆無出今年租賦」,「五年冬,行南巡狩,至於盛唐,望祀虞舜於九嶷。登天柱山,自尋陽浮江,親射蛟江中,獲之。舳艫千里,薄樅陽而出,作〈盛唐樅陽之歌〉。遂北至琅邪,並海,所過,禮祠其名山大川」,「三月,行幸泰山,修封,祀明堂,因受計。還幸北地,祠常山,瘞玄玉」等,彰顯出信奉天地鬼神的社會風俗導向,包括其穩固的價值立場。而其中的信奉與敬祀對象,常常成為民間傳說故事敘說的重要對象。

其次是班固與司馬遷一樣,追溯社會發展的淵源,總是能夠從神話傳說中找到根由。固然,神話傳說是後世的概念,在班固的眼中其實就是真實的歷史,只不過是非常古老的歷史,而且是古代神聖的祖先或英雄,具有超越世俗和自然的非常之人所創造的歷史。這些古老歷史中出現的非常

第三章　秦漢間俗說

之人,即神人,是神話傳說的主角。

這是文化發生的闡釋方式。從神話傳說敘說文化的開端,在事實上形成文化的神聖性表達,增強了文化感染力。這也是中國傳統文化中敬仰文明的重要規律性內容。如其〈律曆志〉所述:「〈虞書〉曰乃同律度量衡,所以齊遠近,立民信也。自伏羲畫八卦,由數起,至黃帝、堯、舜而大備。三代稽古,法度章焉。周衰官失,孔子陳後王之法,曰:謹權量,審法度,修廢官,舉逸民,四方之政行矣。漢興,北平侯張蒼首律曆事,孝武帝時樂官考正。」其解釋五聲的意義,追溯到黃帝,稱:「五聲為本,生於黃種之律。九寸為宮,或損或益,以定商、角、徵、羽。九六相生,陰陽之應也。律十有二,陽六為律,陰六為呂。律以統氣類物,一曰黃鐘,二曰太族,三曰姑洗,四曰蕤賓,五曰夷則,六曰亡射。呂以旅陽宣氣,一曰林鐘,二曰南呂,三曰應鐘,四曰大呂,五曰夾鐘,六曰中呂。有三統之義焉。其傳曰,黃帝之所作也。黃帝使泠綸自大夏之西,崑崙之陰,取竹之嶰谷,生其竅厚均者,斷兩節間而吹之,以為黃鐘之宮。制十二筒以聽鳳之鳴,其雄鳴為六,雌鳴亦六,比黃鐘之宮,而皆可以生之,是為律本。至治之世,天地之氣合以生風;天地之風氣正,十二律定。」其論說曆法的文化發生,從上古神話追溯起,其敘說道:「曆數之起上矣。傳述顓頊命南正重司天,火正黎司地,其後三苗亂德,二官咸廢,而閏餘乖次,孟陬殄滅,攝提失方。堯復育重、黎之後,使纂其業,故〈書〉曰:乃命羲、和,欽若昊天,曆象日月星辰,敬授民時。歲三百有六旬有六日,以閏月定四時成歲,允釐百官,眾功皆美。其後以授舜曰:諮爾舜,天之曆數在爾躬。舜亦以命禹。至周武王訪箕子,箕子言大法九章,而五紀明曆法。故自殷、周,皆創業改制,咸正曆紀,服色從之,順其時氣,以應天道。三代既沒,五伯之末,史官喪紀,疇人子弟分散,或在夷狄,故其所記,有〈黃帝〉、〈顓頊〉、〈夏〉、〈殷〉、〈周〉及〈魯曆〉。戰國擾攘,秦兼天下,未皇暇也,亦頗推五勝,而自以獲水德,乃以十月為正,色上

黑。」在班固看來，曆法作為時間的序列，之所以能夠規範時間，就在於它展現了天地的意志，是文化的發生，也是文化的總結，是歷史文化的重要結晶。他在〈律曆志〉中以「世經」名目敘述道：

《春秋》昭公十七年「郯子來朝」，《傳》曰：昭子問少昊氏鳥名何故，對曰：「吾祖也，我知之矣。昔者，黃帝氏以雲紀，故為雲師而雲名；炎帝氏以火紀，故為火師而火名；共工氏以水紀，故為水師而水名；太昊氏以龍紀，故為龍師而龍名。我高祖少昊摯之立也，鳳鳥適至，故紀於鳥，為鳥師而鳥名。」言郯子據少昊受黃帝，黃帝受炎帝，炎帝受共工，共工受太昊，故先言黃帝，上及太昊。稽之於《易》，炮犧、神農、黃帝相繼之世可知。

太昊帝《易》曰：「炮犧氏之王天下也。」言炮犧繼天而王，為百王先，首德始於木，故為帝太昊。作罔罟以田漁，取犧牲，故天下號曰炮犧氏。

〈祭典〉曰：「共工氏伯九域。」言雖有水德，在火、木之間，其非序也。任知刑以強，故伯而不王。秦以水德，在周、漢木火之間。周人遷其行序，故《易》不載。

炎帝《易》曰：「炮犧氏沒，神農氏作。」言共工伯而不王，雖有水德，非其序也。以火承木，故為炎帝。教民耕農，故天下號曰神農氏。

黃帝《易》曰：「神農氏沒，黃帝氏作。」火生土，故為土德。與炎帝之後戰於阪泉，遂王天下。始垂衣裳，有軒、冕之服，故天下號曰軒轅氏。

少昊帝〈孝德〉曰少昊曰清。清者，黃帝之子清陽也，是其子孫名摯立。土生金，故為金德，天下號曰金天氏。周遷其樂，故《易》不載，序於行。

顓頊帝《春秋外傳》曰：少昊之衰，九黎亂德，顓頊受之，乃命重黎。蒼林昌意之子也。金生水，故為水德。天下號曰高陽氏。周遷其樂，

第三章　秦漢間俗說

故《易》不載,序於行。

帝嚳《春秋外傳》曰:顓頊之所建,帝嚳受之。清陽玄囂之孫也。水生木,故為木德。天下號曰高辛氏。帝摯繼之,不知世數。周遷其樂,故《易》不載。周人禘之。

唐帝〈帝系〉曰:帝嚳四妃,陳豐生帝堯,封於唐。蓋高辛氏衰,天下歸之。木生火,故為火德,天下號曰陶唐氏。讓天下於虞,使子朱處於丹淵為諸侯。即位七十載。

虞帝〈帝系〉曰:顓頊生窮蟬,五世而生瞽叟,瞽叟生帝舜,處虞之媯汭,堯嬗以天下。火生土,故為土德。天下號曰有虞氏。讓天下於禹,使子商均為諸侯。即位五十載。

伯禹〈帝系〉曰:顓頊五世而生鯀,鯀生禹,虞舜嬗以天下。土生金,故為金德。天下號曰夏后氏。繼世十七王,四百三十二歲。

成湯《書經・湯誓》:湯伐夏桀。金生水,故為水德。天下號曰商,後曰殷。

在班固看來,曆法是這樣起自上古神聖的創造,那麼,音樂,主要是禮樂,作為規範人的文明行為,形成禮儀秩序結構的文化,其同樣離不開神聖祖先的創造。他特別注意到禮樂的社會功能,特別是禮樂的教化意義,他在〈禮樂志〉中引述賈誼的論說:「漢承秦之敗俗,廢禮義,捐廉恥,今其甚者殺父兄,盜者取廟器,而大臣特以簿書不報,期會為故,至於風俗流溢,恬而不怪,以為是適然耳。夫移風易俗,使天下回心而鄉道,類非俗吏之所能為也。

夫立君臣,等上下,使綱紀有序,六親和睦,此非天之所為,人之所設也。人之所設,不為不立,不修則壞。漢興至今二十餘年,宜定制度,興禮樂,然後諸侯軌道,百姓素樸,獄訟衰息。」所以,他強調「樂者,聖人之所樂也,而可以善民心。其感人深,移風易俗,故先王著其教

第二節　史傳文學中的民間文學

焉」。這裡，他論述道：

> 王者未作樂之時，因先王之樂以教化百姓，說樂其俗，然後改作，以章功德。《易》曰：「先王以作樂崇德，殷薦之上帝，以配祖考。」昔黃帝作〈咸池〉，顓頊作〈六莖〉，帝嚳作〈五英〉，堯作〈大章〉，舜作〈招〉，禹作〈夏〉，湯作〈濩〉，武王作〈武〉，周公作〈勺〉。〈勺〉，言能勺先祖之道也。〈武〉，言以功定天下也。〈濩〉言救民也。〈夏〉，大承二帝也。〈招〉，繼堯也。〈大章〉，章之也。〈五英〉，英華茂也。〈六莖〉，及根莖也。〈咸池〉，備矣。自夏以往，其流不可聞已，殷《頌》猶有存者。周《詩》既備，而其器用張陳，〈周官〉具焉。典者自卿大夫、師瞽以下，皆選有道德之人，朝夕習業，以教國子。國子者，卿大夫之子弟也，皆學歌九德，誦六詩，習六舞，五聲、八音之和。故帝舜命夔曰：「女典樂，教胄子，直而溫，寬而栗，剛而無虐，簡而無敖。詩言志，歌詠言，聲依詠，律和聲，八音克諧。」此之謂也。又以外賞諸侯德盛而教尊者。其威儀足以充目，音聲足以動耳，詩語足以感心，故聞其音而德和，省其詩而志正，論其數而法立。是以薦之郊廟則鬼神饗，作之朝廷則群臣和，立之學官則萬民協。聽者無不虛己竦神，說而承流，是以海內遍知上德，被服其風，光輝日新，化上遷善，而不知所以然，至於萬物不夭，天地順而嘉應降。故《詩》曰：「鐘鼓鍠鍠，磬管鏘鏘，降福穰穰。」《書》云：「擊石拊石，百獸率舞。」鳥獸且猶感應，而況於人乎？況於鬼神乎？故樂者，聖人之所以感天地，通神明，安萬民，成性類者也。然自《雅》、《頌》之興，而所承衰亂之音猶在，是謂淫過凶嫚之聲，為設禁焉。世衰民散，小人乘君子，心耳淺薄，則邪勝正。故《書》序：「殷紂斷棄先祖之樂，乃作淫聲，用變亂正聲，以說婦人。」樂官師瞽抱其器而奔散，或適諸侯，或入河海。夫樂本情性，浹肌膚而臧骨髓，雖經乎千載，其遺風餘烈尚猶不絕。至春秋時，陳公子完奔齊。陳，舜之後，〈招〉樂存焉。故孔子適齊聞〈招〉，三月不知肉味，曰：「不圖為樂之至於斯！」

第三章　秦漢間俗說

美之甚也。

曆法、禮樂如此,是上古神聖祖先對世間秩序的規範,法律更是這樣。

班固在〈刑法志〉中論述道:

自黃帝有涿鹿之戰以定火災,顓頊有共工之陳以定水害。唐、虞之際,至治之極,猶流共工,放兜,竄三苗,殛鯀,然後天下服。夏有甘扈之誓,殷、周以兵定天下矣。天下既定,戢臧干戈,教以文德,而猶立司馬之官,設六軍之眾,因井田而制軍賦。地方一里為井,井十為通,通十為成,成方十里;成十為終,終十為同,同方百里;同十為封,封十為畿,畿方千里。有稅有賦。稅以足食,賦以足兵。故四井為邑,四邑為丘。丘,十六井也,有戎馬一匹,牛三頭。四丘為甸。甸,六十四井也,有戎馬四匹,兵車一乘,牛十二頭,甲士三人,卒七十二人,干戈備具,是謂乘馬之法。一同百里,提封萬井,除山川沈斥,城池邑居,園囿術路,三千六百井,定出賦六千四百井,戎馬四百匹,兵車百乘,此卿大夫采地之大者也,是謂百乘之家。一封三百一十六裡,提封十萬井,定出賦六萬四千井,戎馬四千匹,兵車千乘,此諸侯之大者也,是謂千乘之國。天子畿方千里,提封百萬井,定出賦六十四萬井,戎馬四萬匹,兵車萬乘,故稱萬乘之主。戎馬、車徒、干戈素具,春振旅以搜,夏拔舍以苗,秋治兵以獮,冬大閱以狩,皆於農隙以講事焉。五國為屬,屬有長;十國為連,連有帥;三十國為卒,卒有正;二百一十國為州,州有牧。連師比年簡車,卒正三年簡徒,群牧五載大簡車、徒,此先王為國立武足兵之大略也。

曆法、音樂、法律,都是人世間精神世界的內容,人的存在與發展,離不開物質世界。物質的創造,在班固看來,也是與上古神聖祖先分不開的。他在〈食貨志〉中表達了自己的物質觀、財富觀,他說:

《洪範》八政,一曰食,二曰貨。食謂農殖嘉穀可食之物,貨謂布帛可衣,及金、刀、龜、貝,所以分財布利通有無者也。二者,生民之本,

第二節　史傳文學中的民間文學

興自神農之世。「斲木為耜，煣木為耒，耒耨之利以教天下」，而食足；「日中為市，致天下之民，聚天下之貨，交易而退，各得其所」，而貨通。食足貨通，然後國實民富，而教化成。黃帝以下「通其變，使民不倦」。堯命四子以「敬授民時」，舜命后稷以「黎民祖飢」，是為政首。禹平洪水，定九州，制土田，各因所生遠近，賦入貢棐，茂遷有無，萬國作乂。殷周之盛，《詩》、《書》所述，要在安民，富而教之。故《易》稱：「天地之大德曰生，聖人之大寶曰位；何以守位曰仁，何以聚人曰財。」財者，帝王所以聚人守位，養成群生，奉順天德，治國安民之本也。故曰：「不患寡而患不均，不患貧而患不安；蓋均亡貧，和亡寡，安亡傾。」是以聖王域民，築城郭以居之；制廬井以均之；開市肆以通之；設庠序以教之；士、農、工、商，四人有業。學以居位曰士，闢土殖穀曰農，作巧成器曰工，通財鬻貨曰商。聖王量能授事，四民陳力受職，故朝亡廢官，邑亡敖民，地亡曠土。

物質世界與精神世界是人類文明的雙翼，二者之間相互依賴，共同促進人的發展。中國傳統文化的核心在於信仰，而信仰的重要形式，長期以來與祭祀密切相關。「國之大事，在祀與戎」，就在於強調國家文化與信仰的重要地位。班固非常明白這個道理，他把郊祀即祭祀文化的根源歸之於人神相通，歸之於上古神聖祖先的發蒙，在〈郊祀志〉中論述道：

《洪範》八政，三曰祀。祀者，所以昭孝事祖，通神明也。旁及四夷，莫不修之；下至禽獸，豺獺有祭。是以聖王為之典禮。民之精爽不貳，齊肅聰明者，神或降之，在男曰覡，在女曰巫，使制神之處位，為之牲器。使先聖之後，能知山川，敬於禮儀，明神之事者，以為祝；能知四時犧牲，壇場上下，氏姓所出者，以為宗。故有神民之官，各司其序，不相亂也。民神異業，敬而不黷，故神降之嘉生，民以物序，災禍不至，所求不匱。及少昊之衰，九黎亂德，民神雜擾，不可放物。家為巫史，享祀無度，黷齊明而神弗蠲。嘉生不降，禍災薦臻，莫盡其氣。顓頊受之，乃

第三章　秦漢間俗說

命南正重司天以屬神，命火正黎司地以屬民，使復舊常，亡相侵瀆。自共工氏霸九州，其子曰句龍，能平水土，死為社祠。有烈山氏王天下，其子曰柱，能殖百穀，死為稷祠。故郊祀社稷，所從來尚矣。

〈虞書〉曰：舜在璇璣玉衡，以齊七政。遂類於上帝，禋於六宗，望秩於山川，遍於群神。揖五瑞，擇吉月日，見四嶽諸牧，班瑞。歲二月，東巡狩，至於岱宗。岱宗，泰山也。柴，望秩於山川。遂見東后。東后者，諸侯也。合時月正日，同律、度、量、衡，修五禮、五樂，三帛二生一死為贄。五月，巡狩至南嶽。南嶽者，衡山也。八月，巡狩至西嶽。西嶽者，華山也。十一月，巡狩至北嶽。北嶽者，恆山也。皆如岱宗之禮。中嶽，嵩高也。五載一巡狩。禹遵之。後十三世，至帝孔甲，淫德好神，神黷，二龍去之。其後十三世，湯伐桀，欲遷夏社，不可，作〈夏社〉。乃遷烈山子柱，而以周棄代為稷祠。後八世，帝太戊有桑穀生於廷，一暮大拱，懼。伊陟曰：「祅不勝德。」

太戊修德，桑穀死。伊陟贊巫咸。後十三世，帝武丁得傅說為相，殷復興焉，稱高宗。有雉登鼎耳而雊，武丁懼。祖己曰：「修德。」武丁從之，位以永寧。後五世，帝乙嫚神而震死。後三世，帝紂淫亂，武王伐之。由是觀之，始未嘗不肅祗，後稍怠嫚也。

至此，他藉以述說海上神仙故事，稱：「自威、宣、燕昭使人入海求蓬萊、方丈、瀛洲。此三神山者，其傳在勃海中，去人不遠。蓋嘗有至者，諸仙人及不死之藥皆在焉。其物、禽獸盡白，而黃金、銀為宮闕。未至，望之如雲；及到，三神山反居水下，水臨之。患且至，則風輒引船而去，終莫能至云。世主莫不甘心焉」，「及秦始皇至海上，則方士爭言之。始皇如恐弗及，使人齎童男女入海求之。船交海中，皆以風為解，曰未能至，望見之焉。其明年，始皇復遊海上，至琅邪，過恆山，從上黨歸。後三年，遊碣石，考入海方士，從上郡歸。後五年，始皇南至湘山，遂登會稽，並海上，幾遇海中三神山之奇藥。不得，還到沙丘崩」。以此，他總

第二節　史傳文學中的民間文學

結道:「昔三代之居,皆河、洛之間,故嵩高為中嶽,而四嶽各如其方,四瀆咸在山東。至秦稱帝,都咸陽,則五嶽、四瀆皆並在東方。自五帝以至秦,迭興迭衰,名山、大川或在諸侯,或在天子,其禮損益世殊,不可勝記。及秦併天下,令祠官所常奉天地、名山、大川、鬼神可得而序也。」其有感於「武帝初即位,尤敬鬼神之祀」,與「李少君亦以祠灶、穀道、卻老方見上,上尊之」,為人講述了著名的李少君故事:「少君者,故深澤侯人,主方。匿其年及所生長。常自謂七十,能使物,卻老。其遊以方遍諸侯。無妻子。人聞其能使物及不死,更饋遺之,常餘金錢、衣食。人皆以為不治產業而饒給,又不知其何所人,愈信,爭事之。少君資好方,善為巧發奇中。常從武安侯宴,坐中有年九十餘老人,少君乃言與其大父遊射處,老人為兒從其大父,識其處,一坐盡驚。少君見上,上有故銅器,問少君。少君曰:此器齊桓公十年陳於柏寢。已而按其刻,果齊桓公器。一宮盡駭,以為少君神,數百歲人也。少君言上:祠灶皆可致物,致物而丹沙可化為黃金,黃金成以為飲食器則益壽,益壽而海中蓬萊仙者乃可見之,以封禪則不死,黃帝是也。臣嘗遊海上,見安期生,安期生食臣棗,大如瓜。安期生仙者,通蓬萊中,合則見人,不合則隱。於是天子始親祠灶,遣方士入海求蓬萊安期生之屬,而事化丹沙諸藥齊為黃金矣。久之,少君病死。天子以為化去不死也,使黃、錘史寬舒受其方,而海上燕、齊怪迂之方士多更來言神事矣。」同時,他還講述了同樣屬於裝神弄鬼的「齊人少翁」與「李夫人」故事:「明年,齊人少翁以方見上。上有所幸李夫人,夫人卒,少翁以方蓋夜致夫人及灶鬼之貌云,天子自帷中望見焉。乃拜少翁為文成將軍,賞賜甚多,以客禮禮之。

　文成言:上即欲與神通,宮室被服非像神,神物不至。乃作畫雲氣車,及各以勝日駕車辟惡鬼。又作甘泉宮,中為臺室,畫天地泰一諸鬼神,而置祭具以致天神。居歲餘,其方益衰,神不至。乃帛書以飯牛,陽不知,言此牛腹中有奇。殺視得書,書言甚怪。天子識其手,問之,果為

第三章　秦漢間俗說

書。於是誅文成將軍，隱之。」同樣是在這裡，他記述了一系列的「神仙故事」，如其所記「上遂東巡海上，行禮祠八神。齊人之上疏言神怪、奇方者以萬數，乃益發船，令言海中神山者數千人求蓬萊神人。公孫卿持節常先行候名山，至東萊，言夜見大人，長數丈，就之則不見，見其跡甚大，類禽獸云。群臣有言見一老父牽狗，言吾欲見鉅公，已忽不見。上既見大跡，未信，及群臣又言老父，則大以為仙人也。宿留海上，與方士傳車，及間使求神仙人以千數」。班固用意未必全在於破除迷信，而是無意中揭示出民間傳說故事的重要生成背景，即求仙心理的社會文化土壤與神話傳說的發生與傳播。

　　神話空間作為文化秩序，其中的信仰總是作為文化發生的重要因素被表現。與信仰相關的因素有許多，五行觀念就是一個典型。五行是中國傳統文化的重要內容，與民間文學的神祕性有著非常密切的連繫。班固透過〈五行志〉更具體地表現出他對中國古代神話傳說的理解，如其所述：

「《易》曰：天垂象，見吉凶，聖人象之；河出圖，雒出書，聖人則之。劉歆以為虙羲氏繼天而王，受〈河圖〉，則而畫之，八卦是也；禹治洪水，賜〈雒書〉，法而陳之，《洪範》是也。聖人行其道而寶其真。降及於殷，箕子在父師位而典之。周既克殷，以箕子歸，武王親虛己而問焉。故經曰：唯十有三祀，王訪於箕子，王乃言曰：烏呼，箕子！唯天陰騭下民，相協厥居，我不知其彝倫逌敘。箕子乃言曰：我聞在昔，鯀陻洪水，汩陳其五行，帝乃震怒，弗畀《洪範》九疇，彝倫逌斁。鯀則殛死，禹乃嗣興，天乃錫禹《洪範》九疇，彝倫逌敘。此武王問〈雒書〉於箕子，箕子對禹得〈雒書〉之意也。」

　　在〈地理志〉中，班固勾畫出漢代社會的文化地理，其中涉及歷史上的神話傳說。如其敘說大禹神話道：「昔在黃帝，作舟車以濟不通，旁行天下，方制萬里，畫野分州，得百里之國萬區。是故《易》稱先王建萬國，

親諸侯,《書》云協和萬國,此之謂也。堯遭洪水,懷山襄陵,天下分絕,為十二州,使禹治之。水土既平,更制九州,列五服,任土作貢。曰:禹敷土,隨山刊木,奠高山大川。」他在〈地理志〉中還記述了「膚施,有五龍山、帝、原水、黃帝祠四所。獨樂,有鹽民。陽周。橋山在南,有黃帝塚」、「秦之先曰伯益,出自帝顓頊,堯時助禹治水,為舜朕虞,養育草木鳥獸,賜姓嬴氏,歷夏、殷為諸侯」、「鄭國,今河南之新鄭,本高辛氏火正祝融之虛也」、「陳國,今淮陽之地。陳本太昊之虛,周武王封舜後媯滿於陳,是為胡公,妻以元女大姬。婦人尊貴,好祭祀,用史巫,故其俗巫鬼」、「周封微子於宋,今之睢陽是也,本陶唐氏火正閼伯之虛也」、「昔堯作遊成陽,舜漁雷澤,湯止於亳,故其民猶有先王遺風,重厚多君子,好稼穡,惡衣食,以致畜藏」、「潁川、南陽,本夏禹之國」、「其君禹後,帝少康之庶子雲,封於會稽,紋身斷髮,以避蛟龍之害」等。同樣的敘說方式,在〈溝洫志〉中也有體現,如其所記述:「〈夏書〉:禹堙洪水十三年,過家不入門。陸行載車,水行乘舟,泥行乘毳(橇),山行則梮,以別九州;隨山浚川,任土作貢;通九道,陂九澤,度九山。然河災之羨溢,害中國也尤甚。唯是為務,故道河自積石,歷龍門,南到華陰,東下底柱,及盟津、雒內,至於大伾。於是禹以為河所從來者高,水湍悍,難以行平地,數為敗,乃釃二渠以引其河,北載之高地,過洚水,至於大陸,播為九河。同為迎河,入於勃海。九川既疏,九澤既陂,諸夏乂安,功施乎三代。」其表達的效果,就是一切源自神聖,源自表現祖先神英雄神偉大功績的神話傳說。

〈藝文志〉是對典籍文化的重要總結。班固描述其中的文獻成就,也常常注意到神話傳說的內容。如其記述「凡《易》十三家,二百九十四篇」時,稱:「《易》曰:宓戲氏仰觀象於天,俯觀法於地,觀鳥獸之文,與地之宜,近取諸身,遠取諸物,於是始作八卦,以通神明之德,以類萬物之

第三章　秦漢間俗說

情。至於殷、周之際，紂在上位，逆天暴物，文王以諸侯順命而行道，天人之占可得而效，於是重《易》六爻，作上下篇。孔氏為之〈彖〉、〈象〉、〈繫辭〉、〈文言〉、〈序卦〉之屬十篇。故曰《易》道深矣，人更三聖，世歷三古。及秦燔書，而《易》為筮卜之事，傳者不絕。漢興，田何傳之。訖於宣、元，有施、孟、梁丘、京氏列於學官，而民間有費、高二家之說，劉向以中《古文易經》校施、孟、梁丘經，或脫去無咎、悔亡，唯費氏經與古文同。」在記述「凡《書》九家，四百一十二篇」時，其稱：「《易》曰：『河出圖，洛出書，聖人則之。』故《書》之所起遠矣，至孔子纂焉，上斷於堯，下訖於秦，凡百篇，而為之序，言其作意。秦燔書禁學，濟南伏生獨壁藏之。漢興亡失，求得二十九篇，以教齊魯之間。訖孝宣世，有〈歐陽〉、〈大小夏侯氏〉，立於學官。《古文尚書》者，出孔子壁中。武帝末，魯共王壞孔子宅，欲以廣其宮。而得《古文尚書》及《禮記》、《論語》、《孝經》凡數十篇，皆古字也。共王往入其宅，聞鼓琴瑟鐘磬之音，於是懼，乃止不壞。孔安國者，孔子後也，悉得其書，以考二十九篇，得多十六篇。安國獻之。遭巫蠱事，未列於學官。劉向以中古文校歐陽、大小夏侯三家經文，〈酒誥〉脫簡一，〈召誥〉脫簡二。率簡二十五字者，脫亦二十五字，簡二十二字者，脫亦二十二字，文字異者七百有餘，脫字數十。《書》者，古之號令，號令於眾，其言不立具，則聽受施行者弗曉。古文讀應爾雅，故解古今語而可知也。」論及「凡小學十家，四十五篇」，其稱：《易》曰：「上古結繩以治，後世聖人易之以書契，百官以治，萬民以察，蓋取諸〈夬〉。」「夬，揚於王庭」，言其宣揚於王者朝廷，其用最大也。古者八歲入小學，故《周官》保氏掌養國子，教之六書，謂象形、象事、象意、象聲、轉注、假借，造字之本也。漢興，蕭何草律，亦著其法，曰：「太史試學童，能諷書九千字以上，乃得為史。又以六體試之，課最者以為尚書、御史、史書令史。吏民上書，字或不正，輒舉劾。」六

第二節　史傳文學中的民間文學

體者，古文、奇字、篆書、隸書、繆篆、蟲書，皆所以通知古今文字，摹印章，書幡信也。古制，書必同文，不知則闕，問諸故老，至於衰世，是非無正，人用其私。故孔子曰：「吾猶及史之闕文也，今亡矣夫！」蓋傷其浸不正。《史籀篇》者，周時史官教學童書也，與孔氏壁中古文異體。《倉頡》七章者，秦丞相李斯所作也；《爰歷》六章者，車府令趙高所作也；《博學》七章者，太史令胡母敬所作也；文字多取《史籀篇》，而篆體復頗異，所謂秦篆者也。是時始造隸書矣，起於官獄多事，苟趨省易，施之於徒隸也。漢興，閭里書師合《倉頡》、《爰歷》、《博學》三篇，斷六十字以為一章，凡五十五章，併為《倉頡篇》。武帝時司馬相如作《凡將篇》，無複字。元帝時黃門令史游作《急就篇》，成帝時將作大匠李長作《元尚篇》，皆《倉頡》中正字也。《凡將》則頗有出矣。至元始中，徵天下通小學者以百數，各令記字於庭中。揚雄取其有用者以作《訓纂篇》，順續《倉頡》，又易《倉頡》中重複之字，凡八十九章。臣復續揚雄作十三章，凡一百二章，無複字，六藝群書所載略備矣。《倉頡》多古字，俗師失其讀，宣帝時徵齊人能正讀者，張敞從受之，傳至外孫之子杜林，為作訓故，並列焉。」論及「儒五十三家，八百三十六篇」，其稱：「儒家者流，蓋出於司徒之官，助人君順陽陽明教化者也。遊文於六經之中，留意於仁義之際，祖述堯、舜，憲章文、武，宗師仲尼，以重其言，於道最為高。孔子曰：如有所譽，其有所試。唐、虞之隆，殷、周之盛，仲尼之業，已試之效者也。然惑者既失精微，而辟者又隨時抑揚，違離道本，苟以譁眾取寵。後進循之，是以《五經》乖析，儒學浸衰，此僻儒之患。」論及「陰陽二十一家，三百六十九篇」，其稱：「陰陽家者流，蓋出於羲和之官，敬順昊天，曆象日月星辰，敬授民時，此其所長也。及拘者為之，則牽於禁忌，泥於小數，捨人事而任鬼神。」

再其次，班固記述兩漢時代歷史人物，受到神話傳說超越自然的表現

第三章　秦漢間俗說

方式的影響，夾雜著神話傳說的內容。其〈東方朔傳〉記述東方朔時，充分顯示其詼諧、誇張、率性、機智等性情。班固集中表現東方朔「文辭不遜，高自稱譽」，「朔雖詼笑，然時觀察顏色，直言切諫，上常用之。自公卿在位，朔皆敖弄，無所為屈」。如其描述：「久之，朔紿騶朱儒，曰：上以若曹無益於縣官，耕田力作固不及人，臨眾處官不能治民，從軍擊虜不任兵事，無益於國用，徒索衣食，今欲盡殺若曹。朱儒大恐，啼泣。朔教曰：上即過，叩頭請罪。居有頃，聞上過，朱儒皆號泣頓首。上問：何為？對曰：東方朔言上欲盡誅臣等。上知朔多端，召問朔：何恐朱儒為？對曰：臣朔生亦言，死亦言。朱儒長三尺餘，奉一囊粟，錢二百四十。臣朔長九尺餘，亦奉一囊粟，錢二百四十。朱儒飽欲死，臣朔飢欲死。臣言可用，幸異其禮；不可用，罷之，無令但索長安米。上大笑，因使待詔金馬門，稍得親近。」、「上嘗使諸數家射覆，置守宮盂下，射之，皆不能中。朔自讚曰：臣嘗受《易》，請射之。乃別著布卦而對曰：臣以為龍又無角，謂之為蛇又有足，跂跂脈脈善緣壁，是非守宮即蜥蜴。上曰：善。賜帛十匹。復使射他物，連中，輒賜帛。」、「時有幸倡郭舍人，滑稽不窮，常侍左右，曰：朔狂，幸中耳，非至數也。臣願令朔復射，朔中之，臣榜百，不能中，臣賜帛。乃覆樹上寄生，令朔射之。朔曰：是窶藪也。舍人曰：果知朔不能中也。朔曰：生肉為膾，乾肉為脯；著樹為寄生，盆下為窶藪。上令倡監榜舍人，舍人不勝痛，呼謷。朔笑之曰：咄！口無毛，聲謷謷，尻益高。舍人恚曰：朔擅詆欺天子從官，當棄市。上問朔：何故詆之？對曰：臣非敢詆之，乃與為隱耳。上曰：隱云何？朔曰：夫口無毛者，狗竇也；聲謷謷者，鳥哺鷇也；尻益高者，鶴俯啄也。舍人不服，因曰：臣願復問朔隱語，不知，亦當榜。即妄為諧語曰：令壺齟，老柏塗，伊優亞，狋吽牙。何謂也？朔曰：令者，命也。壺者，所以盛也。齟者，齒不正也。老者，人所敬也。柏者，鬼之廷也。塗者，漸洳徑也。伊優亞者，辭未定

也。狋吽牙者,兩犬爭也。舍人所問,朔應聲輒對,變詐鋒出,莫能窮者,左右大驚。上以朔為常侍郎,遂得愛幸。」、「久之,伏日,詔賜從官肉。大官丞日晏不來,朔獨拔劍割肉,謂其同官曰:伏日當蚤歸,請受賜。即懷肉去。大官奏之。朔入,上曰:昨賜肉,不待詔,以劍割肉而去之,何也?朔免冠謝。上曰:先生起,自責也!朔再拜曰:朔來!朔來!受賜不待詔,何無禮也!拔劍割肉,一何壯也!割之不多,又何廉也!歸遺細君,又何仁也!上笑曰:使先生自責,乃反自譽!復賜酒一石,肉百斤,歸遺細君。」在班固的筆下,東方朔是聰明智慧的化身,處處顯示過人之處。而且,東方朔又是正義的化身。如其所記:「時天下侈靡趨末,百姓多離農畝。上從容問朔:吾欲化民,豈有道乎?朔對曰:堯、舜、禹、湯、文、武、成、康上古之事,經歷數千載,尚難言也,臣不敢陳。願近述孝文皇帝之時,當世耆老皆聞見之。貴為天子,富有四海,身衣弋綈,足履革舄,以韋帶劍,莞蒲為席,兵木無刃,衣縕無文,集上書囊,以為殿帷;以道德為麗,以仁義為準。於是天下望風成俗,昭然化之。今陛下以城中為小,圖起建章,左鳳闕,右神明,號稱千門萬戶;木土衣綺繡,狗馬被繢罽;宮人簪瑇瑁,垂珠璣;設戲車,教馳逐,飾文采,叢珍怪;撞萬石之鐘,擊雷霆之鼓,作俳優,舞鄭女。上為淫侈如此,而欲使民獨不奢侈失農,事之難者也。陛下誠能用臣朔之計,推甲乙之帳,燔之於四通之衢,卻走馬,示不復用,則堯、舜之隆,宜可與比治矣。《易》曰:正其本,萬事理;失之毫釐,差以千里。願陛下留意察之。」

　　班固眼中的東方朔,不僅足智多謀,而且胸懷天下,關心國家和社會的前途命運。如其記述:「上以朔口諧辭給,好作問之。嘗問朔曰:先生視朕何如主也?朔對曰:自唐、虞之隆,成、康之際,未足以諭當世。臣伏觀陛下功德,陳五帝之上,在三王之右。非若此而已,誠得天下賢士,公卿在位咸得其人矣。譬若以周、邵為丞相,孔丘為御史大夫,太公為將

第三章　秦漢間俗說

軍，畢公高拾遺於後，弁嚴子為衛尉，皋陶為大理，后稷為司農，伊尹為少府，子贛使外國，顏、閔為博士，子夏為太常，益為右扶風，季路為執金吾，契為鴻臚，龍逢為宗正，伯夷為京兆，管仲為馮翊，魯般為將作，仲山甫為光祿，申伯為太僕，延陵季子為水衡，百里奚為典屬國，柳下惠為大長秋，史魚為司直，蘧伯玉為太傅，孔父為詹事，孫叔敖為諸侯相，子產為郡守，王慶忌為期門，夏育為鼎官，羿為旄頭，宋萬為式道侯。上乃大笑。」、「是時，朝廷多賢材，上復問朔：方今公孫丞相、兒大夫、董仲舒、夏侯始昌、司馬相如、吾丘壽王、主父偃、朱買臣、嚴助、汲黯、膠倉、終軍、嚴安、徐樂、司馬遷之倫，皆辯知閎達，溢於文辭，先生自視，何與比哉？朔對曰：臣觀其臿齒牙，樹頰胲，吐脣吻，擢項頤，結股腳，連脽尻，遺蛇其跡，行步偶旅，臣朔雖不肖，尚兼此數子者。朔之進對澹辭，皆此類也。」、「客難東方朔曰：蘇秦、張儀一當萬乘之主，而都卿相之位，澤及後世。今子大夫修先王之術，慕聖人之義，諷誦《詩》、《書》、百家之言，不可勝數，著於竹帛，脣腐齒落，服膺而不釋，好學樂道之效，明白甚矣；自以智能海內無雙，則可謂博聞辯智矣。然悉力盡忠，以事聖帝，曠日持久，官不過侍郎，位不過執戟，意者尚有遺行邪？同胞之徒，無所容居，其故何也？東方先生喟然長息，仰而應之曰：是固非子之所能備也。彼一時也，此一時也，豈可同哉？夫蘇秦、張儀之時，周室大壞，諸侯不朝，力政爭權，相禽以兵，併為十二國，未有雌雄，得士者強，失士者亡，故談說行焉。身處尊位，珍寶充內，外有廩倉，澤及後世，子孫長享。今則不然。聖帝流德，天下震慴，諸侯賓服，連四海之外以為帶，安於覆盂，動猶運之掌，賢不肖何以異哉？遵天之道，順地之理，物無不得其所；故綏之則安，動之則苦；尊之則為將，卑之則為虜；抗之則在青雲之上，抑之則在深泉之下；用之則為虎，不用則為鼠；雖欲盡節效情，安知前後？夫天地之大，士民之眾，竭精談說，並進輻湊者不

可勝數,悉力募之,困於衣食,或失門戶。使蘇秦、張儀與僕並生於今之世,曾不得掌故,安敢望常侍郎乎?故曰時異事異。雖然,安可以不務修身乎哉!《詩》云:鼓鐘於宮,聲聞於外。鶴鳴於九皋,聲聞於天。苟能修身,何患不榮!太公體行仁義,七十有二乃設用於文、武,得信厥說,封於齊,七百歲而不絕。此士所以日夜孳孳,敏行而不敢怠也。辟若鶺鴒,飛且鳴矣。傳曰:天不為人之惡寒而輟其冬,地不為人之惡險而輟其廣,君子不為小人之匈匈而易其行。天有常度,地有常形,君子有常行;君子道其常,小人計其功。《詩》云:禮義之不愆,何恤人之言?故曰:水至清則無魚,人至察則無徒。冕而前旒,所以蔽明;黈纊充耳,所以塞聰。明有所不見,聰有所不聞,舉大德,赦小過,無求備於一人之義也。枉而直之,使自得之;優而柔之,使自求之;揆而度之,使自索之。蓋聖人教化如此,欲自得之;自得之,則敏且廣矣。今世之處士,魁然無徒,廓然獨居,上觀許由,下察接輿,計同范蠡,忠合子胥,天下和平,與義相扶,寡耦少徒,固其宜也,子何疑於我哉?若夫燕之用樂毅,秦之任李斯,酈食其之下齊,說行如流,曲從如環,所欲必得,功若丘山,海內定,國家安,是遇其時也,子又何怪之邪?語曰以管窺天,以蠡測海,以莛撞鐘,豈能通其條貫,考其文理,發其音聲哉!由是觀之,譬猶鼱鼩之襲狗,孤豚之咋虎,至則靡耳,何功之有?今以下愚而非處士,雖欲勿困,固不得已,此適足以明其不知權變而終惑於大道也。」以此,班固稱:「贊曰:劉向言少時數問長老賢人通於事及朔時者,皆曰朔口諧倡辯,不能持論,喜為庸人誦說,故令後世多傳聞者。而揚雄亦以為朔言不純師,行不純德,其流風遺書蔑如也。然朔名過實者,以其該達多端,不名一行,應諧似優,不窮似智,正諫似直,穢德似隱。非夷、齊而是柳下惠,戒其子以上容;首陽為拙,柱下為工;飽食安步,以仕易農;依隱玩世,詭及不逢。其滑稽之雄乎!朔之詼諧,逢占射覆,其事浮淺,行於眾庶,童兒牧

第三章　秦漢間俗說

豎莫不炫耀。而後世好事者因取奇言怪語附著之朔,故詳錄焉。」

中國史學形成一個重要傳統,即風俗,包括民間文學,是歷史書寫的重要標識。與司馬遷一樣,班固的歷史觀是以中原王朝為中心的,中原以外的地區,便是「異」。但是,這種「異」是差異,並不是異端。所以,班固的視野中,匈奴等中原以外的地區,便成為另一種風景。尤其是其中的社會風俗生活,包括神話傳說等民間文學內容,引起班固的特別關注。這是班固書寫的民族志。

在〈匈奴傳〉中,班固表達了匈奴與中原王朝血脈相連的文化觀念。其強調「匈奴,其先夏后氏之苗裔」,稱:「匈奴,其先夏后氏之苗裔,曰淳維。唐、虞以上有山戎、獫允、薰粥,居於北邊,隨草畜牧而轉移。其畜之所多則馬、牛、羊,其奇畜則橐駝、驢、騾、駃騠、騊駼、驒騱。逐水草遷徙,無城郭常居耕田之業,然亦各有分地。無文書,以言語為約束。兒能騎羊,引弓射鳥鼠,少長則射狐菟,肉食。士力能彎弓,盡為甲騎。其俗,寬則隨畜田獵禽獸為生業,急則人習戰攻以侵伐,其天性也。其長兵則弓矢,短兵則刀鋌。利則進,不利則退,不羞遁走。苟利所在,不知禮義。自君王以下咸食畜肉,衣其皮革,被旃裘。壯者食肥美,老者飲食其餘。貴壯健,賤老弱。父死,妻其後母;兄弟死,皆取其妻妻之。其俗有名不諱而無字。」班固指出其歷史演變及其與中原王朝即中國的連繫,曰:「夏道衰,而公劉失其稷官,變於西戎,邑於豳。其後三百有餘歲,戎狄攻太王亶父,亶父亡走於岐下,豳人悉從亶父而邑焉,作周。其後百有餘歲,周西伯昌伐畎夷。後十有餘年,武王伐紂而營雒邑,復居於酆鎬,放逐戎夷涇、洛之北,以時入貢,名曰荒服。其後二百有餘年,周道衰,而周穆王伐畎戎,得四白狼、四白鹿以歸。自是之後,荒服不至。於是作《呂刑》之辟。至穆王之孫懿王時,王室遂衰,戎狄交侵,暴虐中國。中國被其苦,詩人始作,疾而歌之,曰:靡室靡家,獫允之故;豈不

第二節　史傳文學中的民間文學

日戒，獫允孔棘。至懿王曾孫宣王，興師命將以征伐之，詩人美大其功，曰：薄伐獫允，至於太原；出車彭彭，城彼朔方。是時四夷賓服，稱為中興。」

隨著社會發展，匈奴形勢發生變化，與中國關係也發生變化，班固稱：「當是時，東胡強而月氏盛。匈奴單于日頭曼，頭曼不勝秦，北徙。十有餘年而蒙恬死，諸侯畔秦，中國擾亂，諸秦所徙適邊者皆復去，於是匈奴得寬，復稍度河南與中國界於故塞。」、「自淳維以至頭曼千有餘歲，時大時小，別散分離，尚矣，其世傳不可得而次。然至冒頓，而匈奴最強大，盡服從北夷，而南與諸夏為敵國，其世姓官號可得而記云。」

在述說匈奴的歷史發展時，班固特別提到「單于」，表現出民間傳說的敘事方式。如其記述：

單于有太子，名曰冒頓。後有愛閼氏，生少子，頭曼欲廢冒頓而立少子，乃使冒頓質於月氏。冒頓既質，而頭曼急擊月氏。月氏欲殺冒頓，冒頓盜其善馬，騎亡歸。頭曼以為壯，令將萬騎。冒頓乃作鳴鏑，習勒其騎射，令曰：「鳴鏑所射而不悉射者斬。」行獵獸，有不射鳴鏑所射輒斬之。已而，冒頓以鳴鏑自射善馬，左右或莫敢射，冒頓立斬之。居頃之，復以鳴鏑自射其愛妻，左右或頗恐，不敢射，復斬之。頃之，冒頓出獵，以鳴鏑射單于善馬，左右皆射之。於是冒頓知其左右可用，從其父單于頭曼獵，以鳴鏑射頭曼，其左右皆隨鳴鏑而射殺頭曼，盡誅其後母與弟及大臣不聽從者。於是冒頓自立為單于。

冒頓既立，時東胡強，聞冒頓殺父自立，乃使使謂冒頓曰：「欲得頭曼時號千里馬。」冒頓問群臣，群臣皆曰：「此匈奴寶馬也，勿予。」冒頓曰：「奈何與人鄰國愛一馬乎？」遂與之。頃之，東胡以為冒頓畏之，使使謂冒頓曰：「欲得單于一閼氏。」冒頓復問左右，左右皆怒曰：「東胡無道，乃求閼氏！請擊之。」冒頓曰：「奈何與人鄰國愛一女子乎？」遂取所愛閼

159

第三章　秦漢間俗說

氏予東胡。東胡王愈驕，西侵。與匈奴中間有棄地莫居千餘里，各居其邊為甌脫。東胡使使謂冒頓曰：「匈奴所與我界甌脫外棄地，匈奴不能至也，吾欲有之。」冒頓問群臣，或曰：「此棄地，予之。」於是冒頓大怒，曰：「地者，國之本也，奈何予人！」諸言與者，皆斬之。冒頓上馬，令國中有後者斬，遂東襲擊東胡。東胡初輕冒頓，不為備。及冒頓以兵至，大破滅東胡王，虜其民眾、畜產。既歸，西擊走月氏，南并樓煩、白羊河南王，悉復收秦所使蒙恬所奪匈奴地者，與漢關故河南塞，至朝那、膚施，遂侵燕、代。是時，漢方與項羽相距，中國罷於兵革，以故冒頓得自強，控弦之士三十餘萬。

班固藉文中對話，記述匈奴風俗，其意在於表現匈奴與中原王朝的差異和連繫。在〈匈奴傳〉中，其記述道：「漢使或言匈奴俗賤老，中行說窮漢使曰：而漢俗屯戍從軍當發者，其親豈不自奪溫厚肥美齎送飲食行者乎？漢使曰：然。說曰：匈奴明以攻戰為事，老弱不能鬥，故以其肥美飲食壯健以自衛，如此父子各得相保，何以言匈奴輕老也？漢使曰：匈奴父子同穹廬臥。父死，妻其後母；兄弟死，盡妻其妻。無冠帶之節、闕庭之禮。中行說曰：匈奴之俗，食畜肉，飲其汁，衣其皮；畜食草飲水，隨時轉移。故其急則人習騎射，寬則人樂無事。約束徑，易行；君臣簡，可久。一國之政猶一體也。父兄死，則妻其妻，惡種姓之失也。故匈奴雖亂，必立宗種。今中國雖陽不取其父兄之妻，親屬益疏則相殺，至到易姓，皆從此類也。且禮義之弊，上下交怨，而室屋之極，生力屈焉。夫力耕桑以求衣食，築城郭以自備，故其民急則不習戰攻，緩則罷於作業，嗟土室之人，顧無喋喋占占，冠固何當！自是之後，漢使欲辯論者，中行說輒曰：漢使毋多言，顧漢所輸匈奴繒絮米糵，令其量中，必善美而已，何以言為乎？且所給備善則已，不備善而苦惡，則候秋孰，以騎馳蹂乃稼穡也。日夜教單于候利害處。」

第二節　史傳文學中的民間文學

　　匈奴如此，西南夷等地就不同了。雖然西南夷與中原王朝遠隔千里，但文化風景有著另一番氣象。班固在〈西南夷兩粵朝鮮傳〉中作描述道：「南夷君長以十數，夜郎最大。其西，靡莫之屬以十數，滇最大。自滇以北，君長以十數，邛都最大。此皆椎結，耕田，有邑聚。其外，西自桐師以東，北至葉榆，名為巂、昆明、編髮，隨畜移徙，亡常處，亡君長，地方可數千里。自巂以東北，君長以十數，徙、筰都最大。自筰以東北，君長以十數，冉駹最大。其俗，或土著，或移徙。在蜀之西。自駹以東北，君長以十數，白馬最大，皆氐類也。此皆巴、蜀西南外蠻夷也。」同樣，西南夷與中原王朝形成千絲萬縷的連繫，班固敘述道：「始楚威王時，使將軍莊蹻將兵循江上，略巴、黔中以西。莊蹻者，楚莊王苗裔也。蹻至滇池，方三百里，旁平地肥饒數千里，以兵威定屬楚。欲歸報，會秦擊奪楚巴、黔中郡，道塞不通，因乃以其眾王滇，變服，從其俗以長之。秦時嘗破，略通五尺道，諸此國頗置吏焉。十餘歲，秦滅。及漢興，皆棄此國而關蜀故徼。巴、蜀民或竊出商賈，取其筰馬、僰僮、髦牛，以此巴、蜀殷富。」其中，班固記述了著名的「夜郎」傳說，其曰：「建元六年，大行王恢擊東粵，東粵殺王郢以報。恢因兵威使番陽令唐蒙風曉南粵。南粵食蒙蜀枸醬，蒙問所從來，曰：道西北牂柯江，江廣數里，出番禺城下。蒙歸至長安，問蜀賈人，獨蜀出枸醬，多持竊出市夜郎。夜郎者，臨牂柯江，江廣百餘步，足以行船。南粵以財物役屬夜郎，西至桐師，然亦不能臣使也。蒙乃上書說上曰：南粵王黃屋左纛，地東西萬餘里，名為外臣，實一州主。今以長沙、豫章往，水道多絕，難行。竊聞夜郎所有精兵可得十萬，浮船牂柯，出不意，此制粵一奇也。誠以漢之強，巴、蜀之饒，通夜郎道，為置吏，甚易。上許之。乃拜蒙以郎中將，將千人，食重萬餘人，從巴苻關入，遂見夜郎侯多同。厚賜，諭以威德，約為置吏，使其子為令。夜郎旁小邑皆貪漢繒帛，以為漢道險，終不能有也，乃且聽蒙約。還

161

第三章　秦漢間俗說

報,乃以為犍為郡。發巴、蜀卒治道,自僰道指牂柯江。蜀人司馬相如亦言西夷邛、莋可置郡。使相如以郎中將往諭,皆如南夷,為置一都尉,十餘縣,屬蜀。當是時,巴、蜀西郡通西南夷道,載轉相餉。數歲,道不通,士罷餓,離暑溼,死者甚眾。西南夷又數反,發兵興擊,耗費亡功。上患之,使公孫弘往視問焉。還報,言其不便。及弘為御史大夫,時方築朔方,據河逐胡,弘等因言西南夷為害,可且罷,專力事匈奴。上許之,罷西夷,獨置南夷兩縣一都尉,稍令犍為自保就。」、「及元狩元年,博望侯張騫言使大夏時,見蜀布、邛竹杖,問所從來,曰:從東南身毒國,可數千里,得蜀賈人市。或聞邛西可二千里有身毒國。騫因盛言大夏在漢西南,慕中國,患匈奴隔其道,誠通蜀,身毒國道便近,又亡害。於是天子乃令王然于、柏始昌、呂越人等十餘輩間出西南夷,指求身毒國。至滇,滇王當羌乃留為求道。四歲餘,皆閉昆明,莫能通。滇王與漢使言:漢孰與我大?及夜郎侯亦然,各自以一州王,不知漢廣大。使者還,因盛言滇大國,足事親附。天子注意焉。」

　　疆域問題是一個歷史問題,而歷史的因素非常複雜,時時刻刻發生變化,影響著疆域的界限,也影響著地區之間的文化往來。南粵和朝鮮等地與中原王朝的連繫與匈奴和西南夷不盡相同,是另一種情形。這些歷史的記述,因為相關的民間傳說故事和社會風俗生活給予人更深刻的印象。班固在〈西南夷兩粵朝鮮傳〉中亦指出「閩粵王無諸及粵東海王搖,其先皆粵王勾踐之後也,姓騶氏」,其記述道:「南粵王趙佗,真定人也。秦併天下,略定揚粵,置桂林、南海、象郡,以適徙民與粵雜處。十三歲,至二世時,南海尉任囂病且死,召龍川令趙佗語曰:聞陳勝等作亂,豪傑叛秦相立,南海僻遠,恐盜兵侵此。吾欲興兵絕新道,自備待諸侯變,會疾甚。且番禺負山險阻,南北東西數千里,頗有中國人相輔,此亦一州之主,可為國。郡中長吏亡足與謀者,故召公告之。即被佗書,行南海尉事。囂

死，佗即移檄告橫浦、陽山、湟溪關曰：盜兵且至，急絕道聚兵自守。因稍以法誅秦所置吏，以其黨為守假。秦已滅，佗即擊併桂林、象郡，自立為南粵武王。」南粵與中原王朝的連繫，在漢初因為漢高祖的政治決策而形成變化。對此，班固記述道：「高帝已定天下，為中國勞苦，故釋佗不誅。十一年，遣陸賈立佗為南粵王，與剖符通使，使和輯百粵，毋為南邊害，與長沙接境。」此後，形勢又不斷變化，「至武帝建元四年，佗孫胡為南粵王。立三年，閩粵王郢興兵南擊邊邑」，「於是天子曰東粵狹多阻，閩粵悍，數反覆，詔軍吏皆將其民徙處江、淮之間。東粵地遂虛」。

此外，朝鮮的情形更不同。班固在〈西南夷兩粵朝鮮傳〉中記述道：

「朝鮮王滿，燕人。自始燕時，嘗略屬真番、朝鮮，為置吏築障。秦滅燕，屬遼東外徼。漢興，為遠難守，復修遼東故塞，至水為界，屬燕。燕王盧綰反，入匈奴，滿亡命，聚黨千餘人，椎結蠻夷服而東走出塞，渡水，居秦故空地上下障，稍役屬真番、朝鮮蠻夷及故燕、齊亡在者王之，都王險。」之後，又有變化。對此，班固概括總結道：「楚、粵之先，歷世有土。及周之衰，楚地方五千里，而勾踐亦以粵伯。秦滅諸侯，唯楚尚有滇王。漢誅西南夷，獨滇復寵。及東粵滅國遷眾，繇王居股等猶為萬戶侯。三方之開，皆自好事之臣。故西南夷發於唐蒙、司馬相如，兩粵起嚴助、朱買臣，朝鮮由涉何。遭世富盛，動能成功，然已勤矣。追觀太宗填撫尉佗，豈古所謂招攜以禮，懷遠以德者哉！」

西域的情形與匈奴、西南夷、兩粵和朝鮮都不同。在班固的眼中，既是遠方的風景，也是中國的「異地」，與中國同樣有割不斷的連繫。他特別提到張騫出使西域，在〈西域傳〉中稱：「西域以孝武時始通，本三十六國，其後稍分至五十餘，皆在匈奴之西，烏孫之南。南北有大山，中央有河，東西六千餘里，南北千餘里。東則接漢，厄以玉門、陽關，西則限以蔥嶺。其南山，東出金城，與漢南山屬焉。其河有兩原：一出蔥嶺出，一

第三章　秦漢間俗說

出于闐。于闐在南山下，其河北流，與蔥嶺河合，東注蒲昌海。蒲昌海，一名鹽澤者也，去玉門、陽關三百餘里，廣袤三四百里。其水亭居，冬夏不增減，皆以為潛行地下，南出於積石，為中國河云。自玉門、陽關出西域有兩道：從鄯善傍南山北，波河西行至莎車，為南道，南道西逾蔥嶺則出大月氏、安息。自車師前王廷隨北山，波河西行至疏勒，為北道，北道西逾蔥嶺則出大宛、康居、奄蔡焉。西域諸國大率土著，有城郭田畜，與匈奴、烏孫異俗，故皆役屬匈奴。匈奴西邊日逐王置僮僕都尉，使領西域，常居焉耆、危須、尉黎間，賦稅諸國，取富給焉。」其又稱：「漢興至於孝武，事征四夷，廣威德，而張騫始開西域之跡。其後驃騎將軍擊破匈奴右地，降渾邪、休屠王，遂空其地，始築令居以西，初置酒泉郡，後稍發徙民充實之，分置武威、張掖、敦煌，列四郡，據兩關焉。自貳師將軍伐大宛之後，西域震懼，多遣使來貢獻。漢使西域者益得職。於是自敦煌西至鹽澤，往往起亭，而輪臺、渠犁皆有田卒數百人，置使者校尉領護，以給使外國者。」接著，他分別記述西域各國，敘說他們與漢朝的連繫，其中涉及不同國家的風俗。如「安息國」，其稱：「安息國，王治番兜城，去長安萬一千六百里。不屬都護。北與康居、東與烏弋山離、西與條支接。土地風氣，物類所有，民俗與烏弋、罽賓同。亦以銀為錢，文獨為王面，幕為夫人面。王死輒更鑄錢。有大馬爵。其屬小大數百城，地方數千里，最大國也。臨媯水，商賈車船行旁國。書草，旁行為書記。」安息國與中原王朝的連繫，在於「武帝始遣使至安息，王令將將二萬騎迎於東界。東界去王都數千里，行比至，過數十城，人民相屬。因發使隨漢使者來觀漢地，以大鳥卵及犁靬眩人獻於漢，天子大說。安息東則大月氏」。其記述大月氏國，稱：「大月氏國，治監氏城，去長安萬一千六百里。不屬都護。戶十萬，口四十萬，勝兵十萬人。東至都護治所四千七百四十里，西至安息四十九日行，南與罽賓接。土地風氣，物類所有，民俗錢貨，與安息同。出一封橐駝。」大月氏國「與匈奴同俗」，班固稱：「大月

第二節　史傳文學中的民間文學

氏本行國也，隨畜移徙，與匈奴同俗。控弦十餘萬，故強輕匈奴。本居敦煌、祁連間，至昌頓單于攻破月氏，而老上單于殺月氏，以其頭為飲器，月氏乃遠去，過大宛，西擊大夏而臣之，都媯水北為王庭。其餘小眾不能去者，保南山羌，號小月氏。」以及「康居國」，其稱：「康居國，王冬治樂越匿地。到卑闐城。去長安萬二千三百里。不屬都護。至越匿地馬行七日，至王夏所居蕃內九千一百四里。戶十二萬，口六十萬，勝兵十二萬人。東至都護治所五千五百五十里。與大月氏同俗。」還有「大宛國」，班固記述道：「大宛國，王治貴山城，去長安萬二千五百五十里。戶六萬，口三十萬，勝兵六萬人。副王、輔國王各一人。東至都護治所四千三十一里，北至康居卑闐城千五百一十里，西南至大月氏六百九十里。北與康居、南與大月氏接，土地風氣物類民俗與大月氏、安息同。大宛左右以蒲陶為酒，富人藏酒至萬餘石，久者至數十歲不敗。俗耆酒，馬耆目宿。」有「休循國」，其稱：

「休循國，王治鳥飛谷，在蔥嶺西，去長安萬二百一十里。戶三百五十八，口千三十，勝兵四百八十人。東至都護治所三千一百二十一里，至捐毒衍敦谷二百六十里，西北至大宛國九百二十里，西至大月氏千六百一十里。民俗衣服類烏孫，因畜隨水草，本故塞種也。」眾多西域國家，在班固筆下由一個「俗」字連接起來，形成與中原王朝的連繫。由是，班固感嘆道：「西域諸國，各有君長，兵眾分弱，無所統一，雖屬匈奴，不相親附。匈奴能得其馬畜旃罽，而不能統率與之進退。與漢隔絕，道里又遠，得之不為益，棄之不為損。盛德在我，無取於彼。故自建武以來，西域思漢威德，咸樂內屬。唯其小邑鄯善、車師，界迫匈奴，尚為所拘。而其大國莎車、于闐之屬，數遣使置質於漢，願請屬都護。聖上遠覽古今，因時之宜，羈縻不絕，辭而未許。雖大禹之序西戎，周公之讓白雉，太宗之卻走馬，義兼之矣，亦何以尚茲！」

第三章　秦漢間俗說

　　班固對歷史的敘說與書寫，從神話傳說中尋找歷史文化的源頭，從社會風俗生活的比較中觀察不同民族的性情，描繪出漢朝社會一幅壯闊的風俗畫。神話傳說成為歷史的一部分，上古神話中的英雄成為歷史的開創者，這種觀念既是中國歷史文化的重要傳統，也是中華民族的信仰。班固筆端的歷史文化因為這些世代相傳的民間文學，成為時代的民族志。這是中國民間文學史上又一頁鮮活的篇章。

三、《後漢書》與漢代傳說故事

　　歷史跨過漢代，進入南朝，宋人范曄著述《後漢書》，顧名思義，是書寫漢代社會歷史的。其書寫者具有濃郁的漢代情結。與《史記》、《漢書》一樣，它記述了漢代的社會歷史生活，包括社會風俗生活與民間文學。《後漢書》之「後」，在於其後人書寫前人，敘說漢朝的後半部，其上起東漢的漢光武帝建武元年（西元25年），下至漢獻帝建安二十五年（西元220年），將近二百年的風風雨雨。

　　與司馬遷和班固不同的是，司馬遷書寫了漢朝的前半葉，班固書寫了整個漢朝，而范曄書寫了漢朝的後半葉。其中的社會風俗與傳說故事，使得漢朝的社會歷史面目更加清楚，也使得其故事更生動，更具有感染力。

　　首先，范曄敘說漢朝，以傳說入史，表現出鮮明的情感傾向。如其〈光武帝紀〉所記：「世祖光武皇帝諱秀，字文叔，南陽蔡陽人，高祖九世之孫也，出自景帝生長沙定王發。發生舂陵節侯買，買生郁林太守外，外生鉅鹿都尉回，回生南頓令欽，欽生光武。光武年九歲而孤，養於叔父良。身長七尺三寸，美鬚眉，大口，隆準，日角。性勤於稼穡，而兄伯升好俠養士，常非笑光武事田業，比之高祖兄仲。王莽天鳳中，乃之長安，受《尚書》，略通大義。」其記敘曰：「莽末，天下連歲災蝗，寇盜鋒起。地皇三年，南陽荒飢，諸家賓客多為小盜。光武避吏新野，因賣穀於宛。

第二節　史傳文學中的民間文學

宛人李通等以圖讖說光武云：劉氏復起，李氏為輔。光武初不敢當，然獨念兄伯升素結輕客，必舉大事，且王莽敗亡已兆，天下方亂，遂與定謀，於是乃市兵弩。十月，與李通從弟軼等起於宛，時年二十八。」其又記述曰：「十一月，有星孛於張。光武遂將賓客還舂陵。時伯升已會眾起兵。初，諸家子弟恐懼，皆亡逃自匿，曰伯升殺我。及見光武絳衣大冠，皆驚曰謹厚者亦復為之，乃稍自安。伯升於是招新市、平林兵，與其帥王鳳、陳牧西擊長聚。光武初騎牛，殺新野尉乃得馬。進屠唐子鄉，又殺湖陽尉。軍中分財物不均，眾恚恨，欲反攻諸劉。光武斂宗人所得物，悉以與之，眾乃悅。進拔棘陽，與王莽前隊大夫甄阜、屬正梁丘賜戰於小長安，漢軍大敗，還保棘陽。」其中以讖言穿插，是帝王傳說的慣用方式。

又如，其描述：「論曰：皇考南頓君初為濟陽令，以建平元年十二月甲子夜生光武於縣舍，有赤光照室中。欽異焉，使卜者王長占之。長辟左右曰：此兆吉不可言。是歲縣界有嘉禾生，一莖九穗，因名光武曰秀。明年，方士有夏賀良者，上言哀帝，云漢家歷運中衰，當再受命。於是改號為太初元年，稱陳聖劉太平皇帝，以厭勝之。及王莽篡位，忌惡劉氏，以錢文有金刀，故改為貨泉。或以貨泉字文為白水真人。後望氣者蘇伯阿為王莽使至南陽，遙望見舂陵郭，唶曰：氣佳哉！鬱鬱蔥蔥然。及始起兵還舂陵，遠望舍南，火光赫然屬天，有頃不見。初，道士西門君惠、李守等亦云劉秀當為天子。其王者受命，信有符乎？不然，何以能乘時龍而御天哉！」其中的「一莖九穗」，與漢高祖出世的奇異景象異曲同工，同樣是民間傳說的語言和語法。

民間傳說故事描述傳奇人物，有著獨特的表現方式。人物身分不同，但是，都具有超越世俗和自然的內容。范曄在其〈方士傳〉中，巧妙借用這種方式述說傳奇人物的傳奇特徵。在議論中，表現出作者的歷史文化思想，其先述說漢武帝時代方士盛行的原因，稱：「漢自武帝頗好方術，天

第三章　秦漢間俗說

下懷協道藝之士，莫不負策抵掌，順風而屈焉。後王莽矯用符命，及光武尤信讖言，士之赴趣時宜者，皆騁馳穿鑿，爭談之也。故王梁、孫咸，名應圖籙，越登槐鼎之任；鄭興、賈逵，以附同稱顯；桓譚、尹敏，以乖忤淪敗。自是習為內學，尚奇文，貴異數，不乏於時矣。是以通儒碩生，忿其奸妄不經，奏議慷慨，以為宜見藏擯。子長亦云：觀陰陽之書，使人拘而多忌。蓋為此也。」其記述「任文公」故事，曰：「任文公，巴郡閬中人也。父文孫，明曉天官風角祕要。文公少修父術，州辟從事。哀帝時，有言越巂太守欲反，刺史大懼，遣文公等五從事檢行郡界，潛伺虛實。共止傳舍，時，暴風卒至，文公遽趣白諸從事促去，當有逆變來害人者，因起駕速驅。諸從事未能自發，郡果使兵殺之，文公獨得免。齋為治後為治中從事。時，天大旱，白刺史曰：五月一日，當有大水。其變已至，不可防救，宜令吏人豫為其備。刺史不聽，文公獨儲大船。百姓或聞，頗有為防者。到其日旱烈，文公急命促載，使白刺史，刺史笑之。日將中，天北雲起，須臾大雨，至晡時，湔水湧起十餘丈，突壞廬舍，所害數千人。文公遂以占術馳名。辟司空掾。平帝即位，稱疾歸家。主鄧蟲王莽篡後，文公推數，知當大亂，乃課家人負物百斤，環舍趨走，日數十，時人莫知其故。後兵寇並起，其逃亡者少能自脫，唯文公大小負糧捷步，悉得完免。遂奔子公山，十餘年不被兵革。公孫述時，蜀武擔石折。文公曰：噫！西州智士死，我乃當之。自是常會聚子孫，設酒食。後三月果卒。」其記述「王子喬」，曰：「王喬者，河東人也。顯宗世，為葉令。喬有神術，每月朔望，常自縣詣臺朝。帝怪其來數，而不見車騎，密令太史伺望之。言其臨至，輒有雙鳧從東南飛來。於是候鳧至，舉羅張之，但得一隻舄焉。乃詔上方診視，則四年中所賜尚書官屬履也。每當朝時，葉門下鼓不擊自鳴，聞於京師。後天下玉棺於堂前，吏人推排，終不搖動。喬曰：天帝獨召我邪？乃沐浴服飾寢其中，蓋便立覆。宿昔葬於城東，土自成墳。其

夕，縣中牛皆流汗喘乏，而人無知者。百姓乃為立廟，號葉君祠。牧守每班錄，皆先謁拜之。吏人祈禱，無不如應。若有違犯，亦立能為祟。帝乃迎取其鼓，置都亭下，略無復聲焉。或云此即古仙人王子喬也。」

　　方士階層皆以奇異的手段聞名於世，其人生事蹟即傳說故事。在〈方士傳〉中，范曄記述了著名醫學家華佗的傳說，給予人深刻的印象：「華佗字元化，沛國譙人也。遊學徐土，兼通數經。曉養性之術，年且百歲而猶有壯容，時人以為仙。沛相陳珪舉孝廉，太尉黃琬辟，皆不就。若疾精於方藥，處齊不過數種，心識分銖，不假秤量，針灸不過數處。若疾發結於內，針藥所不能及者，乃令先以酒服麻沸散，既醉無所覺，因刳破腹背，抽割積聚。若在腸胃，則斷截湔洗，除去疾穢，既而縫合，傅以神膏，四五日創癒，一月之間皆平復。可佗嘗行道，見有病咽塞者，因語之曰：向來道隅有賣餅人，萍虀甚酸，可取三升飲之，病自當去。即如佗言，立吐一蛇，乃懸於車而候佗。時佗小兒戲於門中，逆見，自相謂曰：客車邊有物，必是逢我翁也。及客進，顧視壁北，懸蛇以十數，乃知其奇。又留又有一郡守篤病久，佗以為盛怒則差。乃多受其貨而不加功。無何棄去，又留書罵之。太守果大怒，令人追殺佗，不及，因恚，吐黑血數升而癒。又有疾者，詣佗求療，佗曰：君病根深，應當剖破腹。然君壽亦不過十年，病不能相殺也。病者不堪其苦，必欲除之，佗遂下療，應時癒。十年竟死。懍晏廣陵太守陳登，忽患匈中煩懣，面赤不食。佗脈之，曰府君胃中有蟲，欲成內疽，腥物所為也。即作湯二升，再服，須臾，吐出三升許蟲，頭赤而動，半身猶是生魚膾，所苦便癒。佗曰：此病後三期當發，遇良醫可救。登至期疾動，時佗不在，遂死。操聞曹操聞而召佗，常在左右，操積苦頭風眩，佗針，隨手而差。主者，有李將軍者，妻病，呼佗視脈。佗曰：傷身而胎不去。將軍言間實傷身，胎已去矣。佗曰：案脈，胎未去也。將軍以為不然。妻稍差，百餘日復動，更呼佗。佗曰：脈理如

第三章　秦漢間俗說

前，是兩胎。先生者去血多，故後兒不得出也。胎既已死，血脈不復歸，必燥著母脊。乃為下針，並令進湯。婦因欲產而不通。佗曰：死胎枯燥，勢不自生。使人探之，果得死胎，人形可識，但其色已黑。佗之絕技，皆此類也。」

又如其〈方士傳〉所記費長房傳說，曰：「費長房者，汝南人也。曾為市掾。市中有老翁賣藥，懸一壺於肆頭，及市罷，輒跳入壺中。市人莫之見，唯長房於樓上睹之，異焉，因往再拜奉酒脯。翁知長房之意其神也，謂之曰：子明日可更來。長房旦日復詣翁，翁乃與俱入壺中。唯見玉堂嚴麗，旨酒甘餚，盈衍其中，共飲畢而出。翁約不聽與人言之。後乃就樓上候長房曰：我神仙之人，以過見責，今事畢當去，子寧能相隨乎？樓下有少酒，與卿與別。長房使人取之，不能勝，又令十人扛之，猶不舉。翁聞，笑而下樓，以一指提之而上。視器如一升許，而二人飲之終日不盡。長房遂欲求道，而顧家人為憂。翁乃斷一青竹，度與長房身齊，使懸之舍後。家人見之，即長房形也，以為縊死，大小驚號，遂殯葬之。長房立其傍，而莫之見也。於是遂隨從入深山，踐荊棘於群虎之中，留使獨處，長房不恐。又臥於空室，以朽索懸萬斤石於心上，眾蛇競來齧索且斷，長房亦不移。翁還，撫之曰：子可教也。復使食糞，糞中有三蟲，臭穢特甚，長房意惡之。翁曰：子幾得道，恨於此不成，如何！陡乎長房辭歸，翁與一竹杖，曰：騎此任所之，則自至矣。既至，可以杖投葛陂中也。又為作一符，曰：以此主地上鬼神。長房乘杖，須臾來歸，自謂去家適經旬日，而已十餘年矣。即以杖投陂，顧視則龍也。家人謂其久死，不信之。長房曰：往日所葬，但竹杖耳。乃發塚剖棺，杖猶存焉。遂能醫療眾病，鞭笞百鬼，及驅使社公。或在它坐，獨自恚怒，人問其故，曰：吾責鬼魅之犯法者耳。汝南歲歲常有魅，偽作太守章服、詣府門椎鼓者，郡中患之。時魅適來，而逢長房謁府君，惶懼不得退，便前解衣冠，叩頭乞活。長房呵

170

第二節　史傳文學中的民間文學

之云：便於中庭正汝故形！即成老鱉，大如車輪，頸長一丈。長房復令就太守服罪，付其一札，以敕葛陂君。魅叩頭流涕，持札植於陂邊，以頸繞之而死。後東海君來見葛陂君，因淫其夫人，於是長房劾繫之三年，而東海大旱。長房至海上，見其人請雨，乃謂之曰：東海君有罪，吾前繫於葛陂，今方出之，使作雨也。於是雨立注。主曾與長房曾與人共行，見一書生黃巾被裘，無鞍騎馬，下而叩頭，長房曰：還它馬，赦汝死罪。人問其故，長房曰：此貍也，盜社公馬耳。又嘗坐客，而使至宛市鮓，須臾還，乃飯。或一日之間，人見其在千里之外者數處焉。後失其符，為眾鬼所殺。」

范曄運用民間傳說表現歷史人物，還表現在他對漢代婦女階層的記述。他撰寫〈列女傳〉，記述了許多女性傳說故事。其稱：「《詩》、《書》之言女德尚矣。若夫賢妃助國君之政，哲婦隆家人之道，高士弘清淳之風，貞女亮明白之節，則其徽美未殊也，而世典咸漏焉。故自中興以後，綜其成事，述為〈列女篇〉。」其記述「勃海鮑宣妻者」傳說曰：「勃海鮑宣妻者，桓氏之女也，字少君。宣嘗就少君父學，父奇其清苦，故以女妻之，裝送資賄甚盛。宣不悅，謂妻曰：少君生富驕，習美飾，而吾實貧賤，不敢當禮。妻曰：大人以先生修德守約，故使賤妾侍執巾櫛。即奉承君子，唯命是從。宣笑曰：能如是，是吾志也。妻乃悉歸侍御服飾，更著短布裳，與宣共挽鹿車歸鄉里。拜姑禮畢，提甕出汲，修行婦道，鄉邦稱之。」其記述「沛郡周鬱妻者」曰：「沛郡周鬱妻者，同郡趙孝之女也，字阿。少習儀訓，閑於婦道，而鬱驕淫輕躁，多行無禮。鬱父偉謂阿曰：新婦賢者女，當以道匡夫。鬱之不改，新婦過也。阿拜而受命，退謂左右曰：我無樊、衛二姬之行，故君以責我。我言而不用，君必謂我不奉教令，則罪在我矣。若言而見用，是為子違父而從婦，則罪在彼矣。生如此，亦何聊哉！乃自殺。莫不傷之。」兩個人物，兩種命運，兩種傳說。

171

第三章　秦漢間俗說

　　列女，亦為烈女，性格鮮明，見義勇為，成為鄉里道德楷模。范曄記述這些傳說中的女性，既是對漢代社會風俗生活的認同，也是對這些女性傳說所表達的思想文化傳統的認同。〈列女傳〉記述「河南樂羊子之妻者」曰：「河南樂羊子之妻者，不知何氏之女也。羊子嘗行路，得遺金一餅，還以與妻，妻曰：妾聞志士不飲盜泉之水，廉者不受嗟來之食，況拾遺求利，以汙其行乎！羊子大慚，乃捐金於野，而遠尋師學。一年來歸，妻跪問其故。羊子曰：久行懷思，無它異也。妻乃引刀趨機而言曰：此織生自蠶繭，成於機杼，一絲而累，以至於寸，累寸不已，遂成丈匹。今若斷斯織也，則捐失成功，稽廢時日。夫子積學，當日知其所亡，以就懿德。若中道而歸，何異斷斯織乎？羊子感其言，復還終業，遂七年不反。妻常躬勤養姑，又遠饋羊子。」這裡既有拾金不昧的內容，又有勸學的內容，女性人物成為中國傳統道德的化身。曹娥投江，是女性貞節的楷模，其記述道：「孝女曹娥者，會稽上虞人也。父盱，能絃歌，為巫祝。漢安二年五月五日，於縣江溯濤婆娑迎神，溺死，不得屍骸。娥年十四，乃沿江號哭，晝夜不絕聲，旬有七日，遂投江而死。至元嘉元年，縣長度尚改葬娥於江南道傍，為立碑焉。」

　　范曄對漢代民間傳說與民間歌謠的記述，主要表現在其《後漢書》的〈五行志〉。這裡的歷史事件成為一種生活的敘說，總是有神祕性的歌謠或風俗被預見，成為後發的故事預兆。

　　〈五行志〉首先將各種奇異事件與傳說分為「貌不恭、淫雨、服妖、雞禍、青眚、屋自壞、訛言、旱、謠、狼食人」等類，然後進行文化整理。

　　「貌不恭」一類其舉例稱：「建武元年，赤眉賊率樊崇、逢安等共立劉盆子為天子。然崇等視之如小兒，百事自由，初不恤錄也。後正旦至，君臣欲共饗，既坐，酒食未下，群臣更起，亂不可整。時，大司農楊音案劍怒曰：小兒戲尚不如此！其後遂破壞，崇、安等皆誅死。唯音為關

內侯,以壽終。」、「光武崩,山陽王荊哭不哀,作飛書與東海王,勸使作亂。明帝以荊同母弟,太后在,故隱之。後徙王廣陵,荊遂坐復謀反自殺也。」、「章帝時,竇皇后兄憲以皇后甚幸於上,故人人莫不畏憲。憲於是強請奪沁水長公主田,公主畏憲,與之,憲乃賤顧之。後上幸公主田,覺之,問憲,憲又上言借之。上以後故,但譴敕之,不治其罪。後章帝崩,竇太后攝政,憲秉機密,忠直之臣與憲忤者,憲多害之,其後憲兄弟遂皆被誅。」、「桓帝時,梁冀秉政,兄弟貴盛自恣,好驅馳過度,至於歸家,猶馳驅入門,百姓號之曰『梁氏滅門驅馳』。後遂誅滅。」

「淫雨」一類,其舉例:「桓帝延熹二年夏,霖雨五十餘日。是時,大將軍梁冀秉政,謀害上所幸鄧貴人母宣,冀又擅殺議郎邴尊。上欲誅冀,懼其持權日久,威勢強盛,恐有逆命,害及吏民,密與近臣中常侍單超等圖其方略。其年八月,冀卒伏罪誅滅。」、「靈帝建寧元年夏,霖雨六十餘日。是時,大將軍竇武謀變廢中官。其年九月,長樂五官史朱瑀等共與中常侍曹節起兵,先誅武,交兵闕下,敗走,追斬武兄弟,死者數百人。」、「中平六年夏,霖雨八十餘日。是時,靈帝新棄群臣,大行尚在梓宮,大將軍何進與佐軍校尉袁紹等共謀欲誅廢中官。下文陵畢,中常侍張讓等共殺進,兵戰京都,死者數千。」

「服妖」一類其舉例稱:「桓帝元嘉中,京都婦女作愁眉、啼妝、墮馬髻、折要步、齲齒笑。所謂愁眉者,細而曲折。啼妝者,薄拭目下,若啼處。墮馬髻者,作一邊。折要步者,足不在體下。齲齒笑者,若齒痛,樂不欣欣。始自大將軍梁冀家所為,京都歙然,諸夏皆仿效。此近服妖也。梁冀二世上將,婚媾王室,大作威福,將危社稷。天誡若曰:兵馬將往收捕,婦女憂愁,蹙眉啼泣,吏卒掣頓,折其要脊,令髻傾邪,雖強語笑,無復氣味也。到延熹二年,舉宗誅夷。」、「延熹中,京都長者皆著木屐;婦女始嫁,至作漆畫五采為繫。此服妖也。到九年,黨事始發,傳黃門

173

第三章　秦漢間俗說

北寺，臨時惶惑，不能信天任命，多有逃走不就考者，九族拘繫，及所過歷，長少婦女皆被桎梏，應木屎之象也。」、「熹平中，省內冠狗帶綬，以為笑樂。有一狗突出，走入司徒府門，或見之者，莫不驚怪。京房《易傳》曰：『君不正，臣欲篡，厥妖狗冠出。』後靈帝寵用便嬖子弟，永樂賓客、鴻都群小，傳相汲引，公卿牧守，比肩是也。又遣御史於西邸賣官，關內侯顧五百萬者，賜與金紫；詣闕上書占令長，隨縣好醜，豐約有賈。強者貪如豺虎，弱者略不類物，實狗而冠者也。司徒，古之丞相，一統國政。天戒若曰：宰相多非其人，尸祿素餐，莫能據正持重，阿意曲從。今在位者皆如狗也，故狗走入其門。」

「雞禍」一類，其舉例曰：「靈帝光和元年，南宮侍中寺雌雞欲化雄，一身毛皆似雄，但頭冠尚未變。詔以問議郎蔡邕。邕對曰：貌之不恭，則有雞禍。宣帝黃龍元年，未央宮雌雞化為雄，不鳴無距。是歲元帝初即位，立王皇后。至初元元年，丞相史家雌雞化為雄，冠距鳴將。是歲後父禁為陽平侯，女立為皇后。至哀帝晏駕，後攝政，王莽以後兄子為大司馬，由是為亂。臣竊推之：頭，元首，人君之象。今雞一身已變，未至於頭，而上知之，是將有其事而不遂成之象也。若應之不精，政無所改，頭冠或成，為患茲大。是後張角作亂稱黃巾，遂破壞。四方疲於賦役，多叛者。上不改政，遂至天下大亂。」

「屋自壞」一類，其舉例：「靈帝光和元年，南宮平城門內屋、武庫屋及外東垣屋前後頓壞。蔡邕對曰：平城門，正陽之門，與宮連，郊祀法駕所由從出，門之最尊者也。武庫，禁兵所藏。東桓，庫之外障。《易傳》曰：小人在位，上下咸悖，厥妖城門內崩。《潛潭巴》曰：宮瓦自墮，諸侯強陵主。此皆小人顯位亂法之咎也。其後黃巾賊先起東方，庫兵大動。皇后同父兄何進為大將軍，同母弟苗為車騎將軍，兄弟並貴盛，皆統兵在京都。其後進欲誅廢中官，為中常侍張讓、段珪等所殺，兵戰宮中闕下，

更相誅滅，天下兵大起。」

「訛言」一類，其舉例：「安帝永初元年十一月，民訛言相驚，司隸、并、冀州民人流移。時，鄧太皇專政。婦人以順為道，故《禮》夫死從子之命。今專主事，此不從而僭也。」

「童謠」類最為典型，用歌謠的流傳與社會現實的發生作為讖言，是歷史上預言動盪的普遍現象。如其記述：「世祖建武六年，蜀童謠曰：黃牛白腹，五銖當復。是時，公孫述僭號於蜀，時人竊言王莽稱黃，述欲繼之，故稱白；五銖，漢家貨，明當復也。述遂誅滅。」其又記述：「王莽末，天水童謠曰：出吳門，望緹群。見一蹇人，言欲上天；令天可上，地上安得民！時，隗囂初起兵於天水，後意稍廣，欲為天子，遂破滅，囂少病蹇。吳門，冀郭門名也。緹群，山名也。」社會腐敗是童謠諷刺的主要內容，其記述曰：「順帝之末，京都童謠曰：直如弦，死道邊。曲如鉤，反封侯。案順帝即世，孝質短祚，大將軍梁冀貪樹疏幼，以為己功，專國號令，以贍其私。太尉李固以為清河王雅性聰明，敦詩悅禮，加又屬親，立長則順，置善則固。而冀建白太后，策免固，徵蠡吾侯，遂即至尊。固是日幽斃於獄，暴屍道路，而太尉胡廣封安樂鄉侯、司徒趙戒廚亭侯、司空袁湯安國亭侯雲。」

桓帝時代，社會混亂，邪惡橫行，童謠出現繁密，其記述曰：「桓帝之初，天下童謠曰：小麥青青大麥枯，誰當獲者婦與姑。丈人何在西擊胡，吏買馬，君具車，請為諸君鼓嚨胡。案元嘉中涼州諸羌一時俱反，南入蜀、漢，東抄三輔，延及并、冀，大為民害。命將出眾，每戰常負，中國益發甲卒，麥多委棄，但有婦女獲刈之也。吏買馬，君具車者，言調發重及有秩者也。請為諸君鼓嚨胡者，不敢公言，私咽語。」其又記述曰：「桓帝之初，京都童謠曰：城上烏，尾畢逋，公為吏，子為徒。一徒死，百乘車。車班班，入河間。河間奼女工數錢，以錢為室金為堂。石上慊慊

第三章　秦漢間俗說

春黃粱。梁下有懸鼓，我欲擊之丞卿怒。案此皆謂為政貪也。城上烏，尾畢逋者，處高利獨食，不與下共，謂人主多聚斂也。公為吏，子為徒者，言蠻夷將叛逆，父既為軍吏，其子又為卒徒往擊之也。一徒死，百乘車者，言前一人往討胡既死矣，後又遣百乘車往。車班班，入河間者，言上將崩，乘輿班班入河間迎靈帝也。河間奼女工數錢，以錢為室金為堂者，靈帝既立，其母永樂太后好聚金以為堂也。石上慊慊舂黃粱者，言永樂雖積金錢，慊慊常苦不足，使人舂黃粱而食之也。梁下有懸鼓，我欲擊之丞卿怒者，言永樂主教靈帝，使賣官受錢，所祿非其人，天下忠篤之士怨望，欲擊懸鼓以求見，丞卿主鼓者，亦復諂順，怒而止我也。」其記述曰：「桓帝之初，京都童謠曰：遊平賣印自有平，不辟豪賢及大姓。案到延熹之末，鄧皇后以譴自殺，乃以竇貴人代之，其父名武字游平，拜城門校尉。及太后攝政，為大將軍，與太傅陳蕃合心勠力，唯德是建，印綬所加，咸得其人，豪賢大姓，皆絕望矣。」其記述曰：「桓帝之末，京都童謠曰：茅田一頃中有井，四方纖纖不可整。嚼復嚼，今年尚可後年鐃。案《易》曰：拔茅茹以其匯，徵吉。茅喻群賢也。井者，法也。於時中常侍管霸、蘇康憎疾海內英哲，與長樂少府劉囂、太常許詠、尚書柳分、尋穆、史佟、司隸唐珍等，代作唇齒。河內牢川詣闕上書：汝、潁、南陽，上採虛譽，專作威福；甘陵有南北二部，三輔尤甚。由是傳考黃門北寺，始見廢閣。茅田一頃者，言群賢眾多也。中有井者，言雖厄窮，不失其法度也。四方纖纖不可整者，言奸慝大熾，不可整理。嚼復嚼者，京都飲酒相強之辭也。言食肉者鄙，不恤王政，徒耽宴飲歌呼而已也。今年尚可者，言但禁錮也。後年鐃者，陳、竇被誅，天下大壞。」其記述曰：「桓帝之末，京都童謠曰：白蓋小車何延延。河間來合諧，河間來合諧！案解犢亭屬饒陽河間縣也。居無幾何而桓帝崩，使者與解犢侯皆白蓋車從河間來。延延，眾貌也。是時御史劉儵建議立靈帝，以儵為侍中，中常侍侯覽畏其

親近,必當間己,白拜候泰山太守,因令司隸迫促殺之。朝廷少長,思其功效,乃拔用其弟郃,致位司徒,此為合諧也。」

童謠的流行,包含著神祕性的預示。《後漢書》的〈五行志〉將童謠的發生與一定的社會歷史事件相對應,意在述說某種規律。其「案」便成為其闡釋某種現象發生的根據。如其記述:「靈帝之末,京都童謠曰:侯非侯,王非王,千乘萬騎上北芒。案到中平六年,史侯登蹕至尊,獻帝未有爵號,為中常侍段珪等數十人所執,公卿百官皆隨其後,到河上,乃得來還。此為非侯非王上北芒者也。」其記述曰:「靈帝中平中,京都歌曰:承樂世董逃,遊四郭董逃,蒙天恩董逃,帶金紫董逃,行謝恩董逃,整車騎董逃,垂欲發董逃,與中辭董逃,出西門董逃,瞻宮殿董逃,望京城董逃,日夜絕董逃,心摧傷董逃。案董謂董卓也,言雖跋扈,縱其殘暴,終歸逃竄,至於滅族也。」其記述曰:「獻帝踐祚之初,京都童謠曰:千里草,何青青。十日卜,不得生。案千里草為董,十日卜為卓。凡別字之體,皆從上起,左右離合,無有從下發端者也。今二字如此者,天意若曰:卓自下摩上,以臣陵君也。青青者,暴盛之貌也。不得生者,亦旋破亡。」其記述曰:「建安初,荊州童謠曰:八九年間始欲衰,至十三年無孑遺。言自中興以來,荊州無破亂,及劉表為牧,民又豐樂,至此逮八九年。當始衰者,謂劉表妻當死,諸將並零落也。十三年無孑遺者,言十三年表又當死,民當移詣冀州也。」其記述曰:「順帝陽嘉元年十月中,望都蒲陰狼殺童兒九十七人。時,李固對策,引京房《易傳》曰君將無道,害將及人,去之深山以全身,厥妖狼食人。陛下覺寤,比求隱滯,故狼災息。」

漢代社會,黃老思潮盛行,方士、神仙、巫術等現象成為社會思想文化的重要內容。范曄《後漢書》的〈五行志〉記述五行生剋之類的奇異現象,將自然現象與人文現象連繫在一起,為後世保存了這些充滿神祕意味的傳說故事。這是中國民間文學史獨特的一頁。

第三章　秦漢間俗說

在這些傳說故事中，日蝕、地震、蝗災等現象引發各種社會動盪或變故，這也反映出漢代社會的文化走向。作為傳說故事，其成為歷史文化遺產。

如其記述「地震」曰：「和帝永元元年七月，會稽南山崩。會稽，南方大名山也。京房《易傳》曰：山崩，陰乘陽，弱勝強也。劉尚以為山陽，君也；水陰，民也；君道崩壞，百姓失所也。劉歆以為崩猶弛也。是時，竇太后攝政，兄竇憲專權。七年七月，趙國易陽地裂。京房《易傳》曰：地裂者，臣下分離，不肯相從也。是時，南單于眾乖離，漢軍追討。十二年夏，閏四月戊辰，南郡秭歸山高四百丈崩，填溪，殺百餘人。明年冬，巫蠻夷反，遣使募荊州吏民萬餘人擊之。」

如其記述「日蝕」曰：「光武帝建武二年正月甲子朔，日有蝕之，在危八度。《日蝕說》曰：日者，太陽之精，人君之象。君道有虧，有陰所乘，故蝕。蝕者，陽不克也。其候雜說，《漢書‧五行志》著之必矣。儒說諸侯專權，則其應多在日所宿之國。諸象附從，則多為王者事。人君改修其德，則咎害除。是時，世祖初興，天下賊亂未除。虛、危，齊也。賊張步擁兵據齊，上遣伏隆諭步，許降。旋復叛稱王，至五年中乃破。三年五月乙卯晦，日有蝕之，在柳十四度。柳，河南也。時，世祖在雒陽，赤眉降賊樊崇謀作亂，其七月發覺，皆伏誅。六年九月丙寅晦，日有蝕之。史官不見，郡以聞。在尾八度。七年三月癸亥晦，日有蝕之，在畢五度。畢為邊兵。秋，隗囂反，侵安定。冬，盧芳所置朔方、雲中太守各舉郡降。」其又記：「二十二年五月乙未晦，日有蝕之，在柳七度，京都宿也。柳為上倉，祭祀穀也，近輿鬼，輿鬼為宗廟。十九年中，有司奏請立近帝四廟以祭之，有詔廟處所未定，且就高廟祫祭之。至此三年，遂不立廟。有簡墮心，奉祖宗之道有闕，故示象也。二十五年三月戊申晦，日有蝕之，在畢十五度。畢為邊兵。其冬十月，以武谿蠻夷為寇害，伏波將軍馬援將兵

擊之。二十九年二月丁巳朔,日有蝕之,在東壁五度。東壁為文章,一名嫺訾之口。先是皇子諸王各招來文章談說之士,去年中,有人上奏:諸王所招待者,或真偽雜,受刑罰者子孫,宜可分別。於是上怒,詔捕諸王客,皆被以苛法,死者甚多。世祖不早為明設刑禁,一時治之過差,故天示象。世祖於是改悔,遣使悉理侵枉也。」

其實,傳說的發生總是基於對現實的過度關注,一切都被附會太多的猜測。這是一種社會文化的心理暗示,更是民間傳說形成、發展和變化的普遍性規律。范曄在《後漢書》的〈五行志〉中,用頗多的筆墨書寫這些傳說故事,更多的是在試圖破譯或總結出奇異與日常的連繫。同時,范曄也向世人提出一個問題,即傳說中的結果,都是什麼因素決定的呢?

《後漢書》對於漢朝的傳說故事保存方式、記述方式有許多獨到之處,如其所保存的少數民族民間文學之豐富,是其同時代及其前代所不能比的。

這裡所指的少數民族是指夏族或漢族之外的民族。秦漢之後,「中國」之外的「四夷」或融入漢民族,或獨立發展著。這些獨立發展著的民族,就是屬於這一特殊歷史時期的少數民族。《後漢書》中所記述的「南蠻西南夷」等民族,即屬此一部分。《後漢書》中,〈東夷列傳〉、〈南蠻西南夷列傳〉、〈西羌列傳〉、〈西域列傳〉、〈南匈奴列傳〉和〈烏桓鮮卑列傳〉六部分,分別記述了不同地區的民間傳說。這些列傳在事實上成為漢代社會以民間傳說為主體的民族志。

如〈東夷列傳〉曰:「《王制》云:東方曰夷。夷者,柢也,言仁而好生,萬物柢地而出。故天性柔順,易以道御,至有君子、不死之國焉。夷有九種,曰畎夷、於夷、方夷、黃夷、白夷、赤夷、玄夷、風夷、陽夷。故孔子欲居九夷也。」其稱:「昔堯命羲仲宅夷,曰暘谷,蓋日之所出也。夏后氏太康失德,夷人始畔。自少康已後,世服王化,遂賓於王門,獻其

第三章　秦漢間俗說

樂舞。桀為暴虐，諸夷內侵，殷湯革命，伐而定之。至於仲丁，藍夷作寇。自是或服或畔，三百餘年。武乙衰敝，東夷浸盛，遂分遷淮、岱，漸居中土。」其稱：「自中興之後，四夷來賓，雖時有乖畔，而使驛不絕，故國俗風土，可得略記。東夷率皆土著，憙飲酒歌舞，或冠弁衣錦，器用俎豆。所謂中國失禮，求之四夷者也。幾蠻、夷、戎、狄總名四夷者，猶公、侯、伯、子、男皆號諸侯云。」其所記高句麗傳說，曰：「高句麗，在遼東之東千里，南與朝鮮、濊貊，東與沃沮，北與夫餘接。地方二千里，多大山深谷，人隨而為居。少田業，力作不足以自資，故其俗節於飲食，而好修宮室。東夷相傳以為夫餘別種，故言語法則多同，而跪拜曳一腳，行步皆走。凡有五族，有消奴部、絕奴部、順奴部、灌奴部、桂婁部。本消奴部為王，稍微弱，後桂婁部代之。其置官，有相加、對盧、沛者、古鄒大加、主簿、優臺、使者、帛衣先人。武帝滅朝鮮，以高句麗為縣，使屬玄菟，賜鼓吹伎人。其俗淫，皆潔淨自熹，暮夜輒男女群聚為倡樂。好祠鬼神、社稷、零星，以十月祭天大會，名曰東盟。其國東有大穴，號襚神，亦以十月迎而祭之。其公會衣服皆錦繡，金銀以自飾。大加、主簿皆著幘，如冠幘而無後；其小加著折風，形如弁。無牢獄，有罪，諸加評議便殺之，沒入妻子為奴婢。其昏姻皆就婦家，生子長大，然後將還，便稍營送終之具。金銀財幣盡於厚葬，積石為封，亦種松柏。其人性凶急，有氣力，習戰鬥，好寇抄，沃沮、東濊皆屬焉。」其記述「韓有三種：一曰馬韓、二曰辰韓、三曰弁辰」，曰：「馬韓人知田蠶，作綿布。出大栗如梨。有長尾雞，尾長五尺。邑落雜居，亦無城郭。作土室，形如塚，開戶在上。不知跪拜。無長幼男女之別。不貴金寶錦罽，不知騎乘牛馬，唯重瓔珠，以綴衣為飾，及縣頸垂耳。大率皆魁頭露，布袍草履。其人壯勇，少年有築室作力者，輒以繩貫脊皮，縋以大木，歡呼為健。常以五月田竟祭鬼神，晝夜酒會，群聚歌舞，舞輒數十人相隨，蹋地為節。十月農功畢，

亦復如之。諸國邑各以一人主祭天神，號為天君。又立蘇塗，建大木以縣鈴鼓，事鬼神。其南界近倭，亦有紋身者。」其記述：「又有北沃沮，一名置溝婁，去南沃沮八百餘里。其俗皆與南同。界南接挹婁。挹婁人喜乘船寇抄，北沃沮畏之，每夏輒臧於岩穴，至冬船道不通，乃下居邑落。其耆者言，嘗於海中得一布衣，其形如中人衣，而兩袖長三丈。又於岸際見一人乘破船，頂中復有面，與語不通，不食而死。」其特別提到「又說海中有女國。無男人，或傳其國有神井，窺之輒生子云」。東南海之外，《後漢書》稱：「自女王國東渡海千餘里，至拘奴國，雖皆倭種，而不屬女王。自女王國南四千餘里，至朱儒國，人長三四尺。自朱儒東南行船一年，至裸國、黑齒國，使驛所傳，極於此矣。」其記述曰：「會稽海外有東鯷人，分為二十餘國。又有夷洲及澶洲。傳言秦始皇遣方士徐福將童男女數千人入海，求蓬萊神仙不得，徐福畏誅不敢還，遂止此洲，世世相承，有數萬家。人民時至會稽市。會稽東治縣人有入海行遭風，流移至澶洲者。所在絕遠，不可往來。」

《後漢書》所保存的少數民族民間文學尤其豐富，〈南蠻西南夷列傳〉中所記神話傳說更具典型意義，如對以盤瓠神話為典型的族源神話的詳細記述：

昔高辛氏有犬戎之寇，帝患其侵暴，而征伐不克。乃訪募天下，有能得犬戎之將吳將軍頭者，購黃金千鎰，邑萬家，又妻以少女。時帝有畜狗，其毛五采，名曰盤瓠。下令之後，盤瓠遂銜人頭造闕下。群臣怪而診之，乃吳將軍首也。帝大喜，而計盤瓠不可妻之以女，又無封爵之道，議欲有報而未知所宜。女聞之，以為帝皇下令，不可違信，因請行。帝不得已，乃以女配盤瓠。盤瓠得女，負而走入南山，止石室中。所處險絕，人跡不至。

於是女解去衣裳，為僕鑑之結，著獨力之衣。帝悲思之，遣使尋求，

第三章　秦漢間俗說

輒遇風雨震晦，使者不得進。經三年，生子一十二人，六男六女。盤瓠死後，因自相夫妻。織績木皮，染以草實，好五色衣服，制裁皆有尾形。其母後歸，以狀白帝，於是使迎致諸子。衣裳斑蘭，語言侏離，好入山壑，不樂平曠。帝順其意，賜以名山廣澤。其後滋蔓，號曰蠻夷。外癡內黠，安土重舊。以先父有功，母帝之女，田作賈販，無關梁符傳租稅之賦。有邑君長，皆賜印綬，冠用獺皮，名渠帥曰精夫，相呼為姎徒。今長沙武陵蠻是也。

此章還記述了「巴郡南郡蠻本有五姓」，其「皆出於武落鍾離山」，曰：「其山有赤黑二穴，巴氏之子生於赤穴，四姓之子皆生黑穴。未有君長，俱事鬼神，乃共擲劍於石穴，約能中者，奉以為君。巴氏子務相乃獨中之，眾皆嘆。又令各乘土船，約能浮者，當以為君。余姓悉沉，唯務相獨浮。因共立之，是為廩君。乃乘土船，從夷水至鹽陽。鹽水有神女，謂廩君曰：此地廣大，魚鹽所出，願留共居。廩君不許。鹽神暮輒來取宿，旦即化為蟲，與諸蟲群飛，掩蔽日光，天地晦冥。積十餘日，廩君伺其便，因射殺之，天乃開明。廩君於是君乎夷城，四姓皆臣之。廩君死，魂魄世為白虎。巴氏以虎飲人血，遂以人祠焉。」其又有「板楯蠻夷」與「白虎」的傳說，記述曰：「板楯蠻夷者，秦昭襄王時，有一白虎，常從群虎數遊秦、蜀、巴、漢之境，傷害千餘人。昭王乃重募國中有能殺虎者，賞邑萬家，金百鎰。時，有巴郡閬中夷人，能作白竹之弩，乃登樓射殺白虎。昭王嘉之，而以其夷人，不欲加封，乃刻石盟要，復夷人頃田不租，十妻不算，傷人者論，殺人者得以倓錢贖死。盟曰：秦犯夷，輸黃龍一雙；夷犯秦，輸清酒一鍾。夷人安之。」

應該說，這些傳說與盤瓠神話一樣，都是對民族起源的民間文學闡釋，是一個民族最早的口頭文學史。

「西南夷」中，此類傳說頗豐富。其中如「夜郎國」和「哀牢夷」的傳

說。其記述夜郎國稱:「西南夷者,在蜀郡徼外。有夜郎國,東接交阯,西有滇國,北有邛都國,各立君長。其人皆椎結左衽,邑聚而居,能耕田。其外又有巂、昆明諸落,西極同師,東北至葉榆,地方數千里。無君長,辮髮,隨畜遷徙無常。自東北至葉榆有莋都國,東北有冉駹國,或土著,或隨畜遷徙。自冉駹東北有白馬國,氐種是也。此三國亦有君長。」其稱曰:「夜郎者,初有女子浣於遯水,有三節大竹流入足間,聞其中有號聲,剖竹視之,得一男兒,歸而養之。及長,有才武,自立為夜郎侯,以竹為姓。武帝元鼎六年,平南夷,為牂柯郡,夜郎侯迎降,天子賜其王印綬。後遂殺之。夷獠咸以竹王非血氣所生,甚重之,求為立後。牂柯太守吳霸以聞,天子乃封其三子為侯。死,配食其父。今夜郎縣有竹王三郎神是也。」其記述哀牢人傳說,稱:「哀牢夷者,其先有婦人名沙壹,居於牢山。嘗捕魚水中,觸沉木,若有感,因懷妊十月,產子男十人。後沉木化為龍,出水上。沙壹忽聞龍語曰:若為我生子,今悉何在?九子見龍驚走,獨小子不能去,背龍而坐,龍因舐之。其母鳥語,謂背為九,謂坐為隆,因名子曰九隆。及後長大,諸兄以九隆能為父所舐而黠,遂共推以為王。後牢山下有一夫一婦,復生十女子,九隆兄弟皆娶以為妻,後漸相滋長。種人皆刻劃其身,象龍文,衣皆著尾。九隆死,世世相繼。」其又記曰:「哀牢人皆穿鼻儋耳,其渠帥自謂王者,耳皆下肩三寸,庶人則至肩而已。土地沃美,宜五穀、蠶桑。知染採文繡,罽㲩帛疊,蘭干細布,織成文章如綾錦。有梧桐木華,績以為布,幅廣五尺,潔白不受垢汙。先以覆亡人,然後服之。其竹節相去一丈,名曰濮竹。出銅、鐵、鉛、錫、金、銀、光珠、虎魄、水精、琉璃、軻蟲、蚌珠、孔雀、翡翠、犀、象、猩猩、貊獸。雲南縣有神鹿兩頭,能食毒草。」

值得一提的是,在〈南蠻西南夷列傳〉中記述永平年間,漢明帝派益州刺史梁國朱輔大力宣傳漢政治,得到「白狼王唐菆等慕化歸義」所作的

第三章　秦漢間俗說

〈白狼歌〉，這是一首少數民族語言古歌謠，被稱為「現存反映藏語族語言特點的最早的歷史文獻」[55]，其「遠夷之語，辭意難正」；田恭熟悉他們的習俗，翻譯此「遠夷」之樂詩曰：

大漢是治，與天意合。吏譯平端，不從我來。聞風向化，所見奇異。

多賜繒布，甘美酒食。昌樂肉飛，屈伸悉備。蠻夷貧薄，無所報嗣。願主長壽，子孫昌熾。

遠夷慕德歌詩曰：蠻夷所處，日入之部。慕義向化，歸日出主。聖德深恩，與人富厚。冬多霜雪，夏多和雨。寒溫時適，部人多有。涉危歷險，不遠萬里。去俗歸德，心歸慈母。

遠夷懷德歌曰：荒服之外，土地墝埆。食肉衣皮，不見鹽穀。吏譯傳風，大漢安樂。攜負歸仁，觸冒險陝。高山岐峻，緣崖磻石。木薄發家，百宿到洛。父子同賜，懷抱匹帛。傳告種人，長願臣僕。

顯然，在翻譯中，田恭作了漢化處理，整理成語句非常整齊的歌詩，頗類於《詩經》中的句式。事實是，這也是一則和邊歷史傳說故事記述。這是中國漢代文獻中最早見到的一首對少數民族文學（歌詩）作翻譯的作品。從內容上看，這首歌謠應當是一首即興演唱，具有儀式歌色彩的作品，從一個方面顯示出漢代中原文化與邊疆文化之間的相互交流。

《後漢書·西羌傳》中，提到「氂牛種」、「白馬種」和「狼種」的傳說，亦可看作族源神話傳說的內容。其記述內容，總是將傳說故事與民族起源相糅合，如〈西羌傳〉所記：「西羌之本，出自三苗，姜姓之別也。其國近南嶽。及舜流四凶，徙之三危，河關之西南羌地是也。濱於賜支，至乎河首，綿地千里。賜支者，〈禹貢〉所謂析支者也。南接蜀、漢徼外蠻夷，西北接鄯善、車師諸國。所居無常，依隨水草。地少五穀，以產牧為業。

---

[55] 參見和煜堂《〈白狼歌詩〉譯注》，雲南人民出版社 2002 年版。

184

第二節　史傳文學中的民間文學

其俗氏族無定，或以父名母姓為種號。十二世後，相與婚姻，父沒則妻後母，兄亡則納釐嫂，故國無鰥寡，種類繁熾。不立君臣，無相長一，強則分種為酋豪，弱則為人附落，更相抄暴，以力為雄。殺人償死，無它禁令。其兵長在山谷，短於平地，不能持久，而果於觸突，以戰死為吉利，病終為不祥。堪耐寒苦，同之禽獸。雖婦人產子，亦不避風雪。性堅剛勇猛，得西方金行之氣焉。」其記述：「羌無弋爰劍者，秦厲公時為秦所拘執，以為奴隸。不知爰劍何戎之別也。後得亡歸，而秦人追之急，藏於岩穴中得免。羌人云爰劍初藏穴中，秦人焚之，有景象如虎，為其蔽火，得以不死。既出，又與劓女遇於野，遂成夫婦。女恥其狀，被髮覆面，羌人因以為俗，遂俱亡入三河間。諸羌見爰劍被焚不死，怪其神，共畏事之，推以為豪，河湟間少五穀，多禽獸，以射獵為事，爰劍教之田畜，遂見敬信，廬落種人依之者日益眾。羌人謂奴為無弋，以爰劍嘗為奴隸，故因名之。其後世世為豪。」其中，范曄記述了民族間的雜糅，如其所記：「湟中月氏胡，其先大月氏之別也，舊在張掖、酒泉地。月氏王為匈奴冒頓所殺，餘種分散，西逾蔥領。其羸弱者南入山阻，依諸羌居止，遂與共婚姻。及驃騎將軍霍去病破匈奴，取西河地，開湟中，於是月氏來降，與漢人錯居。雖依附縣官，而首施兩端。其從漢兵戰鬥，隨勢強弱。被服飲食言語略與羌同，亦以父名母姓為種。其大種有七，勝兵合九千餘人，分在湟中及令居。又數百戶在張掖，號曰義從胡。中平元年，與北宮伯玉等反，殺護羌校尉泠徵、金城太守陳懿，遂寇亂隴右焉。」

邊疆地區的奇風異俗，范曄未必像司馬遷那樣做過實地考察，他更多的是道聽塗說。而道聽塗說，既是一種想像，也是一種傳說，包含著民間文學的成分。在〈南匈奴列傳〉中，他描述南匈奴的起源道：「南匈奴醢落屍逐鞮單于比者，呼韓邪單于之孫，烏珠留若鞮單于之子也。自呼韓邪後，諸子以次立，至比季父孝單于輿時，以比為右薁鞬日逐王，部領南邊及烏桓。」其記述相關風俗曰：「匈奴俗，歲有三龍祠，常以正月、五月、

第三章　秦漢間俗說

九月戊日祭天神。南單于既內附，兼祠漢帝，因會諸部議國事，走馬及駱駝為樂。其大臣貴者左賢王，次左谷蠡王，次右賢王，次右谷蠡王，謂之四角；次左右日逐王，次左右溫禺鞮王，次左右漸將王，是為六角；皆單于子弟，次第當為單于者也。異姓大臣：左右骨都侯，次左右屍逐骨都侯，其餘日逐、且渠、當戶諸官號，各以權力優劣、部眾多少為高下次第焉。單于姓虛連題。異姓有呼衍氏、須卜氏、丘林氏、蘭氏四姓，為國中名族，常與單于婚姻。呼衍氏為左，蘭氏、須卜氏為右，主斷獄聽訟，當決輕重，口白單于，無文書簿領焉。」

　　在〈烏桓鮮卑列傳〉中，范曄記述了北方少數民族的「刻木為信」、「食肉飲酪，以毛毳為衣」等社會風俗生活內容與民間傳說。其記述族源稱：「烏桓者，本東胡也。漢初，匈奴冒頓滅其國，餘類保烏桓山，因以為號焉。俗善騎射，弋獵禽獸為事。隨水草放牧，居無常處。以穹廬為舍，東開向日。食肉飲酪，以毛毳為衣。貴少而賤老，其性悍塞。怒則殺父兄，而終不害其母，以母有族類，父兄無相仇報敵也。有勇健能理決鬥訟者，推為大人，無世業相繼。邑落各有小帥，數百千落自為一部。大人有所召呼，時刻木為信，雖無文字，而部眾不敢違犯。氏姓無常，以大人健者名字為姓。大人以下，各自畜牧營產，不相徭役。其嫁娶則先略女通情，或半歲百日，然後送牛、馬、羊畜，以為娉幣。婿隨妻還家，妻家無尊卑，旦旦拜之，而不拜其父母。為妻家僕役，一二年間，妻家乃厚遣送女，居處財物一皆為辦。其俗妻後母，報寡嫂，死則歸其故夫。計謀從用婦人，唯鬥戰之事乃自決之。父子男女，相對踞蹲。以髡頭為輕便。婦人至嫁時乃養髮，分為髻，著句決，飾以金碧，猶中國有幗步搖。婦人能刺韋作文繡，織氀毼。男子能作弓矢鞍勒，鍛金鐵為兵器。其土地宜穄及東牆。東牆似蓬草，實如穄子，至十月而熟。見鳥獸孕乳，以別四節。」其又記：「鮮卑者，亦東胡之支也，別依鮮卑山，故因號焉。其言語習俗與烏桓

同。唯婚姻先髡頭,以季春月大會於饒樂水上,飲晏畢,然後配合。又禽獸異於中國者,野馬、原羊、角端牛,以角為弓,俗謂之角端弓者。又有貂、豽、鼲子,皮毛柔蠕,故天下以為名裘。」

西域與中原王朝的連繫非常複雜,經常處於變化之中。西域的風景,同樣成為范曄的想像。其〈西域傳〉記述曰:「武帝時,西域內屬,有三十六國。漢為置使者、校尉領護之。宣帝改曰都護。元帝又置戊己二校尉,屯田於車師前王庭。哀、平間,自相分割,為五十五國。王莽篡位,貶易侯王,由是西域怨叛,與中國遂絕,並復役屬匈奴。匈奴斂稅重刻,諸國不堪命,建武中,皆遣使求內屬,願請都護。光武以天下初定,未遑外事,竟不許之。會匈奴衰弱,莎車王賢誅滅諸國。賢死之後,遂更相攻伐。小宛、精絕、戎盧、且末為鄯善所並。渠勒、皮山為于寘所統,悉有其地。郁立、單桓、孤胡、烏貪訾離為車師所滅。後其國並復立。永平中,北虜乃脅諸國共寇河西郡縣,城門晝閉。十六年,明帝乃命將帥北征匈奴,取伊吾盧地,置宜禾都尉以屯田,遂通西域,于寘諸國皆遣子入侍。西域自絕六十五載,乃復通焉。明年,始置都護、戊己校尉。及明帝崩,焉耆、龜茲攻沒都護陳睦,悉覆其眾,匈奴、車師圍戊己校尉。」其又記述曰:「建初元年春,酒泉太守段彭大破車師於交河城。章帝不欲疲敝中國以事夷狄,乃迎還戊己校尉,不復遣都護。二年,復罷屯田伊吾,匈奴因遣兵守伊吾地。時軍司馬班超留于寘,綏集諸國。和帝永元元年,大將軍竇憲大破匈奴。二年,憲因遣副校尉閻槃將二千餘騎掩擊伊吾,破之。三年,班超遂定西域,因以超為都護,居龜茲。復置戊己校尉,領兵五百人,居車師前部高昌壁。又置戊部候,居車師後部候城,相去五百里。六年,班超復擊破焉耆,於是五十餘國悉納質內屬。其條支、安息諸國至於海瀕四萬里外,皆重譯貢獻。九年,班超遣掾甘英窮臨西海而還。皆前世所不至,《山經》所未詳,莫不備其風土,傳其珍怪焉。於是遠國蒙

第三章　秦漢間俗說

奇、兜勒皆來歸服，遣使貢獻。」其述說西域的空間，描述了從西域到中原的道路，稱：「西域內屬諸國，東西六千餘里，南北千餘里，東極玉門、陽關，西至蔥領。其東北與匈奴、烏孫相接。南北有大山，中央有河。其南山東出金城，與漢南山屬焉。其河有兩源，一出蔥領東流，一出于寘南山下北流，與蔥領河合，東注蒲昌海。蒲昌海一名鹽澤，去玉門三百餘里。」接著說：「自敦煌西出玉門、陽關，涉鄯善，北通伊吾千餘里，自伊吾北通車師前部高昌壁千二百里，自高昌壁北通後部金滿城五百里。此其西域之門戶也，故戊己校尉更互屯焉。伊吾地宜五穀、桑麻、蒲萄。其北又有柳中，皆膏腴之地。故漢常與匈奴爭車師、伊吾，以制西域焉。」其記述中又說：「自鄯善逾蔥領出西諸國，有兩道。傍南山北，陂河西行至莎車，為南道。南道西逾蔥領，則出大月氏、安息之國也。自車師前王庭隨北山，陂河西行至疏勒，為北道。北道西逾蔥領，出大宛、康居、奄蔡焉。」其稱：「出玉門，經鄯善、且末、精絕三千餘里至拘彌。」

西域的風景伴隨著傳說，其記述西域的物產，《後漢書》中〈西域傳〉稱曰：「安息國，居和櫝城，去洛陽二萬五千里。北與康居接，南與烏弋山離接。地方數千里，小城數百，戶口勝兵最為殷盛。其東界木鹿城，號為小安息，去洛陽二萬里」，「章帝章和元年，遣使獻師子、符拔。符拔形似麟而無角。和帝永元九年，都護班超遣甘英使大秦，抵條支。臨大海欲度，而安息西界船人謂英曰：海水廣大，往來者逢善風三月乃得度，若遇遲風，亦有二歲者，故入海人皆齎三歲糧。海中善使人思土戀慕，數有死亡者。英聞之乃止。十三年，安息王滿屈復獻師子及條支大鳥，時謂之安息雀」，「自安息西行三千四百里至阿蠻國。從阿蠻西行三千六百里至斯賓國。從斯賓南行渡河，又西南至於羅國九百六十里，安息西界極矣。自此南乘海，乃通大秦。其土多海西珍奇異物焉」。又如其描述想像中的「大秦」，其稱：「大秦國，一名犁鞬，以在海西，亦云海西國。地方數千

里,有四百餘城。小國役屬者數十。以石為城郭。列置郵亭,皆堊墍之。有松柏諸木百草。人俗力田作,多種樹蠶桑。皆髠頭而衣文繡,乘輜白蓋小車,出入擊鼓,建旌旗幡幟」,「所居城邑,周圍百餘里。城中有五宮,相去各十里。宮室皆以水精為柱,食器亦然。其王日遊一宮,聽事五日而後遍。常使一人持囊隨王車,人有言事者,即以書投囊中,王室宮發省,理其枉直。各有官曹文書。置三十六將,皆會議國事。其王無有常人。皆簡立賢者。國中災異及風雨不時,輒廢而更立,受放者甘黜不怨。其人民皆長大平正,有類中國,故謂之大秦」,「土多金銀奇寶,有夜光璧、明月珠、駭雞犀、珊瑚、虎魄、琉璃、琅玕、朱丹、青碧。刺金縷繡,織成金縷罽、雜色綾。作黃金塗、火浣布。又有細布,或言水羊毳,野蠶繭所作也。合會諸香,煎其汁以為蘇合。凡外國諸珍異皆出焉」,「以金銀為錢,銀錢十當金錢一。與安息、天竺交市於海中,利有十倍。其人質直,市無二價。穀食常賤,國用富饒。鄰國使到其界首者,乘驛詣王都,至則給以金錢。其王常欲通使於漢,而安息欲以漢繒彩與之交市,故遮閡不得自達。至桓帝延熹九年,大秦王安敦遣使自日南徼外獻象牙、犀角、玳瑁,始乃一通焉。其所表貢,並無珍異,疑傳者過焉」。其中,范曄在聯想中述及神話傳說,表現出中國人對西方世界的遐想,即遙遠的西方,是傳說中西王母居住的地方。其稱:「或云其國西有弱水、流沙,近西王母所居處,幾於日所入也。《漢書》云從條支西行二百餘日,近日所入,則與今書異矣。前世漢使皆自烏弋以還,莫有至條支者也。又云從安息陸道繞海北行出海西至大秦,人庶連屬,十里一亭,三十里一置,終無盜賊寇警。而道多猛虎、師子,遮害行旅,不百餘人齎兵器,輒為所食。又言有飛橋數百里可度海北諸國。所生奇異玉石諸物,譎怪多不經,故不記云。」

與《史記》、《漢書》不同,《後漢書》是漢代社會歷史的旁觀者,其回顧歷史,總結社會文化,自然迴避不了佛教作為外來文化對中國傳統文

第三章　秦漢間俗說

化的影響。其〈西域傳〉記述了佛教與中國的連繫，具體敘說西方的「天竺」，稱：「天竺國，一名身毒，在月氏之東南數千里。俗與月氏同，而卑溼暑熱。其國臨大水。乘象而戰。其人弱於月氏，修浮圖道，不殺伐，遂以成俗。從月氏、高附國以西，南至西海，東至磐起國，皆身毒之地。身毒有別城數百，城置長。別國數十，國置王。雖各小異，而俱以身毒為名，其時皆屬月氏。月氏殺其王而置將，令統其人。土出象、犀、玳瑁、金、銀、銅、鐵、鉛、錫，西與大秦通，有大秦珍物。又有細布、好毾㲪、諸香、石蜜、胡椒、薑、黑鹽。」其記述「和帝時，數遣使貢獻，後西域反畔，乃絕。至桓帝延熹二年、四年，頻從日南徼外來獻」。這裡，其敘說佛教故事道：「世傳明帝夢見金人，長大，頂有光明，以問群臣。或曰：西方有神，名曰佛，其形長丈六尺而黃金色。帝於是遣使天竺，問佛道法，遂於中國圖畫形象焉。楚王英始信其術，中國因此頗有奉其道者。後桓帝好神，數祀浮圖、老子，百姓稍有奉者，後遂轉盛。」

最後，范曄論述西域風俗與傳說故事，曰：「西域風土之載，前古未聞也。漢世張騫懷致遠之略，班超奮封侯之志，終能立功西遐，羈服外域。自兵威之所肅服，財賂之所懷誘，莫不獻方奇，納愛質，露頂肘行，東向而朝天子。故設戊己之官，分任其事；建都護之帥，總領其權。先馴則賞籯金以賜龜綬，後服則繫頭顙而釁北闕。立屯田於膏腴之野，列郵置於要害之路。馳命走驛，不絕於時月；商胡販客，日款於塞下。其後甘英乃抵條支而歷安息，臨西海以望大秦，拒玉門、陽關者四萬餘里，靡不周盡焉。若其境俗性智之優薄，產載物類之區品，川河領障之基源，氣節涼暑之通隔，梯山棧谷、繩行沙度之道，身熱首痛、風災鬼難之域，莫不備寫情形，審求根實。至於佛道神化，興自身毒，而二漢方志，莫有稱焉。張騫但著地多暑溼，乘象而戰，班勇雖列其奉浮圖，不殺伐，而精文善法、導達之功，靡所傳述。余聞之後說也，其國則殷乎中土，玉燭和氣。靈聖

第二節　史傳文學中的民間文學

之所降集,賢懿之所挺生,神蹟詭怪,則理絕人區,感驗明顯,則事出天外。而騫、超無聞者,豈其道閉往運,數開叔葉乎?不然,何誣異之甚也!漢自楚英始盛齋戒之祀,桓帝又修華蓋之飾。將微義未譯,而但神明之邪?詳其清心釋累之訓,空有兼遣之宗,道書之流也。且好仁惡殺,蠲敝崇善,所以賢達君子多愛其法焉。然好大不經,奇譎無已,雖鄒衍談天之辯,莊周蝸角之論,尚未足以概其萬一。又精靈起滅,因報相尋。若曉而昧者,故通人多惑焉。蓋導俗無方,適物異會,取諸同歸,措夫疑說,則大道通矣。」

這些風俗與傳說的記述,意味著少數民族民間文學及其民俗生活在中國史志中作為獨立的內容,引起了史傳文學作家的高度重視。諸如以上所舉族源神話,在中國少數民族文學史上,是極難得的內容。因為族源神話不但記述了一個民族的起源,而且其中所包含的圖騰、禁忌等信仰,是我們了解一個民族文化特性的重要依據。像犬圖騰、狼圖騰、竹圖騰等原始信仰在神話傳說中的具體記述,至今還在一些少數民族的神話傳說、史詩、歌謠和民俗生活中不同程度地存在著。這也是民族學、人類學和社會學所研究的重要內容。

在范曄之前及其同時代,已經有一些史學家注意到少數民族神話傳說的內容。如關於狼圖騰的神話傳說,司馬遷在《史記‧大宛列傳》中就曾記述,提到「昆莫生,棄於野,烏嗛肉蜚其上,狼往乳之」的內容。又如,關於犬圖騰的神話傳說,三國時期魏國魚豢在《魏略》中,曾提到「高辛氏有老婦」因「耳疾」而得「大如繭」的神物,其「俄頃化為犬,其文五色」即盤瓠;此前,應劭在《風俗通義》中也記述了相關的內容。范曄的同時代或相近時代,也有人注意到少數民族即中原地區之外非主流民族的傳說,如晉代的干寶在《搜神記》中記述的盤瓠傳說,張華在《博物志》中記述的徐偃王與「獨孤母有犬名鵠蒼」,「徐君宮人娠而生卵」的傳說,常

第三章　秦漢間俗說

璩在《華陽國志》中所記述的竹王傳說。范曄是南朝宋人，他注意到了這種現象，更集中地記述、保存了這些與古典神話傳說相異的內容，相對而言，他有了較為明確的少數民族民間文學史的意識。這種做法直接影響到後世史傳文學體例的變化，如唐代樊綽所著的《蠻書》等，為我們今天研究少數民族文學及其與漢族文化的連繫，提供了豐富而寶貴的文獻。

與其同時代人及其後來者多不同，范曄對漢代歷史的關注充滿著特殊的情感，隱藏在其敘說語言的字裡行間。也可能是因為范曄生活在南朝的宋這個特殊的時期，社會現實給予他心靈的衝擊，使他不自覺地形成對漢朝社會的留戀與回味。自然，在他的筆下，歷史的真實與民間傳說故事就不那麼涇渭分明，作為情緒性表達的傳說故事，也就成為他對歷史的想像和敘說了。

第三節　個人著述與民間文學

秦亡之後，漢代知識分子從總結秦王朝滅亡的歷史教訓，漸漸轉向對秦之前所有王朝興衰歷史的反思，並改變了《呂氏春秋》、《晏子春秋》之類書籍簡單地實行集體編寫的創作方式，走向完全個體化的寫作道路，開創了以劉向、劉安[56]、應劭等學者為代表的著述風尚，其視野比前人更加廣大，其思想卻失卻了先秦時期，尤其是戰國時代的自由，更多地受到經學、史學和神學的限制。在表現出文化自覺的同時，作者們逐漸收斂了自己的思想鋒芒，呈現出新的文化哲學走向。在他們的著述中，民間文學的保存具有新的意義。

---

[56] 許多學者以為《淮南子》為類書，其實不然。在《淮南子》中，我們處處可以感受到「道」闡釋，而且這種闡釋有明確的學術目的，有完整的理論體系。所以不應簡單地把它看作類書，它應是個體寫作。

第三節　個人著述與民間文學

一、劉向與民間文學

　　劉向，字子政，本名更生，漢成帝時更名為劉向。在漢宣帝時曾任輦郎，因為他曾經誇言可以親手造黃金卻沒有成功，故而被下獄，後來免死；到漢元帝時，他因彈劾宦官弘恭、石顯，又被下獄；在漢成帝時，又因反對外戚王鳳擅權，受到王鳳等人的打擊。其主要著作有《別錄》、《列仙傳》、《列女傳》、《新序》、《說苑》和《條災異封事》等。其中民間文學保存尤為豐富者，當推《說苑》、《列仙傳》、《列女傳》。特別是他的《列仙傳》，可以看作秦漢時代的第一部「神譜」。

　　劉向是漢高祖楚元王劉交四世孫，親近皇室，得以博覽群書，「採傳記百家之言」，其《說苑》旨在勸善懲惡，以教化為主要目的。《說苑》中保存了許多民間傳說和民間故事，其採錄來源，有學者指出與先秦時期的史籍和諸子著作相關，但我們作詳細對比時，會發現其「多有出入」。這些「出入」，是劉向所記述的民間文學「異文」。有學者說他的《說苑》「摭拾群書，網羅舊聞，一些失傳典籍的零金碎玉、吉光片羽，藉以傳世」[57]，這個評價是中肯的。

　　《說苑》中的故事，主要以對話的形式表述出來，常常在故事中套入故事，簡潔生動，對後世短篇小說的發展有正面影響。從它的每一章中，我們都可以看到民間傳說的影子，其「善說」、「雜言」諸篇尤為傳神。全書二十卷，可以都看作民間傳說和寓言故事，其中各個社會階層的人物故事都有保存。我們稱《說苑》為一部民間故事集，應該是不為過的。在〈建本〉中，「中牟鄙人」甯越提出「人將臥，吾不敢臥」，頗有龜兔賽跑的寓意。在〈立節〉和〈善說〉中，我們可以看到著名的民間傳說《孟姜女》在漢代的重要變化，即文獻中第一次出現了杞梁妻哭塌（崩）了城牆的情

---

[57]　錢宗武：《白話說苑·前言》，岳麓書社 1994 年版。

第三章　秦漢間俗說

節。如〈立節〉：

> 齊莊公且伐莒，為車五乘之賓，而杞梁、華舟獨不與焉，故歸而不食。其母曰：「汝生而無義，死而無名，則雖非五乘，孰不汝笑也！汝生而有義，死而有名，則五乘之賓，盡汝下也。」趣食乃行，杞梁、華舟同車，侍於莊公而行至莒。莒人逆之，杞梁、華舟下鬥，獲甲首三百。莊公止之曰：「子止，與子同齊國。」杞梁、華舟曰：「君為五乘之賓，而舟、梁不與焉，是少吾勇也。臨敵涉難，止我以利，是汙吾行也。深入多殺者，臣之事也，齊國之利，非吾所知也。」遂進鬥，壞軍陷陣，三軍弗敢擋。至莒城下，莒人以炭置地，二人立有間，不能入。隰侯重為右，曰：「吾聞古之士犯患涉難者，其去遂於物也，來，吾逾子！」隰侯重杖楯伏炭，二子乘而入，顧而哭之，華舟後息。杞梁曰：「汝無勇乎？何哭之久也？」華舟曰：「吾豈無勇哉！是其勇與我同也，而先吾死，是以哀之。」莒人曰：「子毋死，與子同莒國。」杞梁、華舟曰：「去國歸敵，非忠臣也；去長受賜，非正行也。且雞鳴而期，日中而忘之，非信也。深入多殺者，臣之事也，莒國之利，非吾所知也。」遂進鬥，殺二十七人而死。其妻聞之而哭，城為之阤，而隅為之崩。

在〈善說〉中，以「孟嘗君寄客於齊王，三年而不見用」開題，客舉「周氏之譽，韓氏之盧，天下疾狗也」、「狗非不能，屬之者罪也」，孟嘗君曰：不然。昔華舟、杞梁戰而死，其妻悲之，向城而哭，隅為之崩，城為之阤。君子誠能刑於內，則物應於外矣。

這是《孟姜女》傳說形成的重要內容。由此可見《說苑》對民間傳說的充分重視。另外，如〈善說〉中所舉的「孝武帝時汾陰得寶鼎而獻之於甘泉宮」，侍中虞邱壽王卻說「非周鼎」，闡述其「乃漢鼎」而不受懲罰，反而受賜「黃金十斤」的故事，則可看作後世智對故事的原型。由此，我們可以想起〈晏子使楚〉之類的傳說──即它們都是透過演繹法來論證，挫

敗對方的用意（設難）。這當是機智人物故事的又一個典型。《說苑》中也有一些民間寓言故事，如著名的「梟東徙」，流傳後世甚廣。這是和《說苑》的成書義旨相關聯的。《說苑》並不是簡單抄錄其他典籍，而是採錄了大量民間故事，其「說」即傳說，其「苑」即彙編，《說苑》即民間傳說故事集。

　　劉向保存民間故事，以《列仙傳》和《列女傳》影響最廣。在《列仙傳》的「敘」中，我們可以看到關於該書起源的故事。傳說劉安通神仙之道，存有《枕中鴻寶密祕》，「言神仙使鬼物及鄒衍重道延命之術」。後來劉安因謀反案被誅殺，這部神仙書就不被別人所見，但劉向看到了它。劉向可能也就信以為真，想根據書中的提示來演習「淮南鑄金術」，但沒有成功，差點把命丟了。他被贖出來之後，看到皇帝重用方士，就「輯上古以來及三代秦漢博採諸家言神仙事者」，著出這部《列仙傳》。《列仙傳》兩卷，記述了七十多個神仙。這些神仙或為歷史上真實存在的人物，如老子、呂尚、介子推、范蠡，東方朔等，還有一些是傳說中的人物，如黃帝、神農，以及那些無稽可查的「赤松子」（神農時雨師）、「馬師皇」（黃帝時馬醫）、「方回」（堯時之隱人）、「涓子」（齊人）、「桂父」（象林人）等。《列仙傳》中，民間傳說與古代神話的仙化相結合，具有世俗性文化的特徵。「仙」的文化精神被闡釋為多種層次，表現出共同的特徵即奇特的生活方式和超越自然的法術技能。一方面，這些神仙「不載不績」，服食如水玉、雲母、丹砂，以及晨露、花木等物，無生無死，超越生命的簡單的存在方式，舉止間展現出無比自由的風度；另一方面，他們不具常形，超越天地間的限制，能飛出地面，死而復生，留住青春年少，甚至點石成金，化腐朽為神奇，如巫咸再世；而他們又是那樣平凡，所有的神仙都有一副平常心。應該說，這是民間文學中嚮往自由和幸福、熱愛生命和生活的自然表現，非一般道學思想所能容納。當然，由於特殊的歷史原

第三章　秦漢間俗說

因,「道」作為一種文化範疇,在與黃老思想結合時,很容易被民間百姓所接受。在《列仙傳》中,七十多位神仙構成七十多篇民間傳說、民間故事,正是民間文化在漢代社會的具體呈現。《列仙傳》在漢代社會的出現,具有重要的歷史意義,它象徵著《山海經》神話系統被替代成新的傳說系統。《山海經》對遠古神話的記述及其在先秦時期的流傳,更多地被巫所支配;而《列仙傳》則透過文人對民間文學傳播的自覺參與,表現出世俗化、哲學化的傾向。如《列仙傳》中「周靈王太子晉」王子喬,「好吹笙,作鳳凰鳴,遊伊、洛之間」,後來「乘白鶴駐山頭」;「趙人」琴高,「浮游冀州涿郡之間二百餘年」,曾「入涿水中取龍子」,後能「乘鯉來」;「秦穆公時人」蕭史,「善吹簫,能致孔雀、白鶴舞於庭」,後娶秦穆公女弄玉,並教其「作鳳鳴」,「皆隨鳳凰飛去」;邗子隨犬進入仙境,遇仙而成仙;「濟陰人」園客,遇「五色蛾」而妻;「秦始皇宮人」毛女「食松葉,遂不飢寒,身輕如飛」,到西漢時其「已百七十餘年矣」。考察《列仙傳》的哲學基礎,明顯存在於民間信仰之中,諸如靈魂不滅等觀念。更值得我們注意的是,《列仙傳》中有多處提到「立祠」,這是民間文化物化具形的發生源頭。今天我們還能見到許多與「祠」相關的民間信仰活動,並能聽到摻雜在這些民間信仰活動中的傳說故事,而且分明能感受到《列仙傳》中的神仙氛圍。

《列仙傳》形成獨特的敘說傳說故事風格。

《列仙傳》分上下兩卷,敘說方式各異。其上卷敘說各個神仙人物,以時代劃分,其下卷,則以地域劃分。其中的各色神仙人物都是傳說人物,其分別屬於不同時代,或者「不知何時人也」,各有奇異能力。在民間傳說敘述文體上,也表現出自己的特點,其先敘說其奇特的技能,再做讚頌。

如赤松子屬於神農時代,〈赤松子〉記曰:「赤松子者,神農時雨師也。

服水玉以教神農,能入火自燒。往往至崑崙山上,常止西王母石室中,隨風雨上下。炎帝少女追之,亦得仙,俱去。至高辛時,復為雨師。今之雨師本是焉。眇眇赤松,飄飄少女。接手翻飛,泠然雙舉。縱身長風,俄翼玄圃。妙達巽坎,作範司雨。」

　　神農時代之後,屬於黃帝時代。其中,〈黃帝〉記述曰:「黃帝者,號曰軒轅。能劾百神,朝而使之。弱而能言,聖而預知,知物之紀。自以為雲師,有龍形。自擇亡日,與群臣辭。至於卒,還葬橋山,山崩,柩空無屍,唯劍舄在焉。仙書曰:黃帝採首山之銅,鑄鼎於荊山之下,鼎成,有龍垂鬍髯下迎帝,乃升天。群臣百僚悉持龍髯,從帝而升,攀帝弓及龍髯,拔而弓墜,群臣不得從,仰望帝而悲號。故後世以其處為鼎湖,名其弓為烏號焉。神聖淵玄,邈哉帝皇。暫蒞萬物,冠名百王。化周六合,數通無方。假葬橋山,超升昊蒼。」寧封子等人屬於黃帝時代,其〈寧封子〉記述曰:「寧封子者,黃帝時人也,世傳為黃帝陶正。有人過之,為其掌火,能出五色煙,久則以教封子。封子積火自燒,而隨煙氣上下,視其灰燼,猶有其骨。時人共葬於寧北山中。故謂之寧封子焉。奇矣封子,妙稟自然。鑠質洪爐,暢氣五煙。遺骨灰燼,寄墳寧山。人睹其跡,惡識其玄。」〈馬師皇〉記述曰:「馬師皇者,黃帝時馬醫也。知馬形生死之診,治之輒癒。後有龍下,向之垂耳張口,皇曰:『此龍有病,知我能治。』乃針其唇下口中,以甘草湯飲之而癒。後數數有疾龍出其波,告而求治之。一旦,龍負皇而去。師皇典馬,廄無殘駟。精感群龍,術兼殊類。靈虯報德,彌鱗銜轡。振躍天漢,粲有遺蔚。」〈赤將子輿〉記述曰:「赤將子輿者,黃帝時人。不食五穀,而啖百草花。至堯帝時,為木工。能隨風雨上下,時時於市中賣繳,亦謂之繳父云。蒸民粒食,孰享遐祚。子輿拔俗,餐葩飲露。托身風雨,遙然矯步。雲中可遊,性命可度。」〈容成公〉記述曰:「容成公者,自稱黃帝師,見於周穆王,能善輔導之事。取精於玄牝,

第三章　秦漢間俗說

其要穀神不死，守生養氣者也。髮白更黑，齒落更生。事與老子同，亦云老子師也。亹亹容成，專氣致柔。得一在昔，含光獨遊。道貫黃庭，伯陽仰儔。玄牝之門，庶幾可求。」

偓佺等人屬於堯時代，〈偓佺〉記述曰：「偓佺者，槐山採藥父也，好食松實，形體生毛，長數寸，兩目更方，能飛行逐走馬。以松子遺堯，堯不暇服也。松者，簡松也。時人受服者，皆至二三百歲焉。偓佺餌松，體逸眸方。足躡鸞鳳，走超騰驤。遺贈堯門，貽此神方。盡性可辭，中智宜將。」〈方回〉記述曰：「方回者，堯時隱人也。堯聘以為閭士，煉食雲母，亦與民人有病者。隱於五柞山中。夏啟末為宦士，為人所劫，閉之室中，從求道。回化而得去，更以方回掩封其戶。時人言，得回一丸泥塗門，戶終不可開。方回頤生，隱身五柞。咀嚼雲英，棲心隙漠。卻閉幽室，重關自廓。印改掩封，終焉不落。」

夏朝神仙有務光等人，〈務光〉稱：「務光者，夏時人也。耳長七寸，好琴，服蒲韭根。殷湯將伐桀，因光而謀。光曰：非吾事也。湯曰：孰可？曰：吾不知也。湯曰：伊尹何如？曰：強力忍詬，吾不知其他。湯既克桀，以天下讓於光，曰：智者謀之，武者遂之，仁者居之，古之道也。吾子胡不遂之！光辭曰：廢上非義也，殺人非仁也，人犯其難，我享其利，非廉也。吾聞非義不受其祿，無道之世不踐其位，況於尊我，我不忍久見也。遂負石自沉於蓼水，已而自匿。後四百餘歲，至武丁時，復見。武丁欲以為相，不從。武丁以輿迎而從，逼不以禮，遂投浮梁山，後遊尚父山。務光自仁，服食養真。冥遊方外，獨步常均。武丁雖高，讓位不臣。負石自沉，虛無其身。」

周朝神仙有老子等人。〈老子〉記述曰：「老子姓李名耳，字伯陽，陳人也。生於殷，時為周柱下史。好養精氣，貴接而不施。轉為守藏史。積八十餘年。史記云：二百餘年時稱為隱君子，諡曰聃。仲尼至周見老子，

知其聖人，乃師之。後周德衰，乃乘青牛車去，入大秦。過西關，關令尹喜待而迎之，知真人也，乃強使著書，作《道德經》上下二卷。老子無為，而無不為。道一生死，跡入靈奇。塞兌內鏡，冥神絕涯。德合元氣，壽同兩儀。」〈關令尹〉記述曰：「關令尹喜者，周大夫也。善內學，常服精華，隱德修行，時人莫知。老子西遊，喜先見其氣，知有真人當過，物色而遮之，果得老子。老子亦知其奇，為著書授之。後與老子俱遊流沙，化胡，服苣勝實，莫知其所終。尹喜亦自著書九篇，號曰《關令子》。尹喜抱關，含德為務。挹漱日華，仰玩玄度。候氣真人，介焉獨悟。俱濟流沙，同歸妙處。」

夏朝之後，屬於殷商和周，一些神仙人物橫跨不同時代。呂尚等人是商周時人，〈呂尚〉稱：「呂尚者，冀州人也。生而內智，預見存亡。避紂之亂，隱於遼東四十年。適西周，匿於南山，釣於溪。三年不獲魚，比閭皆曰：可已矣。尚曰：非爾所及也。已而，果得兵鈐於魚腹中。文王夢得聖人，聞尚，遂載而歸。至武王伐紂，嘗作陰謀百餘篇。服澤芝地髓，具二百年而告亡。有難而不葬，後子葬之，無屍，唯有《玉鈐》六篇在棺中云。呂尚隱釣，瑞得頳鱗。通夢西伯，同乘入臣。沈謀籍世，芝體煉身。遠代所稱，美哉天人。」又如〈嘯父〉記述曰：「嘯父者，冀州人也。少在西周市上補履，數十年人不知也。後奇其不老，好事者造求其術，不能得也。唯梁母得其作火法。臨上三亮，上與梁母別，列數十火而升西，邑多奉祀之。嘯父駐形，年衰不邁。梁母遇之，歷虛啟會。丹火翼輝，紫煙成蓋。眇企升雲，抑絕華泰。」師門是嘯父的學生，〈師門〉記述曰：「師門者，嘯父弟子也，亦能使火，食桃李葩。為夏孔甲龍師，孔甲不能順其意，殺而埋之外野。一旦，風雨迎之，訖，則山木皆焚。孔甲祠而禱之，還而道死。師門使火，赫炎其勢。乃豢虯龍，潛靈隱惠。夏王虐之，神存質斃。風雨既降，肅爾高逝。」邛疏屬於周人，〈邛疏〉記述曰：「邛疏者，

第三章　秦漢間俗說

周封史也。能行氣煉形。煮石髓而服之,謂之石鐘乳。至數百年,往來入太室山中,有臥石床枕焉。八珍促壽,五石延生。邛疏得之,煉髓餌精。人以百年,行邁身輕。寢息中嶽,遊步仙庭。」

仇生屬於殷湯時人物,〈仇生〉記述曰:「仇生者,不知何所人也。當殷湯時,為木正三十餘年,而更壯。皆知其奇人也,咸共師奉之。常食松脂,在尸鄉北山上,自作石室。至周武王,幸其室而祀之。異哉仇生,靡究其向。治身事君,老而更壯。灼灼容顏,怡怡德量。武王祠之,北山之上。」彭祖屬於殷大夫,〈彭祖〉記述曰:「彭祖者,殷大夫也。姓籛名鏗,帝顓頊之孫陸終氏之中子,歷夏至殷末八百餘歲。常食桂芝,善導引行氣。歷陽有彭祖仙室,前世禱請風雨,莫不輒應。常有兩虎在祠左右,祠訖,地即有虎跡,雲後升仙而去。遐哉碩仙,時唯彭祖。道與化新,綿綿歷古。隱倫玄室,靈著風雨。二虎嘯時,莫我猜侮。」

葛由是周朝人,〈葛由〉記述曰:「葛由者,羌人也。周成王時,好刻木羊賣之。一旦騎羊而入西蜀,蜀中王侯貴人追之上綏山。綏山在峨嵋山西南,高無極也,隨之者不復還,皆得仙道。故里諺曰:得綏山一桃,雖不得仙,亦足以豪。山下立祠數十處云。木可為羊,羊亦可靈。靈在葛由,一致無經。爰陟崇綏,舒翼揚聲。知術者仙,得桃者榮。」周朝還有王子喬,〈王子喬〉記述曰:「王子喬者,周靈王太子晉也。好吹笙,作鳳凰鳴。遊伊洛之間,道士浮丘公接以上嵩高山三十餘年。後求之於山上,見桓良曰:告我家,七月七日待我於緱氏山巔。至時,果乘白鶴駐山頭,望之不得到。舉手謝時人,數日而去。亦立祠於緱氏山下,及嵩高首焉。妙哉王子,神遊氣爽。笙歌伊洛,擬音鳳響。浮丘感應,接手俱上。揮策青崖,假翰獨往。」

春秋戰國時神仙人物有介子推等。如〈介子推〉記述曰:「介子推者,姓王名光,晉人也。隱而無名,悅趙成子,與遊。且有黃雀在門上,晉公

子重耳異之。與出居外十餘年,勞苦不辭。及還,介山伯子常晨來呼推曰:可去矣。推辭母入山中,從伯子常遊。後文公遣數千人,以玉帛禮之,不出。後三十年,見東海邊,為王俗賣扇。後數十年,莫知所在。王光沉默,享年遐久。出翼霸君,處契玄友。推祿讓勤,何求何取。遁影介山,浪跡海右。」〈馬丹〉記述曰:「馬丹者,晉耿之人也。當文侯時,為大夫。至獻公時,復為幕府正。獻公滅耿,殺恭太子,丹乃去。至趙宣子時,乘安車入晉都,候諸大夫。靈公欲仕之,逼不以禮,有迅風發屋,丹入回風中而去。北方人尊而祠之。馬丹官晉,與時汙隆。事文去獻,顯沒不窮。密網將設,從禮迅風。杳然獨上,絕跡玄宮。」〈陸通〉記述曰:「陸通者,云楚狂接輿也。好養生,食橐盧木實及蕪菁子。遊諸名山,在蜀峨嵋山上,世世見之,歷數百年去。接輿樂道,養性潛輝。見諷尼父,諭以鳳衰。納氣以和,存心以微。高步靈嶽,長嘯峨嵋。」如〈范蠡〉記述曰:「范蠡,字少伯,徐人也。事周師太公望,好服桂飲水。為越大夫,佐勾踐破吳。後乘舟入海,變名姓,適齊,為鴟夷子。更後百餘年,見於陶,為陶朱君,財累億萬,號陶朱公。後棄之,蘭陵賣藥。後人世世識見之。范蠡御桂,心虛志遠。受業師望,載潛載惋。龍見越鄉,功遂身返。屣脫千金,與道舒卷。」〈琴高〉記述曰:「琴高者,趙人也。以善鼓琴為宋康王舍人。行涓彭之術,浮游冀州涿郡之間二百餘年。後辭,入涿水中取龍子,與諸弟子期曰:皆潔齋待於水傍。設祠,果乘赤鯉來,出坐祠中。旦有萬人觀之。留一月餘,復入水去。琴高晏晏,司樂宋宮。離世孤逸,浮沉涿中。出躍赬鱗,入藻清沖。是任水解,其樂無窮。」〈寇先〉記述曰:「寇先者,宋人也。以釣魚為業,居睢水旁百餘年。得魚,或放或賣或自食之。常著冠帶,好種荔枝,食其葩實焉。宋景公問其道,不告,即殺之。數十年踞宋城門,鼓琴數十日乃去。宋人家家奉祀之。寇先惜道,術不虛傳。景公戮之,屍解神遷。歷載五十,撫琴來旋。夷俟宋門,暢意五絃。」蕭史是秦穆公時神仙,〈蕭史〉記述曰:「蕭史者,秦穆公時人也。

第三章　秦漢間俗說

善吹簫，能致孔雀白鶴於庭。穆公有女，字弄玉，好之，公遂以女妻焉。日教弄玉作鳳鳴，居數年，吹似鳳聲，鳳凰來止其屋。公為作鳳臺，夫婦止其上，不下數年。一旦，皆隨鳳凰飛去。故秦人為作鳳女祠於雍宮中，時有簫聲而已。蕭史妙吹，鳳雀舞庭。嬴氏好合，乃習鳳聲。遂攀鳳翼，參翥高冥。女祠寄想，遺音載清。」

〈羊修公〉記述曰：「修羊公者，魏人也。在華陰山上石室中，有懸石榻，臥其上，石盡穿陷。略不食，時取黃精食之。後以道干景帝，帝禮之，使止王邸中。數歲道不可得。有詔問：修羊公能何日發？語未訖，床上化為白羊，題其脅曰：修羊公謝天子。後置石羊於靈臺上。羊後復去，不知所在。卓矣修羊，韜奇含靈。枕石太華，餐茹黃精。漢禮雖隆，道非所經。應變多質，忽爾隱形。」〈赤鬚子〉記述曰：「赤鬚子，豐人也，豐中傳世見之云。秦穆公時主魚吏也，數道豐界災害水旱，十不失一。臣下歸向，迎而師之，從受業，問所長。好食松實、天門冬、石脂，齒落更生，髮墮再出，服霞絕後。遂去吳山下，十餘年，莫知所之。赤鬚去豐，爰憩吳山。三藥並御，朽貌再鮮。空往師之，而無使延。顧問小智，豈識巨年？」

秦始皇時，出現安期先生。〈安期先生〉記述曰：「安期先生者，琅琊阜鄉人也。賣藥於東海邊，時人皆言千歲翁。秦始皇東遊，請見，與語三日三夜，賜金璧度數千萬。出，於阜鄉亭皆置去，留書，以赤玉舄一雙為報，曰：後數年求我於蓬萊山。始皇即遣使者徐市、盧生等數百人入海，未至蓬萊山，輒逢風波而還。立祠阜鄉亭海邊十數處云。寥寥安期，虛質高清。乘光適性，保氣延生。聊悟秦始，遺寶阜亭。將遊蓬萊，絕影清泠。」〈毛女〉記述曰：「毛女者，字玉姜，在華陰山中，獵師世世見之。形體生毛，自言秦始皇宮人也，秦壞，流亡入山避難，遇道士谷春，教食松葉，遂不飢寒，身輕如飛，百七十餘年。所居岩中有鼓琴聲云。婉孌玉

第三節　個人著述與民間文學

姜，與時遁逸。真人授方，餐松秀實。因敗獲成，延命深吉。得意岩岫，寄歡琴瑟。」

也有不知何處人者，如〈平常生〉記述曰：「谷城鄉平常生者，不知何所人也。數死復生，時人以為不然。後大水出，所害非一。而平輒在缺門山頭大呼言：『平常生在此！』雲覆水雨五日必止。止則上山求祠之，但見平衣帔革帶。後數十年，復為華陰門卒。谷城妙匹，譎達奇逸。出生入死，不恆其質。玄化忘形，貴賤奚恤。暫降塵汙，終騰雲室。」如江妃二女，〈江妃二女〉記述曰：「江妃二女者，不知何所人也。出遊於江漢之湄，逢鄭交甫。見而悅之，不知其神人也。謂其僕曰：我欲下請其佩。僕曰：此間之人，皆習於辭，不得，恐罹悔焉。交甫不聽，遂下與之言曰：二女勞矣。二女曰：客子有勞，妾何勞之有？交甫曰：橘是柚也，我盛之以笱，令附漢水，將流而下。我遵其旁，採其芝而茹之。以知吾為不遜，願請子之佩。二女曰：橘是柚也，我盛之以笱，令附漢水，將流而下。我遵其旁，採其芝而茹之。遂手解佩與交甫。交甫悅受，而懷之中當心。趨去數十步，視佩，空懷無佩。顧二女，忽然不見。靈妃豔逸，時見江湄。麗服微步，流盼生姿。交甫遇之，憑情言私。鳴佩虛擲，絕影焉追？」〈主柱〉記述曰：「主柱者，不知何所人也。與道士共上宕山，言此有丹砂，可得數萬斤。宕山長吏，知而上山封之。砂流出，飛如火，乃聽柱取。為邑令章君明餌砂，三年得神砂飛雪，服之，五年能飛行，遂與柱俱去云。主柱同窺，道士精徹。玄感通山，丹砂出穴。熒熒流丹，飄飄飛雪。宕長悟之，終然同悅。」〈服閭〉記述曰：「服閭者，不知何所人也，常止莒，往來海邊諸祠中。有三仙人於祠中博賭瓜，顧閭，令擔黃白瓜數十頭，教令瞑目。及覺，乃在方丈山（在蓬萊山南）。後往來莒，取方丈山上珍寶珠玉賣之，久矣。一旦，髡頭著赭衣，貌更老，人問之，言坐取廟中物云。後數年，貌更壯好，鬢髮如往日時矣。服閭遊祠，三仙是使。假寐須

第三章　秦漢間俗說

臾，忽超千里。納寶毀形，未足多恥。攀龍附鳳，逍遙終始。」〈子主〉記述曰：「子主者，楚語而細音，不知何所人也。詣江都王，自言寧先生僱我作客，三百年不得作直，以為狂人也。問先生所在，云在龍眉山上。王遣吏將上龍眉山巔，見寧先生，毛身廣耳，被髮鼓琴。主見之叩頭，吏致王命。先生曰：此主吾比舍九世孫。且念汝家，當有暴死女子三人。勿預吾事！語竟，大風發，吏走下山。比歸，宮中相殺三人。王遣三牲立祠焉。子主挺年，理有所資。寧主祠秀，拊琴龍眉。以道相符，當與訟微。匡事竭力，問昭我師。」〈負局先生〉記述曰：「負局先生者，不知何許人也，語似燕、代間人。常負磨鏡局徇吳市中，磨鏡一錢。因磨之，輒問主人，得無有疾苦者，輒出紫丸藥以與之，得者莫不癒。如此數十年。後大疫病，家至戶到與藥，活者萬計，不取一錢，吳人乃知其真人也。後住吳山絕崖頭，懸藥下與人。將欲去時，語下人曰：吾還蓬萊山，為汝曹下神水。崖頭一旦有水，白色，流從石間來，下服之。多癒疾。立祠十餘處。負局神端，披褐含秀。術兼和鵲，心托宇宙。引彼萊泉，灌此絕岫。欲返蓬山，以齊天壽。」

　　神仙是歷史上民間文學的主角，來去無蹤影，攪動世間是是非非。但是，神仙也有自己的家鄉，各屬其地。〈瑕丘仲〉記述曰：「瑕丘仲者，寧人也。賣藥於寧百餘年，人以為壽矣。地動舍壞，仲及里中數十家屋臨水，皆敗。仲死，民人取仲屍，棄水中，收其藥賣之。仲披裘而從，詣之取藥。棄仲者懼，叩頭求哀，仲曰：恨汝使人知我耳，吾去矣。後為夫餘胡王驛使，復來至寧。北方人謂之謫仙人焉。瑕丘通玄，謫脫其跡。人死亦死，泛焉言惜。邀步觀化，豈勞胡驛。苟不睹本，誰知其謫。」〈酒客〉記述曰：「酒客者，梁市上酒家人也。作酒常美而售，日得萬錢。有過而逐之，主人酒常酢敗。窮貧，梁市中賈人多以女妻而迎之，或去或來。後百餘歲來，為梁丞，使民益種芋菜，曰：三年當大飢。卒如其言，梁民不

死。五年解印綬去,莫知其終焉。酒客蕭,寄沽梁肆。何以標異,醇醴殊味。屈身佐時,民用不匱。解紱晨徵,莫知所萃。」〈祝雞翁〉記述曰:「祝雞翁者,洛人也。居尸鄉北山下,養雞百餘年。雞有千餘頭,皆立名字。暮棲樹上,晝放散之。欲引呼名,即依呼而至。賣雞及子,得千餘萬,輒置錢去。之吳,作養魚池。後升吳山,白鶴孔雀數百,常止其傍云。人禽雖殊,道固相關。祝翁傍通,牧雞寄。育鱗道洽,棲雞樹端。物之致化,施而不刊。」〈崔文子〉記述曰:「崔文子者,太山人也。文子世好黃老事,居潛山下,後作黃散赤丸,成石父祠,賣藥都市,自言三百歲。後有疫氣,民死者萬計,長吏之文所請救。文擁朱幡,繫黃散以徇人門。飲散者即癒,所活者萬計。後去,在蜀賣黃散。故世寶崔文子赤丸黃散,實近於神焉。崔子得道,術兼祕奧。氣癘降喪,仁心攸悼。朱幡電麾,神藥捷到。一時獲全,永世作效。」〈犢子〉記述曰:「犢子者,鄴人也。少在黑山,採松子、茯苓,餌而服之,且數百年。時壯時老,時好時醜,時人乃知其仙人也。常過酤酒陽都家。陽都女者,市中酤酒家女,眉生而連,耳細而長,眾以為異,皆言此天人也。會犢子牽一黃犢來過,都女悅之,遂留相奉侍。都女隨犢子出,取桃李,一宿而返,皆連兜甘美。邑中隨伺,逐之出門,共牽犢耳而走,人不能追也。且還復在市中數十年,乃去見潘山下,冬賣桃李云。犢子山棲,採松餌苓。妙氣充內,變白易形。陽氏奇表,數合理冥。乃控靈犢,倏若電征。」〈騎龍鳴〉記述曰:「騎龍鳴者,渾亭人也。年二十,於池中求得龍子,狀如守宮者十餘頭。養食,結草廬而守之。龍長大,稍稍而去。後五十餘年,水壞其廬而去。一旦,騎龍來渾亭,下語云:馮伯昌孫也。此間人不去五百里,必當死。信者皆去,不信者以為妖。至八月,果水至,死者萬計。騎鳴養龍,結廬虛池。專至俟化,乘雲驂螭。紆轡故鄉,告以速移。洞鏡災祥,情眷不離。」〈園客〉記述曰:「園客者,濟陰人也。姿貌好而性良,邑人多以女妻之,客終不

第三章　秦漢間俗說

取。常種五色香草，積數十年，食其實。一旦，有五色蛾止其香樹末，客收而薦之以布，生桑蠶焉。至蠶時，有好女夜至，自稱客妻，道蠶狀。客與俱收蠶，得百二十頭繭，皆如甕大。繅一繭，六十日始盡。訖則俱去，莫知所在。故濟陰人世祠桑蠶，設祠室焉。或云陳留濟陽氏。美哉園客，顏曄朝華。仰吸玄精，俯捊五葩。馥馥芳卉，采采文蛾。淑女宵降，配德升遐。」〈鹿皮公〉記述曰：「鹿皮公者，淄川人也。少為府小吏木工，舉手能成器械。岑山上有神泉，人不能至也。小吏白府君，請木工斤斧三十人，作轉輪懸閣，意思橫生。數十日，梯道四間成。上其巔，作祠舍，留止其旁，絕其二間以自固。食芝草，飲神泉，且七十年。淄水來，三下呼宗族家室，得六十餘人，令上山半。水盡漂，一郡沒者萬計。小吏乃辭遣宗家，令下山。著鹿皮衣，遂去，復上閣。後百餘年，下賣藥於市。皮公興思，妙巧纏綿。飛閣懸趣，上挹神泉。肅肅清廟，二間愔愔。可以閒處，可以永年。」〈昌容〉記述曰：「昌容者，常山道人也，自稱殷王子。食蓬根，往來上下，見之者二百餘年，而顏色如二十許人。能致紫草，賣與染家，得錢以遺孤寡，歷世而然，奉祠者萬計。殷女忘榮，曾無遺戀。怡我柔顏，改華標舊。心與化遷，日與氣煉。坐臥奇貨，惠及孤賤。」〈溪父〉記述曰：「溪父者，南郡鄘人也。居山間，有仙人常止其家。從買瓜，教之煉瓜子，與桂附子、芷實共藏，而對分食之。二十餘年，能飛走，升山入水。後百餘年，居絕山頂，呼溪下父老，與道平生時事雲。溪父何欲？欲在幽谷。下臨清澗，上翳委蓐。仙客舍之，導以祕籙，形絕埃磕，心在舊俗。」〈山圖〉記述曰：「山圖者，隴西人也。少好乘馬，馬踏之折腳。山中道人教令服地黃、當歸、羌活（獨活）、苦參散。服之一歲，而不嗜食，病癒身輕。追道人問之，自言五嶽使，之名山採藥，能隨吾，使汝不死。山圖追隨之六十餘年。一旦歸來，行母服於家間。期年復去，莫知所之。山圖抱患，因毀致金。受氣使身，藥輕命延。寫哀墳柏，天愛猶

纏。數周高舉，永絕俗緣。」〈陰生〉記述曰：「陰生者，長安中渭橋下乞兒也。常止於市中乞，市人厭苦，以糞灑之。旋復在里中，衣不見汙如故。長吏知之，械收。繫著桎梏而續在市中乞，又械欲殺之。乃去灑者之家，室自壞，殺十餘人。故長安中謠曰：見乞兒，與美酒，以免破屋之咎。陰生乞兒，人厭其黷。識真者稀，累見囚辱。淮陰忘飱，況我仙屬。惡肆殃及，自災其屋。」〈子英〉記述曰：「子英者，舒鄉人也，善入水捕魚。得赤鯉，愛其色好，持歸著池中，數以米穀食之。一年長丈餘，遂生角，有翅翼。子英怪異，拜謝之。魚言：我來迎汝。汝上背，與汝俱升天。即大雨。子英上其魚背，騰升而去。歲歲來歸故舍，食飲，見妻子，魚復來迎之。如此七十年。故吳中門戶皆作神魚，遂立子英祠。子英樂水，游捕為職。靈鱗來赴，有煒厥色。養之長之，挺角傅翼。遂駕雲螭，超步虛央。」〈文賓〉記述曰：「文賓者，太丘鄉人也，賣草履為業。數取嫗，數十年，輒棄之。後時故嫗壽老，年九十餘，續見賓年更壯。他時嫗拜賓涕泣，賓謝曰：不宜。至正月朝，儻能會鄉亭西社中邪？嫗老，夜從兒孫行十餘里，坐社中待之。須臾，賓到，大驚：汝好道邪？知汝爾，前不去汝也。教令服菊花、地膚、桑上寄生、松子，取以益氣。嫗亦更壯，復百餘年見云。文賓養生，納氣玄虛。松菊代御，煉質鮮膚。故妻好道，拜泣踟躕。引過告術，延齡百餘。」〈商丘子胥〉記述曰：「商丘子胥者，高邑人也，好牧豕吹竽。年七十不娶婦，而不老。邑人多奇之，從受道，問其要。言但食朮、菖蒲根，飲水，不飢不老如此。傳世見之，三百餘年。貴戚富室聞之，取而服之，不能終歲輒止，慢矣。謂將復有匿術也。商丘幽棲，韞櫝妙術。渴飲寒泉，飢茹蒲朮。吹竽牧豕，卓犖奇出。道足無求，樂茲永日。」〈陶安公〉記述曰：「陶安公者，六安鑄冶師也，數行火。火一旦散，上行，紫色沖天。安公伏冶下求哀。須臾，朱雀止冶上曰：安公安公，冶與天通。七月七日，迎汝以赤龍。至期，赤龍到。大雨，而安公

第三章　秦漢間俗說

騎之東南,上一城邑,數萬人眾共送視之,皆與辭決云。安公縱火,紫炎洞熙。翩翩朱雀,銜信告時。奕奕朱虯,蜿然赴期。傾城仰覿,回首顧辭。」〈赤斧〉記述曰:「赤斧者,巴戎人也,為碧雞祠主簿。能作水煉丹,與硝石服之,三十年反如童子,毛髮生皆赤。後數十年,上華山,取禹餘糧餌,賣之於蒼梧、湘江間。累世傳見之,手掌中有赤斧焉。赤斧頤真,髮秀戎巴。寓跡神祠,煉丹砂。髮雖朱蕤,顏曄丹葩。採藥靈山,觀化南遐。」〈呼子先〉記述曰:「呼子先者,漢中關下卜師也,老壽百餘歲。臨去,呼酒家老嫗曰:『急裝,當與嫗共應中陵王。』夜有仙人,持二茅狗來至,呼子先。子先持一與酒家嫗,得而騎之,乃龍也。上華陰山,常於山上大呼,言子先、酒家母在此云。三靈潛感,應若符契。方駕茅狗,蜿爾龍逝。參登太華,自稱應世。事君不端,會之有惠。」〈朱璜〉記述曰:「朱璜者,廣陵人也。少病毒瘕,就睢山上道士阮丘。丘憐之,言:卿除腹中三屍,有真人之業可度教也。璜曰:病癒,當為君作客三十年,不敢自還。丘與璜七物藥,日服九丸。百日,病下如肝脾者數斗。養之數十日,肥健,心意日更開朗。與老君《黃庭經》,令日讀三過,通之,能思其意。丘遂與璜俱入浮陽山玉女祠。且八十年,復見故處,白髮盡黑鬢,更長三尺餘。過家食止,數年復去。如此至武帝末,故在焉。朱璜寢瘕,福祚相迎。真人投藥,三屍俱靈。心虛神瑩,騰贊幽冥。毛賴髮黑,超然長生。」〈女丸〉記述曰:「女丸者,陳市上沽酒婦人也,作酒常美。遇仙人過其家飲酒,以素書五卷為質。丸開視其書,乃養性、交接之術。丸私寫其文要,更設房室,納諸年少,飲美酒,與止宿,行文書之法。如此三十年,顏色更如二十。時仙人數歲復來過,笑謂丸曰:盜道無私,有翅不飛。遂棄家追仙人去,莫知所之云。玄素有要,近取諸身。彭聃得之,五卷以陳。女丸蘊妙,仙客來臻。傾書開引,雙飛絕塵。」〈陵陽子明〉記述曰:「陵陽子明者,鄉人也,好釣魚於旋溪。釣得白龍,子明懼,解鉤

拜而放之。後得白魚,腹中有書,教子明服食之法。子明遂上黃山,採五石脂,沸水而服之。三年,龍來迎去,止陵陽山上百餘年。山去地千餘丈,大呼下人,令上山半,告言:中子安,當來問子明釣車在否。後二十餘年,子安死,人取葬石山下。有黃鶴來,棲其塚邊樹上,鳴呼子安云。陵陽垂釣,白龍銜鉤。終獲瑞魚,靈述是修。五石漑水,騰山乘虯。子安果沒,鳴鶴何求。」〈木羽〉記述曰:「木羽者,鉅鹿南和平鄉人也。母貧賤,主助產。嘗探產婦,兒生便開目,視母大笑,其母大怖。夜夢見大冠赤幘者守兒,言此司命君也。當報汝恩,使汝子木羽得仙。母陰信識之。母后生兒,字之為木羽。所探兒生年十五,夜有車馬來迎去。遂過母家,呼木羽木羽,為御來!遂俱去。後二十餘年,鸛雀旦銜二尺魚,著母戶上。母匿不道,而賣其魚。三十年乃沒去。母至百年乃終。司命挺靈,產母震驚。乃要報了,契定未成。道足三五,輕駟宵迎。終然報德,久乃遐齡。」〈玄俗〉記述曰:「玄俗者,自言河間人也。餌巴豆,賣藥都市,七丸一錢,治百病。河間王病瘕,買藥服之,下蛇十餘頭。問藥意,俗云:『王瘕,乃六世餘殃下墮,即非王所招也。王常放乳鹿,憐母也,仁心感天,故當遭俗耳。』王家老舍人自言:『父世見俗,俗形無影。』王乃呼俗日中看,實無影。王欲以女配之,俗夜亡去。後人見於常山下。質虛影滅,時唯玄俗。布德神丸,乃寄鹿贖。道發河間,親寵方渥。騰龍不制,超然絕足。」

漢朝神仙也不乏其人。這些傳說故事具有當世意味,其流傳的價值更特殊。如朱仲,〈朱仲〉記述曰:「朱仲者,會稽人也,常於會稽市上販珠。漢高后時,下書募三寸珠。仲讀購書笑曰:直值汝矣。齎三寸珠詣闕上書。珠好過度,即賜五百金。魯元公主復私以七百金,從仲購珠。仲獻四寸珠,送置於闕即去。下書會稽徵聘,不知所在。景帝時,復來獻三寸珠數十枚,輒去,不知所之云。朱仲無欲,聊寄賈商。俯窺驪龍,抴此夜

第三章　秦漢間俗說

光。發跡會稽，膴奇咸陽。施而不德，歷世彌彰。」〈稷丘君〉記述曰：「稷丘君者，泰山下道士也。武帝時，以道術受賞賜。髮白再黑，齒落更生。後罷去。上東巡泰山，稷丘君乃冠章甫，衣黃衣，擁琴來迎，拜武帝，指帝：陛下勿上也，上必傷足指。及數里，右足指果折。上諱之，故但祠而還。為稷丘君立祠焉，為稷承奉之云。稷丘洞徹，修道靈山。煉形濯質，變白還年。漢武行幸，攜琴來延。戒以升陟，逆睹未然。」如東方朔，〈東方朔〉記述曰：「東方朔者，平原厭次人也。久在吳中，為書師數十年。武帝時，上書說便宜，拜為郎。至昭帝時，時人或謂聖人，或謂凡人。作深淺顯默之行，或忠言，或詼語，莫知其旨。至宣帝初，棄郎以避亂世，置幘官舍，風飄之而去。後見於會稽，賣藥五湖。智者疑其歲星精也。東方奇達，混同時俗。一龍一蛇，豈豫榮辱？高韻沖霄，不羈不束。沉跡五湖，騰影暘谷。」〈鉤翼夫人〉記述曰：「鉤翼夫人者，齊人也，姓趙。少時好清淨，病臥六年，右手拳屈，飲食少。望氣者云：『東北有貴人氣。』推而得之。召到，姿色甚偉。武帝披其手，得一玉鉤，而手尋展，遂幸而生昭帝。後武帝害之，殯屍不冷，而香一月間。後昭帝即位，更葬之，棺內但有絲履。故名其宮曰鉤翼。後避諱，改為弋廟。闔有神祠、閣在焉。婉婉弱媛，廟符授鉤。誕育嘉嗣，皇祚唯休。武之不達，背德致仇。委身受戮，屍滅芳流。」〈谷春〉記述曰：「谷春者，櫟陽人也，成帝時為郎。病死，而屍不冷。家發喪行服，猶不敢下釘。三年，更著冠幘，坐縣門上，邑中人大驚。家人迎之，不肯隨歸。發棺有衣無屍。留門上三宿，去之長安，止橫門上。人知追迎之，復去之太白山。立祠於山上，時來，至其祠中止宿焉。谷春既死，停屍猶溫。棺闔五稔，端委於門。顧視空柩，形逝衣存。留軌太白，納氣玄根。」

《列女傳》共八篇八卷，記述了漢代和漢代之前的一百多位非凡女性，其中保存了許多與女性相關的民間故事。

《列女傳》也記述了《孟姜女》傳說中杞梁妻哭夫屍於城下，城崩，同時又加上了她自赴淄水而死的情節。這個情節應該是後世傳說中孟姜女投東海殉夫而令秦始皇沮喪的雛形。

《列女傳》是一部女性故事集，不論其用意何在，我們都看到其中大量的民間傳說，同時，我們也可以看到「巧女」型故事占據了該書的很大比重。

諸如〈魯秋潔婦〉即秋胡戲妻故事，秋胡妻的聰明成為故事中最富有光彩的內容。尤其是其首篇所舉的〈娥皇女英〉，可看作後世「巧女故事」最完整的早期文字：

> 有虞二妃者，帝堯之二女也。長娥皇，次女英。舜父頑母嚚。父號瞽叟，弟曰象，敖遊於嫚，舜能諧柔之，承事瞽叟以孝。母憎舜而愛象，舜猶內治，靡有奸意。四嶽薦之於堯，堯乃妻以二女，以觀厥內。二女承事舜於畎畝之中，不以天子之女故而驕盈怠嫚，猶謙謙恭儉，思盡婦道。
>
> 瞽叟與象謀殺舜，使塗廩；舜歸告二女曰：「父母使我塗廩，我其往？」二女曰：「往哉！」舜既治廩，乃捐階。瞽叟焚廩，舜往飛出。象復與父母謀使舜浚井。舜乃告二女，二女曰：「俞，往哉！」舜往浚井，格其出入，從掩，舜潛出。時既不能殺舜，瞽叟又速舜飲酒，醉，將殺之。舜告二女，二女乃與舜藥浴汪，遂往。舜終日飲酒不醉。

《列女傳》把著名的堯舜神話推向傳說世界，使之充滿世俗的生活氣息。在這裡，我們既能看到「巧女」故事的雛形，又能看到「兄弟分家」型故事、「後母」型故事等雛形。《列女傳》成為漢代民間故事女性專題集成，其意義是非常豐富的。其他還有關於姜原、簡狄等遠古母親神的傳說化表現和孟母教子而三遷等內容，這些故事有一個共同特點，即原始信仰色彩逐漸淡化，加重了世俗色彩，標示著漢代民間故事集的重要特徵。

劉向對民間故事的保存與整理，有著很突出的傾向性，即我們前面講

第三章　秦漢間俗說

到的教化,這也展現了劉向文化取捨的卓識。像劉向這樣成功的保存效果,在漢代並不是很多。除了應劭在《風俗通義》中這樣做過,其他人更多地融入了自己的情感。劉向重在說教,也是與民間文學的教化功能相符合的。事實上,民間文學的傳播,除了娛樂的需求之外,就是教育的需求。《孝子傳》傳為劉向所作,其中記述了著名的董永故事,後世戲曲《天仙配》即以此為原型。如《法苑珠林》卷六十二引《孝子傳》:

　　董永者,少偏孤,與父居,乃肆力田畝,鹿車載父自隨。父終,自賣於富公以供喪事。道逢一女,呼與語云:「願為君妻。」遂與俱至富公。富公曰:「女為誰?」答曰:「永妻,欲助償債。」富公曰:「汝織三百匹遣汝。」一旬乃畢。女出門,謂永曰:「我天女也,天令我助子償人債耳。」語畢,忽然不知所在。

　　有學者以為這是《牛郎織女》故事的變異文字,其實不然,這是董永與七仙女「天仙配」故事的起源。其中「孝」的主題,在漢代文化的影響下,對後世民間文學產生了輻射作用,成為民間文化的重要主題。同時,我們也可以看到,漢代皇帝以「孝」為謐號者相當多,如「孝文帝」、「孝武帝」、「孝惠帝」等,這必然影響到民間文學的主題變化。董永故事與牛郎織女故事顯然是兩種形態。最重要的是,董永賣身葬父感動天帝所得愛情,是人神之戀,在《牛郎織女》中不但包含著這種主題,而且更重要的是它還包含著兄弟分家型的故事情節。在中國流傳的民間故事中還有大量報應主題。有許多學者以為報應主題是佛教輪迴觀念的表現,事實上在漢代佛教傳入之前,這種主題就已經在民俗文化生活中有所表現了,只不過佛教所強調的「惡有惡報、善有善報」與之相結合時,進一步強化了報應主題的存在與發展。

　　在這方面,劉向的整理態度應為我們重視。

　　班昭為劉向的《列女傳》作注,並為之續傳,在「母儀」等名目下所記

述的125位女性[58]（晉人顧愷之為《列女傳》作像，擴大了它的影響）成為重要的文化原型，堪稱後世「列女傳」、「女仙傳」等史籍、神仙書的先聲。

劉向在《楚辭》的整理上也做出了重要貢獻。他的兒子劉歆繼承了他的事業，曾著出中國第一部目錄學著作《七略》，在《山海經》的整理上，也有突出成就。他的〈上《山海經》表〉成為我們研究《山海經》的重要文獻，從中我們可以看到他獨到的見解：

侍中奉車都尉光祿大夫臣秀[59]領校，祕書言授校，祕書太常屬臣望所校《山海經》凡三十二篇，今定為十八篇，已定。《山海經》者，出於唐虞之際。昔洪水洋溢，漫衍中國，民人失據，崎嶇於丘陵，巢於樹木。鯀既無功，而帝堯使禹繼之。禹乘四載，隨山刊木，定高山大川。益與伯翳主驅禽獸，命山川，類草木，別水土。四嶽佐之，以周四方，逮人跡之所希至，及舟輿之所罕到，內別五方之山，外分八方之海，紀其珍寶奇物，異方之所生，水土草木禽獸昆蟲麟鳳之所止，禎祥之所隱，及四海之外，絕域之國，殊類之人。禹別九州，任土作貢，而益等類物善惡，著《山海經》，皆聖賢之遺書，古文之著明者也，其事質明有信。孝武皇帝時嘗有獻異鳥者，食之百物，所不肎（肯）食。東方朔見之，言其鳥名，又言其所當食，如朔言。

問朔何以知之，即《山海經》所出也。孝宣皇帝時，擊磻石於上郡，陷得石室，其中有反縛盜械人。時臣秀父向為諫議大夫，言此貳負之臣也。詔問何以知之，亦以《山海經》對。其文曰：「貳負殺窫窳，帝乃梏之疏屬之山，桎其右足，反縛兩手。」上大驚。朝士由是多奇《山海經》者，文學大儒皆讀學，以為奇可以考禎祥變怪之物，見遠國異人之謠俗。故《易》曰：「言天下之至跡而不可亂也。」博物之君子，其可不惑

---

[58] 其中班昭加了20位。
[59] 劉歆，字子駿，漢成帝時與劉向共同領校祕書，作《三統曆》。其名為秀，是因為他看到《河圖赤伏符》有「劉秀發兵捕不到」，為了應此讖言，即改為「秀」字。

第三章　秦漢間俗說

焉。臣秀昧死謹上。

我在《神話之源——〈山海經〉與中國文化》（河南大學出版社 2001 年版）一書中，曾談到《山海經》作為上古巫史之書，包含著許多民間傳說、民間故事的原型，而且其韻致獨特，類於民族史詩。《山海經》的成書，包含著漫長而複雜的歷程，劉歆在與其父親劉向一起校書時，正式提出其書名（袁珂從王充著作中考證司馬遷所提《山海經》應為《山經》[60]），對這部神話典籍的整理成書及其流傳，都有著重要意義。甚至可以說，若沒有劉向、劉歆父子對《山海經》的整理，《山海經》很可能散佚，是他們拯救了這部典籍，其功不可沒。

二、劉安與民間文學

劉安的《淮南子》，是繼《山海經》之後保存神話最豐富的一部典籍。

《淮南子》共二十一篇，本名《鴻烈》，漢武帝建元元年獻上，由劉向、劉歆父子校訂，名《淮南》。後人因此稱《淮南鴻烈》，也稱《淮南子》。此稱是與劉安的「淮南王」身分連繫在一起的，劉安是漢高祖劉邦的孫子，在漢文帝時被立為「淮南王」。《漢書·淮南衡山濟北王傳》：

> 淮南王安，為人好書、鼓琴，不喜弋獵狗馬馳騁，亦欲以行陰德拊循百姓，流名譽。招致賓客方術之士數千人，作為《內書》二十一篇，《外書》甚眾，又有《中篇》八卷，言神仙黃白之術，亦二十餘萬言。時武帝方好藝文，以安屬為諸父，辯博，善為文辭，甚尊重之。每為報書及賜，常召司馬相如等視草乃遣。初，安入朝，獻所作《內篇》，新出，上愛祕之。使為《離騷傳》，旦受詔，日食時上。又獻〈頌德〉及〈長安都國頌〉。每宴見，談說得失及方技賦頌，昏莫然後罷。

---

[60]　見《山海經全譯》袁珂「前言」，貴州人民出版社 1991 年版。

第三節　個人著述與民間文學

漢武帝是一位好大喜功、夢想有大作為的皇帝，在歷史上以罷黜百家、獨尊儒術而著名。這種文化專制，實際上是為了加強皇權的需求，他必然要想盡辦法削弱諸侯的權力，才能達到加強皇權的目的。但劉安作為淮南王，又是漢武帝的叔父，從外表上來看已經構成對皇權的威脅，漢武帝肯定會注意到對劉安的嚴密監視；劉安的《淮南子》以道家思想為文化基礎，兼採百家學說，他一再強調「古之立帝王者非以奉養其欲」，「為一人之聰明而不足以遍照海內，故立三公九卿以輔翼之」，「絕國殊俗，僻遠幽間之處，不能被德承澤，故立諸侯以教誨之」（《淮南子·修務訓》），事實上是代表了諸侯的利益，所以，他必然受到皇權的猜忌，後來被誅殺也就是必然的了。如黃震《黃氏日鈔》第五十五卷中所感慨的那樣：

夫聖人之治天下者，君臣父子以相生，桑麻穀粟以相養，其義在六經，其用在民生日用之常，如此而已耳。自周衰天下亂，諸子蜂起，各立異說而各以禍其人之國。漢興，一切掃除，歸之忠厚。諸子餘黨，終然無所售。諸侯王之好事而不知體要者稍稍收之，亦無不以之自禍。安不幸貴盛而多材，慷慨而喜事，起而招集散亡，力為宗主。於是，春秋戰國以來，紛紛諸子之遺毒餘禍皆萃於安矣，安亦將如之何而不誅滅哉！

正是這種背景，一方面劉安欲「起而召集散亡，力為宗主」，「招致賓客方術之士數千人」，「會萃諸子，旁搜異聞」，「凡陰陽造化、天文地理、四夷百蠻之遠，昆蟲草木之細，瑰奇詭異，足以駭人耳目者，無不森然羅列其間」，使這部書涵蓋了大量民間傳說和神話故事，另一方面，其遭遇非凡，更吸引後人對其關注，所以其書流傳甚廣。如高誘在《淮南子·敘目》中所說：「故夫學者不論淮南，則不知大道之深也。是以先賢通儒述作之士，莫不援採以驗經傳。」中國先秦諸子學說對後世影響甚遠，儒道兩家作為兩種文化，分別影響著士階層和民眾。道家以老莊思想為主要內容，對民間文化的影響最深廣，其從民間來，到民間去的文化風格最明

顯；《淮南子》保存民間文學最豐富，也就在情理之中。因此，我們也可以說，《淮南子》採錄了大量民間文學，諸如流傳在民間的神話、傳說、故事、寓言，是對神巫之書、神話之源《山海經》中神話傳說的補充、修復、闡釋和鉤沉。它是中國民間文學史上一部難得的經典之作。

　　《隋書·經籍志》載，《淮南子》有二十一卷，其中有高誘注和許慎注兩種。有人考證，《淮南子》版本和注本達 162 種[61]。今存《淮南子》二十一卷分別為「原道」、「俶真」、「天文」、「墬形」、「時則」、「覽冥」、「精神」、「本經」、「主術」、「繆稱」、「齊俗」、「道應」、「記論」、「詮言」、「兵略」、「說山」、「說林」、「人間」、「修務」、「泰族」和「要略」。與《山海經》所保存神話形態不同者，是《淮南子》表現出典型的宗教化，即道家思想滲入了神話。如卷一「原道」中，為了述說「道」，劉安描述道：「泰古二皇，得道之柄，立於中央，神與化遊，以撫四方。」又有「昔者夏鯀作三仞之城，諸侯背之，海外有狡心。禹知天下之叛也，乃壞城平池，散財物，焚甲兵，施之以德，海外賓伏，四夷納職，會諸侯於塗山，執玉帛者萬國」，他總結為「是故鞭噬狗、策蹄馬而欲教之，雖伊尹、造父弗能化。欲害之心亡於中，則飢虎可尾，何況狗馬之類乎」，「是故禹之決瀆也，因水以為師；神農之播穀也，因苗以為教」。他還舉了「昔共工之力，觸不周之山，使地東南傾，與高辛爭為帝，遂潛於淵，宗族殘滅，繼嗣絕祀」、「昔舜耕於歷山，期年，而田者爭處墝，以封壤肥饒相讓；釣於河濱，期年，而漁者爭處湍瀨，以曲隈深潭相予」等，都是為了述說「無為之有益」。在「俶真」中，他舉「洛出丹書，河出綠圖，故許由、方回、善卷、披衣得達其道」、「逮至夏桀、殷紂，燔生人，辜諫者，為炮烙，鑄金柱，剖賢人之心，析才士之脛，醢鬼侯之女，葅梅伯之骸。當此之時，崤山崩，三川涸，飛鳥鎩翼，走獸擠腳」、「夫歷陽之都，一夕反而為

---

[61] 見《淮南鴻烈集解》「點校說明」引吳則虞語，中華書局 1989 年版。

第三節　個人著述與民間文學

湖,勇力聖知與罷怯不肖者同命」等,是為了論證「不能通其道者,不遇其世」。在「天文」中,他對「太昭」解釋為「道始於虛廓,虛廓生宇宙,宇宙生氣」,而「氣有涯垠,清陽者薄靡而為天,重濁者凝滯而為地」,故「天地之襲精為陰陽,陰陽之專精為四時,四時之散精為萬物」,「積陽之熱氣生火,火氣之精者為日;積陰之寒氣為水,水氣之精者為月。日月之淫為精者為星辰」,接著舉「昔者共工與顓頊爭為帝,怒而觸不周之山,天柱折,地維絕。天傾西北,故日月星辰移焉;地不滿東南,故水潦塵埃歸焉」為例,說氣與道等範疇。他還提到:「四時者,天之吏也;日月者,天之使也;星辰者,天之期也;虹霓彗星者,天之忌也。天有九野,九千九百九十九隅,去地五億萬里,五星,八風,二十八宿,五官,六府,紫宮,太微,軒轅,咸池,四守,天阿……何謂五星?東方,木也,其帝太皞,其佐句芒,執規而治春。其神為歲星,其獸蒼龍,其音角,其日甲乙。南方,火也,其帝炎帝,其佐朱明,執衡而治夏。其神為熒惑,其獸朱鳥,其音徵,其日丙丁。中央,土也,其帝黃帝,其佐后土,執繩而制四方。其神為鎮星,其獸黃龍,其音宮,其日戊己。西方,金也,其帝少昊,其佐蓐收,執矩而治秋。其神為太白,其獸白虎,其音商,其日庚辛。北方,水也,其帝顓頊,其佐玄冥,執權而治冬。其神為辰星,其獸玄武,其音羽,其日壬癸。」其中的二十八宿等星辰崇拜,五方星及帝、佐、神、獸、音、日等信仰內容,既呈現出五行學說等哲學思想在漢代的表現,又具體描繪出在當世流傳甚廣的天文觀念及相關的神話傳說,同樣也是為了述說「道」之理義。在「墜形」中,他用神話傳說來闡釋「天地之間,九州八極,土有九山,山有九塞,澤有九藪,風有八等,水有六品」。在「覽冥」中,他記述了「隋侯之珠,和氏之璧,得之者富,失之者貧」的傳說,證明「順之者利,逆之者凶」的道理。這裡,他還舉例了許多異常重要的神話傳說,如「昔者黃帝治天下,而力牧、太山稽輔之,以治日月之行律,治陰陽之氣,節四時之度,正律曆之數,別男

217

第三章　秦漢間俗說

女，異雌雄，明上下，等貴賤，使強不掩弱，眾不暴寡，人民保命而不夭……」、「往古之時，四極廢，九州裂，天不兼覆，地不周載，火炎而不滅，水浩洋而不息，猛獸食顓民，鷙鳥攫老弱。於是，女媧煉五色石以補蒼天……」這些神話的詳細描述，意味著對《山海經》中黃帝神話、女媧神話的修復或者還原。當然，諸如「女媧煉五色石以補蒼天」是否摻雜了「道」的成分，也是值得我們思索的。在「精神」中，記述關於「古未有天地之時」的「二神混生，經天營地」這類宇宙起源神話。在「本經」中，記述了「倉頡造字」、「伯益作井」、「堯使羿射十日」、「舜使禹疏三江五湖」等神話，同時，還記述了「紂為肉圃酒池」和「武王甲卒三千破紂牧野」的傳說，而這是為了具體論證「本立而道行，本傷而道廢」。在「繆稱」中，記述了「伯夷餓死首陽之下」的傳說。在「齊俗」中，記述了「庖丁用刀十九年而刀如新剖硎」等傳說。劉安選取遠古神話和先秦歷史傳說，都是為了論述當世之「道」，闡述其政治理想。他為我們保存了大量的神話傳說故事，其中或詳或略，有的是典型的神話，有的是具有神話色彩的傳說，而有的分明是寓言故事。諸如「人間」中的「狡狐捕雉」、「螳螂搏輪」、「塞翁失馬」，「道應」中的「佽非斬蛟」等篇，這些民間寓言成為後世廣為流傳的成語，其寓意就是劉安在「訓」中所闡釋出來的。還值得一提的是，在「精神」中，劉安提到「殖、華將戰而死，莒君厚賂而止之，不改其行」、「殖、華可以止以義，而不可懸以利」，為我們保存下《孟姜女》傳說故事在當世流傳的「文字」材料，而這和整本書一樣，都染上了「道」的色彩。《淮南子》主要保存了神話和傳說，幻想故事和生活故事較為少見，這是由其義旨決定的。

《淮南子》與《史記》、《漢書》不同，與《論衡》、《風俗通義》也不同，其語言撲朔迷離，形成獨具特色的神話敘事。這是中國民間文學史上獨特的一頁。

第三節　個人著述與民間文學

《淮南子》的神話敘事，語言優美，堪稱中國古老的神話詩學。

神話意境在中國傳統文化的描述與敘說中具有詩學的意義，它既是一種背景的昭示，也是一種氛圍和環境的襯托與營造。

星辰崇拜，是天庭神話的重要背景。茫茫蒼穹，星光閃爍，寄託著人間的想像和期待。《淮南子》用別有意味的語言敘說著關於世界生成和發展變化的故事。如其〈天文訓〉對自然世界「天傾西北」與「地不滿東南」的神話解釋：

> 昔者共工與顓頊爭為帝，怒而觸不周之山。天柱折，地維絕。天傾西北，故日月星辰移焉；地不滿東南，故水潦塵埃歸焉。天道曰圓，道地曰方。方者主幽，圓者主明。明者，吐氣者也，是故火曰外景；幽者，含氣者也，是故水曰內景。吐氣者施，含氣者化，是故陽施陰化。天之偏氣，怒者為風；天地之含氣，和者為雨，陰陽相薄，感而為雷，激而為霆，亂而為霧。陽氣勝則散而為雨露，陰氣盛則凝而為霜雪。

一切都能夠從神話傳說中找到根據，這是中國古代神話主義的表達。

天地有形，在神話傳說中被解釋為位置的神靈主宰。如〈天文訓〉對「五星」的闡釋：

> 何謂五星？東方，木也，其帝太皞，其佐句芒，執規而治春；其神為歲星，其獸蒼龍，其音角，其日甲乙。南方，火也，其帝炎帝，其佐朱明，執衡而治夏；其神為熒惑，其獸朱鳥，其音徵，其日丙丁。中央，土也，其帝黃帝，其佐后土，執繩而制四方；其神為鎮星，其獸黃龍，其音宮，其日戊己。
>
> 西方，金也，其帝少昊，其佐蓐收，執矩而治秋；其神為太白，其獸白虎，其音商，其日庚辛。北方，水也，其帝顓頊，其佐玄冥，執權而治冬；其神為辰星，其獸玄武，其音羽，其日壬癸。太陰在四仲，則歲星行三宿，太陰在四鉤，則歲星行二宿，二八十六，三四十二，故十二歲而行

二十八宿。日月行十二分度之一，歲行三十度十六分度之七，十二歲而周。熒惑常以十月入太微，受制而出行列宿，司無道之國，為亂為賊，為疾為喪，為飢為兵，出入無常，辨變其色，時見時匿。鎮星以甲寅元始建斗，歲鎮行一宿，當居而弗居，其國亡土，未當居而居之，其國益地，歲熟。日行二十八分度之一，歲行十三度百一十二分度之五，二十八歲而周，太白元始以正月甲寅，與熒惑晨出東方，二百四十日而入，入百二十日而夕出西方，二百四十日而入，入三十五日而復出東方，出以辰戌，入以丑未。當出而不出，未當入而入，天下偃兵；當入而不入，當出而不出，天下興兵。辰星正四時，常以二月春分效奎、婁，以五月夏至效東井、輿鬼，以八月秋分效角、亢，以十一月冬至效斗、牽牛，出以辰戌，入以丑未，出二旬而入。晨候之東方，夕候之西方。一時不出，其時不和；四時不出，天下大飢。

　　仰望星空，閃爍其間的除了星辰的光輝，還有神性主宰的事蹟，即神蹟。

　　由此構成歷史文化的不斷敘說，形成神話與史實的交替。在〈地形訓〉中，各個方位的神話區域被概括為「美」，如其所述：

　　東方之美者，有醫毋閭之珣玗琪焉；東南方之美者，有會稽之竹箭焉；南方之美者，有梁山之犀象焉；西南方之美者，有華山之金石焉。西方之美者，有霍山之珠玉焉；西北方之美者，有崑崙之球琳琅玕焉。北方之美者，有幽都之筋角焉；東北方之美者，有斥山之文皮焉；中央之美者，有岱嶽以生五穀桑麻，魚鹽出焉。

　　各個區域的神話都是一種需要解釋的意境，在簡約的敘說中，形成神話的再記述。由此，劉安總結道：「凡地形，東西為緯，南北為經，山為積德，川為積刑，高者為生，下者為死，丘陵為牡，溪谷為牝。水圓折者有珠，方折者有玉。清水有黃金，龍淵有玉英。土地各以其類生，是故山

氣多男,澤氣多女,障氣多瘖,風氣多聾,林氣多癃,木氣多傴,岸下氣多腫,石氣多力,險阻氣多癭,暑氣多夭,寒氣多壽,谷氣多痺,丘氣多狂,衍氣多仁,陵氣多貪。輕土多利,重土多遲,清水音小,濁水音大,湍水人輕,遲水人重,中土多聖人。皆象其氣,皆應其類。故南方有不死之草,北方有不釋之冰,東方有君子之國,西方有形殘之屍。寢居直夢,人死為鬼,磁石上飛,雲母來水,土龍致雨,燕雁代飛。蛤蟹珠龜,與月盛衰,是故堅土人剛,弱土人肥,壚土人大,沙土人細,息土人美,耗土人醜。食水者善游能寒,食土者無心而慧,食木者多力而奰,食草者善走而愚,食葉者有絲而蛾,食肉者勇敢而悍,食氣者神明而壽,食穀者知慧而夭。不食者不死而神。」其運用的自然是神話語言。進而,他論述道:「凡人民禽獸萬物貞蟲,各有以生,或奇或偶,或飛或走,莫知其情,唯知通道者,能原本之。天一地二人三,三三而九,九九八十一。一主日,日數十,日主人,人故十月而生。八九七十二,二主偶,偶以承奇,奇主辰,辰主月,月主馬,馬故十二月而生。七九六十三,三主斗,斗主犬,犬故三月而生。六九五十四,四主時,時主彘,彘故四月而生。五九四十五,五主音,音主猿,猿故五月而生。四九三十六,六主律,律主麋鹿,麋鹿故六月而生。三九二十七,七主星,星主虎,虎故七月而生。二九十八,八主風,風主蟲,蟲故八月而化。鳥魚皆生於陰,陰屬於陽,故鳥魚皆卵生。魚游於水,鳥飛於雲,故立冬燕雀入海,化為蛤。」

這是劉安的自然世界形成觀,同時也展現出他的神話觀。同時,還有一個值得注意的現象是,在《淮南子》的神話敘事語言中,《山海經》的神話傳說被化用,作為新的神話語言。如〈地形訓〉所記述:

凡海外三十六國,自西北至西南方,有修股民、天民、肅慎民、白民、沃民、女子民、丈夫民、奇股民、一臂民、三身民;自西南至東南方,結胸民、羽民、頭國民、裸國民、三苗民、交股民、不死民、穿胸

第三章　秦漢間俗說

民、反舌民、豕喙民、鑿齒民、三頭民、修臂民；自東南至東北方，有大人國、君子國、黑齒民、玄股民、毛民、勞民；自東北至西北方，有跂踵民、句嬰民、深目民、無腸民、柔利民、一目民、無繼民。雒棠、武人在西北陬，硸魚在其南，有神二人連臂為帝候夜，在其西南方，三珠樹在其東北方，有玉樹在赤水之上。

崑崙、華丘在其東南方，爰有遺玉，青馬、視肉、楊桃、甘樝、甘華、百果所生。和丘在其東北陬，三桑、無枝在其西，夸父、耽耳在其北方。夸父棄其策，是為鄧林。昆吾丘在南方，軒轅丘在西方，巫咸在其北方，立登保之山，暘谷榑桑在東方，有娀在不周之北，長女簡翟，少女建疵。西王母在流沙之瀕，樂民、拏閭，在崑崙弱水之洲。三危在樂民西，宵明、燭光在河洲，所照方千里。龍門在河淵，湍池在崑崙，玄耀、不周、申池在海隅。孟諸在沛。少室、太室在冀州。燭龍在雁門北，蔽於委羽之山，不見日，其神人面龍身而無足。后稷壠在建木西，其人死復甦，其半魚，在其間。流黃、沃民在其北方三百里，狗國在其東。雷澤有神，龍身人頭，鼓其腹而熙。江出岷山，東流絕漢入海，左還北流，至於開母之北，右還東流，至於東極。河出積石。睢出荊山。淮出桐柏山。雎出羽山。清漳出楬戾，濁漳出發包。

濟出王屋。時、泗、沂出臺、台、術。洛出獵山，汶出弗其，流合於濟。漢出嶓塚。涇出薄落之山。渭出鳥鼠同穴。伊出上魏。雒出熊耳。浚出華竅。維出覆舟。汾出燕京。衽出熊。淄出目飴。丹水出高褚。股出嶕山。鎬出鮮于。涼出茅廬、石梁，汝出猛山。淇出大號。晉出龍山結給。

合出封羊。遼出砥石，釜出景，岐出石橋，呼沱出魯平，泥塗淵出山，維涇北流出於燕。

諸稽、攝提，條風之所生也；通視，明庶風之所生也；赤奮若，清明風之所生也；共工，景風之所生也；諸比，涼風之所生也；皋稽，閶闔風之所生也；隅強，不周風之所生也；窮奇，廣莫風之所生也。突生海人，

海人生若菌，若菌生聖人，聖人生庶人。凡突者生於庶人。羽嘉生飛龍，飛龍生鳳皇，鳳皇生鸞鳥，鸞鳥生庶鳥，凡羽者生於庶鳥。毛犢生應龍，應龍生建馬，建馬生麒麟，麒麟生庶獸，凡毛者，生於庶獸。介鱗生蛟龍，蛟龍生鯤鯁，鯤鯁生建邪，建邪生庶魚，凡鱗者生於庶魚。介潭生先龍，先龍生玄黿，玄黿生靈龜，靈龜生庶龜，凡介者生於庶龜。暖溼生容，暖溼生於毛風，毛風生於溼玄，溼玄生羽風，羽風生煥介，煥介生鱗薄，鱗薄生暖介。

五類雜種興乎外，肖形而蕃。日馮生陽閼，陽閼生喬如，喬如生幹木，幹木生庶木，凡根拔木者生於庶木。根拔生程若，程若生玄玉，玄玉生醴泉，醴泉生皇辜，皇辜生庶草，凡根荄草者生於庶草。海閭生屈龍，屈龍生容華，容華生薰，薰生萍藻，萍藻生浮草，凡浮生不根荄者生於萍藻。

《淮南子》是一部神話詩學著作，其神話語言來自《山海經》。這是歷史文化的繼承和發展。除了對《山海經》神話意境的再運用和再敘說，《淮南子》還表現出對《山海經》神話國家的概念使用，藉以表達自己的思想觀念。如其〈時則訓〉對「五位」的解釋：

五位，東方之極，自碣石山過朝鮮，貫大人之國，東至日出之次，樽木之地，青土樹木之野，太皞、句芒之所司者，萬二千里。其令曰：挺群禁，開閉闔，通窮室，達障塞，行優游，棄怨惡，解役罪，免憂患，休罰刑，開關梁，宣出財，和外怨，撫四方，行柔惠，止剛強。南方之極，自北戶孫之外，貫顓頊之國，南至委火炎風之野，赤帝、祝融之所司者，萬二千里。其令曰：爵有德，賞有功，惠賢良，救飢渴，舉力農，振貧窮，惠孤寡，憂疲疾，出大祿，行大賞，起毀宗，立無後，封建侯，立賢輔。中央之極，自崑崙東絕兩恆山，日月之所道，江漢之所出，眾民之野，五穀之所宜，龍門、河、濟相貫，以息壤堙洪水之州，東至於碣石，黃帝、后土之所司者，萬二千里。其令曰：平而不阿，明而不苛，包裹覆露，無

第三章　秦漢間俗說

不囊懷，溥汜無私，正靜以和，行稃鬻，養老衰，弔死問疾，以送萬物之歸。西方之極，自崑崙絕流沙、沈羽，西至三危之國，石城金室，飲氣之民，不死之野，少皓、蓐收之所司者，萬二千里。

其令曰：審用法，誅必辜，備盜賊，禁奸邪，飾群牧，謹蓍聚，修城郭，補決竇，塞蹊徑，遏溝瀆，止流水，雝谿谷，守門閭，陳兵甲，選百官，誅不法。北方之極，自九澤窮夏晦之極，北至令正之谷，有凍寒積冰，雪雹霜霰，漂潤群水之野，顓頊、玄冥之所司者，萬二千里。其令曰：申群禁，固閉藏，修障塞，繕關梁，禁外徙，斷罰刑，殺當罪，閉關閭，大搜客，止交遊，禁夜樂，蚤閉晏開，以索奸人。已德，執之必固。天節已幾，刑殺無赦，雖有盛尊之親，斷以法度。毋行水，毋發藏，毋釋罪。

自然世界的構成與社會的運行，在劉安看來，有許多內在的因素在發揮作用。而這些內在的因素，需要被具體的解釋，置之於歷史文化的語境中，才能揭示出其本源。或者說，這就是中國特色的神話思維。

除了自然世界的文化解釋，劉安還表現出對社會發展的神話解釋。這也形成他獨特的神話觀和歷史文化觀。如其在〈覽冥訓〉中所記述的「黃帝時代」：「昔者黃帝治天下，而力牧、太山稽輔之，以治日月之行律，治陰陽之氣，節四時之度，正律曆之數，別男女，異雌雄，明上下，等貴賤，使強不掩弱，眾不寡，人民保命而不夭，歲時孰而不凶，百官正而無私，上下調而無尤，法令明而不暗，輔佐公而不阿，田者不侵畔，漁者不爭隈。道不拾遺，市不豫賈，城郭不關，邑無盜賊，鄙旅之人相讓以財，狗彘吐菽粟於路，而無忿爭之心。於是日月精明，星辰不失其行，風雨時節，五穀登孰，虎狼不妄噬，鷙鳥不妄搏，鳳皇翔於庭，麒麟遊於郊，青龍進駕，飛黃伏皂，諸北、儋耳之國，莫不獻其貢職，然猶未及虙戲氏之道也。」同時，他還描繪出一個「女媧時代」，其記述道：「往古之時，四極

廢，九州裂，天不兼覆，地不周載，火爁炎而不滅，水浩洋而不息，猛獸食顓民，鷙鳥攫老弱，於是女媧煉五色石以補蒼天，斷鰲足以立四極。殺黑龍以濟冀州，積蘆灰以止霪水。蒼天補，四極正，霪水涸，冀州平，狡蟲死，顓民生。背方州，抱圓天，和春陽夏，殺秋約冬，枕方寢繩，陰陽之所壅沉不通者，竅理之；逆氣戾物，傷民厚積者，絕止之。當此之時，臥倨倨，興眄眄，一自以為馬，一自以為牛，其行蹎蹎，其視瞑瞑，侗然皆得其和，莫知所由生，浮游不知所求，魍魎不知所往。當此之時，禽獸蝮蛇，無不匿其爪牙，藏其螫毒，無有攫噬之心。考其功烈，上際九天，下契黃壚，名聲被後世，光暉重萬物。乘雷車，服駕應龍，驂青虯，援絕瑞，席蘿圖，黃雲絡，前白螭，後奔蛇，浮游消搖，道鬼神，登九天，朝帝於靈門，宓穆休於太祖之下。然而不彰其功，不揚其聲，隱真人之道，以從天地之固然。何則？道德上通，而智故消滅也。」在劉安的筆下，兩個時代各有所指，各有寓意。其歸結點在於「當今之世」，如其所述：「逮至當今之時，天子在上位，持以道德，輔以仁義，近者獻其智，遠者懷其德，拱揖指麾而四海賓服，春秋冬夏皆獻其貢職，天下混而為一，子孫相代，此五帝之所以迎天德也。夫聖人者，不能生時，時至而弗失也。輔佐有能，黜讒佞之端，息巧辯之說，除刻削之法，去煩苛之事，屏流言之跡，塞朋黨之門，消知能，修太常，隳肢體，絀聰明，大通混冥，解意釋神，漠然若無魂魄，使萬物各復歸其根，則是所修伏羲氏之跡，而反五帝之道也。」由此推而論之，他說：「夫鉗且、大丙不施轡銜，而以善御聞於天下。伏戲、女媧不設法度，而以至德遺於後世。何則？至虛無純一，而不喋苛事也。《周書》曰：掩雉不得，更順其風。今若夫申、韓、商鞅之為治也，挬拔其根，蕪棄其本，而不窮究其所由生，何以至此也。鑿五刑，為刻削，乃背道德之本，而爭於錐刀之末，斬艾百姓，殫盡太半，而忻忻然常自以為治，是猶抱薪而救火，鑿竇而出水。夫井植生梓而不容甕，溝植生條而不容舟，不過三月必死。所以然者何也？皆狂生而無其本

第三章　秦漢間俗說

者也。河九折注於海，而流不絕者，崐崙之輸也，潦水不洩，瀇瀁極望，旬月不雨則涸而枯澤，受瀷而無源者。譬若羿請不死之藥於西王母，姮娥竊以奔月，悵然有喪，無以續之。何則？不知不死之藥所由生也。是故乞火不若取燧，寄汲不若鑿井。」言語之中，處處都以神話傳說作為自己的根據。

同樣的理念，他在〈精神訓〉中論述道：「人之所以樂為人主者，以其窮耳目之欲，而適躬體之便也。今高臺層榭，人之所麗也；而堯樸桷不斲，素題不枅。珍怪奇異，人之所美也；而堯糲粢之飯，藜藿之羹。文繡狐白，人之所好也；而堯布衣掩形，鹿裘禦寒。養性之具不加厚，而增之以任重之憂。故舉天下而傳之於舜，若解重負然。非直辭讓，誠無以為也。此輕天下之具也。禹南省方，濟於江，黃龍負舟，舟中之人五色無主，禹乃熙笑而稱曰：『我受命於天，竭力而勞萬民，生寄也，死歸也，何足以滑和？』視龍猶蝘蜓，顏色不變，龍乃弭耳掉尾而逃。禹之視物亦細矣。鄭之神巫相壺子林，見其徵，告列子。列子行泣報壺子。壺子持以天壤，名實不入，機發於踵。壺子之視死生亦齊矣。子求行年五十有四，而病傴僂，脊管高於頂，頜下迫頤，兩脾在上，燭營指天。匍匐自窺於井，曰：偉哉！造化者其以我為此拘拘邪？此其視變化亦同矣。故睹堯之道，乃知天下之輕也；觀禹之志，乃知天下之細也；原壺子之論，乃知死生之齊也；見子求之行，乃知變化之同也。」、「堯不以有天下為貴，故授舜。公子札不以有國為尊，故讓位。子罕不以玉為富，故不受寶。務光不以生害義，故自投於淵。由此觀之，至貴不待爵，至富不待財。天下至大矣，而以與佗人；身至親矣，而棄之淵；外此，其餘無足利矣。此之謂無累之人，無累之人，不以天下為貴矣！上觀至人之論，深原道德之意，以下考世俗之行，乃足羞也。故通許由之意，〈金縢〉、〈豹韜〉廢矣；延陵季子不受吳國，而訟閒田者慚矣；子罕不利寶玉，而爭券

契者愧矣；務光不汙於世，而貪利偷生者悶矣。故不觀大義者，不知生之不足貪也；不聞大言者，不知天下之不足利也。」同時，他在〈本經訓〉中繼續闡發道：「天地之大，可以矩表識也；星月之行，可以歷推得也；雷震之聲，可以鼓鐘寫也。風雨之變，可以音律知也。是故大可睹者，可得而量也；明可見者，可得而蔽也；聲可聞者，可得而調也；色可察者，可得而別也。夫至大，天地弗能含也；至微，神明弗能領也。及至建律曆，別五色，異清濁，味甘苦，則樸散而為器矣。立仁義，修禮樂，則德遷而為偽矣。及偽之生也，飾智以驚愚，設詐以巧上，天下有能持之者，有能治之者也。昔者倉頡作書，而天雨粟，鬼夜哭；伯益作井，而龍登玄雲，神棲崑崙；能愈多而德愈薄矣。故周鼎著倕，使齕其指，以明大巧之不可為也。故至人之治也，心與神處，形與性調，靜而體德，動而理通。隨自然之性而緣不得已之化，洞然無為而天下自和，澹然無欲而民自樸，無祥而民不夭，不忿爭而養足，兼包海內，澤及後世，不知為之誰何。是故生無號，死無諡，實不聚而名不立，施者不德，受者不讓，德交歸焉。而莫之充忍。故德之所總，道弗能害也；智之所不知，辯弗能解也。不言之辯，不道之道，若或通焉，謂之天府。取焉而不損，酌焉而不竭，莫知其所由出，是謂瑤光。瑤光者，資糧萬物者也，振困窮，補不足，則名生，興利除害，伐亂禁暴，則功成。世無災害，雖神無所施其德，上下和輯，雖賢無所立其功。昔容成氏之時，道路雁行列處，托嬰兒於巢上，置餘糧於畮首，虎豹可尾，虺蛇可蹍，而不知其所由然。逮至堯之時，十日並出，焦禾稼，殺草木，而民無所食。猰貐、鑿齒、九嬰、大風、封豨、修蛇皆為民害。堯乃使羿誅鑿齒於疇華之野，殺九嬰於凶水之上，繳大風於青丘之澤，上射九日而下殺猰貐，斷修蛇於洞庭，禽封豨於桑林，萬民皆喜，置堯以為天子。於是天下廣狹、險易、遠近，始有道里。舜之時，共工振滔洪水，以薄空桑，龍門未開，呂梁未發，江、淮通流，四海溟涬，

第三章　秦漢間俗說

民皆上丘陵,赴樹木。舜乃使禹疏三江五湖,闢開伊闕,導廛澗,平通溝陸,流注東海,鴻水漏,九州乾,萬民皆寧其性,是以稱堯舜以為聖。晚世之時,帝有桀、紂,為旋室、瑤臺、象廊、玉床,紂為肉圃、酒池,燎焚天下之財,罷苦萬民之力,刳諫者,剔孕婦,攘天下,虐百姓,於是湯乃以革車三百乘,伐桀於南巢,放之夏臺,武王四卒三千,破紂牧野,殺之於宣室,天下寧定,百姓和集。是以稱湯、武之賢。由此觀之,有賢聖之名者,必遭亂世之患也。今至人生亂世之中,含德懷道,拘無窮之智,箝口寢說,遂不言而死者眾矣。然天下莫知貴其不言也。故道可道,非常道;名可名,非常名。著於竹帛,鏤於金石,可傳於人者,其粗也。五帝三王,殊事而同指,異路而同歸。晚世學者,不知道之所一體,德之所總要,取成之跡,相與危坐而說之,鼓歌而舞之,故博學多聞,而不免於惑。詩云:不敢暴虎,不敢馮河。人知其一,不知其他。此之謂也。」

　　用神話述說政治,也是中國傳統文化的重要敘事方式。劉安特別重視作為社會政治統治者教化、疏導的作用,在〈主術訓〉中,他為了闡述「人主之術,處無為之事,而行不言之教」的道理,論述道:「禹決江疏河,以為天下興利,而不能使水西流;稷闢土墾草,以為百姓力農,然不能使禾冬生。豈其人事不至哉?其勢不可也。夫推而不可為之勢,而不修道理之數,雖神聖人不能以成其功,而況當世之主乎!夫載重而馬羸,雖造父不能以致遠;車輕馬良,雖中工可使追速。是故聖人舉事也,豈能拂道理之數,詭自然之性,以曲為直,以屈為伸哉!未嘗不因其資而用之也。是以積力之所舉,無不勝也,而眾智之所為,無不成也。聾者可令嚼筋,而不可使有聞也;瘖者可使守圉,而不可使言也。形有所不周,而能有所不容也。是故有一形者處一位,有一能者服一事。力勝其任,則舉之者不重也;能稱其事,則為之者不難也。毋小大修短,各得其宜,則天下一齊,無以相過也。聖人兼而用之,故無棄才。人主貴正而尚忠,忠正在

上位,執正營事,則讒佞奸邪無由進矣。譬猶方員之不相蓋,而巨直之不相入。夫鳥獸之不可同群者,其類異也;虎鹿之不同遊者,力不敵也。是故聖人得志而在上位,讒佞奸邪而欲犯主者,譬猶雀之見鸇,而鼠之遇狸也,亦必無餘命也。」他在〈泛論訓〉中敘說社會進化的道理,稱「古者民澤處複穴,冬日則不勝霜雪霧露,夏日則不勝暑蟄蚊虻。聖人乃作,為之築土構木,以為宮室,上棟下宇,以蔽風雨,以避寒暑,而百姓安之。伯余之初作衣也,緂麻索縷,手經指掛,其成猶網羅。後世為之機杼勝復,以便其用,而民得以掩形禦寒」,進而論述道:「故聖人所由曰道,所為曰事。道猶金石,一調不更;事猶琴瑟,每弦改調。故法制禮義者,治人之具也,而非所以為治也。故仁以為經,義以為紀,此萬世不更者也。若乃人考其才,而時省其用,雖日變可也。天下豈有常法哉!當於世事,行於人理,順於天地,祥於鬼神,則可以正治矣。古者人醇工龐,商樸女重,是以政教易化,風俗易移也。今世德益衰,民俗益薄,欲以樸重之法,治既弊之民,是猶無鏑銜橜策而御馬也。昔者,神農無制令而民從,唐、虞有制令而無刑罰,夏后氏不負言,殷人誓,周人盟。逮至當今之世,忍訽而輕辱,貪得而寡羞,欲以神農之道治之,則其亂必矣。伯成子高辭為諸侯而耕,天下高之。今之時人,辭官而隱處,為鄉邑之下,豈可同哉!古之兵,弓劍而已矣,槽矛無擊,修戟無刺;晚世之兵,隆衝以攻,渠幨以守,連弩以射,銷車以鬥。古之伐國,不殺黃口,不獲二毛。於古為義,於今為笑。古之所以為榮者,今之所以為辱也;古之所以為治者,今之所以為亂也。夫神農、伏羲不施賞罰而民不為非,然而立政者不能廢法而治民;舜執干鏚而服有苗,然而征伐者不能釋甲兵而制強暴。由此觀之,法度者,所以論民俗而節緩急也;器械者,因時變而制宜適也。」由此,他總結道:「今世之祭井灶、門戶、箕帚、臼杵者,非以其神為能饗之也,恃賴其德,煩苦之無已也。是故以時見其德,所以不忘其功也。觸石而

第三章　秦漢間俗說

出,膚寸而合,不崇朝而雨天下者,唯太山。赤地三年而不絕流,澤及百里而潤草木者,唯江、河也。是以天子秩而祭之。故馬免人於難者,其死也,葬之。牛,其死也,葬以大車為薦。牛馬有功,猶不可忘,又況人乎!此聖人所以重仁襲恩。故炎帝於火,死而為灶;禹勞天下,死而為社;后稷作稼穡,死而為稷;羿除天下之害,死而為宗布。此鬼神之所以立。」

　　神話不但能夠敘說政治,而且可以述說軍事,因為中國古代神話不乏兵的內容。或者說軍事是政治的延伸,神話中的軍事,也可能就是政治神話。

　　劉安在〈兵略訓〉中論述道:「古之用兵者,非利土壤之廣而貪金玉之略,將以存亡繼絕,平天下之亂,而除萬民之害也。凡有血氣之蟲,含牙帶角,前爪後距,有角者觸,有齒者噬,有毒者螫,有蹄者趹。喜而相戲,怒而相害,天之性也。人有衣食之情,而物弗能足也。故群居雜處,分不均,求不澹,則爭;爭,則強脅弱,而勇侵怯。人無筋骨之強,爪牙之利,故割革而為甲,鑠鐵而為刃。貪昧饕餮之人,殘賊天下,萬人搖動,莫寧其所。有聖人勃然而起,乃討強暴,平亂世,夷險除穢,以濁為清,以危為寧,故不得不中絕。兵之所由來者遠矣!黃帝嘗與炎帝戰矣,顓頊嘗與共工爭矣。故黃帝戰於涿鹿之野,堯戰於丹水之浦,舜伐有苗,啟攻有扈。自五帝而弗能偃也,又況衰世乎!」、「夫兵者,所以禁暴討亂也。炎帝為火災,故黃帝禽之;共工為水害,故顓頊誅之。教之以道,導之以德而不聽,則臨之以威武;臨之威武而不從,則制之以兵革。故聖人之用兵也,若櫛發耨苗,所去者少,而所利者多。殺無罪之民,而養無義之君,害莫大焉;殫天下之財,而澹一人之欲,禍莫深焉。使夏桀、殷紂有害於民而立被其患,不至於為炮烙;晉厲、宋康行一不義而身死國亡,不至於侵奪為暴。此四君者,皆有小過而莫之討也,故至於攘天下,害百姓,肆一人之邪,而長海內之禍,此大倫之所不取也。所為立君者,以禁

第三節　個人著述與民間文學

暴討亂也。今乘萬民之力，而反為殘賊，是為虎傅翼，曷為弗除！夫畜池魚者必去猵獺，養禽獸者必去豺狼，又況治人乎！」

現實是歷史的延續，是傳統的表達，神話是傳統的總結。在劉安的神話思維世界中，神話被喻指於社會生活的各個方面。如其〈修務訓〉所論：

「或曰：無為者，寂然無聲，漠然不動，引之不來，推之不往。如此者，乃得道之象。吾以為不然。嘗試問之矣：若夫神農、堯、舜、禹、湯，可謂聖人乎？有論者必不能廢。以五聖觀之，則莫得無為，明矣。古者，民茹草飲水，採樹木之實，食蠃蠬之肉。時多疾病毒傷之害，於是神農乃始教民播種五穀，相土地宜，燥溼肥高下，嘗百草之滋味，水泉之甘苦，令民知所辟就。當此之時，一日而遇七十毒。堯立孝慈仁愛，使民如子弟。西教沃民，東至黑齒，北撫幽都，南道交趾。放兜於崇山，竄三苗於三危，流共工於幽州，殛鯀於羽山。舜作室，築牆茨屋，闢地樹穀，令民皆知去巖穴，各有家室。南征三苗，道死蒼梧。禹沐浴霪雨，櫛扶風，決江疏河，鑿龍門，闢伊闕，修彭蠡之防，乘四載，隨山刊木，平治水土，定千八百國。湯夙興夜寐，以致聰明，輕賦薄斂，以寬民氓，布德施惠，以振困窮，弔死問疾，以養孤孀。百姓親附，政令流行，乃整兵鳴條，困夏南巢，譙以其過，放之歷山。此五聖者，天下之盛主，勞形盡慮，為民興利除害而不懈。奉一爵酒不知於色，挈一石之尊則白汗交流，又況贏天下之憂，而海內事者乎？其重於尊亦遠也！且夫聖人者，不恥身之賤，而愧道之不行；不憂命之短，而憂百姓之窮。是故禹之為水，以身解於陽盱之河。湯旱，以身禱於桑山之林。聖人憂民，如此其明也，而稱以無為，豈不悖哉！」、「且古之立帝王者，非以奉養其欲也；聖人踐位者，非以逸樂其身也。為天下強掩弱，眾暴寡，詐欺愚，勇侵怯，懷知而不以相教，積財而不以相分，故立天子以齊一之。為一人聰明而不足以遍照海內，故立三公九卿以輔翼之。絕國殊俗、僻遠幽閒之處，不能被德承澤，故立諸侯以教誨之。是以地無不任，時無不應，官無隱事，國無遺

第三章　秦漢間俗說

利。所以衣寒食飢，養老弱而息勞倦也。若以布衣徒步之人觀之，則伊尹負鼎而干湯，呂望鼓刀而入周，百里奚轉鬻，管仲束縛，孔子無黔突，墨子無暖席。是以聖人不高山，不廣河，蒙恥辱以干世主，非以貪祿慕位，欲事起天下利，而除萬民之害。蓋聞傳書曰：神農憔悴，堯瘦癯，舜黴黑，禹胼胝。由此觀之，則聖人之憂勞百姓甚矣。故自天子以下至於庶人，四肢不動，思慮不用，事治求澹者，未之聞也。」在〈泰族訓〉中，劉安論述道：「天設日月，列星辰，調陰陽，張四時，日以暴之，夜以息之，風以乾之，雨露以濡之。其生物也，莫見其所養而物長；其殺物也，莫見其所喪而物亡。此之謂神明。聖人象之，故其起福也，不見其所由而福起；其除禍也，不見其所以而禍除。遠之則邇，延之則疏；稽之弗得，察之不虛；日計無算，歲計有餘。夫溼之至也，莫見其形而炭已重矣；風之至也，莫見其象而木已動矣。日之行也，不見其移；騏驥倍日而馳，草木為之靡；縣烽未轉，而日在其前。故天之且風，草木未動而鳥已翔矣；其且雨也，陰曀未集而魚已噞矣。以陰陽之氣相動也。」以此，劉安得出「風俗決定世道」的結論：「禹以夏王，桀以夏亡；湯以殷王，紂以殷亡。非法度不存也，紀綱不張，風俗壞也。三代之法不亡，而世不治者，無三代之智也；六律具存，而莫能聽者，無師曠之耳也。故法雖在，必待聖而後治；律雖具，必待耳而後聽。故國之所以存者，非以有法也，以有賢人也；其所以亡者，非以無法也，以無賢人也。晉獻公欲伐虞，宮之奇存焉，為之寢不安席，食不甘味，而不敢加兵焉。賂以寶玉駿馬，宮之奇諫而不聽，言而不用，越疆而去，荀息伐之，兵不血刃，抱寶牽馬而去。故守不待渠塹而固，攻不待衝降而拔，得賢之與失賢也。故臧武仲以其智存魯，而天下莫能亡也；璩伯玉以其仁寧衛，而天下莫能危也。《易》曰：豐其屋，蔀其家，窺其戶，闃其無人。無人者，非無眾庶也，言無聖人以統理之也。民無廉恥，不可治也；非修禮義，廉恥不立。民不知禮義，法弗能正也；非崇善廢醜，不向禮義。無法不可以為治也；不知禮義，不可以行法。法能殺不孝者，而不能使人為孔、曾之行；法能刑竊盜者，

而不能使人為伯夷之廉。孔子弟子七十,養徒三千人,皆入孝出悌,言為文章,行為儀表,教之所成也。墨子服役者百八十人,皆可使赴火蹈刃,死不還踵,化之所致也。夫刻肌膚,鑱皮革,被創流血,至難也;然越為之,以求榮也。聖王在上,明好惡以示之,經誹譽以導之,親賢而進之,賤不肖而退之,無被創流血之苦,而有高世尊顯之名,民孰不從!」

《淮南子》的主旨不在敘說神話,而是以神話傳說為敘說道理的根據。

劉安把神話傳說看作社會發展歷史的真實發生,也把神話傳說看作世間普遍存在的道理,視作自己判斷是非的邏輯起點。這就形成《淮南子》的思想文化特色。

三、應劭與民間文學

應劭的《風俗通義》,是一部具有顯著自覺意識的探索民俗發展變化及其規律、特徵、意義的民俗學著作。其學術目的非常明確,即「為政之要,辨風正俗最其上也」(〈序〉)。全書十卷,卷一包括「皇霸」、「三皇」、「五帝」、「三王」、「五伯」、「六國」,以歷史文獻來論述風俗教化的重要性。

這裡,集中呈現了其民間文學理論,其中包括他對神話傳說等民間文學內容的運用。如開章明義,其解釋「皇霸」,稱:「蓋天地剖分,萬笠萌毓,非有典藝之文,堅基可據,推當今以覽太古,自昭昭而本冥冥,乃欲審其事而建其論,董其是非而綜其詳矣,言也實為難哉!故易記三皇,書敘唐、虞,唯天為大,唯堯則之,巍巍其有成功,煥乎其有文章。自是以來,載籍昭晢。然而立談者人異,綴文者家舛,斯乃楊朱哭於歧路,墨翟悲於練素者也。是以上述三皇,下記六國,備其終始,曰皇霸。」其解釋「三皇」概念,稱:「《春秋運斗樞》說:伏羲、女媧、神農是三皇也。皇者,天,天不言,四時行焉,百物生焉。三皇垂拱無為,設言而民不違,道德玄泊,有似皇天,故稱曰皇。皇者,中也,光也,弘也。含弘履中,

第三章　秦漢間俗說

開陰布綱,上含皇極,其施光明,指天畫地,神化潛通,煌煌盛美,不可勝量。」、「〈禮號諡記〉說:伏義、祝融、神農。」、「〈含文嘉紀〉:伏戲、燧人、神農。伏者,別也、變也。戲者,獻也,法也。伏義始別八卦,以變化天下,天下法則,咸伏貢獻,故曰伏義也。燧人始鑽木取火,炮生為熟,令人無復腹疾,有異於禽獸,遂天之意,故曰遂人也。神農,神者,信也。農者,濃也。始作耒耜,教民耕種,美其衣食,德濃厚若神,故為神農也。」、「《尚書大傳》說:遂人為遂皇,伏義為戲皇,神農為農皇也。遂人以火紀,火,太陽也。陽尊,故托遂皇於天。伏義以人事紀,故托戲皇於人。蓋天非人不因,人非天不成也。神農悉地力,種穀疏,故托農皇於地。天地人道備,而三五之運興矣。」、「謹按《易》稱:古者伏義氏之王天下也,仰則觀象於天,俯則觀法於地,始作八卦,以通神明之德,以類萬物之情。結繩為網罟,以田以漁。伏義氏沒,神農氏作,斫木為耜,揉木為耒,耒耜之利,以教天下。日中為市,致天下之民,通其變,使民不倦,神而化之,使民宜之。唯獨敘二皇,不及遂人。遂人功重於祝融、女媧,文明大見。大傳之義斯近之矣。」其解釋「五帝」,稱:「《易傳》、《禮記》、《春秋》、《國語》、《太史公記》:黃帝、顓頊、帝嚳、帝堯、帝舜是五帝也。」、「謹按《易》、《尚書大傳》:天立五帝以為相,四時施生,法度明察,春夏慶賞,秋冬刑罰,帝者任德設刑以則象之。言其能行天道,舉錯審諦。黃帝始制冠冕,垂衣裳,上棟下宇,以避風雨,禮文法度,興事創業。黃者,光也,厚也。中和之色,德施四季,與地同功,故先黃以別之也。顓者,專也。頊者,信也,慤也。言其承文易之以質,使天下蒙化,皆貴貞慤也。嚳者,考也,成也。言其考明法度,醇美嚳然,若酒之芬香也。堯者,高也,饒也。言其隆興煥炳,最高明也。舜者,推也,循也。言其推行道德,循堯緒也。」繼而,其解釋「三王」、「五伯」,稱:「〈禮號諡記〉說:夏禹、殷湯、周武王是三王也。《尚書》說:文王作罰,

第三節　個人著述與民間文學

刑茲無赦。《詩》說：有命自天，命此文王。文王受命，有此武功。儀刑文王，萬國作孚。《春秋》說：王者孰謂？謂文王也。謹按《易》稱：湯、武革命。《尚書》：武王戎車三百輛，虎賁八百人，擒紂於牧之野。唯十有三祀，王訪於箕子。《詩》云：亮彼武王，襲伐大商。勝殷遏劉，耆定武功。由是言之，武王審矣。《論語》：文王率殷之叛國以服事殷。時尚臣屬，何緣便得列三王哉！經美文王三分天下有其二，王業始兆於此耳。俗儒新生不能採綜多共辨論，至於訟閱。大王、王季皆見追號，豈可復謂已王乎？禹者，輔也，輔續舜後，庶績洪茂，自堯以上王者也。子孫據國而起，功德浸盛，故造美論。舜、禹本以白衣砥行顯名，升為天子。雖復更制，不如名著，故因名焉。經曰：有鰥在下，曰虞舜。僉曰伯禹，禹平水土是也。湯者，攘也，昌也。言其攘除不軌，改亳為商，成就王道，天下熾盛，文武皆以其所長。夫擅國之謂王，能制割之謂王，制殺生之威之謂王。王者，往也，為天所歸往也。」、「《春秋》說：齊桓、晉文、秦繆、宋襄、楚莊是五伯也。」

論及六國，其引述相關神話傳說，稱：「楚之先出自帝顓頊，其裔孫曰陸終，娶於鬼方氏，是謂女潰。蓋孕而三年不育，啟其左脅，三人出焉，啟其右脅，三人又出焉。其六曰季連，是為羋。其後有鬻熊子為文王師，成王舉文武勤勞，而封熊繹於楚，食子男之採，其十世稱王。懷王佞臣上官、子蘭，斥遠忠臣，屈原作離騷之賦，自投汨羅水。因為張儀所欺，客死於秦。到王負芻，遂為秦所滅。百姓哀之，為之語曰：楚雖三戶，亡秦必楚。自顓頊至負芻六十四世，凡千六百一十六載。」

其卷二中所引「俗說夔一足而用精專，故能調暢於音樂」、「俗說丁氏家穿井得一人於井中」、「俗說岱宗上有金篋玉策能知人年壽修短」、「俗言東方朔太白星精，黃帝時為風后，堯時為務成子，周時為老聃，在越為范蠡……能興王霸之業，變化無常」和「俗說淮南王安招致賓客方術之士數

第三章　秦漢間俗說

千人,作鴻寶苑祕枕中之書,鑄成黃白,白日升天」等,既有古代傳說,又有當世傳說,作者引經據典,多方述說這些傳說的實質。其卷八列「祀典」、「先農」、「社神」、「稷神」、「靈星」、「灶神」、「風伯」、「雨師」、「桃梗、葦茭、畫虎」和「殺狗磔邑四門」等條,闡述民間信仰和民間傳說的具體連繫,可看作風物傳說的集中。其卷九列「怪神」、「鮑君神」、「李君神」、「石賢士神」以及「世間多有精物妖怪百端」、「世間多有蛇作怪者」等,則既有民間傳說,又有民間幻想故事。

《風俗通義》各個篇章表面上看起來散亂無章,其實內容上相互關聯,形成應劭風俗思想的整體。這裡,處處可以看到應劭的思想理論,其論據材料也總是與神話傳說相關。如其卷二「正失」篇稱:「孔子曰:眾善焉,必察之;眾惡焉,必察之。孟軻云:堯、舜不勝其美,桀、紂不勝其惡。傳言失指,圖景失形,眾口鑠金,積毀銷骨,久矣其患之也。是故樂正後夔有一足之論,晉師己亥渡河有三豕之文。非夫大聖至明,孰能原析之乎?《論語》:名不正則言不順。《易》稱:失之毫釐,差以千里。故糾其謬曰正失也。」其解釋「樂正夔一足」,稱:「俗說夔一足而用精專,故能調暢於音樂。謹按《呂氏春秋》:魯哀公問於孔子:樂正夔一足,信乎?孔子曰:昔者舜以夔為樂正,始治六律,和均五聲,以通八風,而天下服。重黎又薦能為音者,舜曰:夫樂天地之精,得失之節,故唯聖人為能和樂之本。夔能和之,平天下,若夔一足矣。故曰夔一足,非一足行。」其解釋「穿井」,稱:「俗說丁氏家穿井,得一人於井中也。謹按《呂氏春秋》:宋丁氏無井,常一人溉汲於外。及自穿井,喜而告人:吾穿井得一人。傳之,聞於宋君,公問其故,對曰:得一人之使,非得一人於井中也。」其解釋「泰山封禪」,稱:「俗說岱宗上有金篋玉策,能知人年壽修短。武帝探策得十八,因讀曰八十,其後果用耆長。武帝出璽印石,裁有兆朕,奉車子侯即沒其印,乃止。武帝畏惡,亦殺去之。封禪書說:黃帝升封泰

第三節　個人著述與民間文學

山，於是有龍垂鬍髯下迎黃帝。黃帝上騎，群臣後宮從者七十餘人，小臣獨不得上，乃悉持龍髯，拔墮黃帝之弓。小臣百姓仰望黃帝不能復，乃抱其弓而號，故後世因曰烏號弓。孝武皇帝時，齊人公孫卿言：漢之聖者在高祖之孫，今歷正值黃帝之日，聖主亦當上封，則能神仙矣。謹按《尚書》、《禮》：天子巡守，歲二月至於岱宗。孔子稱：封泰山，禪梁父，可得而數七十有二。蓋王者受命，易姓改制，應天下太平，功成封禪，以告平也。所以必於岱宗者，長萬物之宗，陰陽交代，觸石而出，膚寸而合，不崇朝遍雨天下，唯泰山乎。」其稱：「傳曰：五帝聖焉死，三王仁焉死，五伯智焉死。其隕落崩薨之日，不能咸至百年。詩云：三后在天。論語曰：古皆沒。太史記：黃帝葬於橋山。騎龍升天，豈不怪乎！烏號弓者，柘桑之林，枝條暢茂，烏登其上，下垂著地，烏適飛去，從後撥殺，取以為弓，因名烏號耳。」

應劭的思想理論常常在「按」中顯示出來，這也構成其闡釋文體。如其卷二所記述「俗說淮南王安」：「俗說淮南王安招致賓客方術之士數千人，作鴻寶苑祕枕中之書，鑄成黃白，白日升天。謹按《漢書》：淮南王安天資辨博，善為文辭，孝武以屬諸父，甚尊之。招募方伎怪迂之人，述神仙黃白之事，財殫力屈，無能成獲。乃謀叛逆，克皇帝璽，丞相、將軍、大夫已下印，漢使符節法冠。趙王彭祖、列侯讓等議曰：安廢法，行邪僻，詐偽心，以亂天下，營惑百姓，背叛宗廟。春秋無將，將而必誅。安罪重於將，反形已定，圖書印及他逆無道事驗明白。丞相弘、廷尉湯以聞，上使宗正以符節治王。安自殺，太子諸所與謀皆收夷，國除為九江郡。親伏白刃，與眾棄之，安在其能神仙乎！安所養士或頗漏亡，恥其如此，因飾詐說。後人吠聲，遂傳行耳。」卷二記述「王陽」稱：「《漢書》說：王陽雖儒生，自寒賤，然好車馬衣服，極為鮮好，而無金銀文繡之物。及遷徙去處，所載不過囊衣，不蓄積餘財。去位家居，亦布衣蔬食。天下服

第三章　秦漢間俗說

其廉而怪其奢，故俗傳王陽能作黃金。謹按太史記：秦始皇欺於徐市之屬，求三山於海中，通甬道，隱形體，弦詩想蓬萊，而不免沙丘之禍。孝武皇帝茲益迷謬，文成、五利處之不疑，妻以公主，賜以甲第，家累萬金，身佩四印，辭窮情得，亦旋梟裂。淮南王安銳精黃白，庶幾輕舉，卒離親伏白刃之罪。劉向得其遺文，奇而獻之。成帝令典尚方鑄作事，費甚多，而方不驗。劾向大辟，繫須冬獄，兄陽城侯乞入國半，故得減死。秦漢以天子之貴，四海之富，淮南竭一國之貢稅，向假尚方之饒，然不能有成者，夫物之變化固自有極，王陽何人，獨能乎哉！語曰：金不可作，世不可度。王陽居官食祿，雖為鮮明，車馬衣服，亦能幾所，何足怪之。乃傅俗說，班固之論陋於是矣。」卷二記述「九江多虎」，稱：「九江多虎，百姓苦之。前將募民捕取，武吏以除賦課，郡境界皆設陷阱。後太守宋均到，乃移記屬縣曰：夫虎豹在山，黿鼉在淵，物性之所託。故江、淮之間有猛獸，猶江北之有雞豚。令數為民害者，咎在貪殘，居職使然。而反逐捕，非政之本也。壞檻阱，勿復課錄，退貪殘，進忠良。後虎悉東渡江，不為民害。謹按《尚書》：武王戎車三百輛，虎賁三千人，擒紂於牧野。言猛怒如虎之奔赴也。《詩》美南仲闞如哮虎。《易》稱：大人虎變，其文炳；君子豹變，其文蔚。《傳》曰：山有猛虎，草木茂長。故天之所生，備物致用，非以傷人也。然時為害者，乃其政使然也。今均思求其政，舉清黜濁，神明報應，宜不為災。江渡七里，上下隨流，近有二十餘。虎山棲穴處，毛鬣豈能犯陽侯、凌濤瀨而橫厲哉！俚語：狐欲渡河，無奈尾何。舟人楫棹，猶尚畏怖，不敢迎上與之周旋。云悉東渡，誰指見者？堯、舜欽明在上，稷、契允懿於下。當此時也。寧復有虎耶？若均登據三事，德被四海，虎豈可抱負相隨，乃至鬼方絕域之地乎！」

《風俗通義》卷三意在論述「不愆不忘，帥由舊章」，記述禮儀相關的傳說故事，應劭逐篇進行闡釋。其「九江太守武陵陳子威生不識母」篇

稱:「九江太守武陵陳子威,生不識母,常自悲感。遊學京師,還於陵谷中,見一老母,年六十餘,因就問母姓為何。曰:陳家女李氏。何故獨行?曰:我孤獨,欲依親家。子威再拜長跪自白曰:子威少失慈母,姓陳,舅氏亦李。又母與亡親同年,會遇於此,乃天意也。因載歸家,供養以為母。謹按《禮》:繼母如母,慈母如母。謂繼父之室,慈愛己皆有母道,故事之如母也,何有道路之人而定省!世間共傳丁蘭克木而事之,今此之事,豈不是似。如仁人惻隱,哀其無歸,直可收養,無事正母之號耳。」卷三有記述「弘農太守河內吳匡伯康,少服職事,號為敏達。為侍御史,與長樂少府黃瓊共佐清河王事,文書印成,甚嘉異之。後匡去濟南相,瓊為司空,比比援舉,起家拜尚書,遷弘農。班詔勸耕,道於澠池,聞瓊薨,即發喪制服,上病,載輂車還府」,其「按」稱:「《春秋》:大夫出使,聞父母之喪,徐行而不反;君追還之,禮也。匡雖為瓊所援舉,由郡縣功曹、州治中、兵曹位朝廷尚書也,凡所按選,豈得復為君臣者耶!今匡與瓊其是矣。剖符守境,勸民耕桑,肆省冤疑,和解仇怨,國之大事,所當勤恤。而顧私恩,傲很自遂,若宮車晏駕,何以過茲。論者不深察而歸之厚,多有是言,及其人患失,而亦曰其然。司室袁周陽舉荀慈明有道,太尉鄧柏條舉訾孟直方正,二公薨,皆制齊衰,世非一然。荀、訾通儒,於義足責。或舉者名位斥落,子孫無繼,多不親至,何乃衰乎!過與不及,古人同稱,吊服之制斯近之矣。」

《風俗通義》卷四記述「違禮過譽」,其敘說「長沙太守汝南郅惲君章」事,稱:「長沙太守汝南郅惲君章,少時為郡功曹。郡俗冬饗,百里內縣皆齎牛酒到府宴飲。時太守司徒歐阳歙臨饗禮訖,教曰:西部督郵繇延,天資忠貞,稟性公方,典部折衝,摧破奸雄,不嚴而治。書曰:安民則惠,黎民懷之。蓋舉善以教,則不能者勸。今與諸儒共論延功,顯之於朝。主簿讀教,戶吏引延受賜。惲前跪曰:司正舉觥,以君之罪,告謝於

第三章　秦漢間俗說

天。明府有言而誤,不可覆掩。按延資性貪邪,外方內圓,朋黨構奸,罔上害民,所在荒亂,虛而不治,怨懟並作,百姓苦之。而明府以惡為善,股肱莫爭。此既無君,又復無臣。君臣俱喪,孰與偏有。君雖傾危,臣子扶持,不至於亡,憚敢再拜奉觥。歆甚慚。」其論說道:「謹按禮,諫有五,風為上,狷為下。故入則造膝,出則詭辭,善則稱君,過則稱己。暴諫露言,罪之大者。而歆於饗中用延為吏,以紫亂朱,大妨王命。造次顛沛,不及諷喻,雖舉觥強歆可行也。今憚久見授任,職在昭德塞違,為官擇人,知延貪邪,罔上害民,所在荒亂,怨懟並作,此為惡積怨,非一旦一夕之漸也。孔子以匹夫,朋徒無幾,習射矍相之圃,三哲而去者過半。汝南,中土大郡,方城四十,養老復敬,化之至。延奸釁彰著,無與比崇。臧文仲有言:見無禮於君者,若鷹鸇之逐鳥雀,農夫之務去草也。何敢宿留。不即彈黜奸佞,而須於萬人之中乃暴引之,是為陷君。君子不臨深以為高,不因少以為多,況創病君父以為己功者哉!而論者苟眩虛聲,以為美談。汝南,楚之界也,其俗急疾有氣決然自君章之後,轉相放式,好干上忼忮,以採名譽,末流論起於愛憎,而政在陪隸也。」其記述「太原周黨伯況少為鄉佐發黨過於人中辱之」事:「黨學春秋長安,聞報仇之義,輟講下辭歸報仇。到與鄉佐相聞,期鬥日。鄉佐多從正往,使鄉佐先拔刀,然後相擊。佐欲直令正擊之,黨被創困乏。佐服其義勇,篋輿養之,數日蘇興,乃知非其家,即徑歸,其立勇果乃至於是。」其論說道:「謹按《孝經》:身體髮膚,受之父母,不敢毀傷,孝之始也。樂正子春下堂而傷足,三月不出,既瘳矣,猶有憂色。身無擇行,口無擇言,修身慎行,恐辱先也。而伯況被髮,則得就業,鄉佐雖云凶暴,何緣侵己。今見辱者,必有以招之,身自取焉,何尤於人。親不可辱,在我何傷。凡報讎者,謂為父兄耳,豈以一朝之忿而肆其狂怒者哉!既遠春秋之義,殆令先祖不復血食,不幸不智,而兩有之。歸其義勇,其義何居!」其記述「江

夏太守」事,曰:「江夏太守河內趙仲讓,舉司隸茂材,為高唐令,密乘輿車徑至高唐,變易名姓,止都亭中十餘日。默入市里,觀省風俗,已,呼亭長,問新令為誰,從何官來,何時到也。曰:縣已遣吏迎,垂有起居。曰:正我是也。亭長怖,遽拜謁,竟,便具吏。其日入舍,乃謁府,數十日,無故便去。為郡功曹,所選頗有不用,因稱狂,亂首走出府門。太守以其宿有重名,忍而不罪。後為大將軍梁冀從事中郎,冬月坐庭中,向日解衣裘捕蟲,已,因傾臥,厥形悉表露。將軍夫人襄城君云:不潔清,當亟推問。將軍嘆曰:是趙從事,絕高士也。他事若此非一也。」然後,其論說道:「謹按詩云:不愆不忘,率由舊章。左氏傳曰:舊章不可無也。凡張官置吏,為之律度,故能攝固其位,天下無覬覦也。今仲讓不先謁府,乃徑到縣,俱諜吏民,爾乃入舍。論語:升車,必正立,執綏,不內顧。不掩不備,不見人短。禮記:戶有二屨,不入。將上堂,聲必揚。家且猶若此,況於長吏乎!君子之仕,行其道也。民未見德,唯詐是聞。遠薦功曹,策名委質,就有不合,當徐告退。古既待放,須起乃逝,何得亂道,進退自由,傲很天常,若無君父。洪範陳五事,以貌為首。孝經列三法,以服為先。仲讓居有田業,加之祿賜,勢可免凍餒之厄,未必須冬日之暖也,利不體皆此也。河內,殷之舊都,國分為三,康叔之風既激,而紂之化由存,其俗士大夫本矜好大言,而少實行。」

《風俗通義》卷八為「祀典」等內容,集中記述神靈信仰,其實是對神話傳說的解釋。包括風伯、雨師、桃梗、葦索等等,在應劭的解說中,傳說故事與民間信仰的意義被闡釋。這些內容成為應劭民間文學思想理論的一部分。如其解釋「祀典」稱:「《禮》:天子祭天地山川歲遍。《春秋國語》:凡禘、郊、宗、祖、報,此五者國之典禮。加之以社稷山川之神,皆有功烈於民者也;及前哲令德之人,所以為質者也;及天之三辰,所昭仰也;地之五行,所生殖也;九州名山川澤,所出財用也。非是族也,不

第三章　秦漢間俗說

在祀典禮矣。《論語》：非其鬼而祭之，諂也。又曰：淫祀無福。是以泰山不享季氏之旅，而《易》美西鄰之禴祭。蓋重祀而不貴牲，敬寶而不求華也。自高祖受命，郊祀祈望，世有所增。武帝尤敬鬼神，於時盛矣。至平帝時，天地六宗已下及諸小神凡千七百所，今營寓夷泯，宰器闕亡。蓋物盛則衰，自然之道，天其或者欲反本也，故記敘神物曰祀典也。」其解釋「先農」稱：「謹按《春秋左氏傳》曰：夏四月，三卜郊不從，乃免牲。孟獻子曰：吾乃今而知有卜筮。夫郊，祀后稷以祈農事也。是故啟蟄而郊，郊而後耕。今既耕而卜郊，宜其不從也。周四月，今二月也，先農之時也。孝文帝二年正月詔曰：農者，天下之本，其開籍田，朕躬帥耕，以給宗廟粢盛。今民間名曰官田。古者使民如借，故曰藉田。」其解釋「社神」稱：「《孝經》說：社者，土地之主。土地廣博，不可遍敬，故封土以為社而祀之，報功也。《周禮》說：二十五家置一社，但為田祖報求。詩云：乃立塚土。又曰：以御田祖，以祈甘雨。謹按《春秋左氏傳》曰：共工有子曰勾龍，佐顓頊，能平九土，為后土。故封為上公，祀以為社，非地祇。」其解釋「稷神」說：「《孝經》說：稷者，五穀之長。五穀眾多，不可遍祭，故立稷而祭之。謹按《春秋左氏傳》：有烈山氏之子曰柱，能殖百穀疏果，故立以為稷正也。周棄亦以為稷，自商以來祀之。禮緣生以事死，故社稷人祀之也。則祭稷穀，不得以稷米祭。稷反自食也。而邾文公用繒子於次睢之社，司馬子魚諫曰：古者六畜不相為用，祭以為人也，民人，神之主也，用人，其誰享之？《詩》云：吉日庚午，既伯既禱。豈復殺馬以祭馬乎？《孝經》之說於斯悖矣。未之神為稷，故以癸未日祠稷於西南，水勝火為金相也。」其解釋「灶神」，論說道：「《禮器記》曰：臧文仲安知禮？燔柴於灶。灶者，老婦之祭也。故盛於盆，尊於瓶。《周禮》說：顓頊氏有子曰黎，為祝融，祀以為灶神。謹按《明堂月令》：孟冬之月，其祀灶也。五祀之神，王者所祭，古之神聖有功德於民，非老婦也。《漢記》：南

陽陰子方積恩好施，喜祀灶，臘日晨炊而灶神見，再拜受神，時有黃羊，因以祀之。其孫識，執金吾，封原鹿侯；興，衛尉，陽侯。家凡二侯，牧守數十。其後子孫常以臘日祀灶以黃羊。」其解釋民間雄雞崇拜，論說道：「俗說雞鳴將旦，為人起居。門亦昏閉晨開，捍難守固。禮貴報功，故門戶用雞也。《青史子書》說：雞者，東方之牲也。歲終更始，辨秩東作，萬物觸戶而出，故以雞祀祭也。太史丞鄧平說：臘者，所以迎刑送德也。大寒至，常恐陰勝，故以戌日臘。戌者，溫氣也，用其氣日殺雞以謝刑德。雄著門，雌著戶，以和陰陽，調寒配水，節風雨也。謹按《春秋左氏傳》：周大夫賓孟適郊，見雄雞自斷其尾，歸以告景王曰：憚其為犧也。《山海經》曰：祠鬼神皆以雄雞。魯郊祀常以丹雞祝曰：以斯鳴音赤羽，去魯侯之咎。今人卒得鬼刺痱悟，殺雄雞以傅其心上。病賊風者作雞散治之，東門雞頭可以治蠱。由此言之，雞主以御死辟惡也。」

　　《風俗通義》的主體內容在於闡釋，形成其獨特的文體與話語。如其卷九解釋「怪神」，稱：「《禮》：天子祭天地、五嶽、四瀆，諸侯不過其望也。大夫五祀，士門、戶，庶人祖。蓋非其鬼而祭之，諂也。又曰：淫祀無福。是以隱公將祭鐘巫，遇賊氏。二世欲解淫神，閻樂劫弒。仲尼不許子路之禱，而消息之節平。荀罃不從桑林之祟，而晉侯之疾間。由是觀之，則淫躁而畏者，災自取之，厥咎響應。反誠據義，內省不疚者，物莫能動。禍轉為福矣。傳曰：神者，申也。怪者，疑也。孔子稱土之怪為墳羊。《論語》：子不語怪力亂神。故採其晃著者曰怪神也。世間多有見怪驚怖以自傷者。謹按《管子書》：齊公出於澤，見衣紫衣，大如轂，長如轅，拱手而立。還歸，寢疾，數月不出。有皇士者見公，語驚曰：物惡能傷公，公自傷也。此所謂澤神委蛇者也，唯霸主乃得見之。於是桓公欣然笑，不終日而病瘉。」又如其卷九中所記「汝南汝陽彭氏」事，其論說道：「汝南汝陽彭氏墓路頭立一石人，在石獸後。田家老母到市買數片餌，暑

第三章　秦漢間俗說

熱行疲，頓息石人下，小瞑，遺一片餌，去，忽不自覺，行道人有見者。時客適會，問因有是餌，客聊詒之：石人能治病，癒者來謝之。轉語頭痛者摩石人頭，腹痛者摩其腹，亦還自摩，他處於此。凡人病自癒者，因言得其福力，號曰賢士。輜輦轂擊，帷帳絳天，絲竹之音，聞數十里。尉部常往護視，數年亦自歇沫，復其故矣。世間多有亡人魄持其家語聲氣，所說良是，謹按陳國張漢直到南陽，從京兆尹延叔堅讀《左氏傳》，行後數月，鬼物持其女弟，言：我病死，喪在陌上，常苦飢寒。操一量不借，掛屋後楮上。傅子方送我五百錢，在北墉中，皆亡取之。又買李幼一頭牛，本券在書篋中。往求索之，悉如其言。婦尚不知有此，女新從婿家來，非其所及，家人哀傷，益以為審。父母諸弟衰絰到來迎喪，去精舍數里，遇漢直與諸生十餘人相追。漢直顧見其家，怪其如此。家見漢直，謂其鬼也。惝惘良久，漢直乃前為父拜，說其本末，且悲且喜。凡所聞見，若此非一。夫死者，澌也，鬼者，歸也，精氣消越，骨肉歸於土也。夏后氏用明器，殷人用祭器，周人兼用之，視民疑也。子貢問孔子：死者其有知乎？曰：賜爾死自知之，由未晚也。董無心云：杜伯死，親射宣王於鎬京。予以為桀、紂所殺，足以成軍，可不須湯、武之眾。古事既察，且復以今驗之，人相啖食，甚於畜生，凡菜肝鱉蝦，尚能病人，人用物精多，有生之最靈者也，何不芥蒂於其胸腹而割裂之哉！猶死者無知審矣，而時有漢直為狗鼠之所為。世間亡者多有見神，語言飲食，其家信以為是，益用悲傷。」這裡，應劭還解釋了「世間多有狗作變怪，樸殺之，以血塗門戶，然眾得咎殃」、「世間多有精物妖怪百端」等神話傳說現象，具體表現出他的神鬼觀念、信仰觀念。

應劭筆下的《風俗通義》既可以看作一部民俗學的理論著作，同樣可以看作一部以民間文學為重要內容的民族志。在《風俗通義》中，形成應劭的闡釋方式和記述方式。即應劭所記民間傳說、民間故事有一個重要特

第三節　個人著述與民間文學

點，既作文獻考據，又有以民間信仰為根據的解說闡釋，在其所保存的故事類型上，相當齊備。如其中既有女媧搏土造人的神話描述，又有「故富貴者黃土人也」的解釋，這則故事是神話與傳說相融合的典型。同時，我們也可以據《山海經》中的「慄廣之野有神十人曰女媧之腸」與此對比，看到女媧神話的嬗變。《淮南子》中所增加的「補天」和「煉五色石」，其意義的闡釋，也應該與此相結合而進行。這種格式貫穿全書，在兩漢時代的文獻中，其保存民間文學並作闡釋，顯得別具一格。再如〈鮑君神〉記述曰：「汝南鮦陽，有於田得獐者，其主未往取也。商車十餘乘，經澤中行，望見此獐著繩，因持去。念其不俟，持一鮑魚置其處。有頃，其主往，不見所得獐，反見鮑魚。澤中非人道路，怪其如是，大以為神，轉相告語，治病求福，多有效驗。因為起祀舍，眾巫數十，帷帳鐘鼓，方數百里皆來禱祀，號鮑君神。其後數年，鮑魚主來歷祠下，尋問其故，曰：此我魚也，當有何神？上堂取之，遂以此壞。傳曰：物之所聚，斯有神。言人共獎成之耳。」這當是精怪傳說的反駁之文，也可看作另一類型的風物傳說。應劭的民俗學思想因此體現出來。又如〈潁川富室〉：「潁川有富室，兄弟同居，兩婦數月皆懷妊。長婦胎傷，因閉匿之。產期至，同至乳母舍。弟婦生男，夜因盜取之。爭訟三年，州郡不能決。丞相黃霸出坐殿前，令卒抱兒，取兩婦各十步，叱婦曰：自往取之。長婦抱持甚急，兒大啼叫。弟婦恐傷害之，因乃放與，而心甚愴愴，長婦甚喜。霸曰：此弟子也。責問，乃伏。」這則故事被後人引用，如李行道雜劇《灰闌記》即取此材，只不過將黃霸換成了包拯，成為包公戲的代表作之一。故事的關鍵性細節不獨在《風俗通義》中有，在其他民族的民間文學作品中也有[62]。它向我們提出一個問題：是否在不同的地區，只有一個民族才能創造這樣的故事？

---

[62] 如藏族、傣族的民間故事中也有類似故事，參見《雲南各族民間故事選》，人民文學出版社 1962 年版。

第三章　秦漢間俗說

　　是否其他地區的同類故事都自此地區傳入？近些年來，在民間文學原型研究中，有一些學者若在某一地區發現某種故事的文獻，立即斷言其他地區皆從此處借用。這種學風頗為盛行，應該引起我們的思索。應劭記述這則故事時，應該是錄自民間，而當時佛經在中原地區並沒有傳播的優勢，又怎能簡單地把它看作是從佛經中傳入的呢？其實，各個民族由於相近的生活經驗與審美經驗，很可能創作出主題和細節相同的作品，我們沒有必要一定在全世界找到「最原始」的一個文字——某些學者大談盤古神話外來說，其實就是在強求這種文字。

　　應劭記述民間文學，既注意到文獻，又注意到民間活在人們口頭上的故事，他可以被看作民間文學史上最早成功地使用「雙重證據法」的學者。這種方法值得我們重視和珍惜。

　　對於中國民間文學史的發展而言，應劭《風俗通義》的貢獻主要表現在其理論表述與故事記述的系統性類型意義。

　　劉向、劉安和應劭在個人著作中保存了豐富的民間文學作品，在漢代民間文學的發展歷史上具有重要的代表意義。他們不同於前代學者或記述過於簡略，或只作記述而不作具體闡發，而是在記述民間文學作品的同時闡明自己的觀點，這種學術個性化標示著漢代知識分子民間文學觀的具體形成。

　　這和孔子等人所表現的「不語怪力亂神」之類的片段論述是不一樣的，最鮮明的特點就是具有系統性。同類現象還表現在王充的《論衡》中。王充的民間文學觀在中國民間文學史上具有重要的代表性，他是「唯理論」的首創者，對後世民間文學發展歷史上無神論思想的形成，具有深刻的影響作用。

四、王充的《論衡》及其民間文學思想理論

王充的民間文學思想理論以唯理論為代表，在某種意義上是對先秦兩漢此類無神論思想的重要總結，是漢代民間文學思想史上的一座高峰，也是中國民間文學思想史上的珍貴財富。

一個時代民間文學思想理論的形成與發展總是有自己的特殊背景。王充所處的時代，社會政治文化發生重要變化，一方面是黃老思想文化的盛行，形成全社會推崇神仙、頹廢無為，到處充滿、瀰漫著蔑視生命與文明的烏煙瘴氣；一方面是社會倫理失常、道德淪喪，邪惡橫行，尤其是上層社會，驕奢淫逸，飛揚跋扈。重建社會文化秩序，修復倫理道德思想文化體系，成為社會發展最強力的呼喚與訴求，王充應時而作，勇敢承擔其為文化發展正本清源、移風易俗的重任，嚴肅而深切地關注世情，深入思索歷史文化的價值與命運，形成自己特立獨行的民間文學思想理論。

王充，字仲任，會稽上虞人。他出身社會底層，既有豐富的民間文化知識，熟稔民間文學，又有對下層民眾情感的深切感受，如《論衡·自紀》所述，其生自「細族孤門」，並沒有顯赫的貴冑背景，「祖宗無淑懿之基」；他「八歲出於書館」，天資甚佳。《後漢書·王充王符仲長統列傳》中說他「後到京師，受業太學，師事扶風班彪」，其「好博覽而不守章句」，養成了理性判斷、獨立思索的學習態度；其「好論說，始若詭異，終有理實。以為俗儒守文，多失其真，乃閉門潛思，絕慶弔之禮，戶牖牆壁，各置刀筆，著《論衡》八十五篇，二十餘萬言，釋物類同異，正時俗嫌疑」。《論衡》集中呈現了他富有理論特色的民間文學思想。

他卓爾不群的民間文學理論與文化立場的形成不是偶然的，既有獨特的生活感受，又有自己特殊的文化選擇，具有鮮明的思想傾向，以批判現實、考問歷史、追求真知形成自己相對完整的理論體系。如其《論衡·自

第三章　秦漢間俗說

紀》中所述：

　　充既疾俗情，作《譏俗》之書；又憫人君之政，徒欲治人，不得其宜，不曉其務，愁精苦思，不睹所趨，故作《政務》之書。又傷偽書俗文，多不實誠，故為《論衡》之書。夫賢聖歿而大義分，蹉跎殊趨，各自開門；通人觀覽，不能釘銓，遙聞傳授，筆寫耳取，在百歲之前，歷日彌久，以為昔古之事，所言近是，信之入骨，不可自解，故作實論。其文盛，其辯爭，浮華虛偽之語，莫不澄定。沒華虛之文，存敦庬之樸，撥流失之風，反宓戲之俗。

　　的確，他的理性批判態度的形成，一是與他出身下層，「貧無一畝庇身」，「賤無斗石之秩」(《論衡·自紀》)的生活經歷有關，一是與他所持的人生信念有關，他「仕郡為功曹，以數諫爭不合而去」(《後漢書》本傳)，他不滿於當時為「干祿」而爭獻圖讖的俗儒，「不貪富貴」，「不慕高官」，「憂德之不豐，不患爵之不尊」(《論衡·自紀》)，保持獨立、正直的人格，因此才有他獨具特色的學術思想。其《論衡》一書，始著於永平中，完成於永元中，歷時三十多年，凝聚著他大半人生的心血。全書共有八十五篇（其中〈招致〉僅存篇目），以「疾虛妄」為思想核心，「訂其真偽，辨其虛實」(《論衡·對作》)。整體看來，他的學術思想主要集中在以下幾個方面：

　　（一）對緯書天人譴告說的批判（諸如〈譴告〉、〈變動〉、〈遭虎〉、〈商蟲〉、〈寒溫〉等）。

　　（二）對緯書感應說的批判（諸如〈感應〉、〈感類〉、〈明雩〉、〈奇怪〉、〈變虛〉、〈異虛〉、〈福虛〉、〈禍虛〉、〈龍虛〉、〈雷虛〉等）。

　　（三）對神鬼論和神仙方術的批判（諸如〈道虛〉、〈訂鬼〉、〈論死〉、〈死偽〉等）。

　　（四）對天命報應說的批判（諸如〈命祿〉、〈命義〉、〈幸遇〉、〈逢遇〉、

第三節　個人著述與民間文學

〈累害〉、〈氣壽〉等)。

（五）對占卜、巫筮、祥瑞諸說的批判（諸如〈卜筮〉、〈辨祟〉、〈難歲〉、〈四諱〉、〈譏日〉、〈詰術〉、〈祀義〉、〈解除〉、〈祭意〉、〈是應〉、〈講瑞〉、〈指瑞〉、〈說日〉、〈談天〉、〈物勢〉、〈自然〉等）。

他所反對的讖緯學說，是兩漢時代盛行的文化思潮。這種思潮的盛行有著悠久的歷史，可上溯至殷商時期的占卜、巫術，同時又有著廣泛的社會基礎，在當時被統治者所提倡，大批俗儒的推波助瀾、神仙方士的火上澆油，使其融神學、儒學與政治為一體，如火如荼。最重要的是由於統治者愚民政策在理論支持上的需求，使讖緯成為兩漢顯學。漢武帝所謂「罷黜百家，獨尊儒術」，事實上並不是以儒學來替代讖緯之術，而是把這種讖緯推向了文化上的極致。在這樣的氛圍中，更可見王充的學術思想彌足珍貴。同時，我們也應該看到，王充的學術思想並不是憑空而生的，他有自己獨有的視角，但他對前人無神論思想的繼承，也是不可忽視的重要因素。從這種意義上講，他的《論衡》是對他當世與他之前以無神論為核心的民間文學思想的重要總結，對後世也產生了非常重要的影響。

這裡值得說明的是，王充的《論衡》和他所批判的諸種學說著作中，都保存了豐富的民間文學；所不同的是，在不同的保存形式背後，表現出不同的民間文學觀念。王充是在批判、詰問中保存了民間文學，把民間文學作為自己探討的對象；讖緯學說更多的是對民間文學的深信不疑，這種保存也是有意義的。應該說，王充的《論衡》和那些讖緯之書對民間文學的保存，都值得我們重視。關於讖緯之書對民間文學的保存，在他處再詳細論述，這裡先集中看《論衡》對民間文學的保存情況。

《論衡》所保存的民間文學主要有神話和傳說兩大類，另外還有民俗生活中的民間信仰等內容。在王充看來，這些神話和傳說，有一些是可信的，而有一些則是不可信的，其可信與不可信的區別即「唯理」，看其是

第三章　秦漢間俗說

否符合物質世界存在與發展的實際，這就構成了他關於民間文學一系列見解的「唯理論」。如《論衡》卷五「感虛篇」所載：

傳書言：杞梁氏之妻向城而哭，城為之崩。此言杞梁從軍不還，其妻痛之，向城而哭，至誠悲痛，精氣動城，故城為之崩也。夫言向城而哭者，實也；城為之崩者，虛也。夫人哭悲莫過雍門子，雍門之哭對孟嘗君，孟嘗君為之於邑，蓋哭之精誠，故對向之者，悽愴感慟也。夫雍門子能動孟嘗之心，不能感孟嘗衣者。衣不知惻怛，不以人心相關通也。今城，土也，土猶衣也，無心腹之藏，安能為悲哭感慟而崩！使至誠之聲能動城土，則其對林木哭，能折草破木乎？向水火而泣，能湧水滅火乎？夫草木水火與土無異，然杞梁之妻不能崩城，明矣！或時城適自崩，杞梁妻適哭。下世好虛，不原其實，故崩城之名，至今不滅。傳書言：鄒衍無罪，見拘於燕，當夏五月，仰天而嘆，天為隕霜。此與杞梁之妻哭而崩城，無以異也。……傳書言：湯遭七年旱，以身禱於桑林，自責以六過，天乃雨。或言五年，禱辭曰：「余一人有罪，無及萬夫。萬夫有罪，在余一人。天以一人之不敏，使上帝鬼神傷民之命。」於是，剪其髮，麗其手，自以為牲，用祈福於上帝。上帝甚說，時雨乃至。言湯以身禱於桑林自責，若言剪髮麗手，自以為牲，用祈福於帝者，實也。言雨至，為湯自責以身禱之故，殆虛言也……傳書言：倉頡作書，天雨粟，鬼夜哭。此言文章興而亂漸見，故其妖變，致天雨粟，鬼夜哭也。夫言天雨粟，鬼夜哭，實也；言其應倉頡作書，虛也。夫河出圖，洛出《書》，聖帝明，王之瑞應也。圖書文章，與倉頡所作字畫何以異？天地為圖書，倉頡作文字，業與天地同，指與鬼神合，何非何惡而致雨粟神哭之怪？使天地鬼神惡人有書，則其出圖書，非也……這裡，我們可以看到著名的神話傳說《孟姜女》、《倉頡造字》、《商湯祈雨》等作品的當世保存狀況。同時，其「傳書言：杞梁氏之妻向城而哭，城為之崩」、「傳書言：湯遭七年旱，以身禱於桑林，自責以六過，天乃雨」、「傳書言：倉頡作書，天雨粟，鬼夜哭」等

故事被言說，王充做出在其看來十分合乎情理的解釋，以「虛」與「實」做出自己的思索。諸如「或時城適自崩，杞梁妻適哭，下世好虛，不原其實，故崩城之名至今不滅」、「言湯以身禱於桑林自責，若言剪髮麗手，自以為牲，用祈福於帝者，實也；言雨至為湯自責以身禱之故，殆虛言也」、「其妖變致天雨粟，鬼夜哭也。夫言天雨粟，鬼夜哭，實也；言其應倉頡作書，虛也」云云，包括「圖書文章與倉頡所作字畫何以異？天地為圖書，倉頡作文字，業與天地同，指與鬼神合，何非何惡而致雨粟神哭之怪？使天地鬼神惡人有書，則其出圖書非也」之類答問，可以想見王充對民間文學作為社會文化歷史意義與現實價值的理解表達。

在其他篇中，我們也可以看到類似狀況，即先冠之以「傳書言」，大意即「民間傳說道」，運用了典型的民間話語，然後逐層作闡釋，將這些神話傳說故事一一與客觀物質世界的變化相對應，辨其真偽。同時，我們也可以看到，在《論衡》各篇章之中，上自遠古時代的神話，下至漢代的各種民間傳說，尤其是先秦時期的歷史傳說故事，幾乎都融會其中。如果我們把屈原的〈天問〉看作是對古代神話傳說的一種具體保存形式，那麼，王充的《論衡》同樣可以看作是一種保存形式，而且他在保存的同時，還對這些神話和傳說進行釋疑，其「答」正與〈天問〉之「問」相對。

我曾經檢索《論衡》各篇，發現其中幾乎保存了漢代之前中國所有的民間文學現象、所有的神話類型與傳說故事類型。這是民間文學史上少見的現象。許多珍貴的民間文學文字，正是由此得到保存。

《論衡》被稱為漢代和漢代之前的「神話傳說集成」，當之無愧，而且其內容遠超過《淮南子》的保存量。如其〈道虛篇〉所載：

儒書言：黃帝採首山銅鑄鼎於荊山下，鼎既成，有龍垂鬍鬚，下迎黃帝。黃帝上騎龍，群臣後宮從上七十餘人。龍乃上去，餘小臣不得上，乃悉持龍髯，龍髯拔，墮黃帝之弓；百姓仰望黃帝既上天，乃抱其弓與龍鬍

第三章　秦漢間俗說

髯呼號，故後世因其處曰鼎湖，其弓曰烏號。太史公記諸五帝，亦云黃帝封禪已仙去，群臣朝其衣冠，因葬埋之。曰此虛言也。實黃帝者，何等也？……五帝三王皆有聖德之優者，黃帝不在上焉。如聖人皆仙，仙者非獨黃帝；如聖人不仙，黃帝何為獨仙？世見黃帝好方術；方術，仙者之業，則謂帝仙矣。又見鼎湖之名，則言黃帝採首山銅鑄鼎，而龍垂鬍髯迎黃帝矣。是與說會稽之山無以異也。夫山名曰會稽，即云夏禹巡狩會計於此山上，故曰會稽。夫禹至會稽治水不巡狩，猶黃帝好方伎不升天也。無會計之事，猶無鑄鼎龍垂鬍髯之實也。

黃帝神話的傳說化，其中一個重要象徵即故事出現世俗性內容，有地名傳說與之相融合，表現了漢代神話歷史化、宗教化、世俗化的大趨勢。王充詳細記述了這種大趨勢及其具體內容，為我們研究古典神話的嬗變形態提供了全面而具體的珍貴材料。

在同一篇中，王充還記述了「淮南王學道」的傳說：

儒書言：淮南王學道。招會天下有道之人，傾一國之尊，下道術之士，是以道術之士並會淮南，奇方異術，莫不爭出。王遂得道，舉家升天，畜產皆仙，犬吠於天上，雞鳴於雲中。此言仙藥有餘，犬雞食之，並隨王而升天也。好道學仙之人皆謂之然，此虛言也。

這是我們研究漢代民間傳說的珍貴材料。王充對神話和民間傳說的記述，既取諸經典文獻，又注意其活性形態即口頭傳播的採錄，其保存內容之豐富、類型之全備，不僅在當世，即使在後來，也是不多見的。尤其是他對民間文學的見解，使我們能夠看到「唯理」的傾向，即過於追求民間文學對物質世界的直接反映，而忽視了民間文學的個性特徵，這固然是一種偏頗，但在當時又何嘗不是一種難得的見解？

兩漢時代，王充的唯理論民間文學思想應該引起我們重視。

唯理論的核心內容是駁斥社會文化思想中的虛妄，即騙人等種種欺世

第三節　個人著述與民間文學

盜名醜惡行徑，與所謂唯物思想是兩個概念。當然，其中包含無神論，而此時的無神論應該是相對的，是與泛神相對存在的一種信仰形態。其思想傾向與價值立場，並不是簡單的唯物或維新，而是唯理，即從社會生活實際出發，做出合理性述說。當然，他嚴重忽視了民間文學的非現實性因素。

王充在《論衡》中所表現出的民間文學觀，我們概括其為「唯理論」，其哲學基礎是無神論思想。無神論作為一種哲學思想，在先秦時期就已經萌芽，如《左傳》、《國語》等歷史著作中，已經有對鬼神信仰的動搖、懷疑甚至反對。《左傳·僖公五年》中提出「鬼神非人實親，唯德是依」，《左傳·桓公六年》中有「夫民，神之主也，是以聖王先成民而後致力於神」。《左傳·昭公十八年》載「四國發生火災，人以為是天變人應，子產不聽禳灶」，他說：

「天道遠，人道邇，非所及也，何以知之？灶焉知天道？是亦多言矣，豈不或信？」《左傳·僖公二十一年》載「夏大旱，公欲焚巫尪」，臧文仲說：「非旱備也，修城郭，貶食省用，務穡勸分，此其務也。巫尪何為？天欲殺之，則如勿生；若能為旱，焚之滋甚！」管仲、晏嬰、孔子、老子、莊子、孟子、荀子、韓非和尉繚子等人，都有過相類似的文化思想。《史記·魏世家》還記載了著名的「西門豹治鄴」故事，說明無神論思想的發展與實踐。漢代社會讖緯流行，封建統治者大搞天神崇拜、封禪、祠祀，如《史記·高祖本紀》中所載劉邦母親「嘗息大澤之陂，夢與神遇」，「蛟龍於其上」，這應屬野合的痕跡，卻成了龍種神話的演繹。在《史記·封禪書》中，我們可以看到劉邦「嘗殺大蛇」，有神人告其「蛇，白帝子也，而殺者，赤帝子」；在他為沛公時，就「祠蚩尤」，為自己的政治欲望而裝神弄鬼，自欺欺人。漢武帝「罷黜百家」，要尋找的是神學理論對他的支持，於是，董仲舒的《天人三策》便為他所青睞，「天人合一」、「天人感應」的神學理論繼承了商周神學思想，在漢代社會肆虐無忌，以《春

第三章　秦漢間俗說

秋繁露》為代表的一批神學典籍，就成為全社會主流話語的支配者。固然，董仲舒的天人相應理論包含著對統治者辜負蒼天、政治缺失的批評。董仲舒提出，蒼天是人間的道德監督者，當統治者不負責任，出現嚴重災難時，統治者必須向天禱告，祈求蒼天諒解自己的罪過，從而下罪己詔。遺憾的是董仲舒在當世不為統治者所容忍，也被後世經常誤會、曲解。

王充在《論衡》中形成自己的神話觀、傳說觀和風俗觀，成為中國民間文學史獨特的一頁。這些觀念相互摻雜，混生於各個篇章，在整體上相互呼應。

貫穿於《論衡》論與據之中的，正是這些神話傳說故事和社會風俗的內容。如其卷一〈逢遇篇〉所記：「以大才之臣，遇大才之主，乃有遇不遇，虞舜、許由、太公、伯夷是也。虞舜、許由俱聖人也，並生唐世，俱面於堯。虞舜紹帝統，許由入山林。太公、伯夷俱賢也，並出周國，皆見武王；太公受封，伯夷餓死。夫賢聖道同，志合趨齊，虞舜、太公行耦，許由、伯夷操違者，生非其世，出非其時也。道雖同，同中有異，志雖合，閤中有離。何則？道有精粗，志有清濁也。許由，皇者之輔也，生於帝者之時；伯夷，帝者之佐也，出於王者之世，並由道德，俱發仁義，主行道德，不清不留；主為仁義，不高不止，此其所以不遇也。堯溷，舜溷；武王誅殘，太公討暴，同溷皆粗，舉措均齊，此其所以為遇者也。故舜王天下，皋陶佐政，北人無擇深隱不見；禹王天下，伯益輔治，伯成子高委位而耕。非皋陶才愈無擇，伯益能出子高也，然而皋陶、伯益進用，無擇、子高退隱，進用行耦，退隱操違也。退隱勢異，身雖屈，不願進；人主不須其言，廢之，意亦不恨，是兩不相慕也。」意在敘說歷史上的「遇與不遇」，其選擇神話傳說故事闡釋其中的道理，便自然歸結於「且夫遇也，能不預設，說不宿具，邂逅逢喜，遭觸上意，故謂之遇。如準主調說，以取尊貴，是名為揣，不名曰遇。春種穀生，秋刈穀收，求物

第三節　個人著述與民間文學

得物，作事事成，不名為遇。不求自至，不作自成，是名為遇。猶拾遺於塗，摭棄於野，若天授地生，鬼助神輔，禽息之精陰慶，鮑叔之魂默舉，若是者，乃遇耳。今俗人既不能定遇不遇之論，又就遇而譽之，因不遇而毀之，是據見效，案成事，不能量操審才能也。」其卷一〈氣壽篇〉所論「凡人稟命有二品，一曰所當觸值之命，二曰強弱壽夭之命」，其論曰：「何以明人年以百為壽也？世間有矣。儒者說曰：太平之時，人民佃長，百歲左右，氣和之所生也。《堯典》曰：朕在位七十載。求禪得舜，舜徵三十歲在位。堯退而老，八歲而終，至殂落，九十八歲。未在位之時，必已成人，今計數百有餘矣。又曰：舜生三十，徵用三十，在位五十載，陟方乃死。適百歲矣。文王謂武王曰：我百，爾九十。吾與爾三焉。文王九十七而薨，武王九十三而崩。周公，武王之弟也，兄弟相差，不過十年。武王崩，周公居攝七年，復政退老，出入百歲矣。邵公，周公之兄也，至康王之時，尚為太保，出入百有餘歲矣。聖人稟和氣，故年命得正數。氣和為治平，故太平之世多長壽人。百歲之壽，蓋人年之正數也，猶物至秋而死，物命之正期也。物先秋後秋，則亦如人死或增百歲，或減百也；先秋後秋為期，增百減百為數。物或出地而死，猶人始生而夭也；物或逾秋不死，亦如人年多度百至於三百也。傳稱：老子二百餘歲，邵公百八十。高宗享國百年，周穆王享國百年，並未享國之時，皆出百三十四十歲矣。」

其卷二〈幸偶篇〉講述「凡人操行，有賢有愚，及遭禍福，有幸有不幸；舉事有是有非，及觸賞罰，有偶有不偶。並時遭兵，隱者不中。同日被霜，蔽者不傷。中傷未必惡，隱蔽未必善。隱蔽幸，中傷不幸。俱欲納忠，或賞或罰；並欲有益，或信或疑。賞而信者未必真，罰而疑者未必偽。賞信者偶，罰疑不偶也」，以孔子傳說為例，記述曰：「孔子門徒七十有餘，顏回蚤夭。孔子曰：不幸短命死矣！短命稱不幸，則知長命者幸也，短命者不幸也。服聖賢之道，講仁義之業，宜蒙福佑。伯牛有疾，

第三章　秦漢間俗說

亦復顏回之類，俱不幸也。螻蟻行於地，人舉足而涉之。足所履，螻蟻笮死；足所不蹈，全活不傷。火爇野草，車轢所致，火所不爇，俗或喜之，名曰幸草。夫足所不蹈，火所不及，未必善也，舉火行有適然也。由是以論，癰疽之發，亦一實也。氣結閼積，聚為癰；潰為疽創，流血出膿，豈癰疽所發，身之善穴哉？營衛之行，遇不通也。蜘蛛結網，蜚蟲過之，或脫或獲；獵者張羅，百獸群擾，或得或失。漁者罾江河之魚，或存或亡。或姦盜大辟而不知，或罰贖小罪而發覺：災氣加人，亦此類也。不幸遭觸而死，幸者免脫而生，不幸者，不僥倖也。孔子曰：人之生也直，罔之生也幸。則夫順道而觸者，為不幸矣。立岩牆之下，為壞所壓；蹈圻岸之上，為崩所墜，輕遇無端，故為不幸。魯城門久朽欲頓，孔子過之，趨而疾行。左右曰：久矣。孔子曰：惡其久也。孔子戒慎已甚，如過遭壞，可謂不幸也。故孔子曰：君子有不幸而無有幸，小人有幸而無不幸。又曰：君子處易以俟命，小人行險以僥倖。」其得出結論：「虞舜聖人也，在世宜蒙全安之福。父頑母嚚，弟象敖狂，無過見憎，不惡而得罪，不幸甚矣！孔子，舜之次也。生無尺土，周流應聘，削跡絕糧。俱以聖才，並不幸偶。舜尚遭堯受禪，孔子已死於闕里。以聖人之才，猶不幸偶，庸人之中，被不幸偶，禍必眾多矣！」

其卷二〈無形篇〉論述「人稟元氣於天，各受壽夭之命」，稱：「龍之為蟲，一存一亡，一短一長。龍之為性也，變化斯須，輒復非常。由此言之，人，物也，受不變之形，形不可變更，年不可增減。傳稱高宗有桑穀之異，悔過反政，享福百年，是虛也。傳言宋景公出三善言，熒惑卻三舍，延年二十一載，是又虛也。又言秦繆公有明德，上帝賜之十九年，是又虛也。稱赤松、王喬好道為仙，度世不死，是又虛也。假令人生立形謂之甲，終老至死，常守甲形。如好道為仙，未有使甲變為乙者也。夫形不可變更，年不可減增。何則？形、氣、性，天也。形為春，氣為夏。人以

第三節　個人著述與民間文學

氣為壽，形隨氣而動。氣性不均，則於體不同。牛壽半馬，馬壽半人，然則牛馬之形與人異矣。稟牛馬之形，當自得牛馬之壽；牛馬之不變為人，則年壽亦短於人。世稱高宗之徒，不言其身形變異。而徒言其增延年壽，故有信矣。」其概括總結道：「圖仙人之形，體生毛，臂變為翼，行於雲則年增矣，千歲不死。此虛圖也。世有虛語，亦有虛圖。假使之然，蟬蛾之類，非真正人也。海外三十五國，有毛民羽民，羽則翼矣。毛羽之民土形所出，非言為道身生毛羽也。禹、益見西王母，不言有毛羽。不死之民，亦在外國，不言有毛羽。毛羽之民，不言之死；不死之民，不言毛羽。毛羽未可以效不死，仙人之有翼，安足以驗長壽乎？」

其卷二〈率性篇〉論述「論人之性，定有善有惡」，舉例神話傳說，記述曰：「王良、造父稱為善御，能使不良為良也。如徒能御良，其不良者不能馴服，此則駔工庸師服馴技能，何奇而世稱之？故曰：王良登車，馬不罷駕；堯、舜為政，民無狂愚。傳曰：『堯、舜之民可比屋而封，桀、紂之民可比屋而誅。』斯民也，三代所以直道而行也。聖主之民如彼，惡主之民如此，竟在化不在性也。聞伯夷之風者，貪夫廉而懦夫有立志；聞柳下惠之風者，薄夫敦而鄙夫寬。徒聞風名，猶或變節，況親接形面相敦告乎？孔門弟子七十之徒，皆任卿相之用，被服聖教，文才雕琢，知能十倍，教訓之功而漸漬之力也。未入孔子之門時，閭巷常庸無奇，其尤甚不率者，唯子路也。世稱子路無恆之庸人，未入孔門時，戴雞佩豚，勇猛無禮，聞誦讀之聲，搖雞奮豚，揚唇吻之音，聒賢聖之耳，惡至甚矣。孔子引而教之，漸漬磨礪，闓導牖進，猛氣消損，驕節屈折，卒能政事，序在四科。斯蓋變性使惡為善之明效也。」其論「天道有真偽」，稱：「真者固自與天相應，偽者人加知巧，亦與真者無以異也。何以驗之？〈禹貢〉曰璆琳瑯玕，此則土地所生真玉珠也。然而道人消爍五石，作五色之玉，比之真玉，光不殊別，兼魚蚌之珠，與〈禹貢〉璆琳皆真玉珠也。然而隨侯以

第三章　秦漢間俗說

藥作珠，精耀如真，道士之教至，知巧之意加也。陽遂取火於天，五月丙午日中之時，消煉五石，鑄以為器，磨礪生光，仰以向日，則火來至。此真取火之道也。今妄以刀劍之鉤月，摩拭朗白，仰以向日，亦得火焉。夫鉤月非陽遂也，所以耐取火者，摩拭之所致也。今夫性惡之人，使與性善者同類乎？可率勉之令其為善；使之異類乎，亦可令與道人之所鑄玉、隨侯之所作珠、人之所摩刀劍鉤月焉，教導以學，漸漬以德，亦將日有仁義之操。黃帝與炎帝爭為天子，教熊羆貔虎以戰於阪泉之野，三戰得志，炎帝敗績。堯以天下讓舜，鯀為諸侯，欲得三公，而堯不聽，怒其猛獸，欲以為亂，比獸之角可以為城，舉尾以為旌，奮心盛氣，阻戰為強。夫禽獸與人殊形，猶可命戰，況人同類乎？推此以論，百獸率舞，潭魚出聽，六馬仰秣，不復疑矣。異類以殊為同，同類以鈞為異，所由不在於物，在於人也。凡含血氣者，教之所以異化也。三苗之民，或賢或不肖，堯、舜齊之，恩教加也。楚、越之人，處莊、嶽之間，經歷歲月，變為舒緩，風俗移也。故曰：齊舒緩，秦慢易，楚促急，燕戇投。以莊、嶽言之，四國之民，更相出入，久居單處，性必變易。」

最後，其以西門豹故事為例，引述道：「西門豹急，佩韋以自緩；董安于緩，帶弦以自促。急之與緩，俱失中和，然而韋弦附身，成為完具之人。能納韋弦之教，補接不足，則豹、安于之名可得參也。貧劣宅屋不具牆壁宇達，人指訾之。如財貨富愈，起屋築牆，以自蔽鄣，為之具宅，人弗復非。魏之行田百畝，鄴獨二百，西門豹灌以漳水，成為膏腴，則畝收一鍾。夫人之質猶鄴田，道教猶漳水也。患不能化，不患人性之難率也。洛陽城中之道無水，水工激上洛中之水，日夜馳流，水工之功也。由此言之，迫近君子，而仁義之道數加於身，孟母之徙宅，蓋得其驗。人間之水汙濁，在野外者清潔，俱為一水，源從天涯，或濁或清，所在之勢使之然也。南越王趙佗，本漢賢人也，化南夷之俗，背畔王制，椎髻箕坐，好之

若性。陸賈說以漢德，懼以聖威，蹶然起坐，心覺改悔，奉制稱蕃，其於椎髻箕坐也，惡之若性。前則若彼，後則若此。由此言之，亦在於教，不獨在性也。」

其卷二〈吉驗篇〉論述「凡人稟貴命於天，必有吉驗見於地」的話題，引述神話傳說，先舉例神話稱：「傳言黃帝妊二十月而生，生而神靈，弱而能言。長大率諸侯，諸侯歸之；教熊羆戰，以伐炎帝，炎帝敗績。性與人異，故在母之身留多十月；命當為帝，故能教物，物為之使。堯體就之如日，望之若雲。洪水滔天，蛇龍為害，堯使禹治水，驅蛇龍，水治東流，蛇龍潛處。有殊奇之骨，故有詭異之驗；有神靈之命，故有驗物之效。天命當貴，故從唐侯入嗣帝後之位。舜未逢堯，鯀在側陋。瞽瞍與象謀欲殺之。使之完廩，火燔其下；令之浚井，土掩其上。舜得下廩，不被火災；穿井旁出，不觸土害。堯聞徵用，試之於職。官治職修，事無廢亂。使入大麓之野，虎狼不搏，蝮蛇不噬；逢烈風疾雨，行不迷惑。夫人欲殺之，不能害時，之毒螫之野，禽蟲不能傷，卒受帝命，踐天子祚。」又舉例傳說故事稱「后稷之時，履大人跡，或言衣帝嚳之服，坐息帝嚳之處，妊身。怪而棄之隘巷，牛馬不敢踐之；置之冰上，鳥以翼覆之，慶集其身。母知其神怪，乃收養之。長大佐堯，位至司馬。烏孫王號昆莫，匈奴攻殺其父，而昆莫生，棄於野，烏銜肉往食之。單于怪之，以為神，而收長。及壯，使兵，數有功。單于乃復以其父之民予昆莫，令長守於西城。夫后稷不當棄，故牛馬不踐，鳥以羽翼覆愛其身；昆莫不當死，故烏銜肉就而食之。北夷橐離國王侍婢有娠，王欲殺之。婢對曰：有氣大如雞子，從天而下，我故有娠。後產子，捐於豬溷中，豬以口氣噓之，不死；復徙置馬欄中，欲使馬藉殺之，馬復以口氣噓之，不死。王疑以為天子，令其母收取，奴畜之，名東明，令牧牛馬。東明善射，王恐奪其國也，欲殺之。東明走，南至掩淲水，以弓擊水，魚鱉浮為橋，東明得渡，魚鱉解

第三章　秦漢間俗說

散，追兵不得渡，因都王夫餘。故北夷有夫餘國焉。東明之母初妊時，見氣從天下，及生，棄之，豬馬以氣吁之而生之。長大，王欲殺之，以弓擊水，魚鱉為橋。天命不當死，故有豬馬之救；命當都王夫餘，故有魚鱉為橋之助也。伊尹且生之時，其母夢人謂己曰：臼出水，疾東走。母顧！明旦視臼出水，即東走十里，顧其鄉，皆為水矣。伊尹命不當沒，故其母感夢而走。推此以論，歷陽之都，其策命若伊尹之類，必有先時感動在他地之效。」兩則故事類型各異，寓意不同。最後，其又舉例「高皇帝母曰劉媼，嘗息大澤之陂，夢與神遇。是時，雷電晦冥，蛟龍在上。及生而有美。性好用酒，嘗從王媼、武負貰酒，飲醉止臥，媼、負見其身常有神怪。每留飲醉，酒售數倍。後行澤中，手斬大蛇，一嫗當道而哭，云：赤帝子殺吾子。此驗既著聞矣。」以此，其得出結論：「蓋天命當興，聖王當出，前後氣驗，照察明著。繼體守文，因據前基，稟天光氣，驗不足言。創業龍興，由微賤起於顛沛；若高祖、光武者，曷嘗無天人神怪光顯之驗乎！」

其卷三〈偶會篇〉論述「命，吉凶之主也。自然之道，適偶之數，非有他氣旁物厭勝感動使之然也」，舉例神話傳說，論述道：「雁鵠集於會稽，去避碣石之寒，來遭民田之畢，蹈履民田，啄食草糧。糧盡食索，春雨適作，避熱北去，復之碣石。象耕靈陵，亦如此焉。傳曰：舜葬蒼梧，象為之耕。禹葬會稽，鳥為之佃。失事之實，虛妄之言也。丈夫有短壽之相，娶必得早寡之妻；早寡之妻，嫁亦遇夭折之夫也。世曰：男女早死者，夫賊妻，妻害夫。非相賊害，命有然也。使火燃，以水沃之，可謂水賊火。火適自滅，水適自覆，兩各自敗，不為相賊。今男女之早夭，非水沃火之比，適自滅覆之類也。賊父之子，妨兄之弟，與此同召。同宅而處，氣相加凌，羸瘠消單，至於死亡，可謂相賊。或客死千里之外，兵燒厭溺，氣不相犯，相賊如何？王莽姑正君，許嫁二夫，二夫死，當適趙而王

第三節　個人著述與民間文學

甍。氣未相加，遙賊三家，何其痛也！黃次公取鄰巫之女，卜謂女相貴，故次公位至丞相。其實不然。次公當貴，行與女會；女亦自尊，故入次公門。偶適然自相遭遇，時也。」

其卷三〈骨相篇〉記述曰：「人曰命難知。命甚易知。知之何用？用之骨體。人命稟於天，則有表候見於體。察表候以知命，猶察斗斛以知容矣。表候者，骨法之謂也。傳言黃帝龍顏，顓頊戴午，帝嚳駢齒，堯眉八採，舜目重瞳，禹耳三漏，湯臂再肘，文王四乳，武王望陽，周公背僂，皋陶馬口，孔子反羽。斯十二聖者，皆在帝王之位，或輔主憂世，世所共聞，儒所共說，在經傳者較著可信。若夫短書俗記、竹帛胤文，非儒者所見，眾多非一。倉頡四目，為黃帝史。晉公子重耳仳脅，為諸侯霸。蘇秦骨鼻，為六國相。張儀仳脅，亦相秦、魏。項羽重瞳，云虞舜之後，與高祖分王天下。」稱：「貴賤貧富，命也；操行清濁，性也。非徒命有骨法，性亦有骨法。唯知命有明相，莫知性有骨法，此見命之表證，不見性之符驗也。」其舉例「范蠡去越傳說」和「孔子獨立鄭東門故事」稱：「范蠡去越，自齊遺大夫種書曰：飛鳥盡，良弓藏，狡兔死，走犬烹。越王為人長頸鳥喙，可與共患難，不可與共容樂。子何不去？大夫種不能去，稱疾不朝，賜劍而死。大梁人尉繚，說秦始皇以併天下之計，始皇從其冊，與之亢禮，衣服飲食與之齊同。繚曰：秦王為人，隆準長目，鷙膺豺聲，少恩，虎視狼心，居約易以下人；得志亦輕視人。我布衣也，然見我，常身自下我。誠使秦王須得志，天下皆為虜矣。不可與交遊。乃亡去。故范蠡、尉繚見性行之證，而以定處來事之實，實有其效，如其法相。由此言之，性命繫於形體，明矣。以尺書所載，世所共見，準況古今，不聞者必眾多非一，皆有其實。稟氣於天，立形於地，察在地之形，以知在天之命，莫不得其實也。有傳孔子相澹臺子羽、唐舉占蔡澤不驗之文，此失之不審，何隱匿微妙之表也。相或在內，或在外，或在形體，或在聲氣。察

第三章　秦漢間俗說

外者遺其內；在形體者，亡其聲氣。孔子適鄭，與弟子相失，孔子獨立鄭東門。鄭人或問子貢曰：東門有人，其頭似堯，其項若皋陶，肩類子產。然自腰以下，不及禹三寸，儽儽若喪家之狗。子貢以告孔子，孔子欣然笑曰：形狀未也。如喪家狗，然哉！然哉！夫孔子之相，鄭人失其實。鄭人不明，法術淺也。孔子之失子羽，唐舉惑於蔡澤，猶鄭人相孔子，不能具見形狀之實也。」

其卷三〈物勢篇〉論述「天地故生人此言妄也」，具體闡釋五行與十二生辰之間的關係，實際上是對漢代社會民間信仰的總結：「或曰：五行之氣，天生萬物。以萬物含五行之氣，五行之氣更相賊害。曰：天自當以一行之氣生萬物，令之相親愛，不當令五行之氣反使相賊害也。或曰：欲為之用，故令相賊害；賊害相成也。故天用五行之氣生萬物，人用萬物作萬事。不能相制，不能相使，不相賊害，不成為用。金不賊木，木不成用。火不爍金，金不成器。故諸物相賊相利，含血之蟲相勝服、相齧噬、相啖食者，皆五行氣使之然也。曰：天生萬物欲令相為用，不得不相賊害也。則生虎、狼、蝮蛇及蜂、蠆之蟲，皆賊害人，天又欲使人為之用邪？且一人之身，含五行之氣，故一人之行，有五常之操。五常，五行之道也。五藏在內，五行氣俱。如論者之言，含血之蟲，懷五行之氣，輒相賊害。一人之身，胸懷五藏，自相賊也；一人之操，行義之心，自相害也。且五行之氣相賊害，含血之蟲相勝服，其驗何在？曰：寅，木也，其禽虎也；戌，土也，其禽犬也。丑、未，亦土也，丑禽牛，未禽羊也。木勝土，故犬與牛羊為虎所服也。亥水也，其禽豕也；巳，火也，其禽蛇也；子亦水也，其禽鼠也。午亦火也，其禽馬也。水勝火，故豕食蛇；火為水所害，故馬食鼠屎而腹脹。曰：審如論者之言，含血之蟲，亦有不相勝之效。午，馬也，子，鼠也，酉，雞也，卯，兔也。水勝火，鼠何不逐馬？金勝木，雞何不啄兔？亥，豕也，未，羊也。丑，牛也。土勝水，牛羊何不殺

豕？巳，蛇也。申，猴也。火勝金，蛇何不食獼猴？獼猴者，畏鼠也。齧獼猴者，犬也。鼠，水也。獼猴，金也。水不勝金，獼猴何故畏鼠也？戌，土也，申，猴也。土不勝金，猴何故畏犬？東方，木也，其星倉龍也。西方，金也，其星白虎也；南方，火也，其星朱鳥也。北方，水也，其星玄武也。天有四星之精，降生四獸之體。含血之蟲，以四獸為長，四獸含五行之氣最較著。案龍虎交不相賊，鳥龜會不相害。以四獸驗之，以十二辰之禽效之，五行之蟲以氣性相刻，則尤不相應。」

其卷三〈奇怪篇〉論述道「儒者稱聖人之生，不因人氣，更稟精於天。禹母吞薏苡而生禹，故夏姓曰姒；卨母吞燕卵而生卨，故殷姓曰子。后稷母履大人跡而生后稷，故周姓曰姬。《詩》曰：不坼不副。是生后稷。說者又曰：禹、卨逆生，闓母背而出；后稷順生，不坼不副。不感動母體，故曰不坼不副。逆生者子孫逆死，順生者子孫順亡。故桀、紂誅死，赧王奪邑。言之有頭足，故人信其說；明事以驗證，故人然其文。讖書又言：堯母慶都野出，赤龍感己，遂生堯。《高祖本紀》言：劉媼嘗息大澤之陂，夢與神遇。是時，雷電晦冥，太公往視，見蛟龍於上。已而有身，遂生高祖。其言神驗，文又明著，世儒學者，莫謂不然。如實論之，虛妄言也。」其辯稱：「且夫薏苡，草也；燕卵，鳥也；大人跡，土也，三者皆形，非氣也，安能生人？說聖者，以為稟天精微之氣，故其為有殊絕之知。今三家之生，以草、以鳥、以土，可謂精微乎？天地之性，唯人為貴，則物賤矣。今貴人之氣，更稟賤物之精，安能精微乎？夫令鳩雀施氣於雁鵠，終不成子者，何也？鳩雀之身小，雁鵠之形大也。今燕之身不過五寸，薏苡之莖不過數尺，二女吞其卵實，安能成七尺之形乎？爍一鼎之銅，以灌一錢之形，不能成一鼎，明矣。今謂大人天神，故其跡巨。巨跡之人，一鼎之爍銅也；姜原之身，一錢之形也。使大人施氣於姜原，姜原之身小，安能盡得其精？不能盡得其精，則后稷不能成人。堯、高祖審龍之子，子

第三章　秦漢間俗說

性類父，龍能乘雲，堯與高祖亦宜能焉。萬物生於土，各似本種；不類土者，生不出於土，土徒養育之也。母之懷子，猶土之育物也。堯、高祖之母，受龍之施，猶土受物之播也。物生自類本種，夫二帝宜似龍也。且夫含血之類，相與為牝牡；牝牡之會，皆見同類之物。精感欲動，乃能授施。若夫牡馬見雌牛，雄雀見牝雞，不相與合者，異類故也。今龍與人異類，何能感於人而施氣？或曰：夏之衰，二龍鬥於庭，吐漦於地。龍亡漦在，櫝而藏之。至周幽王發出龍漦，化為玄黿，入於後宮，與處女交，遂生褒姒。玄黿與人異類，何以感於處女而施氣乎？夫玄黿所交非正，故褒姒為禍，周國以亡。以非類妄交，則有非道妄亂之子。今堯、高祖之母，不以道接會，何故二帝賢聖，與褒姒異乎？或曰：趙簡子病，五日不知人。覺言，我之帝所，有熊來，帝命我射之，中熊，死；有羆來，我又射之，中羆，羆死。後問當道之鬼，鬼曰：熊羆，晉二卿之先祖也。熊羆物也，與人異類，何以施類於人，而為二卿祖？夫簡子所射熊羆，二卿祖當亡，簡子當昌之祆也。簡子見之，若寢夢矣。空虛之象，不必有實。假令有之，或時熊羆先化為人。乃生二卿。魯公牛哀病化為虎。人化為獸，亦如獸為人。玄黿入後宮，殆先化為人。天地之間，異類之物，相與交接，未之有也。」其推論以問道：「天人同道，好惡均心。人不好異類，則天亦不與通。人雖生於天，猶蟣蝨生於人也。人不好蟣蝨，天無故欲生於人。何則？異類殊性，情欲不相得也。天地，夫婦也，天施氣於地以生物。人轉相生，精微為聖，皆因父氣，不更稟取。如更稟者為聖、后稷不聖。如聖人皆當更稟，十二聖不皆然也。黃帝、帝嚳、帝顓頊、帝舜之母，何所受氣？文王、武王、周公、孔子之母，何所感吞？」從而稱論：「此或時見三家之姓，曰姒氏、子氏、姬氏，則因依放，空生怪說，猶見鼎湖之地，而著黃帝升天之說矣。失道之意，還反其字。倉頡作書，與事相連。姜原履大人跡。跡者基也，姓當為其下土，乃為女旁臣，非基跡之字，不合本

事,疑非實也。以周姬況夏殷,亦知子之與姒,非燕子、薏苡也。或時禹、契、後稷之母適欲懷妊,遭吞薏苡、燕卵,履大人跡也。世好奇怪,古今同情。不見奇怪,謂德不異,故因以為姓。世間誠信,因以為然。聖人重疑,因不復定。世士淺論,因不復辨。儒生是古,因生其說。《詩》言不坼不副者,言後稷之生,不感動母身也。儒生穿鑿,因造禹、契逆生之說。感於龍,夢與神遇,猶此率也。堯、高祖之母,適欲懷妊,遭逢雷龍載雲雨而行,人見其形,遂謂之然。夢與神遇,得聖子之象也。夢見鬼合之,非夢與神遇乎,安得其實!野出感龍,及蛟龍居上,或堯、高祖受富貴之命。龍為吉物,遭加其上,吉祥之瑞,受命之證也。光武皇帝產於濟陽宮,鳳皇集於地,嘉禾生於屋。聖人之生,奇鳥吉物之為瑞應。必以奇吉之物見而子生,謂之物之子,是則光武皇帝嘉禾之精,鳳皇之氣歟?案〈帝系〉之篇及〈三代世表〉,禹,鯀之子也;卨、稷皆帝嚳之子,其母皆帝嚳之妃也,及堯,亦嚳之子。帝王之妃,何為適草野?古時雖質,禮已設制,帝王之妃,何為浴於水?夫如是,言聖人更稟氣於天,母有感吞者,虛妄之言也。實者,聖人自有種族,如文、武各有類。孔子吹律,自知殷後;項羽重瞳,自知虞舜苗裔也。五帝、三王皆祖黃帝。黃帝聖人,本稟貴命,故其子孫皆為帝王。帝王之生,必有怪奇,不見於物,則效於夢矣。」

其卷四〈書虛篇〉記述道:「儒書言:舜葬於蒼梧、禹葬於會稽者,巡狩年老,道死邊土。聖人以天下為家,不別遠近,不殊內外,故遂止葬。夫言舜、禹,實也;言其巡狩,虛也。舜之與堯,俱帝者也,共五千里之境,同四海之內;二帝之道,相因不殊。《堯典》之篇,舜巡狩東至岱宗,南至霍山,西至太華,北至恆山。以為四嶽者,四方之中,諸侯之來,並會嶽下,幽深遠近,無不見者,聖人舉事,求其宜適也。禹王如舜,事無所改,巡狩所至,以復如舜。舜至蒼梧,禹到會稽,非其實也。實舜、禹

第三章　秦漢間俗說

之時，鴻水未治，堯傳於舜，舜受為帝，與禹分部，行治鴻水。堯崩之後，舜老，亦以傳於禹。舜南治水，死於蒼梧；禹東治水，死於會稽。賢聖家天下，故因葬焉。吳君高說：會稽本山名，夏禹巡守，會計於此山，因以名郡，故曰會稽。夫言因山名郡可也，言禹巡狩會計於此山，虛也。巡狩本不至會稽，安得會計於此山？宜聽君高之說，誠會稽為會計，禹到南方，何所會計？如禹始東死於會稽，舜亦巡狩，至於蒼梧，安所會計？百王治定則出巡，巡則輒會計，是則四方之山皆會計也。百王太平，升封太山。太山之上，封可見者七十有二，紛綸湮滅者，不可勝數。如審帝王巡狩輒會計，會計之地如太山封者，四方宜多。夫郡國成名，猶萬物之名，不可說也。獨為會稽立歟？周時舊名吳、越也，為吳、越立名，從何往哉？六國立名，狀當如何？天下郡國且百餘，縣邑出萬，鄉亭聚里，皆有號名，賢聖之才莫能說。君高能說會稽，不能辨定方名。會計之說，未可從也。巡狩考正法度，禹時吳為裸國，斷髮紋身，考之無用，會計如何？」其又稱：「傳書言：舜葬於蒼梧，象為之耕；禹葬會稽，鳥為之田。蓋以聖德所致，天使鳥獸報佑之也。世莫不然。考實之，殆虛言也。夫舜、禹之德不能過堯，堯葬於冀州，或言葬於崇山，冀州鳥獸不耕，而鳥獸獨為舜、禹耕，何天恩之偏駁也？或曰：舜、禹治水，不得寧處，故舜死於蒼梧，禹死於會稽。勤苦有功，故天報之；遠離中國，故天痛之。夫天報舜、禹，使鳥田象耕，何益舜、禹？天欲報舜、禹，宜使蒼梧、會稽常祭祀之。使鳥獸田耕，不能使人祭。祭加舜、禹之墓，田施人民之家，天之報佑聖人，何其拙也，且無益哉！由此言之，鳥田象耕，報佑舜、禹，非其實也。實者，蒼梧多象之地，會稽眾鳥所居。〈禹貢〉曰：彭蠡既豬，陽鳥攸居。天地之情，鳥獸之行也。象自蹈土，鳥自食蘋。土蹶草盡，若耕田狀，壤靡泥易，人隨種之，世俗則謂為舜、禹田。海陵麋田，若象耕狀，何嘗帝王葬海陵者邪？」

其卷五〈異虛篇〉開題記述:「殷高宗之時,桑穀俱生於朝,七日而大拱。高宗召其相而問之,相曰:吾雖知之,弗能言也。問祖己,祖己曰:夫桑穀者,野草也,而生於朝,意朝亡乎?高宗恐駭,側身而行道,思索先王之政,明養老之義,興滅國,繼絕世,舉佚民。桑穀亡。三年之後,諸侯以譯來朝者六國,遂享百年之福。高宗,賢君也,而感桑穀生。而問祖己,行祖己之言,修政改行。桑穀之妖亡,諸侯朝而年長久。修善之義篤,故瑞應之福渥。此虛言也。」然後,其辯稱:「河源出於崑崙,其流播於九河。使堯、禹卻以善政,終不能還者,水勢當然,人事不能禁也。河源不可禁,二龍不可除,則桑穀不可卻也。王命之當興也,猶春氣之當為夏也。其當亡也,猶秋氣之當為冬也。見春之微葉,知夏有莖葉。睹秋之零實,知冬之枯萃。桑穀之生,其猶春葉秋實也,必然猶驗之。今詳修政改行,何能除之?夫以周亡之祥,見於夏時,又何以知桑穀之生,不為紂亡出乎!或時祖己言之,信野草之占,失遠近之實。高宗問祖己之後,側身行道,六國諸侯偶朝而至,高宗之命自長未終,則謂起桑穀之問,改行修行,享百年之福矣。夫桑穀之生,殆為紂出,亦或時吉而不凶,故殷朝不亡,高宗壽長。祖己信野草之占,謂之當亡之徵。」同時,其又舉例稱:「漢孝武皇帝之時,獲白麟戴兩角而共牴,使謁者終軍議之。軍曰:夫野獸而共一角,象天下合同為一也。麒麟野獸也,桑穀野草也,俱為野物,獸草何別?終軍謂獸為吉,祖己謂野草為凶。高宗祭成湯之廟,有蜚雉升鼎而雊。祖己以為遠人將有來者,說《尚書》家謂雉凶,議駁不同。且從祖己之言,雉來吉也,雉伏於野草之中,草覆野鳥之形,若民人處草廬之中,可謂其人吉而廬凶乎?民人入都,不謂之凶,野草生朝,何故不吉?雉則民人之類。如謂含血者吉,長狄來至,是吉也,何故謂之凶?如以從夷狄來者不吉,介葛盧來朝,是凶也。如以草木者為凶,朱草、蓂莢出,是不吉也。朱草、蓂莢,皆草也,宜生於野,而生於朝,是為不吉。

第三章　秦漢間俗說

何故謂之瑞？一野之物，來至或出，吉凶異議。朱草莢善草，故為吉，則是以善惡為吉凶，不以都野為好醜也。周時天下太平，越嘗獻雉於周公。高宗得之而吉。雉亦草野之物，何以為吉？如以雉所分有似於士，則麏亦仍有似君子；公孫述得白鹿，占何以凶？然則雉之吉凶未可知，則夫桑穀之善惡未可驗也。桑穀或善物，象遠方之士將皆立於高宗之朝，故高宗獲吉福，享長久也。」其繼續記述道：「禹南濟於江，有黃龍負舟。舟中之人五色無主。禹乃嘻笑而稱曰：我受命於天，竭力以勞萬民。生，寄也；死，歸也。何足以滑和，視龍猶蝘蜓也。龍去而亡。案古今龍至皆為吉，而禹獨謂黃龍凶者，見其負舟，舟中之人恐也。夫以桑穀比於龍，吉凶雖反，蓋相似。野草生於朝，尚為不吉，殆有若黃龍負舟之異。故為吉而殷朝不亡。」

其卷五〈感虛篇〉論述「儒者傳書言：堯之時，十日並出，萬物焦枯。堯上射十日，九日去，一日常出。此言虛也」，辯稱：「夫人之射也，不過百步，矢力盡矣。日之行也，行天星度。天之去人，以萬里數，堯上射之，安能得日？使堯之時，天地相近，不過百步，則堯射日，矢能及之；過百步，不能得也。假使堯時天地相近，堯射得之，猶不能傷日。傷日何肯去？何則？日，火也。使在地之火附一把炬，人從旁射之，雖中，安能滅之？地火不為見射而滅，天火何為見射而去？此欲言堯以精誠射之，精誠所加，金石為虧，蓋誠無堅則亦無遠矣。夫水與火，各一性也。能射火而滅之，則當射水而除之。洪水之時，流濫中國，為民大害。堯何不推精誠射而除之？堯能射日，使火不為害，不能射河，使水不為害。夫射水不能卻水，則知射日之語，虛非實也。或曰：日，氣也。射雖不及，精誠滅之。夫天亦遠，使其為氣，則與日月同；使其為體，則與金石等。以堯之精誠，滅日虧金石，上射日則能穿天乎？世稱桀、紂之惡，射天而毆地；譽高宗之德，政消桑穀。今堯不能以德滅十日，而必射之；是德不若高

宗,惡與桀、紂同也。安能以精誠獲天之應也?」

此處其記述著名的《孟姜女》傳說原型。其解析著名的「商湯禱雨」稱:「傳書言:湯遭七年旱,以身禱於桑林,自責以六過,天乃雨。或言:五年。禱辭曰:

余一人有罪,無及萬夫。萬夫有罪,在余一人。天以一人不敏,使上帝鬼神傷民之命。於是剪其髮,麗其手,自以為牲,用祈福於上帝。上帝甚說,時雨乃至。言湯以身禱於桑林自責,若言剪髮麗手,自以為牲,用祈福於帝者,實也。言雨至為湯自責以身禱之故,殆虛言也。孔子疾病,子路請禱。孔子曰:有諸?子路曰:有之。〈誄〉曰:禱爾於上下神祇。孔子曰:丘之禱,久矣。聖人修身正行,素禱之日久,天地鬼神知其無罪,故曰禱久矣。《易》曰:大人與天地合其德,與日月合其明,與四時合其敘,與鬼神合其吉凶。此言聖人與天地、鬼神同德行也。即須禱以得福,是不同也。湯與孔子俱聖人也,皆素禱之日久。孔子不使子路禱以治病,湯何能以禱得雨?孔子素禱,身猶疾病。湯亦素禱,歲猶大旱。然則天地之有水旱,猶人之有疾病也。疾不可以自責除,水旱不可以禱謝去,明矣。湯之致旱,以過乎?是不與天地同德也。今不以過致旱乎?自責禱謝,亦無益也。人形長七尺,形中有五常,有瘅熱之病,深自克責,猶不能癒,況以廣大之天,自有水旱之變。湯用七尺之形,形中之誠,自責禱謝,安能得雨邪?人在層臺之上,人從層臺下叩頭,求請臺上之物。臺上之人聞其言,則憐而與之;如不聞其言,雖至誠區區,終無得也。夫天去人,非徒層臺之高也,湯雖自責,天安能聞知而與之雨乎?夫旱,火變也;湛,水異也。堯遭洪水,可謂湛矣。堯不自責以身禱祈,必舜、禹治之,知水變必須治也。除湛不以禱祈,除旱亦宜如之。由此言之,湯之禱祈,不能得雨。或時旱久,時當自雨;湯以旱久,亦適自責。世人見雨之下,隨湯自責而至,則謂湯以禱祈得雨矣。」其解析「倉頡造字」神話傳說,稱:「傳書言:倉頡作書,天雨粟,鬼夜哭。此言文章興而亂漸見,

第三章　秦漢間俗說

故其妖變,致天雨粟,鬼夜哭也。夫言天雨粟,鬼夜哭,實也;言其應倉頡作書,虛也。夫河出圖,洛出『書』,聖帝明,王之瑞應也。圖書文章,與倉頡所作字畫何以異?天地為圖書,倉頡作文字,業與天地同,指與鬼神合,何非何惡而致雨粟鬼哭之怪?使天地鬼神惡人有書,則其出圖書,非也;天不惡人有書,作書何非而致此怪?或時倉頡適作書,天適雨粟,鬼偶夜哭,而雨粟、鬼神哭自有所為。世見應書而至,則謂作書生亂敗之象,應事而動也。天雨穀,論者謂之從天而下,(應)變而生。如以雲雨論之,雨穀之變,不足怪也。何以驗之?夫雲(氣)出於丘山,降散則為雨矣。人見其從上而墜,則謂之天雨水也。夏日則雨水,冬日天寒則雨凝而為雪,皆由雲氣發於丘山,不從天上降集於地,明矣。夫穀之雨,猶復雲(氣)之亦從地起,因與疾風俱飄,參於天,集於地。人見其從天落也,則謂之天雨穀。建武三十一年中,陳留雨穀,穀下蔽地。案視穀形,若茨而黑,有似於稗實也。此或時夷狄之地,生出此穀。夷狄不粒食,此穀生於草野之中,成熟垂委於地,遭疾風暴起,吹揚與之俱飛,風衰穀集,墜於中國。中國見之,謂之雨穀。何以效之?野火燔山澤,山澤之中,草木皆燒,其葉為灰,疾風暴起,吹揚之,參天而飛,風衰葉下,集於道路。夫天雨穀者,草木葉燒飛而集之類也。而世以為雨穀,作傳書者以(為)變怪。天主施氣,地主產物。有葉、實可啄食者,皆地所生,非天所為也。今穀非氣所生,須土以成。雖云怪變,怪變因類。生地之物,更從天集,生天之物,可從地出乎?地之有萬物,猶天之有列星也。星不更生於地,穀何獨生於天乎?傳書又言:伯益作井,龍登玄雲,神棲崑崙。言龍井有害,故龍神為變也。夫言龍登玄雲,實也。言神棲崑崙,又言為作井之故,龍登神去,虛也。夫作井而飲,耕田而食,同一實也。伯益作井,致有變動。始為耕耘者,何故無變?神農之橈木為耒,教民耕耨,民始食穀,穀始播種。耕土以為田,鑿地以為井。井出水以救渴,田出穀以拯飢,天地鬼神所欲為也,龍何故登玄雲?神何故棲崑崙?夫龍之登玄雲,古今有之,非始益作井而乃登也。方今盛夏,雷雨時至,

龍多登雲。雲龍相應,龍乘雲雨而行,物類相致,非有為也。堯時,五十之民,擊壤於塗。觀者曰:大哉,堯之德也!擊壤者曰:吾日出而作,日入而息,鑿井而飲,耕田而食。堯何等力?堯時已有井矣。唐、虞之時,豢龍、御龍,龍常在朝。夏末政衰,龍乃隱伏。非益鑿井,龍登雲也。所謂神者,何神也?百神皆是。百神何故惡人為井?使神與人同,則亦宜有飲之欲。有飲之欲,憎井而去,非其實也。夫益殆之鑿井,龍不為鑿井登雲,神不棲於崑崙,傳書意妄,造生之也。」其解析「梁山崩」傳說,稱:「傳書言:梁山崩,壅河三日不流,晉君憂之。晉伯宗以輦者之言,令景公素縞而哭之,河水為之流通。此虛言也。夫山崩壅河,猶人之有癰腫,血脈不通也。治癰腫者,可復以素服哭泣之聲治乎?堯之時,洪水滔天,懷山襄陵。帝堯吁嗟,博求賢者。水變甚於河壅,堯憂深於景公,不聞以素縞哭泣之聲能厭勝之。堯無賢人若輦者之術乎?將洪水變大,不可以聲服除也?如素縞而哭,悔過自責也,堯、禹之治水以力役,不自責。梁山,堯時山也;所壅之河,堯時河也。山崩河壅,天雨水踴,二者之變無以殊也。堯、禹治洪水以力役,輦者治壅河用自責。變同而治異,人鈞而應殊,殆非賢聖變復之實也。凡變復之道,所以能相感動者,以物類也。有寒則復之以溫,溫復解之以寒。故以龍致雨,以刑逐暑,皆緣五行之氣用相感勝之。山崩壅河,素縞哭之,於道何意乎?此或時河壅之時,山初崩,土積聚,水未盛。三日之後,水盛土散,稍壞沮矣。壞沮水流,竟注東去。遭伯宗得輦者之言,因素縞而哭,哭之因流,流時謂之河變,起此而復,其實非也。何以驗之?使山恆自崩乎,素縞哭無益也。使其天變應之,宜改政治。素縞而哭,何政所改而天變復乎?」

其卷六〈龍虛篇〉辨析「盛夏之時,雷電擊折樹木,發壞室屋,俗謂天取龍,謂龍藏於樹木之中,匿於屋室之間也,雷電擊折樹木,發壞屋室,則龍見於外。龍見,雷取以升天。世無愚智賢不肖,皆謂之然。如考實之,虛妄言也」,其稱:「夫天之取龍何意邪?如以龍神為天使,猶賢臣

第三章　秦漢間俗說

為君使也，反報有時，無為取也。如以龍遁逃不還，非神之行，天亦無用為也。如龍之性當在天，在天上者固當生子，無為覆在地。如龍有升降，降龍生子於地，子長大，天取之，則世名雷電為天怒，取龍之子，無為怒也。且龍之所居，常在水澤之中，不在木中屋間。何以知之？叔向之母曰：深山大澤，實生龍蛇。傳曰：山致其高，雲雨起焉。水致其深，蛟龍生焉。傳又言：禹渡於江，黃龍負船。荊次非渡淮，兩龍繞舟。東海之上，有丘訢，勇而有力，出過神淵，使御者飲馬，馬飲因沒。訢怒，拔劍入淵追馬，見兩蛟方食其馬，手劍擊殺兩蛟。由是言之，蛟與龍常在淵水之中，不在木中屋間明矣。在淵水之中，則魚鱉之類。魚鱉之類，何為上天？天之取龍，何用為哉？如以天神乘龍而行，神恍惚無形，出入無間，無為乘龍也。如仙人騎龍，天為仙者取龍，則仙人含天精氣，形輕飛騰，若鴻鵠之狀，無為騎龍也。世稱黃帝騎龍升天，此言蓋虛，猶今謂天取龍也。」、「且世謂龍升天者，必謂神龍。不神，不升天；升天，神之效也。天地之性，人為貴，則龍賤矣。貴者不神，賤者反神乎？如龍之性有神與不神，神者升天，不神者不能。龜蛇亦有神與不神，神龜神蛇，復升天乎？且龍稟何氣而獨神？天有蒼龍、白虎、朱鳥、玄武之象也，地亦有龍、虎、鳥、龜之物。四星之精，降生四獸。虎鳥與龜不神，龍何故獨神也？人為倮蟲之長，龍為鱗蟲之長。俱為物長，謂龍升天，人復升天乎？龍與人同，獨謂能升天者，謂龍神也。世或謂聖人神而先知，猶謂神龍能升天也。因謂聖人先知之明，論龍之才，謂龍升天，故其宜也。」

其卷七〈道虛篇〉論述「儒書言：黃帝採首山銅，鑄鼎於荊山下。鼎既成，有龍垂鬍髯，下迎黃帝。黃帝上騎龍，群臣，後宮從上七十餘人，龍乃上去。餘小臣不得上，乃悉持龍髯。龍髯拔，墮黃帝之弓，百姓仰望黃帝既上天，乃抱其弓與龍鬍髯吁號。故後世因其處曰鼎湖，其弓曰烏號。《太史公記》誄五帝，亦云：黃帝封禪已，仙去。群臣朝其衣冠。

第三節　個人著述與民間文學

因葬埋之」的話題，其稱：「曰：此虛言也。實黃帝者何等也？號乎，諡乎？如諡，臣子所誄列也。誄生時所行為之諡。黃帝好道，遂以升天，臣子誄之，宜以仙升，不當以黃諡。《諡法》曰：靜民則法曰黃。黃者，安民之諡，非得道之稱也。百王之諡，文則曰文，武則曰武。文武不失實，所以勸操行也。如黃帝之時質，未有諡乎？名之為黃帝，何世之人也？使黃帝之臣子，知君，使後世之人，跡其行。黃帝之世，號諡有無，雖疑未定，黃非升仙之稱，明矣。龍不升天，黃帝騎之，乃明黃帝不升天也。龍起雲雨，因乘而行；雲散雨止，降復入淵。如實黃帝騎龍，隨溺於淵也。案黃帝葬於橋山，猶曰群臣葬其衣冠。審騎龍而升天，衣不離形；如封禪已，仙去。衣冠亦不宜遺。黃帝實仙不死而升天，臣子百姓所親見也。見其升天，知其不死，必也。葬不死之衣冠，與實死者無以異，非臣子實事之心，別生於死之意也。」其又稱：「載太山之上者，七十有二君，皆勞情苦思，憂念王事，然後功成事立，致治太平。太平則天下和安，乃升太山而封禪焉。夫修道求仙，與憂職勤事不同。心思道則忘事，憂事則害性。世稱堯若臘，舜若腒，心愁憂苦，形體羸癯。使黃帝致太平乎，則其形體宜如堯、舜。堯、舜不得道，黃帝升天，非其實也。使黃帝廢事修道，則心意調和，形體肥勁，是與堯、舜異也，異則功不同矣。功不同，天下未太平而升封，又非實也。五帝三王皆有聖德之優者，黃帝（亦）在上焉。如聖人皆仙，仙者非獨黃帝；如聖人不仙，黃帝何為獨仙？世見黃帝好方術，方術仙者之業，則謂帝仙矣。又見鼎湖之名，則言黃帝採首山銅鑄鼎，而龍垂鬍髯迎黃帝矣。是與說會稽之山無以異也。夫山名曰『會稽』，即云夏禹巡狩，會計於此山上，故曰『會稽』。夫禹至會稽治水不巡狩，猶黃帝好方伎不升天也。無會計之事，猶無鑄鼎龍垂鬍髯之實也。里名勝母，可謂實有子勝其母乎？邑名朝歌，可謂民朝起者歌乎？」

其卷七〈語增篇〉記述神話傳說曰：「傳語曰：堯、舜之儉，茅茨不

第三章　秦漢間俗說

剪，採椽不斲。夫言茅茨採椽，可也；言不剪不斲，增之也。《經》曰粥成五服。五服，五采服也。服五采之服，又茅茨、採椽，何宮室衣服之不相稱也？服五采，畫日月星辰，茅茨、採椽，非其實也。」其論析「傳語曰：聖人憂世，深思事勤，愁擾精神，感動形體，故稱堯若臘，舜若腒，桀、紂之君，垂腴尺餘。夫言聖人憂世念人，身體羸惡，不能身體肥澤，可也；言堯、舜若臘與腒，桀、紂垂腴尺餘，增之也」，其稱：「齊桓公云：寡人未得仲父極難，既得仲父甚易。桓公不及堯、舜，仲父不及禹、契，桓公猶易，堯、舜反難乎？以桓公得管仲易，知堯、舜得禹、契不難。夫易則少憂，少憂則不愁，不愁則身體不癯。舜承堯太平，堯、舜襲德。功假荒服，堯尚有憂，舜安能無事。故《經》曰：上帝引逸，謂虞舜也。舜承安繼治，任賢使能，恭己無為而天下治。故孔子曰：巍巍乎！舜、禹之有天下而不與焉。夫不與尚謂之癯若腒，如德劣承衰，若孔子棲棲，周流應聘，身不得容，道不得行，可骨立（皮）附，僵仆道路乎？紂為長夜之飲，糟丘酒池，沉湎於酒，不捨晝夜，是必以病。病則不甘飲食，不甘飲食，則肥腴不得至尺。《經》曰：唯湛樂是從，時亦罔有克壽。魏公子無忌為長夜之飲，困毒而死。紂雖未死，宜羸癯矣。然桀、紂同行則宜同病，言其腴垂過尺餘，非徒增之，又失其實矣。」這裡，王充引述了紂王的傳說故事，為其辯言道：「傳語曰：紂沉湎於酒，以糟為丘，以酒為池，牛飲者三千人，為長夜之飲，亡其甲子。夫紂雖嗜酒，亦欲以為樂。令酒池在中庭乎？則不當言為長夜之飲。坐在深室之中，閉窗舉燭，故曰長夜。令坐於室乎？每當飲者，起之中庭，乃復還坐，則是煩苦相藉，不能甚樂。令池在深室之中，則三千人宜臨池坐，前俯飲池酒，仰食餚膳，倡樂在前，乃為樂耳。如審臨池而坐，則前飲害於餚膳，倡樂之作不得在前。夫飲食既不以禮，臨池牛飲，則其啖餚不復用杯，亦宜就魚肉而虎食。則知夫酒池牛飲，非其實也。傳又言：紂懸肉以為林，令男女裸

而相逐其間,是為醉樂淫戲無節度也。夫肉當內於口,口之所食,宜潔不辱。今言男女裸相逐其間,何等潔者?如以醉而不計潔辱,則當其浴於酒中,而裸相逐於肉間。何為不肯浴於酒中?以不言浴於酒,知不裸相逐於肉間。傳者之說,或言:車行灑,騎行炙,百二十日為一夜。夫言:用酒為池,則言其車行酒非也;言其懸肉為林,即言騎行炙非也。或時紂沉湎覆酒,滂沱於地,即言以酒為池。釀酒糟積聚,則言糟為丘。懸肉以林,則言肉為林。林中幽冥,人時走戲其中,則言裸相逐。或時載酒用鹿車,則言車行酒、騎行炙。或時十數夜,則言其百二十。或時醉不知問日數,則言其亡甲子。周公封康叔,告以紂用酒期於悉極,欲以戒之也。而不言糟丘酒池,懸肉為林,長夜之飲,亡其甲子。聖人不言,殆非實也。傳言曰:紂非時與三千人牛飲於酒池。夫夏官百,殷二百,週三百。紂之所與相樂,非民,必臣也;非小臣,必大官,其數不能滿三千人。傳書家欲惡紂,故言三千人,增其實也。」

其卷八〈儒增篇〉引述神話傳說道:「儒書稱:堯、舜之德,至優至大,天下太平,一人不刑。又言:文、武之隆,遺在成、康,刑錯不用四十餘年。是欲稱堯、舜,褒文、武也。夫為言不益,則美不足稱;為文不渥,則事不足褒。堯、舜雖優,不能使一人不刑;文、武雖盛,不能使刑不用。言其犯刑者少,用刑希疏,可也;言其一人不刑,刑錯不用,增之也。」其辯稱:「夫能使一人不刑,則能使一國不伐;能使刑錯不用,則能使兵寢不施。案堯伐丹水,舜征有苗,四子服罪,刑兵設用。成王之時,四國篡畔,淮夷、徐戎,並為患害。夫刑人用刀,伐人用兵,罪人用法,誅人用武。武、法不殊,兵、刀不異。巧論之人,不能別也。夫德劣故用兵,犯法故施刑。刑與兵,猶足與翼也,走用足,飛用翼。形體雖異,其行身同。刑之與兵,全眾禁邪,其實一也。稱兵之不用,言刑之不施,是猶人耳缺目完,以目完稱人體全,不可從也。人桀於刺虎,怯於擊人,而

第三章　秦漢間俗說

以刺虎稱謂之勇，不可聽也。身無敗缺，勇無不進，乃為全耳。今稱一人不刑，不言一兵不用；襃刑錯不用，不言一人不畔：未得為優，未可謂盛也。」這裡，王充記述魯班傳說，曰：「儒書稱：魯般、墨子之巧，刻木為鳶，飛之三日而不集。夫言其以木為鳶飛之，可也；言其三日不集，增之也。夫刻木為鳶以象鳶形，安能飛而不集乎？既能飛翔，安能至於三日？如審有機關，一飛遂翔，不可復下，則當言遂飛，不當言三日。猶世傳言曰：魯般巧，亡其母也。言巧工為母作木車馬、木人御者，機關備具，載母其上，一驅不還，遂失其母。如木鳶機關備具，與木車馬等，則遂飛不集。機關為須臾間，不能遠過三日，則木車等亦宜三日止於道路，無為徑去以失其母。二者必失實者矣。」其記述「周鼎物自出」傳說，曰：「世俗傳言：周鼎不爨自沸；不投物，物自出。此則世俗增其言也，儒書增其文也，是使九鼎以無怪空為神也。且夫謂周之鼎神者，何用審之？周鼎之金，遠方所貢，禹得鑄以為鼎也。其為鼎也，有百物之象。如為遠方貢之為神乎，遠方之物安能神？如以為禹鑄之為神乎，禹聖不能神，聖人身不能神，鑄器安能神？如以金之物為神乎，則夫金者石之類也，石不能神，金安能神？以有百物之象為神乎，夫百物之象猶雷樽也，雷樽刻劃雲雷之形，雲雷在天，神於百物，雲雷之象不能神，百物之象安能神也？」

其卷八〈藝增篇〉記述神話傳說，曰：「《論語》曰：大哉！堯之為君也。蕩蕩乎民無能名焉。傳曰：有年五十擊壤於路者，觀者曰：大哉！堯德乎！擊壤者曰：吾日出而作，日入而息，鑿井而飲，耕田而食，堯何等力！此言蕩蕩無能名之效也。言蕩蕩，可也；乃欲言民無能名，增之也。四海之大，萬民之眾，無能名堯之德者，殆不實也。夫擊壤者曰：堯何等力？欲言民無能名也。觀者曰：大哉！堯之德乎！此何等民者，猶能知之。實有知之者，云無，竟增之。儒書又言：堯、舜之民，可比屋而封。言其家有君子之行，可皆官也。夫言可封，可也；言比屋，增之也。」

第三節　個人著述與民間文學

　　其卷十一〈談天篇〉論述「儒書言：共工與顓頊爭為天子不勝，怒而觸不周之山，使天柱折，地維絕。女媧銷煉五色石以補蒼天，斷鰲足以立四極。天不足西北，故日月移焉；地不足東南，故百川注焉。此久遠之文，世間是之言也。文雅之人，怪而無以非，若非而無以奪，又恐其實然，不敢正議。以天道人事論之，殆虛言也」，辯稱：「與人爭為天子，不勝，怒觸不周之山，使天柱折，地維絕，有力如此，天下無敵。以此之力，與三軍戰，則士卒螻蟻也，兵革毫芒也，安得不勝之恨，怒觸不周之山乎？且堅重莫如山，以萬人之力，共推小山，不能動也。如不周之山，大山也，使是天柱乎，折之固難；使非柱乎？觸不周山而使天柱折，是亦復難。信，顓頊與之爭，舉天下之兵，悉海內之眾，不能當也，何不勝之有？且夫天者，氣邪？體也？如氣乎，雲煙無異，安得柱而折之？女媧以石補之，是體也。如審然，天乃玉石之類也。石之質重，千里一柱，不能勝也。如五嶽之巔，不能上極天乃為柱。如觸不周，上極天乎？不周為共工所折，當此之時，天毀壞也。如審毀壞，何用舉之？斷鰲之足，以立四極，說者曰：鰲，古之大獸也，四足長大，故斷其足，以立四極。夫不周，山也；鰲，獸也。夫天本以山為柱，共工折之，代以獸足，骨有腐朽，何能立之久？且鰲足可以柱天，體必長大，不容於天地，女媧雖聖，何能殺之？如能殺之，殺之何用？足可以柱天，則皮革如鐵石，刀劍矛戟不能刺之，強弩利矢不能勝射也。」、「察當今天去地甚高，古天與今無異。當共工缺天之時，天非墜於地也。女媧，人也，人雖長，無及天者。夫其補天之時，何登緣階據而得治之？豈古之天，若屋廡之形，去人不遠，故共工得敗之，女媧得補之乎？如審然者，女媧（以）前，齒為人者，人皇最先。人皇之時，天如蓋乎？說《易》者曰：元氣未分，渾沌為一。儒書又言：溟涬濛澒，氣未分之類也。及其分離，清者為天，濁者為地。如說《易》之家、儒書之言，天地始分，形體尚小，相去近也。近則

277

第三章　秦漢間俗說

或枕於不周之山，共工得折之，女媧得補之也。含氣之類，無有不長。天地，含氣之自然也，從始立以來，年歲甚多，則天地相去，廣狹遠近，不可復計。儒書之言，殆有所見。然其言觸不周山而折天柱，絕地維，消煉五石補蒼天，斷鰲之足以立四極，猶為虛也。何則？山雖動，共工之力不能折也。豈天地始分之時，山小而人反大乎？何以能觸而折之？以五色石補天，尚可謂五石若藥石治病之狀。至其斷鰲之足以立四極，難論言也。從女媧以來久矣，四極之立自若，鰲之足乎？」

其卷十五〈順鼓篇〉記述道：「堯遭洪水，《春秋》之大水也，聖君知之，不禱於神，不改乎政，使禹治之，百川東流。夫堯之使禹治水，猶病水者之使醫也。然則堯之洪水，天地之水病也；禹之治水，洪水之良醫也。說者何以易之？攻社之義，於事不得。雨不霽，祭女媧，於禮何見？伏羲、女媧，俱聖者也。捨伏羲而祭女媧，《春秋》不言。董仲舒之議，其故何哉？夫《春秋經》但言鼓，豈言攻哉？說者見有鼓文，則言攻矣。夫鼓未必為攻，說者用意異也。」

其卷十六〈亂龍篇〉論曰：「舜以聖德，入大麓之野，虎狼不犯，蟲蛇不害。禹鑄金鼎象百物，以入山林，亦辟凶殃。論者以為非實，然而上古久遠，周鼎之神，不可無也。夫金與土，同五行也，使作土龍者如禹之德，則亦將有雲雨之驗。」、「神靈以象見實，土龍何獨不能以偽致真也？上古之人，有神荼、鬱壘者，昆弟二人，效能執鬼，居東海度朔山上，立桃樹下，簡閱百鬼。鬼無道理，妄為人禍，荼與鬱壘縛以盧索，執以食虎。故今縣官斬桃為人，立之戶側；畫虎之形，著之門闌。夫桃人，非荼、鬱壘也；畫虎，非食鬼之虎也，刻劃效象，冀以御凶。今土龍亦非致雨之龍，獨信桃人畫虎，不知土龍。」

其卷十六〈講瑞篇〉論述「儒者之論，自說見鳳皇麒麟而知之。何則？案鳳皇麒麟之象。又《春秋》獲麟文曰：有麇而角。麇而角者，則是

麒麟矣。其見鳥而像鳳皇者,則鳳皇矣。黃帝、堯、舜、周之盛時皆致鳳皇。孝宣帝之時,鳳皇集於上林,後又於長樂之宮東門樹上,高五尺,文章五色。周獲麟,麟似麞而角。武帝之麟,亦如麞而角。如有大鳥,文章五色;獸狀如麞,首戴一角:考以圖象,驗之古今,則鳳、麟可得審也」,稱曰:「夫鳳皇,鳥之聖者也;麒麟,獸之聖者也;五帝、三王、皋陶、孔子,人之聖也。十二聖相各不同,而欲以麞戴角則謂之麒麟,相與鳳皇象合者謂之鳳皇,如何?夫聖鳥獸毛色不同,猶十二聖骨體不均也。」又曰:「戴角之相,猶戴午也。顓頊戴午,堯、舜必未然。今魯所獲麟戴角,即後所見麟未必戴角也。如用魯所獲麟求知世間之麟,則必不能知也。何則?毛羽骨角不合同也。假令不同,或時似類,未必真是。虞舜重瞳,王莽亦重瞳;晉文駢脅,張儀亦駢脅。如以骨體毛色比,則王莽,虞舜;而張儀,晉文也。有若在魯,最似孔子。孔子死,弟子共坐有若,問以道事,有若不能對者,何也?體狀似類,實性非也。今五色之鳥,一角之獸,或時似類鳳皇、麒麟,其實非真,而說者欲以骨體毛色定鳳皇、麒麟,誤矣。是故顏淵庶幾,不似孔子;有若恆庸,反類聖人。由是言之,或時真鳳皇、麒麟,骨體不似,恆庸鳥獸,毛色類真,知之如何?」、「堯生丹朱,舜生商均。商均、丹朱,堯、舜之類也,骨性詭耳。鯀生禹,瞽瞍生舜。舜、禹,鯀、瞽瞍之種也,知德殊矣。試種嘉禾之實,不能得嘉禾。恆見粢梁之粟,莖穗怪奇。人見叔梁紇,不知孔子父也;見伯魚,不知孔子之子也。張湯之父五尺,湯長八尺,湯孫長六尺。孝宣鳳皇高五尺,所從生鳥或時高二尺,後所生之鳥或時高一尺。安得常種?」最後曰:「方今聖世,堯、舜之主,流布道化,仁聖之物,何為不生?或時以有鳳皇、麒麟,亂於鵠鵲、麞鹿,世人不知。美玉隱在石中,楚王、令尹不能知,故有抱玉泣血之痛。今或時鳳皇、麒麟,以仁聖之性,隱於恆毛庸羽,無一角五色表之,世人不之知,猶玉在石中也。何用審之?為此論

第三章　秦漢間俗說

草於永平之初,時來有瑞,其孝明宣惠,眾瑞並至。至元和、章和之際,孝章耀德,天下和洽,嘉瑞奇物,同時俱應,鳳皇、麒麟,連出重見,盛於五帝之時。此篇已成,故不得載。」

其卷十八〈自然篇〉記述曰:「《易》曰:黃帝、堯、舜垂衣裳而天下治。垂衣裳者,垂拱無為也。孔子曰:大哉,堯之為君也！唯天為大,唯堯則之。又曰:巍巍乎！舜、禹之有天下也,而不與焉。周公曰:上帝引佚。上帝,謂禹、舜也。禹、舜承安繼治,任賢使能,恭己無為而天下治。禹、舜承堯之安,堯則天而行,不作功邀名,無為之化自成,故曰蕩蕩乎,民無能名焉。年五十者擊壤於塗,不能知堯之德,蓋自然之化也。《易》曰:大人與天地合其德。黃帝、堯、舜,大人也,其德與天地合,故知無為也。天道無為,故春不為生,而夏不為長,秋不為成,冬不為藏。陽氣自出,物自生長；陰氣自起,物自成藏。汲井決陂,灌溉園田,物亦生長,霈然而雨,物之莖葉根垓,莫不洽濡。程量澍澤,孰與汲井決陂哉！故無為之為大矣。本不求功,故其功立；本不求名,故其名成。沛然之雨,功名大矣,而天地不為也,氣和而雨自集。」

其卷十八〈感類篇〉記述曰:「秦始皇帝東封岱嶽,雷雨暴至。劉媼息大澤,雷雨晦冥。始皇無道,自同前聖,治亂自謂太平,天怒可也。劉媼息大澤,夢與神遇,是生高祖,何怒於生聖人而為雷雨乎？堯時大風為害,堯激大風於青丘之野。舜入大麓,烈風雷雨。堯、舜世之隆主,何過於天,天為風雨也？大旱,《春秋》雩祭,又董仲舒設土龍,以類招氣,如天應雩龍,必為雷雨。何則？秋夏之雨,與雷俱也。必從《春秋》、仲舒之術,則大雩龍,求怒天乎？師曠奏白雪之曲,雷電下擊,鼓清角之音,風雨暴至。苟為雷雨為天怒,天何憎於『白雪』、『清角』,而怒師曠為之乎？此雷雨之難也。」

其卷十八〈齊世篇〉記述曰:「語稱上世之時,聖人德優,而功治有

奇。故孔子曰：大哉，堯之為君也！唯天為大，唯堯則之。蕩蕩乎民無能名焉！巍巍乎其有成功也！煥乎其有文章也！舜承堯不墮洪業，禹襲舜不虧大功。其後至湯，舉兵代桀，武王把鉞討紂，無巍巍蕩蕩之文，而有動兵討伐之言。蓋其德劣而兵試，武用而化薄。化薄，不能相逮之明驗也。及至秦、漢，兵革雲擾，戰力角勢，秦以得天下。既得在下，無嘉瑞之美，若葉和萬國、鳳皇來儀之類，非德劣不及，功薄不若之徵乎？此言妄也。」「堯、舜之禪，湯、武之誅，皆有天命，非優劣所能為，人事所能成也。使湯、武在唐、虞，亦禪而不伐；堯、舜在殷、周，亦誅而不讓。蓋有天命之實，而世空生優劣之語。經言葉和萬國，時亦有丹朱；鳳皇來儀，時亦有有苗；兵皆動而並用，則知德亦何優劣而小大也？」其稱：「世論桀、紂之惡，甚於亡秦。實事者謂亡秦惡甚於桀、紂。秦、漢善惡相反，猶堯、舜、桀、紂相違也。亡秦與漢皆在後世，亡秦惡甚於桀、紂，則亦知大漢之德不劣於唐、虞也。唐之萬國，固增而非實者也。有虞之鳳皇，宣帝貼已五致之矣。孝明帝符瑞並至。夫德優故有瑞，瑞鈞則功不相下。宣帝、孝明如劣，不及堯、舜，何以能致堯、舜之瑞？光武皇帝龍興鳳舉，取天下若拾遺，何以不及殷湯、周武？世稱周之成、康不虧文王之隆，舜巍巍不虧堯之盛功也。方今聖朝，承光武，襲孝明，有浸鄷溢美之化，無細小毫髮之虧，上何以不逮舜、禹？下何以不若成、康？世見五帝、三王事在經傳之上，而漢之記故尚為文書，則謂古聖優而功大，後世劣而化薄矣。」

其卷二十二〈紀妖篇〉記述了秦始皇傳說，稱：「秦始皇帝三十六年，熒惑守心，有星墜下，至地為石，刻其石曰：始皇死而地分。始皇聞之，令御史逐問莫服，盡取石旁家人誅之，因燔其石。妖，使者從關東夜過華陰平野，或有人持璧遮使者，曰：為我遺鎬池君。因言曰：今年祖龍死。使者問之，因忽不見，置其璧去。使者奉璧，具以言聞，始皇帝默然良

第三章　秦漢間俗說

久，曰：山鬼不過知一歲事，乃言曰祖龍者，人之先也。使御府視璧，乃二十八年行渡江所沉璧也。明三十七年，夢與海神戰，如人狀。是何謂也？曰：皆始皇且死之妖也。始皇夢與海神戰，恚怒入海，候神射大魚，自琅邪至勞、成山不見。至之罘山，還見巨魚，射殺一魚，遂旁海西至平原津而病，至沙丘而崩。當星墜之時，熒惑為妖，故石旁家人刻書其石，若或為之，文曰始皇死，或教之也。猶世間童謠，非童所為，氣導之也。凡妖之發，或象人為鬼，或為人象鬼而使，其實一也。」

其卷二十二〈訂鬼篇〉記述曰：「一曰：鬼者，物也，與人無異。天地之間，有鬼之物，常在四邊之外，時往來中國，與人雜則，凶惡之類也，故人病且死者乃見之。天地生物也，有人如鳥獸。及其生凶物，亦有似人像鳥獸者。故凶禍之家，或見蜚屍，或見走凶，或見人形，三者皆鬼也。或謂之鬼，或謂之凶，或謂之魅，或謂之魑，皆生存實有，非虛無象類之也。何以明之？成事：俗間家人且凶，見流光集其室，或見其形若鳥之狀，時流入堂室，察其不謂若鳥獸矣。夫物有形則能食，能食則便利。便利有驗，則形體有實矣。《左氏春秋》曰：投之四裔，以禦魑魅。《山海經》曰：北方有鬼國。說魑者謂之龍物也，而魅與龍相連，魅則龍之類矣。又言：國，人物之黨也。《山海經》又曰：滄海之中，有度朔之山。上有大桃木，其屈蟠三千里，其枝間東北曰鬼門，萬鬼所出入也。上有二神人，一曰神荼，一曰鬱壘，主閱領萬鬼。惡害之鬼，執以葦索，而以食虎。於是黃帝乃作禮以時驅之，立大桃人，門戶畫神荼、鬱壘與虎，懸葦索以禦凶魅。有形，故執以食虎。案可食之物，無空虛者。其物也性與人殊，時見時匿，與龍不常見，無以異也。」

其卷二十五〈解除篇〉論述「世信祭祀，謂祭祀必有福」，稱：「解逐之法，緣古逐疫之禮也。昔顓頊氏有子三人，生而皆亡，一居江水為虐鬼，一居若水為魍魎，一居歐隅之間主疫病人。故歲終事畢，驅逐疫鬼，因以

送陳、迎新、內吉也。世相仿效,故有解除。夫逐疫之法,亦禮之失也。行堯、舜之德,天下太平,百災消滅,雖不逐疫,疫鬼不往。行桀、紂之行,海內擾亂,百禍並起,雖日逐疫,疫鬼猶來。衰世好信鬼,愚人好求福。周之季世,信鬼修祀。以求福助。愚主心惑,不顧自行,功猶之立,治猶不定。故在人不在鬼,在德不在祀。國期有遠近,人命有長短,如祭祀可以得福,解除可以去凶,則王者可竭天下之財,以興延期之祀;富家翁嫗可求解除之福,以取逾世之壽。案天下人民,夭壽貴賤,皆有祿命;操行吉凶,皆有衰盛。祭祀不為福,福不由祭祀。世信鬼神,故好祭祀。祭祀無鬼神,故通人不務焉。祭祀,厚事鬼神之道也,猶無吉福之驗,況盛力用威,驅逐鬼神,其何利哉!」其又稱:「祭祀之禮,解除之法,眾多非一,且以一事效其非也。夫小祀足以況大祭,一鬼足以卜百神。世間繕治宅舍,鑿地掘土,功成作畢,解謝土神,名曰解土。為土偶人,以象鬼形,令巫祝延,以解土神。已祭之後,心快意喜,謂鬼神解謝,殃禍除去。如討論之,乃虛妄也。何以驗之?夫土地猶人之體也,普天之下皆為一體,頭足相去,以萬里數。人民居土上,猶蚤蝨著人身也。蚤蝨食人,賊人肌膚,猶人鑿地,賊地之體也。蚤蝨內知,有欲解人之心,相與聚會,解謝於所食之肉旁,人能知之乎?夫人不能知蚤蝨之音,猶地不能曉人民之言也。胡、越之人,耳口相類,心意相似,對口交耳而談,尚不相解;況人之與地相似,地之耳口與人相遠乎!今所解者地乎?則地之耳遠,不能聞也。所解一宅之土,則一宅之土猶人一分之肉也,安能曉之!如所解宅神乎,則此名曰解宅,不名曰解土。禮入宗廟,無所主意,斬尺二寸之木,名之曰主,主心事之,不為人像。今解土之祭,為土偶人,象鬼之形,何能解乎?神荒忽無形,出入無門,故謂之神。今作形象,與禮相違,失神之實,故知其非。象似布藉,不設鬼形。解土之禮,立土偶人,如祭山可為石形,祭門戶可作木人乎?」

第三章　秦漢間俗說

其卷二十六〈實知篇〉記述曰：「孔子將死，遺讖書，曰：不知何一男子，自謂秦始皇，上我之堂，踞我之床，顛倒我衣裳，至沙丘而亡。其後，秦王兼吞天下，號始皇，巡狩至魯，觀孔子宅，乃至沙丘，道病而崩。又曰：董仲舒亂我書。其後，江都相董仲舒，論思《春秋》，造著傳記。又書曰：亡秦者，胡也。其後，二世胡亥，竟亡天下。用三者論之，聖人後知萬世之效也。孔子生不知其父，若母匿之，吹律自知殷宋大夫子氏之世也。不案圖書，不聞人言，吹律精思，自知其世，聖人前知千歲之驗也。」其回答「黃帝生而神靈，弱而能言。帝嚳生而自言其名。未有聞見於外，生輒能言，稱其名，非神靈之效，生知之驗乎」，曰：「黃帝生而言，然而母懷之二十月生，計其月數，亦已二歲在母身中矣。帝嚳能自言其名，然不能言他人之名，雖有一能，未能遍通。所謂神而生知者，豈謂生而能言其名乎？乃謂不受而能知之，未得能見之也。黃帝、帝嚳雖有神靈之驗，亦皆早成之才也。人才早成，亦有晚就，雖未就師，家問室學。人見其幼成早就，稱之過度。云項託七歲，是必十歲，云教孔子，是必孔子問之。云黃帝、帝嚳生而能言，是亦數月。云尹方年二十一，是亦且三十。云無所師友，有不學書，是亦遊學家習。世俗褒稱過實，毀敗逾惡。世俗傳顏淵年十八歲升太山，望見吳昌門外有繫白馬。定考實，顏淵年三十不升太山，不望吳昌門。項託之稱，尹方之譽，顏淵之類也。」

其卷二十八〈正說篇〉記述曰：「說《易》者皆謂伏羲作八卦，文王演為六十四。夫聖王起，河出圖，洛出書。伏羲王，《河圖》從河水中出，《易》卦是也。禹之時，得《洛書》，書從洛水中出，《洪範》九章是也。故伏羲以卦治天下，禹案《洪範》以治洪水。古者烈山氏之王得河圖，夏後因之曰《連山》；烈山氏之王得河圖，殷人因之曰《歸藏》；伏羲氏之王得河圖，周人曰《周易》。其經卦皆六十四，文王、周公因彖十八章究六爻。世之傳說《易》者，言伏羲作八卦；不實其本，則謂伏羲真作八卦也。

284

伏羲得八卦，非作之；文王得成六十四，非演之也。演作之言，生於俗傳。苟信一文，使夫真是幾滅不存。既不知《易》之為河圖，又不知存於俗何家《易》也，或時《連山》、《歸藏》，或時《周易》。案禮夏、殷、周三家相損益之制，較著不同。如以周家在後，論今為《周易》，則禮亦宜為周禮。六典不與今禮相應，今禮未必為周，則亦疑今《易》未必為周也。案左丘明之傳，引周家以卦，與今《易》相應，殆《周易》也。」其稱：「唐、虞、夏、殷、周者，土地之名。堯以唐侯嗣位，舜從虞地得達，禹由夏而起，湯因殷而興，武王階周而伐，皆本所興昌之地，重本不忘始，故以為號，若人之有姓矣。說《尚書》謂之有天下之代號，唐、虞、夏、殷、周者，功德之名，盛隆之意也。故唐之為言蕩蕩也，虞者樂也，夏者大也，殷者中也，周者至也。堯則蕩蕩民無能名；舜則天下虞樂；禹承二帝之業，使道尚蕩蕩，民無能名；殷則道得中；周武則功德無不至。其立義美也，其褒五家大矣，然而違其正實，失其初意。唐、虞、夏、殷、周，猶秦之為秦，漢之為漢。秦起於秦，漢興於漢中，故曰猶秦、漢；猶王莽從新都侯起，故曰亡新。使秦、漢在經傳之上，說者將復為秦、漢作道德之說矣。」其又曰：「堯老求禪，四嶽舉舜。堯曰：我其試哉！說《尚書》曰：試者，用也；我其用之為天子也。文為天子也。文又曰：女於時，觀厥刑於二女。觀者，觀爾虞舜於天下，不謂堯自觀之也。若此者，高大堯、舜，以為聖人相見已審，不須觀試，精耀相照，曠然相信。又曰：四門穆穆，入於大麓，烈風雷雨不迷。言大麓，三公之位也。居一公之位，大總錄二公之事，眾多並吉，若疾風大雨。夫聖人才高，未必相知也。聖成事，舜難知佞，使皋陶陳知人之法。佞難知，聖亦難別。堯之才，猶舜之知也。舜知佞，堯知聖。堯聞舜賢，四嶽舉之，心知其奇而未必知其能，故言我其試哉！試之於職，妻以二女，觀其夫婦之法，職治修而不廢，夫道正而不僻。復令人庶之野，而觀其聖，逢烈風疾雨，終不迷惑。

285

第三章　秦漢間俗說

堯乃知其聖，授以天下。夫文言觀試，觀試其才也。說家以為譬喻增飾，使事失正是，誠而不存；曲折失意，使偽說傳而不絕。造說之傳，失之久矣。後生精者，苟欲明經，不原實，而原之者亦校古隨舊，重是之文，以為說證。經之傳不可從，《五經》皆多失實之說。《尚書》、《春秋》，行事成文，較著可見，故頗獨論。」

漢代社會「憑讖為說」，「以讖解經」，今文經學橫行霸道。王充「疾虛妄」之作《論衡》的出現，有力地動搖了這種局面。之後，張衡、王符、荀悅、仲長統等學者，不同程度地繼承他的無神論思想，與封建神學進行堅決對抗。特別是張衡，他不但是一位傑出的天文學家，而且是一位卓越的哲學家。他以科學為武器，有力地駁斥了封建神學「畏天威，懼天變」等理論。

應該說，這些無神論哲學思想對民間文學的發展是有益的。如《史記・陳涉世家》中就有「王侯將相寧有種乎」這種對神權的懷疑，說明掙脫神學對民間文學的發展具有重要意義。民間文學在後世常作為思想解放的先聲，其原因正在這裡。所以說，王充的「唯理論」民間文學觀並不是對民間文學的扼殺，相反，在整體上是一種促進。它促進了民間文學對神學的超越，引發了千百萬人民群眾的覺醒。那些時政歌謠對時局的清醒揭露和批評的不斷深入，就是最好的證明。

中國是農耕文明時代極其長久的國度，農業的基本特徵就在於依賴天時，所以，我們的哲學思想尤其推崇「天人合一」、「天人相應」和「順從自然」的社會發展觀。那麼，對神鬼的信奉，就化為對自然世界的皈依與崇拜。文化的實質內容在於超自然的表達，以「虛」顯示「實」，虛實之間互為現象，共同構成民間文化生活世界。所以，民間文學成為這種信仰的形象表達，即一切以農為本，四時八節，五方世界，各有其主，其主便是形形色色的神靈。

第三節　個人著述與民間文學

　　最後要特別提到的是崔寔的《四民月令》。這是漢代民間文化中又一部專門記述農桑種植特性的典籍，可以看作農耕文明時代中國社會風俗生活的百科全書，其中保存了大量的民間諺語。這是中國民間文學史上一部難得的經典之作。

　　崔寔，字子真，一名台，字元始。《後漢書・崔駰列傳》中稱：「（其）明於政體，吏才有餘，論當世便事數十字，名曰〈政論〉。指切時要，言辯而確，當世稱之。仲長統曰：『凡為人主，宜寫一通，置之坐側。』」崔寔志在「矯衰漢之弊」，雖「家徒四壁立」而無悔。在〈政論〉中，他強調抑制淫佚，獎勵農耕，提倡革新。《四民月令》就是貫徹他這種思想的一部理想圖景之作。在這部典籍中，我們可以看到他所描述的農耕習俗在範圍上主要是洛陽一帶即中州腹地，在時序上從正月一直到十二月，以某家族的民俗生活為主線，有「典饋」、「蠶妾」、「女紅」、「縫人」、「司部」、「執事」、「家人」等不同階層人物的具體活動。這是一部以洛陽名門崔氏家族民俗生活為主要描述內容的「民俗志」，對後世「農書」的寫作體例產生了深刻的影響。如北魏賈思勰的《齊民要術》中就可以看到它的身影。《齊民要術》中引述了《四民月令》所引的農諺，如：

二月昏，
參星夕。
杏花盛，
桑葉赤。
蜻蛉鳴，
衣裘成。
蟋蟀鳴，
懶婦驚。

第三章　秦漢間俗說

河射角，

堪夜作。

犁星沒，

水生骨。

崔寔輯錄這些農家諺意在勵農，其他還有「冬青花，不落溼沙」等句。

一切都是經驗的總結，來自深入體會和理解農耕文明社會風俗生活的實踐，而後人輯本屢見屢失。其原因主要在於官本位的價值立場，對農業生活身分的輕視。只是後來在楊慎的《古今風謠》中，我們所見到這些內容是較為集中的整理。

漢代保存民間諺語的典籍，還有《氾勝之書》等個人著述，《齊民要術》中也有保存，如「頃不比畝善」、「子欲富，黃金覆」等條。這裡不但記述了諺語的內容，而且記述了諺語的生成背景。如對「頃不比畝善」作闡述時清杜文瀾輯《古謠諺》云：

《氾勝之書》據《齊民要術》：諸山陵近邑高危傾坂及丘城上，皆可為區田；區田不耕旁地，庶盡地力。凡區種不先治地，便荒地為之。以畝為率，上農夫一畝三千七百區，畝收百斛；中農夫一畝千二十七區，收粟五十一石；下農夫一畝五百六十七區，收二十八石。自注云：諺曰云云，謂多惡不如少善也。頃不比畝善。

在注《壅麥根諺》時，闡釋「子欲富，黃金覆」時引道：

麥生黃色，傷於太稠，稠者鋤而稀之。秋鋤以棘柴耬之，以雍麥根，故諺曰「子欲富，黃金覆」。謂秋鋤麥，曳柴壅麥根也。至春凍解，棘柴曳之，絕其幹葉，須麥生，復鋤之，到榆莢時注雨止。候土白背復鋤。如此則收必倍。

民以食為天，國以農為本。長期以來，中國社會政治經濟文化思想發展中形成如此本固而邦寧的理念與傳統，也因此構成中國民間文學極其重要的思想文化內容。

農耕是中國歷史文化發展中一個不可忽視的主題，不獨在《四民月令》和《記勝之書》中已經有農諺的記述，《漢書‧藝文志》也曾舉九家農書，著錄〈神農〉、〈野老〉等篇。在此之前，《管子》和《呂氏春秋》中也有農書的內容，尤其是《呂氏春秋》的「任地」、「上農」、「辨土」、「審時」諸篇，強調「所以務耕織者，以為本教也」。但像漢代如此集中記述者甚為少見，這是常被我們忽略的內容。

第四節　典籍注釋與民間文學

漢代典籍的注釋有兩個非常重要的文化背景，一是秦統一中國之後，六國文字相異，文獻典籍的整理需要注釋，文獻經過注釋，才能更好地傳播和保存；另一種原因是漢代學者以賈逵為代表，以為先秦諸子已經把所有的道理都說盡，後人只需要對前人的著作進行注釋和解說便可。在注釋的過程中，漢代學者所使用的材料有兩種，一種是憑文獻或者是記憶中的典籍材料，一種是憑口頭傳說即當世所流行的民間文學材料。因此，注釋中既有作者個人對某種典籍的具體理解，又有以集體記憶為基本內容的民間文學的具體保存。注釋在一開始只是一種文化發展中的閱讀技術，而隨著它與學術文化發展的密切連繫，既深刻影響著經學的產生，同時也深刻影響著後世文學與學術格局的基本形成與發展變化。當然，學術傳統一旦形成，就會產生非凡的意義，而這種意義的顯現，又是社會需求與知識階層自身努力及選擇方式等多種因素相互作用的結果。諸如注釋中所出現的大章句與小章句，漢魏時更多的人曾經選擇了小章句，後來唐宋時期又有

第三章　秦漢間俗說

人選擇了大章句，大小章句在不斷的文化選擇中保持了各自的學術風格與學術體系。利用當時流行的民間傳說等民間文學、民間文化現象闡釋經典文獻，這種學術傳統對中國民間文學的發展具有重要意義，應該引起我們的充分重視。在某種意義上講，這種學術傳統的繼承和發展，可視為與文化人類學理論相對等的學術方法，即它們都看到了民間文化存在的活性形態對我們了解經典中某些文化生活事項所具有的特殊價值，「禮失求諸野」即表現出這種意義。但令人遺憾的是，這種良好的學術方法、學術傳統，在後世文學、文化的研究中不斷受到壓抑，以義理、辭章、考據為代表的學術方法成為主流，在民間文化生活中尋求文化活力的學術傳統日益隱沒、式微。回首漢代學者所做的這種學術實踐，有許多問題應該引起我們的深入思索。

現在看來，漢代學者在經典文獻的注釋中注重民間傳說的引入並有突出成就的當數王逸的《楚辭章句》、高誘的《淮南子注》、趙岐的《孟子注》、韓嬰的《韓詩外傳》，還有鄭玄、蔡邕、應劭等學者的注釋、解說。董仲舒在《春秋繁露》中以公羊學派的觀點闡發《春秋》，也採用了一些民間傳說、民間信仰事項，他是漢代今文經學的重要奠基者，同樣可以屬於王逸等人之列。另外，許慎在《說文解字》中對古代神話的解釋，也可以看作此類現象。注釋的意義不僅僅展現在章句的形式上，而且表現在一種自覺的學術意識上，關鍵在於注釋者是摒棄還是保存民間文學這一重要內容。在具體的注釋中，我們可以看到這些學者不同的民間文學觀，更重要的是可以看到漢代保存的民間文學狀況。

王逸對《楚辭》的注釋，至今對我們理解《楚辭》中的神話與傳說，仍具有重要意義。他的《楚辭章句》是《楚辭》的最早注本，是漢代學者注釋經典，引用、保存民間傳說的一個典型。魯迅在論述神話與傳說時，提到王逸對《楚辭》的注釋及其意義：

第四節　典籍注釋與民間文學

若求之詩歌,則屈原所賦,尤在〈天問〉中,多見神話與傳說,如「夜光何德,死則又育?厥利唯何,而顧菟在腹?」、「鯀何所營?禹何所成?康回憑怒,地何故以東南傾?」、「崑崙縣圃,其尻安在?增城九重,其高幾里?」、「鯪魚何所?魃堆焉處?羿焉彃日?烏焉解羽」是也。王逸曰:「屈原放逐,彷徨山澤,見楚有先王之廟及公卿祠堂,圖畫天地山川神靈琦瑋譎詭及古賢聖怪物行事……因書其壁,何而問之。」(本書注)是知此種故事,當時不特流傳人口,且用為廟堂文飾矣。[63]

此「本書注」,指王逸在《楚辭章句》中所作的〈天問章句序〉。王逸是東漢南郡宜城人,在安帝元國中為校書郎,順帝時進侍中,他所生活的環境離屈原故地並不遠,而且熟悉文獻典籍,所以能既運用文獻典籍,又運用口頭傳說故事,結合廟堂文物,注解(釋)《楚辭》。魯迅尤為重視王逸對《楚辭》的注。如其《漢文學史綱要》在論述「屈原及宋玉」時講:

況〈離騷〉產地,與《詩》不同,彼有河渭,此則沅湘,彼唯樸樕,此則蘭芷;又重巫,浩歌曼舞,足以樂神,盛造歌辭,用於祀祭。《楚辭》中有〈九歌〉,謂「楚南郢之邑,沅湘之間,其俗信鬼而好祀……屈原放逐……愁思怫鬱,出見俗人祭祀之禮,歌舞之樂,其詞鄙俚,因為作〈九歌〉之曲」。[64]

此引文見王逸《楚辭章句·九歌序》。

王逸在論述《楚辭》作品的具體產生時,注意到了民俗生活的重要影響作用。他在《楚辭章句·招魂序》中說:「宋玉憐哀屈原忠而斥棄,愁懣山澤,魂魄放佚,厥命將落,故作〈招魂〉。」這裡不論〈招魂〉是否為屈原所作,或是否為宋玉所作,王逸都提到了民俗生活環境,這在當時來說是很難得的。又如《大山》、《小山》的形成,王逸在《楚辭章句·招隱士

---

[63]《魯迅全集第九卷·中國小說史略》,人民文學出版社 2005 年版,第 23 頁。
[64]《魯迅全集第九卷·漢文學史綱要》,人民文學出版社 2005 年版,第 385 頁。

第三章　秦漢間俗說

序》中說：「昔淮南王博雅好古，招懷天下俊偉之士。自八公之徒，咸慕其德而歸其仁，各竭才智，著作篇章，分造辭賦，以類相從，故或稱《小山》，或稱《大山》，其義猶《詩》有《小雅》、《大雅》也。」這裡的「天下俊偉之士」雖然不一定就直接形成民間口頭創作，但卻在「各竭才智」中包含著民間文學。細數王逸在《楚辭章句》中對各種神話傳說的具體注釋，我們可以看到王逸對神話傳說的歷史化處理方式，這表現出當時普遍存在的學術風尚。

高誘的《淮南子注》在保存和運用民間傳說方面的傾向更明顯。如他在「敘目」中說：

淮南子名安，厲王長子也。長，高皇帝之子也。其母趙氏女，為趙王張敖美人。高皇帝七年討韓信於銅鞮，信亡走匈奴，上遂北至樓煩。還過趙，不禮趙王。趙王獻美女趙氏女，得幸，有身。趙王不敢內之於宮，為築舍於外。及貫高等謀反發覺，並逮治王，盡收王家，及美人趙氏女亦與焉。吏以得幸有身聞上，上方怒趙王，未理也。趙美人弟兼，因辟陽侯審食其言之呂后，呂后不肯白，辟陽侯亦不強爭。及趙美人生男，恚而自殺。吏奉男詣上，上命呂后母之，封為淮南王。暨孝文皇帝即位，長弟上書，願相見，詔至長安。日從遊宴，驕蹇如家人兄弟。怨辟陽侯不爭其母於呂后，因椎殺之。上非之，肉袒北闕謝罪，奪四縣，還歸國。為黃屋左纛，稱東帝，坐徒蜀岩道，死於雍。上閔之，封其四子為列侯。時民歌之曰：「一尺繒，好童童。一升粟，飽蓬蓬。兄弟二人，不能相容。」上聞之曰：「以我貪其地邪？」乃召四侯而封之：其一人病薨，長子安襲封淮南王，次為衡山王，次為廬江王。太傅賈誼諫曰：「怨仇之人，不可貴也。」後淮南、衡山卒反，如賈誼言。初，安為辨達，善屬文。皇帝為從父，數上書，召見。孝文皇帝甚重之，詔使為〈離騷賦〉，自旦受詔，日早食已。上愛而祕之。天下方術之士多往歸焉……及諸儒大山、小山之徒，共講論道德，總統仁義，而著此書。其旨近老子，淡泊無為，蹈虛守

第四節　典籍注釋與民間文學

靜，出入經道。言其大也，則燾天載地；說其細也，則淪於無垠，及古今治亂存亡禍福，世間詭異瑰奇之事。其義也著，其文也富，物事之類，無所不載，然其大較歸之於道，號曰鴻烈。鴻，大也；烈，明也，以為大明道之言也。故夫學者不論《淮南》，則不知大道之深也。是以先賢通儒述作之士，莫不援採以驗經傳。以父諱「長」，故其所著，諸「長」字皆曰「修」。光祿大夫劉向校定撰具，名之「淮南」。又有十九篇者，謂之「淮南外篇」。自誘之少，從故侍中、同縣盧君受其句讀，誦舉大義。會遭兵災，天下棋峙，亡失書傳，廢不尋修，二十餘載。建安十年，辟司空掾，除東郡濮陽令，睹時人少為淮南者，懼遂凌遲，於是以朝事畢之間，乃深思先師之訓，參以經傳道家之言，比方其事，為之注解，悉載本文，並舉音讀。典農中郎將弁揖借八卷刺之，會揖身喪，遂亡不得。至十七年，遷監河東，復更補足。淺學寡見，未能備悉，其所不達，注以「未聞」。唯博物君子覽而詳之，以勸後學者云耳。

其中詳述了淮南王劉安的皇族身世，引述了那首「兄弟二人，不能相容」的歌謠，藉以論述《淮南子》成書的具體背景。高誘所注，對神話傳說的闡釋同樣有歷史化的傾向，而他更重要的貢獻，則是有系統地運用了秦漢間的方言。如〈原道〉中有一句「甚淖而滒，甚纖而微」，高誘注為「滒亦淖也。夫粥多沈者謂滒。滒，讀歌謳之歌」。胡適對此較為重視，他在為劉文典《淮南鴻烈集解》作序時，稱此「可供考古者之採訪」[65]，並結合徽州方言更進一步述說其意義。以俗注俗、釋俗，運用民間傳說解釋民間傳說，高誘這種注釋方式被後世廣泛採用，成為民間文學典籍文獻保存的一種有效方式。

《韓詩外傳》是一部注釋《詩經》的典籍，也是一部闡述《詩經》經義的典籍。《漢書‧儒林傳》稱：「韓嬰，燕人也。孝文帝時為博士，景帝時至常山太傅。嬰推詩人之意而作外傳數萬言，其語頗與齊魯間殊，然歸一

---

[65] 劉文典撰，馮逸、喬華點校：《淮南鴻烈集解‧序》，中華書局 1989 年版。

第三章　秦漢間俗說

也。淮南、賁生受之，燕趙間言《詩》者由韓生。韓生亦以《易》授人，推《易》意而為之傳。燕趙間好《詩》，故其《易》微，唯韓氏自傳之。武帝時，嬰嘗與董仲舒論於上前，其人精悍，處事分明，仲舒不能難也。」在《韓詩外傳》中，我們能看到這樣一種體例，即先講述一段故事，然後引《詩經》中的一句來作證。

這種體例在《論語》、《墨子》、《孟子》、《荀子》等先秦著作中就已出現，但就對《詩經》的注解和闡釋來說，《韓詩外傳》最為集中。漢初傳授的《詩經》有齊、魯、韓、毛四大家，齊、魯、韓三家列為學官，毛家傳於民間。在韓家所傳《詩經》及其「注」中，保存的故事有許多就是民間傳說，成為漢代學者保存、運用民間文學的又一類典型。如《韓詩外傳》第二十三章對《詩經》中「載色載笑，匪怒伊教」的闡釋，引用了舜與禹的神話傳說：

當舜之時，有苗不服。其不服者，衡山在南，岐山在北，左洞庭之波，右彭澤之水，由此險也。以其不服，禹請伐之，而舜不許，曰：「吾喻教猶未竭也。」久喻教，而有苗民請服。天下聞之，皆薄禹之義，而美舜之德。《詩》曰：載色載笑，匪怒伊教，舜之謂也。問曰：「然則禹之德不及舜乎？」曰：「非然也。禹之所以請伐者，欲彰舜之德也。故善則稱君，過則稱己，臣下之義也。假使禹為君，舜為臣，亦如此而已矣。夫禹可謂達於人臣之大禮也。」

又如其卷三第二十九章所載：

舜生於諸馮，遷於負夏，卒於鳴條，東夷之人也。文王生於岐周，卒於畢郢，西夷之人也。地之相去也，千有餘里；世之相後也，千有餘歲；然得志行乎中國，若合符節。孔子曰：「先聖後聖，其揆一也。」《詩》曰：「帝命不違，至於湯齊。」

《韓詩外傳》中保存了一些神話傳說，也保存了一些歷史傳說。如它

第四節　典籍注釋與民間文學

在多處記載了孔子的事蹟，具有濃郁的民間文學風格，可看作典型的民間傳說中的歷史人物傳說。又如卷四第一、二章以「紂作炮烙之刑」、「桀為酒池」歷史傳說的記載，作為《詩經》中「昊天大憮，予慎無辜」的闡釋。

歷史人物傳說在《韓詩外傳》中的保存所占比重最大，有些傳說成為至今仍被傳誦的作品。如著名的「孟母教子」傳說，被後世廣為傳頌，成為年畫等民間藝術的主要題材，其初保存在《韓詩外傳》卷九第一章之中：

孟子少時誦，其母方織。孟子輟然中止，乃復進。其母知其喧也，呼而問之曰：「何為中止？」對曰：「有所失復得。」其母引刀裂其織，以此誡之。自是之後，孟子不復喧矣。孟子少時，東家殺豚。孟子問其母曰：「東家殺豚何為？」母曰：「欲啖汝。」其母自悔而言，曰：「吾懷妊是子，席不正不坐，割不正不食，胎教之也。今適有知而欺之，是教之不信也。」乃買東家豚肉以食之，明不欺也。《詩》云：「宜爾子孫繩繩兮。」言賢母使子賢也。

《韓詩外傳》還曾記述了著名的《孟姜女》傳說故事，同時還保存了許多民間寓言故事，透過短小精悍的故事來喻示某種意義，如《韓詩外傳》卷九第二十七章所記：

夫鳳凰之初起也，翾翾十步之雀喔呷而笑之。及其升少陽，一詘一信，展而雲間，藩籬之雀超然自知不及遠矣。士褐衣縕著未嘗完也，糲飰之食未嘗飽也，世俗之士即以為羞耳。及其出則安百議，用則延民命，世俗之士超然自知不及遠矣，《詩》曰：「正是國人，胡不萬年！」[66]

《韓詩外傳》有一些篇章可以看出鮮明的幻想色彩，是典型的民間幻想故事，不但有生動的故事情節，敘事語言極有特色，而且有鮮明的思想情感。

---

[66] 除了此則寓言，民間寓言故事還有著名的《塞翁失馬》、《屠牛吐》等。

第三章　秦漢間俗說

如卷十第七章所載「東海勇士」故事：

東海有勇士，曰菑丘欣，以勇猛聞於天下。

過神淵，曰：「飲馬。」

其僕曰：「飲馬於此者，馬必死。」

曰：「以欣之言飲之。」

其馬果沉。菑丘欣去朝服，拔劍而入，三日三夜，殺三蛟一龍而出。

雷神隨而擊之，十日十夜，眇其左目。

要離聞之，往見之，曰：「欣在乎？」

曰：「送有（友）喪者。」

往見欣於墓。

曰：「聞雷神擊子十日十夜，眇子左目。夫天怨不全日，人怨不旋踵。至今弗報，何也？」

叱而去，墓上振憤者不可勝數。

要離歸，謂門人曰：「菑丘欣，天下之勇士也。今日我辱之人中，是其必來攻我。墓無閉門，寢無閉戶。」

菑丘欣果夜來，拔劍拄要離頸，曰：「子有死罪三。辱我以人中，死罪一也。暮不閉門，死罪二也。寢不閉戶，死罪三也。」

要離曰：「子待我一言。子有三不肖。昏暮來謁，不肖一也。拔劍不刺，不肖二也。刃先辭後，不肖三也。能殺我者，是毒藥之死耳。」

菑丘欣引劍而去曰：「嘻！所不若者，天下唯此子爾。」

傳曰：「公於目夷以辭得國，今要離以辭得身。言不可不文，猶若此乎？」

《詩》曰：「辭之懌矣，民之莫矣。」

《韓詩外傳》中所保存的民間故事，在類型上相當齊備，除了不見民間笑話，其他類型都可以看到。

經典注釋，一方面經典作品本身就是民間文學文字，一方面在解釋文字作為現象存在意義與價值的時候，以俗說俗，用民間傳說故事解釋民間傳說故事，更見其本來面目與真實性，形成中國民間文學解釋模式與重要的文化傳統。

當然，這也是其闡釋、注解經典的目的所決定的，即一切經典都為時代首先是統治階層所選擇和認同。所有的解釋，都在自然與情理之中，符合社會需求與文化規範。漢代的典籍注釋對民間文學的具體保存，明顯具有功利色彩，即注釋者難免從自己的需求出發，對那些民間文學進行刪簡或演繹，這就使民間文學失去其原始性，而發生變異。這種注釋效果，透過文化傳播滲透進民間文化，使民間文學的原型不斷發生變化，這也是民間文學史上一種重要現象。

第五節　緯書中的民間文學

緯書是中國的神學。

一個不容忽視的民間文學歷史現象是，許多神話傳說故事未必就是直接產生或承傳於遠古時代，卻影響後世極其深刻，讖緯文化是一個典型。

或者說，中國古代神話漸漸形成一條相當模糊的發展軌跡：從神話在原始信仰中產生；其逐步發展到仙話，以仙話表現神話；神話與仙話不斷糅合，衍生出具有神話意義的傳說，透過傳說保存或者解釋神話；三者共生於原始信仰，各自獨立，又相互連繫，共同發展。中國神話傳說在歷史發展中形成三個基本系統，一個是原始神話相同，如前面神話時代的內

第三章　秦漢間俗說

容；一個是神話化的神話系統，即以緯書為代表的具有仙話色彩的眾多神話；第三個系統是民間社會廣泛流傳的民間神話，不斷被衍生，或稱為神話主義的泛神話現象。直到今天，我們在中國神話學理論體系的建構中出現許多爭執，其焦點就是以偏概全，一定要用自己的一隻手遮掩自己的眼睛，也執意遮掩他人的眼睛，甚至動輒訓斥或辱罵他人！或曰，一切應該有事實作為證據。

因此，中國文化版圖中，中國神話在事實上形成了這樣一個特色鮮明、譜系清楚的文化座標。

這個階段中，緯書作為中國神學的經典，在後世演變為《搜神大全》和《神異典》，形成中國神話傳說發展歷史上具有轉折意義的一個階段，是中國神話的又一個中轉站。

中國緯書因為時代需求而產生，以讖緯等形式保存了中國文化發展中那些被正統所排斥的文化現象。或者說，在社會歷史文化發展中，民間文學有自己的運行規律，有自己的獨特價值，未必為那些急功近利之徒所認同，也未必如那些以御用為人生追求者所理解。而且，我們不得不承認，民間文學與緯書文獻互見，其連繫極其密切。如果不理解中國歷史文化發展中的緯書及其思想內容，就不能夠完整理解民間文學的發展歷史與實質價值。

換句話說，正是緯書為典型的神神鬼鬼，構成民間文學中民間信仰等十分重要的思想文化內容。

緯書是一個文化概念，是與社會文化經典即「經書」相對的文獻典籍。

它是用中國特色的神學理論對以儒學為主要內容的經典所進行的解釋方式。其具體出現在漢代初年，伴隨著以董仲舒為代表的今文經學的崛起，在兩漢交際時出現高潮。至東漢建初四年（西元79年）漢章帝親自主持召開著名的白虎觀會議，象徵著經學神化的系統性完成。讖緯法典《白

第五節　緯書中的民間文學

虎通義》作為這次會議的理論整合,從此登堂入室,深刻影響到當世及後世文化的發展。也深刻影響著後世民間文化的發展。在眾多的讖緯典籍中,包含了許多被扭曲的民間文化、民間文學,出現了典型的神話傳說宗教化、神學化的重要現象,是我們理解民間文學歷史發展的重要材料。

漢代建立的劉氏政權,在其開始年代,較為重視吸取秦代滅亡的歷史教訓,政策較為寬鬆,曾出現文景之治的繁盛局面;到漢武帝時,實行罷黜百家,獨尊儒術,更進一步加強了教化統治。漢武帝設立「五經博士」,「五經」包括《詩》、《書》、《禮》、《易》、《春秋》,後因提倡「孝治」,又加上《論語》和《孝經》,合稱為「七經」。《隋書‧經籍志》中曾提到前人「以明天人之道,知後世不能稽同其意,故別立緯及讖,以遺來世」,並記載緯書有八十一卷。讖緯之書多依託「七經」,如《詩推度災》、《尚書帝命驗》、《禮含文嘉》、《易乾鑿度》、《春秋元命苞》、《論語比考讖》、《孝經援神契》等,又有《河圖》、《洛書》等典籍,它們都保存和運用了豐富的民間傳說。

總觀其形成背景,有三種內容不可忽視,一是統治者的提倡及其運用,這是基本背景,讖緯之書能形成顯學與之息息相關;一是知識階層對經學的開拓,許多學者自覺地走與神學、政權相結合的道路,原因是相當複雜的;一是民間文化的深厚基礎以及宗教在世俗文化中的崛起,這是讖緯之學能夠流行於世的必要條件,也是讖緯之學吸取材料的重要來源。只有這三者的系統融合,才會出現讖緯文化與讖緯之學的真正繁榮。

更重要的一個問題是,讖緯之學是否完全屬於無稽之談,我們應該如何了解其文化史的意義,應該引起我們的認真思考。因為多種原因,長期以來,我們對於讖緯之書的價值沒能給予足夠的重視,而是把它簡單地拋棄、割捨在文化發展史之外。嚴格說來,讖緯之書雖在漢初具體形成,但並非漢之前就沒有讖緯之作;讖與緯是兩個不同的概念,即《四庫全書總

第三章　秦漢間俗說

目提要・易緯》中所說：「讖自讖，緯自緯，非一類也。讖者詭為隱語，預決吉凶」，「緯者，經之支流，衍及旁義」。在《史記》和《淮南子》中，曾記載秦代盧生奏《錄圖》，其為讖，而非為緯；如伏生《尚書大傳》、董仲舒《春秋繁露》等書，則是緯書而非讖書。讖緯合稱，是秦漢之後的事情，是「彌傳彌失，又益以妖妄之詞」的結果。一位學者說：「只要我們剝去緯書乃孔子撰作這層外衣，即可正確評估緯書的意義和價值。這好像基督教的《聖經》，於《舊約》、《新約》之外，還有所謂《偽經》，其中不乏富於史料或文學價值的篇章。」[67] 這是有道理的。總觀讖緯之書，它包含著符命、譴告、感應論等哲學思想，以釋帝王命歷為核心內容，同時，也融會了先秦諸子、漢世黃老方術與統治者的政治思想等內容，更包容豐富的民間文化。而其主導性內容，則明顯表現出從先秦諸子的理性主義向漢代神祕主義的大轉變。神祕主義是民間文學賴以生存的溫床，因而讖緯之作，包括「圖緯」、「緯侯」、「緯術」、「星緯」，以及眾多的「考靈曜」、「運斗樞」、「感精符」、「考異郵」等，保存了豐富的神話傳說和民間歌謠等民間文學作品，也就是自然而然的事情了。它具有百科全書的意義，是我們研究古代民間文學的重要寶庫——儘管其中有許多被扭曲的內容。

緯書的主要內容表現在三個方面，一是天文占（天人合一的哲學基礎），一是五行占（陰陽五行學說的預測功能），一是史事讖。其中最有價值，保存民間文學最集中、最豐富的部分，是「史事讖」。它以隱語、謎語、民間歌謠、怪異圖像等形式，預示未來政治局勢和社會生活將發生的變化。造讖，成為歷史上民間傳說的發生契機。「大楚興，陳勝王」、「劉秀發兵捕不到」和「千里草，何青青」是這樣，好像一切早已被上天安排好，巧合的自然現象被有意神祕化，誇張成一系列歷史的「影子」。有時，我們過於強調革命家或者野心家以此作為政治輿論工具的一面，而忽

---

[67]　李學勤：《緯書集成·序》，河北人民出版社 1994 年版。

第五節　緯書中的民間文學

視了其悠遠的民間信仰心理積澱的一面。在這裡面，包含著歷史的和文化的豐富內容，有許多機遇從這裡發生，演繹出一幕幕悲喜劇。緯書與讖記，其自身也常常成為民間傳說表現的具體內容。更多的時候，緯書與讖記成為歷史文化的漩渦，掀起一層層令人眩暈的漣漪。

緯書的基本主題是天與人之間關係的解說。

兩漢讖緯思潮有兩個高峰，堪稱「二武」，一個是漢武帝時代，一個是王莽和漢光武帝劉秀時代，這兩個時代的讖緯文化主題都是對「天意」的解說。「天意」的解說和傳達，不僅發揮了有效鞏固封建統治主要是精神統治的重要作用，而且具體影響到相關內容的民間文學的大量產生——最為典型的例子就是關於漢武帝遇仙的傳說和王莽趕劉秀的傳說，這兩則傳說成為兩漢時代民間文學的亮點。如漢武帝遇仙的傳說，我們可以在漢魏之際至晉代出現的《漢武故事》、《漢武帝內傳》和《海內十洲記》等作品中管窺其端倪。《漢武故事》今可見於魯迅的《古小說鉤沉》，其中的「金屋藏嬌」、「柏谷微行」、「東方朔行狀」頗具生活故事的傳奇色彩，諸如「會遇西王母」、「汾水悲歌」、「漢武帝死後靈異」等篇，則更多了一些幻想故事的神祕意蘊。尤其是漢武帝與西王母相遇的故事，我們可以看到當年在《山海經》中那位「虎齒」、「豹尾」、「善嘯」的司五殘的女神，此時已經變成雍容華貴、舉止端莊而且神祕莫測的女仙。《漢武故事》中的漢武帝會遇西王母故事是後世西王母神話向仙話轉化的重要見證，著名的《牛郎織女》傳說故事中有拔簪劃天河的細節，應該與此相關。遇仙不僅自武帝發生，而且其他人也有這種經歷，如前面提到的王子喬，但作為一位好大喜功的皇帝與西王母相遇，則成為後世許多作品所演繹的對象。例如《漢武帝內傳》就是從《漢武故事》中的這一節生發出來的，演繹成西王母和上元夫人向漢武帝傳道，教其修仙。《海內十洲記》又是從《漢武帝內傳》中引發出來的，它集中描繪了西王母十洲之說如何使漢武帝動心，漢武帝又

第三章　秦漢間俗說

如何把東方朔召至身邊，讓東方朔詳細講述西王母的《五嶽真形圖》以及《神州真形圖》，崑崙神話在這裡成為富麗堂皇的仙境，其中的神仙們「視之可三十許，修短得中，天姿掩藹，容顏絕世」。這是成熟的仙話。王莽和劉秀的時代讖言氾濫，在《漢書‧王莽傳》和《後漢書‧光武帝紀》中，可見到「篡漢」和「復漢」的抗爭及其中「用符命稱功德」等故事。王莽在奪取政權時，先利用武功長孟通掘自井中的一塊白石做文章，石上刻有赤字「告安漢公莽為皇帝」，又有人在長安製造「天帝行璽金匱圖」、「赤帝行璽某傳於黃帝金策書」，廣為散布「王莽為真天子」、「赤世計盡，黃德當興」、「火德銷盡，土德當興」即「革漢而立新，廢劉而立王」的輿論。劉秀利用西漢末年的社會大動盪恢復漢室，同樣利用讖言為自己做宣傳。如當時有人製造〈赤伏符〉，其中寫道：「劉秀發兵捕不到，四夷雲集龍鬥野，四七之際火為主。」於是，劉秀起兵南陽，帶二十八宿挺進中原，復興「赤漢」，就成為後世民間傳說的重要內容。至今，在河南、河北和山東一帶，還廣為流傳著「王莽趕劉秀」的傳說，甚至還有「扳倒井」、「倒栽槐」、「莽靴塚」、「螻蛄截腰」、「母騾不下駒」等風物故事具體描述劉秀起兵的艱辛、天意的必然。此外，還有「麥仁湯」等故事相伴而生，告誡為政者不要忘記艱難歲月中人民的支持。這些傳說的流傳不是偶然的，其中讖緯思潮的作用也是十分明顯的。如《後漢書‧方術列傳》中所言：「王莽矯符命，及光武尤信讖言，士之趣赴時宜者，皆馳騁爭談也。」讖緯作為一種思潮，上承巫術、圖騰和遠古神話、原始信仰，下接宗教和世俗迷信，其影響不僅表現在民間傳說諸如風水傳說、盜寶傳說的產生上，而且影響到人們的民俗生活，諸如《尚書中候》中的「赤文綠字」對建築文化中紅、綠等字與圖顯示意義的作用。所謂「綠書」即「篆」和「圖讖」，成為民間文化生活中的重要內容。由此可見讖緯直接影響到民間文化中審美機制的生成與運行。

第五節　緯書中的民間文學

在歲月的長河中，讖言（記）和緯書不斷產生，也不斷淘汰，「富貴在天，生死有（由）命」、「成事在天，謀事在人」等與之相關的俗諺，成為人們處世的信條。讖緯並非無一點益處，有時它成為樹立自強、自立、自信等人生信念的催生劑，具有辯證的色彩。但它終究不是科學，它把一切歸於超越自然、橫貫古今的「天意」，在矛盾世界中就顯得那樣脆弱，那樣蒼白無力。諸如「天理良心」，其源頭是與讖緯文化分不開的，它構成了人們保持做人道德的信念的基石，但在社會發展中為人處世如僅僅憑良心，又是何等孱弱！

讖緯的意義沒有消失，讖緯之書在不斷地消亡，這是文明遞進發展的規律。

我們總覽緯書，可以看到鄒衍五德終始學說的影響，甚至還可追溯到更遠的歷史時期，但是，一個明顯的事實是，在西漢之前沒有我們所舉的緯書。《漢書‧三統曆》中有「易九厄讖」，但並沒有見書；在《白虎通》中，我們才見到緯書的具體篇名，如《易乾鑿度》、《書刑德放》、《尚書中候》、《禮含文嘉》、《禮稽命徵》、《樂稽耀嘉》、《樂動聲儀》、《春秋潛潭巴》、《春秋元命苞》、《春秋感精符》、《春秋含文嘉》、《春秋讖》和《孝經援神契》、《孝經讖》、《論語讖》等；《論衡》和《風俗通義》中也曾記述了一些緯書。

《後漢書‧方術傳》中，緯書保存是其冰山一角，章懷太子李賢注釋文獻所保存的緯書，其篇名可見：

一、易緯（《周易》）：

〈稽覽圖〉、〈乾鑿度〉、〈坤靈圖〉、〈通卦驗〉、〈是類謀〉、〈辨終備〉。

二、書緯（《尚書》）：

〈璇璣鈐〉、〈考靈曜〉、〈刑德放〉、〈帝命驗〉、〈運期授〉。

第三章　秦漢間俗說

三、詩緯（《詩經》）：

〈推度災〉、〈記歷樞〉、〈含神霧〉。

四、禮緯（《周禮》）：

〈含文嘉〉、〈稽命徵〉、〈鬥威儀〉。

五、樂緯（《樂經》）：

〈動聲儀〉、〈稽耀嘉〉、〈汁圖徵〉。

六、孝經緯（《孝經》）：

〈援神契〉、〈鉤命決〉。

七、春秋緯（《春秋傳》）：

〈演孔圖〉、〈元命苞〉、〈文耀鉤〉、〈運斗樞〉、〈感精符〉、〈考異郵〉、〈保乾圖〉、〈漢含孳〉、〈佐助期〉、〈握誠圖〉、〈潛潭巴〉、〈說題辭〉。

緯書對神話傳說的保存，明顯經過許多加工，如那些神話中的帝王、英雄形象多與帝人相異，但這種保存與加工並不是憑空而生，而是有著民間信仰作為具體背景的。我們從鄭玄等學者的注中，也可以看到這種現象的形成。以《尚書》緯為例，我們可以看到古典神話在兩漢（東漢）時代的變形（嬗變形態之一）。在先秦典籍中，中國神話傳說的零散性保存是多種原因造成的；在《山海經》中，這種局面有所改變，但《山海經》所記述的神話傳說系統偏重於黃帝之後，以舜和禹的神話傳說最為詳細，還有帝俊系統也較為詳細。在漢代讖緯文獻中，我們看到中國古典神話好像瞬間被修補得那樣詳細，而且非常生動。如《尚書》緯類中的《尚書中候》，提到「伏羲氏有天下，龍馬負圖出於河，遂法之畫八卦。又龜書，洛出之也」，「帝軒提象，配永循機，天地休通，五行期化。河龍圖出，洛龜書威，赤文象字，以授軒轅」，「堯火德，故赤龍應焉」，「堯時，龍馬銜甲，赤文綠色，臨壇上。甲似龜背，廣袤九尺，圓理平上，五色文，有列星之

分,斗正之度,帝王錄記,興亡之數」,「堯率群臣,東沉璧於洛,退候至於下稷。赤光起,玄龜負書出,赤文成字」,「堯使禹治水,禹辭,天地重功,帝欽擇人。帝曰:『出爾命圖乃天。』禹臨河觀,有白面長人魚身,出曰:『吾河精也。』表曰:『文命治淫水,臣河圖去入淵』」,「禹治水,天賜玄矽,告厥成功也」,「夏桀無道,天雨血」,「玄鳥翔水遺卵,娀簡易拾吞,生契,封商,後萌水易」,「周文王為西伯,季秋之月甲子,赤雀銜丹書入豐鎬(鄗),止於昌戶。乃拜稽首受,取曰:『姬昌蒼帝子,亡殷者紂也』」,「黃河千年一清,聖人千年出世」等。這裡出現最多的是「河洛」和「玄龜」等自然物,即「河圖洛書」,相伴的是各種神奇的自然景觀。這是神化的自然,構成緯書中普遍存在的內容。其他還有各種星象的非凡變化、神話傳說中人物面目或體形的怪異等現象,讖緯之書正是透過這些來寓寄、昭示某種事項,或預示某種事件的發生。

近年來,讖言、緯書的整理、研究出現了一些可觀的成果,如鍾肇鵬的《讖緯論略》、冷德熙的《超越神話——緯書政治神話研究》等。河北人民出版社1994年出版的日本學者安居香山、中村璋八所輯的《緯書集成》,是目前我們所能見到的在緯書保存方面最為全備的一套叢書,為我們檢索讖緯典籍提供了很大的方便。

此外,在一些史籍文獻,諸如《史記》、《漢書》、《後漢書》、《續漢書》中,還保存著不少讖言,其中有許多讖言是以民間歌謠的形式表現出來的。

如《漢書·五行志》中的元帝時童謠:

井水溢,

滅灶煙,

灌玉堂,

流金門。

第三章　秦漢間俗說

這則歌謠被釋為王莽出世。其每一句話都有傳說做解釋的依據，即歌謠產生的傳說。

又如《漢書·五行志》所載的成帝時童謠，一首為：

燕燕尾涎涎，

張公子，

時相見。

木門倉琅根，

燕飛來，

啄皇孫，

皇孫死，

燕啄矢。

這首歌謠可與漢世關於趙飛燕的傳說連繫起來。趙飛燕何許人也？一切都要有傳說故事做解釋才更合理。

另一首歌謠同樣是講述歷史，述說傳說：

邪徑敗良田，

讒口亂善人。

桂樹華不實，

黃爵巢其顛。

故為人所羨，

今為人所憐。

如果我們僅僅從語言表面上看，是無從理解其真正所表現歷史文化內容的。

其中的「桂樹」花為赤色象徵漢家天下，「黃爵」則以王莽自謂「黃象」

第五節　緯書中的民間文學

所寓意，預示王莽顛覆西漢政權。在《後漢書・五行志》和《續漢書・五行志》中，也記述了大量的讖言歌謠，如「黃牛白腹，五銖當復」、「諧不諧，在赤眉」、「城上烏，尾畢逋」和「王莽天水童謠」等都預示著歷史。甚至《風俗通義》中一句「烏臘烏臘」，也與後世董卓「滔天虐民」而為人誅殺，「若烏臘蟲相隨」的內容連繫起來，這是中國古代民間歌謠與民間傳說相連繫的一個典型。

民間歌謠與謠言有著天然的連繫。許多學者注意到這種現象，把謠言稱為世界上最古老的傳播媒體，說「在文字出現以前，口傳媒介便是社會唯一的交流管道」，「謠言傳遞訊息，樹立或毀壞名聲，促發暴動或戰爭」，即使後來出現現代電子媒介等新媒介，「都未能使謠言煙消雲散」。所以，他們斷言，「不論是我們社會生活的哪一個領域，謠言無所不在」[68]。在歷史上，我們能夠看到許多類似的材料，諸如《明季北略》等史籍所載，明末李自成農民起義中，李岩他們就曾經使用誘餌讓兒童傳唱那些歌頌李自成起義的歌謠。在太平天國和義和團運動中，這種現象比比皆是；這也顯示歌謠作為謠言所具有的特殊意義。同樣，即使是在今天，大量的謠言與歌謠仍然存在。

民間歌謠的發生，有時並非具有多麼明顯的目的性或指示意義，而民間傳說作為闡釋工具時，民間歌謠就被賦予了特殊的意義，人們在歌謠中好像聽到了歷史的指示和時代的先聲，所以，後人把民間歌謠稱作「天籟」，一切謠言都有自己的目的。應該說，這是民間百姓對民間歌謠的鍾愛與寄意，人們渴望安寧、幸福的生活環境，憎恨暴政和動亂，透過這些歌謠來抒發自己的衷情，民間歌謠也因此成為百姓了解歷史、面向現實、直視各種矛盾的鏡子和旗幟。其中最重要的不是歌謠自身，而是歌謠的發生背景，及其在民間傳說中被賦予的某種特定意義。這種現象在先秦就

---

[68] 尚・諾埃爾・凱費洛（Jean-Noel Kapferer）著，鄭若麟譯：《謠言：世界最古老的傳媒》（*Rumeurs: Le plus vieux média du monde*），上海人民出版社 2008 年版，第 1 頁。

第三章　秦漢間俗說

有，而在漢代它的指示、寓寄意義更為豐富。這也是漢代民間文學保存的一種特色。

第六節　神廟與石刻中的民間文學

讀古代詩篇，我們常常為「燕然未勒歸無計」而感慨萬端。未勒，就是刻石作為紀念。人們相信，刻在石頭上的東西會永存，至少能夠提醒人們注意，不能忘記。所以，最早有了岩畫，後來有了不同形式的石刻、雕刻和雕塑。

在神廟中，人們需要傳遞神靈的旨意，需要使其具有權威性意義，所以採用雕塑、石刻、壁畫等形式頌揚神靈的豐功偉業。神廟就因此成為神話傳說故事的重要集散地。在墓室中，石刻與各種紋飾具有同樣的意義。

《史記・封禪書》中記述道：

余從巡祭天地諸神、名山川而封禪焉。入壽官侍祠神語，究觀方士祠官之言，於是退而論次自古以來用事於鬼神者，具見其表裏。後有君子，得以覽焉。

我們在這裡可以看到司馬遷清楚的史學意識，同時，也可以看到封神建廟和刻石等活動的實質。《史記》、《漢書》等史籍以及《風俗通義》等著作中，都記載了大量的神廟及其信仰活動、信仰內容，這顯示漢代統治者十分注重利用神廟建築宣傳自己的思想和意志，藉以製造「皇權天（神）授」等輿論，鞏固其統治。神廟的建設就是文化中心的建設，歷代統治者都是這樣，漢代也不例外。《說文解字》中提到「廟者，貌也」，即透過神像的安置，再透過相應的祭祀活動，使之成為文化輻射中心。

關於廟祀的文化建設意義，拙作《中國廟會文化》（上海文藝出版社

第六節　神廟與石刻中的民間文學

1999 年版)、《沉重的祭典：中原古廟會文化分析》(河南大學出版社 2000 年版)、《廟會與中國文化》(人民出版社 2008 年版) 等著述中已作詳細論述，此不贅說。筆者所要強調的是，神廟作為社會文化的重要集結地、集散地，不但發揮宣傳民間文化、民間文學的作用，而且對於保存民間文學也具有非常重要的正面意義。

廟祀的對象是神靈，神靈和人間社會一樣，是有等級差別的，主要分為兩大類，一類是國家祭祀的天地山川、祖先、帝王和聖賢之類的大神，稱為雅神，一類是以草木魚蟲和民間英雄為代表的俗神，或稱淫神。一般來講，雅神的信仰是排斥俗神的，而俗神信仰則更寬容一些，民間百姓按照自己的意志，依照自己的想像塑造表達自己意願的眾神。如，在《尚書・商書》中，我們可以看到「社稷宗廟，罔不祗肅」，而在《左傳》和《禮記》中，我們則能看到「民有寢廟」、「庶人祭於寢」的內容。值得我們注意的是，每一座神廟中所供奉的神像，尤其是民間信仰中的俗神，都存在著一個以民間傳說為基本內容的闡釋系統。在世間流傳的民間傳說，有許多就是透過神廟的祭祀等信仰活動廣為傳播的。每一座神廟至少伴隨著一組民間故事，包括神話、傳說等內容。漢代的廟祀制度，在某種意義上就是對民間文化、民間文學所實行的控制和管理的方式。不獨是政府介入廟祀，而且宗教力量、民間社會也都自覺參與，透過神廟的設置和管理，讓自己的意志變成民間文學的聲音。這樣，在民俗生活的文化空間中，就有了民間文學的多重聲調。在《史記・封禪書》中，我們可以看到眾多神廟的羅列，而在其背後，分明存在著許多相應的民間傳說等民間文學內容，甚至還包含著民間戲曲的萌芽。因為神廟是巫覡活動尤為集中的地方，而巫覡作為「神之子」，在戲曲起源中具有很重要的作用。戲曲包括歌唱與表演，歌唱的內容多為民間文學——以神廟為中心的民間歌唱，當然直接影響到民間戲曲的產生。這種情況，今天還可以在許多廟會上看到其存在的「痕跡」。以此相推，《史記・封禪書》中所記的「各以歲時奉祠」的神

第三章 秦漢間俗說

廟，每一類神靈在「奉祠」中都應該相伴著相應的民間文藝活動，包括民間傳說、民間戲曲等內容。如其中的各山山神、各水水神，還有郊祭諸神、皇天后土，應有盡有。其他如「日月、參辰、南北斗、熒惑、太白、歲星、填星、辰星、二十八宿、風伯、雨師、四海、九臣、十四臣、諸布、諸嚴、諸逑之屬，百有餘廟」，像社主那樣「其在秦中最小鬼神者」也在奉祀之列。每一個奉祀對象都需要解釋奉祀的原因，解釋的內容常常成為具體的神話傳說故事。這是民間文學發展的重要規律。

《漢書‧郊祀志》中，也記載許多神廟、神靈、祭祀等內容，與《史記‧封禪書》有所不同者，是它更突出了神仙傳說等內容的記述。諸如關於「自威宣燕昭使人入海求蓬萊、方丈、瀛洲三山者，其傳在渤海中」等內容均在記述之列；同時，它還提到「鬼神淫祀」、「自天地六宗以下至諸小鬼神凡千七百」，那麼，「凡千七百」則當相伴而生相當此數量的民間傳說。

在《風俗通義》中，諸鬼神信仰所列更為詳細，如鮑君神、李君神等神廟，以及各種風俗、信仰，都屬於民間傳說發生發展變化規律性內容的具體顯示。

總之，神廟興衰直接影響到民間文學，這種現象至今仍存在著。

廟祀是這樣，石刻也是這樣。漢代石刻中所保存的民間文學，以各地出土的畫像石為典型。關於這一點，已經有許多學者注意到。如 1940 年《說文月刊》曾刊載常任俠的〈重慶沙坪壩出土之石棺畫像研究〉。他在考證「人首蛇身畫像即伏羲女媧」時，對此類畫像石刻總結道：

人首蛇身畫像，漢石刻畫像中常有之。其最著者有漢武梁祠石室畫像。其第一石即畫兩人首蛇身像，兩尾相結，銘曰「伏戲倉精，初造王業」。又後石五，左石四，俱有人首蛇身交尾像。左石四所刻，一人執矩向右，一婦人執器向左，雖無銘文，然作一陽性一陰性者，均可知其為

第六節　神廟與石刻中的民間文學

伏羲與女媧也。又金陵大學中國文化研究所近印南陽漢畫，第十四圖第五十三至六十二圖，均為人首蛇身像；第六十三圖為兩人首蛇身交尾像；第六十八圖為兩人首蛇身對立像，下一巨人承之；第三圖為一人首蛇身捧月像。收集頗富。此外山東圖書館王獻唐氏，亦集嘉祥滕縣所出人首蛇身畫像石多品。曲阜近出尤多（據王氏函告，拓本俱未見）。川中發現類此畫像者，就所見尚有嘉陵江岸磐溪上無名漢闕畫像，作兩人首蛇身捧日月狀，日中有踆烏，月中有蟾蜍，與渠縣沈君闕相類。又新津寶子山畫像石，亦作兩人首蛇身交尾狀。同地所發現者，尚有一畫像漢磚，刻人首蛇身捧日輪狀，冠三尖上出，與石棺畫像相同（磚石為重慶江鶴笙君所得，墨本餘俱有之）。武梁祠與南陽各像，及川中所發現者，風格皆異，而大體相同。沙坪壩石棺畫像姿態尤為天矯。又此類畫像，中國新疆以及中央亞細亞古墓中，亦常發現。

常任俠結合古典文獻和「在苗瑤中傳說之伏羲、女媧」，研究漢畫像石刻中的神話傳說，很有見地，此當為後世學者所倡導的「三重證據法」（即文獻、文物、口述材料相結合）的重要開創者。這種研究方法，對中國現代神話學的發展有重要的促進作用，聞一多在《伏羲考》[69]中進一步借用了這種方法。細究漢代畫像石刻對民間文學的保存，誠如常任俠先生所感嘆的那樣：「傳其靈異圖像，繪於神聖殿堂、死者墟墓，有由然矣。」同時，這也是漢代民間信仰與畫風相結合的產物。如唐代張彥遠《歷代名畫記》中所說：漢明帝畫宮圖五十卷，第一起庖犧，五十雜畫贊。漢明帝雅好畫圖，別立畫官，詔博洽之士班固、賈逵輩取諸經史事。

漢代社會信奉靈魂不滅，以為在墓棺刻劃人間仙境，就能使死者在另一個世界享受到幸福，神話傳說因此就成為墓棺刻劃石像的重要題材，這也是中國民間文學在漢代被保存的一種特殊情況。在後世文物發掘整理工作中，漢畫像石的發現越來越多，更多的文物得到有效保護，漢代民間文

---

[69]《聞一多全集》，上海開明書店1948年版。

第三章 秦漢間俗說

學的保存狀況也就越來越能夠為我們全面了解[70]。同類情況還有漢墓帛畫等出土文物，其中也保存了許多漢代流傳的民間文學，成為我們研究民間文學發展歷史的重要材料。

第七節 民間戲曲是後世戲劇文學的重要源頭

漢代民間文學在中國民間文學發展史上具有特殊地位，它上承秦代之前繽紛多彩的民間文學，下啟魏晉南北朝民間文學的大發展、大融合、大交流。相對而言，漢代社會歷史文化的發展處於統一狀態，是漢民族歷史文化具體形成的關鍵時期，這一時期的民間文學可看作對前代各歷史時期民間文學的整理，和先秦時期的民間文學一樣，具有元典意義。認識和理解漢代民間文學的發展歷史，不能僅僅局限於文獻，我們還要注意到文物發掘所提供的新材料，同樣，還要注意到民間文化的田野作業，尤其要注意到漢代各種文化生活的複雜變化，諸如道教的興起、佛教的傳入，以及農民起義對宗教的利用、文士階層知識結構與意識形態所發生的變化，這些內容都具體影響到漢代民間文學的形成和變化。同時，我們不僅要關注漢代的文獻對民間文學的直接紀錄，而且要注意後世典籍中對漢代民間文學的追憶或追記。像《西京雜記》這類典籍，就是對漢代民間文學的追記，但它不可避免地刻上漢代之後的烙印。甄別和辨偽，就成為我們的一項重要任務。尤其是漢代戲曲文化的發展，應看作中國戲劇的源頭，而許多學者忽略了這個事實。在以上論述中，我們也較多論述了秦漢時代的民歌、諺語、神話、傳說、故事等體裁，而對民間曲藝等具有表演內容的作品論及較少，其主要原因是限於相關的記述嚴重不足。但在一些典籍中，

---

[70] 如河南省南陽市專門建立「南陽漢畫像館」，集中收藏漢畫像石，成為中國研究漢畫像石刻內容的重要基地。近年來，文物出版社集中出版了一批漢畫像石的專集和專著，這裡不一一詳述。

第七節　民間戲曲是後世戲劇文學的重要源頭

我們仍可以管窺到這部分內容。如《韓非子·外儲說左上》中，已經有皮影戲或影戲雛形之類內容的記述：

> 客有為周君畫筴者，三年而成，君觀之，與髹筴者同狀，周君大怒。畫筴者曰：「築十版之牆，鑿八尺之牖，而以日始出時加之其上而觀。」周君為之，望見其狀盡成龍蛇禽獸車馬，萬物之狀備具。周君大悅。

漢代方術盛行，「天下懷協道藝之士，莫不負策抵掌，順風而屆焉」（《後漢書·方術列傳》），戲曲和曲藝的發展必然與之相連繫。如《史記·孝武本紀》中所提及的「夫人卒，少翁以方術蓋夜致王夫人及灶鬼之貌云，天子自帷中望見焉」，《漢書·郊祀志》中也提到類似內容。「致其神」即「夜張燈燭」、「夜設燭張幄」，這固然是「方士巧妄之偽」（《論衡·自然》），但確實是影戲的萌芽或雛形。所以宋代學者高承在《事物紀原》卷九「影戲」中把《漢書·郊祀志》和《漢書·外戚傳》中的「李夫人故事」作為「影戲」之源：

> 故老相承，言影戲之原，出於漢武帝李夫人之亡，齊人少翁言能致其魂。上念夫人無已，乃使致之。少翁夜為方帷，張燈燭，帝坐它帳，自帳中望見之，彷彿夫人像也，蓋不得就視之。由是世間有影戲，歷代無所見。

漢代民間文學藝術的發展，應該說離不開民間曲藝、民間戲曲作為傳播媒介，這對神話傳說和民間故事的傳播具有非常重要的促進作用。後世出土的文物，諸如「說書俑」之類，可以作為漢代民間曲藝的重要見證，從中我們可以看到漢代民間文學藝術「史蹟」之豐富。如1958年第1期《考古學報》所載劉志遠文章〈成都天回山崖墓清理記〉，其中記述一尊「擊鼓俑」，它「頭上著巾，戴笄，額前有花飾。大腹豐凸，赤膊上有瓔珞珠飾」，其「左臂環抱一鼓，右臂向前平伸，手中握鼓棰欲擊」，「面部表情幽默風生，額前皺紋數道，張口露齒」。這可以顯示在漢代已經有了較為

第三章 秦漢間俗說

成熟的曲藝藝術,這是中國民間文學史上一個重要階段的象徵。同時,這也說明,荀子的「成相辭」作為民間文藝形式在先秦時期的出現,也絕非偶然,在它之前,還當有更為久遠的曲藝以雛形作為其背景存在。此後,「說書俑」、「說唱俑」等漢代文物不斷被發現,如1979年在江蘇揚州邗江胡場1號兩漢墓中所發掘的兩件木質「說書俑」,一件為「老翁」,一件「頭有髻」。這與四川成都所發現的「擊鼓俑」相應,顯示漢代「藝俑」的出現是有著普遍的流傳背景的。再與漢代史籍中所載的「王夫人」、「李夫人」形象相比,都說明漢代民間曲藝流傳之廣。《舊唐書·音樂志》中曾提到「作偶人以戲,善歌舞,本喪家樂,漢末始用之於嘉會」,這並不是憑空而論,而是有著深遠的口承傳統。由此,我們可以連繫到《西京雜記》中所追述的「角抵之戲」:有東海人黃公,少時為術,能制蛇御虎;佩赤金刀,以絳繒束髮;立興雲霧,坐成山河。及衰老,氣力羸憊,飲酒過度,不能復行其術。秦末有白虎見於東海,黃公乃以赤刀往厭之。術既不行,遂為虎所殺。三輔人,俗用以為戲。漢帝亦取以為角觝之戲焉。

關鍵的內容在於「俗用以為戲」。《西京雜記》並不是杜撰出來的。「角抵戲」在《漢書》中就曾提及;張衡的〈西京賦〉描述得更詳細:

臨迴望之廣場,程角觝之妙戲。烏獲扛鼎,都盧尋橦。衝狹燕濯,胸突銛鋒。九劍之揮霍,若索上而相逢……總會仙唱,戲豹舞羆;白虎鼓瑟,蒼龍吹篪。女娥坐而長歌,聲清暢而委蛇……巨獸百尋,是為蔓延。

神山崔巍,欻從背見。熊虎升而拏攫,猨狖超而高援……奇幻倏忽,易貌分形;吞刀吐火,雲霧杳冥。畫地成川,流渭通涇。東海黃公,赤刀粵祝。

冀厭白虎,卒不能救。挾邪作蠱,於是不售。爾乃建戲車,樹修旃,侲僮程材,上下翩翻。突倒投而跟,譬隕絕而後聯。百馬同轡,騁足並馳。橦末之伎,態不可彌……

王國維在《戲曲考原》中說：「漢之角抵，於魚龍百戲外，兼搬演古人物。」但是，他又把張衡所述的「東海黃公」，說成是「所演者實仙怪之事，不得云故事也」，即不作戲曲看待。這種見解至今尚有代表性，許多學者無視民間戲曲的發展，硬要把雅化即文人化的戲曲出現看作其起源。那麼，民間戲曲就不是戲曲嗎？

第八節　漢代民間故事的重要特點

故事的基本功能在於對一定的事物作出合理的解釋與敘述，其中的人物、時間、地點與事件（包括原因、過程、結果）被完整表現出來，形成模式化的「口頭文字」。

漢代經歷過秦末農民起義的大動盪之後，統治者採取了一系列便民、利民的休養生息之類政治策略，恢復傾聽民間社會呼聲的「樂府制度」等措施，此時的社會一度出現了「文景之治」的盛況。所以，民間故事作為「秦漢間俗說」的典型形態，應運而生，既是歷史傳統的繼承者，又是時代的記錄者，也是新時期歷史具有文化復興意義的出發點，其傳達的故事顯示出特殊的代表性和解釋性意義。

代表性和解釋性：一是重說，熱剩飯，對以往的民間傳說故事繼續述說，賦予時代的意義；一是新說，開新灶，講述漢代社會的「這一個」。這是民間文學發展變化的普遍規律。

其代表性和解釋性意義主要表現在對於一些傳統節日形成的具體闡釋，包括故事內容中所顯示的風俗實質（信仰對象與信仰功能）與風俗符號（標記）。如對於介子推傳說與寒食節形成的故事，其中的介子推救晉文公有功而未得到獎賞的故事並不是在漢代才流傳，此內容最早見之於

第三章　秦漢間俗說

《左傳·僖公二十四年》「介子推不言祿」所述「晉侯賞從亡者，介子推不言祿，祿亦弗及。推……遂隱而死。晉侯求之不獲，以綿上為之田，曰：以志吾過，且旌善人」。其後，見之於《莊子·盜跖》「介子推」中「介子推至忠義，自割其股以食文公。文公後背之，子推怒而去，抱木而燔死」條。其中的〈龍蛇之歌〉等內容，具體見之於《呂氏春秋·季冬紀·介立》中「晉文公反國，介子推不肯受賞」，有介子推為賦詩曰：「有龍於飛，周遍天下，五蛇從之，為之丞輔。龍返其鄉，得其所處。四蛇從之，得其露雨。一蛇羞之，橋死於中野。」當然，我們未必就把這首歌曲看作實有其事。其後有「懸書公門而伏於山下。文公聞之曰：譆！此必介子推也。避舍變服，令士庶人曰：有能得介子推者爵上卿，田百萬。或遇之山中，負釜蓋簦，問焉，曰：請問介子推安在？應之曰：夫介子推苟不欲見而欲隱，吾獨焉知之。遂背而行，終身不見」。顯然，這裡只是介子推故事的講述，與寒食節並沒有什麼具體的連繫。

漢代社會的各種文化環境都發生重要變化，介子推故事繼續流傳的同時，也被進一步表述為相異於歷史的時代內容。如《說苑·復恩》「介子推」：

文公即位，賞不及推。推母曰：「盍亦求之？」推曰：「尤而效之，罪又甚焉。且出怨言，不食其食。」其母曰：「亦使知之。」推曰：「言，身之文也，身將隱，安用文？」其母曰：「能如是，與若俱隱。」至死不復見。……（文公）使人召之則亡，遂求其所在，聞其入綿上山中。於是文公表綿上山中而封之，以為介推田，號曰介山。

又《新序·節士》「介子推」：

晉文公返國，酌士大夫酒，召咎犯而將之，召艾陵而相之，授田百萬。

介子推無爵齒而就位……遂去而之介山之上。文公使人求之，不得，為之避寢三月，號呼期年。……文公待之不肯出，求之不能得，以謂焚其

第八節 漢代民間故事的重要特點

山宜出。及焚其山，遂不出而焚死。

再如蔡邕撰《琴操》卷下「五月五日禁火」：

〈龍蛇歌〉者，介子綏所作也。晉文公重耳，與子綏俱亡。子綏割其腕股，以救重耳。重耳復國，舅犯、趙衰俱蒙厚賞，子綏獨無所得。綏甚怨恨，乃作〈龍蛇之歌〉以感之，遂遁入山。……文公驚悟，即遣求，得於綿山之下。使者奉節迎之，終不肯出。文公令燔山求之，火熒自出。子綏遂抱木而燒死。文公哀之，流涕歸，令民五月五日不得舉發火。

《說苑》與《新序》對同一故事的記述是有區別的，主要表現在敘述的點上，但故事的內容是一致的，一個強調「不食其食」，一個強調「焚山而死」。

而作為「禁火」與寒食的節日內容被完整呈現，〈龍蛇歌〉的出現並沒有成為蔡邕撰《琴操》的一個文化亮點，亮點在於對「令民五月五日不得舉發火」的追憶性描述，無疑，這種遲到的解釋以「不舉火」在漢代成為重要的代表，即寒食節的歷史出發點。如果我們深入漢代社會農耕文明的發展相對迅速和歷史上不斷出現農業生產繁榮等條件來看，「不舉火」恰恰是時代的訴求，是農業文明迅速發展需要更加豐富的節日系統所表現出的文化建設象徵。

漢代社會非常重視文化傳統的修復與發揚，有許多傳統民間故事被重新述說，一些民間傳說與民間故事被賦予新的含義。

如著名的「螳螂捕蟬，黃雀在後」的故事，其模型最早出現於《莊子·山木》「遊雕陵」：

莊周遊乎雕陵之樊，睹一異鵲自南方來者，翼廣七尺，目大運寸，感周之顙而集於栗林。莊周曰：「此何鳥哉，翼殷不逝，目大不睹？」蹇裳躩步，執彈而留之。睹一蟬，方得美蔭而忘其身；螳螂執翳而搏之，見得

第三章　秦漢間俗說

而忘其形；異鵲從而利之，見利而忘其真。莊周怵然曰：「噫！物固相累，二類相召也！」捐彈而反走，虞人逐而誶之。

《韓詩外傳》卷十第二十一章「螳螂食蟬」描述為：

園中有榆，其上有蟬。蟬方奮翼悲鳴，欲飲清露，不知螳螂之在後，曲其頸，欲攫而食之也。螳螂方欲食蟬，而不知黃雀在後，舉其頸，欲啄而食之也。黃雀方欲食螳螂，不知童子挾彈丸在下，迎而欲彈之。童子方欲彈黃雀，不知前有深坑，後有掘株也。此皆言前之利，而不顧後害者也。非獨昆蟲眾庶若此也，人主亦然。君今知貪彼之士，而樂其士卒。

《說苑》卷九〈正諫〉「螳螂捕蟬」描述為：

園中有樹，其上有蟬。蟬高居悲鳴飲露，不知螳螂在其後也。螳螂委身曲附欲取蟬，而不知黃雀在其傍也。黃雀延頸欲啄螳螂，而不知彈丸在其下也。此三者皆務欲得其前利而不顧其後之有患也。

射獵是中國古代最重要的體能行為之一，可以考驗人的能力與膽量，出現許多著名的射虎故事。其首見於《呂氏春秋·季秋紀·精通》中「養由基射石」，此時《韓詩外傳》卷六「熊渠子射石」描述為：

勇士一呼而三軍皆避，士之誠也。昔者楚熊渠子夜行，見寢石以為伏虎，彎弓而射之，沒金飲羽，下視知其石也，因復射之，矢躍無跡。熊渠子見其誠心，而金石為之開，而況人乎？

劉向撰《新序·雜事四》「熊渠子射石」與此則基本相同。《論衡》卷八〈儒增〉「射石飲羽」描述為：

儒書言：楚熊渠子出，見寢石，以為伏虎，將弓射之，矢沒其衛。或曰：養由基見寢石，以為兕也，射之，矢飲羽。或言李廣。便是熊渠、養由基、李廣主名不審，無實也。

在司馬遷《史記》卷一〇九〈李將軍列傳〉「李廣射石」則轉換李廣為

第八節　漢代民間故事的重要特點

主角,代替了「熊渠子射石」:

（李）廣出獵,見草中石,以為虎而射之,中石沒鏃,視之石也。因復更射之,終不能復入石矣。

班固撰《漢書》卷五十四〈李廣蘇建傳〉「射石沒矢」與《史記》的此則相同,僅個別字句有出入。李廣是漢武帝時代著名的英雄,因為武藝超群,受到人們的景仰,卻也出現「李廣難封」的悲劇。但是,李廣畢竟不同於「熊渠子射石」,儘管他被「箭垛化」,他還是漢代的傳說中人物。

與李廣相似的還有東方朔,也是一個被「箭垛化」的人物。如東方朔與「不死藥」的故事。不死是一個文化概念,也是一個社會概念。作為文化概念,包含著仙話的內容,人們超越生命時空的強烈嚮往與想像。作為社會概念,是一種具有宗教文化色彩的活動儀式,一種靈魂存在的社會形態顯示與表達。漢代社會黃老之術興旺,此類故事屢見不鮮。此同類故事在《韓非子‧說林》上「不死之藥」中被記述為「有獻不死之藥於荊王者,謁者操之以入。中射之士問曰:可食乎?曰:可。因奪而食之。王大怒,使人殺中故食之。是臣無罪,而罪在謁者也。且客獻不死之藥,臣食之而王殺臣,是死藥也,是客欺王也。夫殺無罪之臣,臣食人之欺王也,不如釋臣。王乃不殺」。這種結局也成為一種被循環的模式,存在於後世同類傳說故事中。

如《太平御覽》引《漢武帝故事》記述為:

（漢武）帝齋七日,遣欒賓將男女數十人至君山,得酒,欲飲之;東方朔曰:「臣識此酒,請視之。」因即便飲。帝欲殺之,朔曰:「殺朔若死,此為不驗;如其有驗,殺亦不死。」帝赦之。

這一時期有許多民間傳說故事被具體化、格式化,即在流傳中被定型為某種包含特殊意蘊與固定情節。這在中國民間文學史上是一個非常重要

第三章　秦漢間俗說

的問題，猶如文化的重新整合與集結，使得文化自身不斷得到生機。也就是說，變異性使得民間傳說故事更加豐富。如著名的孟姜女哭長城故事，在這一時期的流傳更具有特殊意義。

早在先秦之前，《左傳·襄公二十三年》「齊侯弔杞」即記述「齊侯還自晉，不入。遂襲莒……莒子親鼓之，從而伐之，獲杞梁。……齊侯歸，遇杞梁之妻於郊，使弔之。辭曰：殖之有罪，何辱命焉？若免於罪，猶有先人之敝廬在，下妾不得與郊弔。齊侯弔諸其室」，《禮記·檀弓下》記述有「齊莊公襲莒於奪，杞梁死焉。其妻迎其柩於路，而哭之哀」，《孟子·告子下》記述為「華周、杞梁之妻，善哭其夫，而變國俗」。劉向撰《說苑·善說》「杞梁妻哭城」中，記述為「昔杞梁戰而死，其妻悲之，向城而哭，隅為之崩，城為之阤」。也就是說，這一時期雖然還沒有具體出現孟姜女與秦始皇之間的糾葛，但是，其傳統故事框架已經成熟，為後來的架構奠定了基礎。

劉向《列女傳》卷三《仁智傳·齊杞梁妻》更詳細記述為：

齊杞，梁殖之妻也。莊公襲莒，殖戰而死。莊公歸，遇其妻，使使者弔之於路。杞梁妻曰：「今殖有罪，君何辱命焉？若令殖免於罪，則賤妾有先人之弊廬在下，妾不得與郊弔。」於是莊公乃還車詣其室，成禮然後去。杞梁之妻無子，內外皆無五屬之親。既無所歸，乃枕其夫之屍於城下而哭。內誠動人，道路過者，莫不為之揮涕，十日而城為之崩。既葬，曰：「吾何歸矣！夫婦人必有所倚者也，父在則倚父，夫在則倚夫，子在則倚子。今吾上則無父，中則無夫，下則無子，內無所依以見吾誠，外在所倚以立吾節，吾豈能更二哉？亦死而已。」遂赴淄水而死。君子謂杞梁之妻貞而知禮。《詩》云：「我心傷悲，聊與子同歸。」此之謂也。

頌曰：杞梁戰死，其妻收喪。齊莊道弔，避不敢當。哭夫於城，城為之崩。自以無親，赴淄而薨。

第八節　漢代民間故事的重要特點

　　這一時期出現許多表現當世社會生活的民間傳說故事，一切都是時勢造就，前面所舉到的董永故事如此，著名的「塞翁失馬，焉知非福」故事也是如此。董永故事的核心在於賣身，次主題在於男耕女織，都是漢代社會條件下莊園經濟發展所鋪設的環境條件。其中出現胡人入塞與「父子相保」之類的情節，這便是漢代兵制與對外戰爭生活等內容的展現。劉安《淮南子・人間訓》「塞翁失馬」：

　　近塞上之人，有善術者，馬無故亡而入胡，人皆弔之，其父曰：「此何遽不為福乎？」居數月，其馬將胡駿馬而歸，人皆賀之。其父曰：「此何遽不能為禍乎？」家富良馬，其子好騎，墮而折其髀，人皆弔之。其父曰：「此何遽不為福乎？」居一年，胡人大入塞，丁壯者引弦而戰，近塞之人，死者十九。此獨以跛之故，父子相保。

　　劉向《說苑》佚文「北塞上之人亡馬」記述為：

　　北塞上之人，其馬亡入胡中，人皆弔之，其父曰：「此何詎知不為福。」

　　居數月，其馬將胡駿馬而歸，人皆賀之。其父曰：「此何詎知不為禍。」家富馬良，其子好騎，墮而折髀，人皆弔之。其父曰：「此何詎知不為福。」居一年，胡夷大出虜，丁壯者皆控弦而戰，塞上之人，死者十九，此子獨以跛故，父子相保。

　　中國歷史文化傳統表現出鮮明的天人相應、天人合一的社會發展觀念，人們把大自然的奇異變化歸之為上天對人間的懲罰與昭示。這一時期出現許多關於自然現象異常等內容的傳說，諸如《淮南子・真訓》「歷陽沒為湖」的記載：「歷陽之都，一夕反而為湖，勇力聖知與罷怯不肖者同命。」在後來的高誘《淮南子注》中被更詳細地記述：

　　歷陽，淮南國之縣名，今屬江都。昔有老嫗，常行仁義。有二諸生過之，謂曰：「此國當沒為湖。」謂嫗：「視東城門閫有血，便走上北山，勿

第三章　秦漢間俗說

顧也。」自此，嫗便往視門閫，閽者問之，嫗對曰如是。其暮，門吏故殺雞，血塗門閫。明旦，老嫗早往視門，見血，便上北山，國沒為湖。與門吏言其事適一宿耳，一夕旦而為湖也。

　　湖陷落傳說中的遇見「血」即出現大災難的情節在後世被不斷重複顯示，成為一些洪水傳說、兄妹婚故事、天地再造和移民等傳說故事的重要轉折性內容。血崇拜背後的內容非常複雜，諸如各種相關的信仰問題，都值得我們深思。

　　這一時期還出現一些具有公案色彩的故事，從一個方面表現出現實社會中法制與世俗（風俗）的連繫。如班固撰《漢書》卷七十六〈張敞傳〉「偷長（盜賊頭目）汙赭捕盜」，這是一個智慧故事。其具體講述某夜有一夥強盜到一富家進行搶劫，將富人家裡的人全都抓了起來。有一個婢女裝作舉燭為強盜照明的樣子，便於他們開箱，搶走財富。同時，婢女故意將蠟燭的油脂滴在這些強盜的衣服上，而不使他們發覺。等到後來報告官府，憑盜賊身上的燭淚痕跡，很快將這些強盜捉拿歸案。

　　一個社會的風俗是民間文學存在的重要背景，甚至成為民間文學生活所存在的土壤。其中的每一個細節都可能是重大社會事件的具體映現。

　　《風俗通義·陰教》記述道：

齊人有女，二人求之。東家子醜而富，西家子好而貧。

父母疑不能決，問其女，定所欲適：「難指斥言者，偏袒，令我知之。」

女便兩袒。

怪問其故，云：「欲東家食，西家宿。」此為兩袒者也。

　　應該說，這是漢代婚姻風俗形態即崇尚財富社會風尚的具體表現。包括前面舉例提到的應劭《風俗通義》「潁川富室」中因為兒子所有權的爭執形成官司，都是從不同方面對漢代社會風俗生活的具體表現。這些故事都

第八節　漢代民間故事的重要特點

深刻影響到後世民間文學主題生成與變異的內容，成為許多民間戲曲矛盾衝突的主體。

再者是當時出現了許多富有時代特點的神仙故事與佛教故事。漢代社會的文化復興，特別是在其後期，除了人文社會的圖書整理、文化活動多種多樣等現象，在民間社會具體呈現出日益激烈的宗教文化相互爭奪文化空間。一方面是神仙傳說的廣泛流行，一方面是佛教文化以高文典冊的形式逐步走進民間社會。尤其是佛教文化的傳入，對後世的民間文學發展變化產生了非常重要的影響作用，儘管這一時期的佛教文化還沒有形成極大的規模。

其中的神仙故事以《風俗通義》中所舉故事為例，可以從不同方面看到漢代社會民間信仰的生成過程，與人們對待神靈信仰的不同態度與選擇方式。這是漢代社會風俗生活最直接的展現。

《風俗通義‧怪神》「李君神」：

汝南南頓張助，於田中種禾，見李核，意欲持去。顧見空桑中有土，因植種，以餘漿溉灌。後人見桑中反覆生李，轉相告語，有病目痛者，息陰下，言：「李君令我目癒，謝以一豚。」目痛小疾，亦行自癒。眾犬吠聲，因盲者得視，遠近翕赫。其下車騎常數千百，酒肉滂沱。間一歲餘，張助遠出來還，見之，驚云：「此有何神，乃我所種耳。」因就斬也。

《風俗通義‧怪神》「石賢士神」：

汝南汝陽彭氏墓路頭立一石人，在石獸後。田家老母到市買數片餌，暑熱行疲，頓息石人下。小瞑，遺一片餌去，忽不自覺。行道人有見者，時客適會，問何因有是餌，客聊調之：「石人能治病，癒者來謝之。」轉語：「頭痛者摩石人頭，腹痛者摩其腹，亦還自摩，他處於此。」凡人病自癒者，因言得其福力，號曰「賢士」。輜輧轂擊，帷帳絳天，絲竹之音，聞數十里。尉部常往護視，數年亦自歇，末復其故矣。

第三章　秦漢間俗說

《風俗通義·怪神》「山神取公嫗」：

九江逡道有唐居山。名有神。眾巫共為取公嫗。歲易，男不得復娶，女不得復嫁。百姓苦之。時太守宋均到官。主者白出錢，給聘男女。均曰：「眾巫與神合契，知其旨欲，卒取小民不相當。」於是敕條巫家男女以備公嫗，巫扣頭服罪，乃殺之，是後遂絕。

其中的「李君神」、「石賢士神」、「山神取公嫗」各具特色；「李君神」和「石賢士神」都是述說人神之間的連繫，講述愚昧與迷信是由盲目崇拜所形成的，意在告誡民眾與社會要有清醒的頭腦；「山神取公嫗」則是揭穿巫婆如何愚弄社會伎倆與危害，同樣意在告誡人們反抗邪惡勢力利用惡俗愚弄他人，應該是西門豹故事的同類型。這是中國民間文學史上極富有科學和文明意義的內容。

佛教故事在漢代社會末期的出現，作為文獻保存的意義肯定大於其社會流傳的影響作用。但是，這畢竟表現出漢代末年佛教文化的存在狀況。

一般文獻顯示，佛教文化大規模傳入中國是在東漢永平九年。東漢社會末年出現漢譯佛經《雜譬喻經》，即以譬喻故事彰顯佛理，有多種版本，西土賢聖集、吳康僧會譯的《舊雜譬喻經》，比丘道略集、秦羅什譯的《雜譬喻經》（又名《眾經撰雜譬喻經》），後漢支婁迦讖譯的《雜譬喻經》，或為佚名譯。譬喻的形式傳說由釋迦牟尼首創，他在舍衛城為勝光王即波斯匿王講了一個譬喻，說從前有一人獲罪於王而畏罪潛逃，國王命令一隻醉象或無常虎去追他；這個人驚慌之中墮入一個枯井，他在井壁半空處發現了井底有凶惡的龍，正吐出毒汁。他急中生智，緊緊抓住井壁上的一把草，以防墜井。而此時剛好有黑、白二隻老鼠啃井壁上的草，眼看草就要被啃斷；又有象或虎在他頭上，時刻準備用鼻子襲擊他。忽然，他頭頂上出現一棵樹，樹上有蜂窩，蜂蜜不斷落到這個人的口中，使他暫忘危險處境。在民間文學史上，這個故事的內容不會太重要，重要的是其文

體形式深刻影響到後世民間文學眾多體裁。

如《雜譬喻經》卷二十六「捕鳥師」：

昔有捕鳥師，張羅網於澤上，以鳥所食物著其中。眾鳥命侶競來食之。鳥師引其網，眾鳥盡墮網中。時有一鳥，大而多力，身舉此網，與眾鳥俱飛而去。鳥師視影，隨而逐之，有人謂鳥師曰：「鳥飛虛空，而汝步逐，何其愚哉。」鳥師答曰：「不如是告。彼鳥日暮，要求棲宿，進趣不同，如是當墮。」其人故逐不止，日以轉暮，仰觀眾鳥，翻飛爭競，或欲趣東，或欲趣西，或望長林，或欲赴淵。如是不已，須臾便墮。鳥師遂得次而殺之。

又如《雜譬喻經》中〈甕中影〉記述：

昔有長者子，新迎婦，甚相愛敬。夫語婦言：「卿入廚中，取蒲桃酒來共飲之。」婦往開甕，自見影在此甕中，謂更有女人，大恚，還語夫言：「汝自有婦，藏著甕中，復迎我為？」夫自入廚視之，開甕見己身影，逆恚其婦，謂藏男子。二人更相忿恚，各自呼實。有一梵志，與此長者子素情親厚，遇與相見夫婦鬥，問其所由。復往視之，亦見身影。恚恨長者：「自有親厚藏甕中，而佯共鬥乎！」即便捨去。復有一比丘尼，長者所奉，聞其所諍如是，便往視甕中有比丘尼，亦恚捨去。須臾，有道人亦往視之，知為是影耳，喟然嘆曰：「世人愚惑，以空為實也！」呼婦共入視之，道人曰：「吾當為汝出甕中人！」取一大石，打壞甕，酒盡，了無所有。二人意解，知定身影，各懷慚愧。

譬喻成為文體，不僅豐富了中國民間文學的內容，而且刺激許多民間文學形式。正由於漢代社會具有寬闊的文化胸襟與日益繁多的文化訴求，才能夠出現佛教文化以民間文學形式發生的湧動。

考察民間文學發展的歷史，若單從所謂正統文獻即文人化的視野出發，許多有珍貴價值的民間文學將被拋棄。秦漢間的「俗說」，其實就是

第三章　秦漢間俗說

最珍貴的民間文學，是我們寶貴的精神財富、難得的藝術遺產，它在整個中國文化史上具有承前啟後的意義。

秦漢時代的民間文學從來不是一塵不染，其良莠並存，泥沙俱下。讖緯、巫術、方士方術以及一些邪教，固然可以看作時代的特色，卻不能視作中國文化的前途。它也提出了許多新的命題，即中國文化的發展方向何在？

如何避免各種文化衝突並建構一個時代的精神文化大廈？民眾的訴求與民間信仰在社會發展中的位置如何？

此時，道教和佛教在漢代末年開始有了大的發展，但是，除了道教為黃巾軍起義所用，提出「蒼天（漢）已死，黃天（角）當立，歲在甲子，天下大吉」，佛教在當時還遠未形成大的規模。漢順帝時，于吉將《太平青領書》一百七十卷獻給朝廷，「專以奉天地順五行為本」，之後，太平青領教分為五斗米道（張陵）和太平道（張角）。道教曾獨領風騷，佛教望塵莫及。秦時天竺國阿育王大弘佛法，派人四處傳教，在漢武帝通西域之後，哀帝元壽元年曾有大月氏使臣伊存來朝，影響博士弟子景盧。於是，佛才作為讖緯的輔助者在中國流傳，以浮屠經面目出現，至漢明帝永平年間佛教的流傳始見於典籍，桓帝時出現了「或言老子入夷狄為浮屠」的宗教謠言；此後，牟融作《理惑論》，引發張騫十二人至大月氏寫佛經《四十二章經》，以及歸來建造洛陽白馬寺的文化事件，印度文化也逐漸傳入中國。但是，佛教在兩漢時代並未形成大氣候，後人動輒把漢代民間文學歸之於佛教的影響，應是對這段歷史缺乏真正的理解。也就是說，漢代之前的民間文學，整體上來看，是古典意義上的本土文化；進入魏晉南北朝這一非凡的歷史時期，這種意義上的文化格局才被真正打破。

第八節　漢代民間故事的重要特點

飛龍在天，先秦兩漢民間文藝與思想變化：

從上古巫辭到漢代俗說，追溯先秦兩漢的信仰、歌謠與思想構造

作　者：	高有鵬
發 行 人：	黃振庭
出 版 者：	複刻文化事業有限公司
發 行 者：	崧燁文化事業有限公司
E－m a i l：	sonbookservice@gmail.com
粉 絲 頁：	https://www.facebook.com/sonbookss/
網　　址：	https://sonbook.net/
地　　址：	台北市中正區重慶南路一段 61 號 8 樓
	8F., No.61, Sec. 1, Chongqing S. Rd., Zhongzheng Dist., Taipei City 100, Taiwan
電　　話：	(02)2370-3310
傳　　真：	(02)2388-1990
印　　刷：	京峯數位服務有限公司
律師顧問：	廣華律師事務所 張珮琦律師

-版 權 聲 明-

本書版權為淞博數字科技所有授權複刻文化事業有限公司獨家發行繁體字版電子書及紙本書。若有其他相關權利及授權需求請與本公司聯繫。

未經書面許可，不得複製、發行。

定　　價：450 元
發行日期：2025 年 08 月第一版
◎本書以 POD 印製

國家圖書館出版品預行編目資料

飛龍在天,先秦兩漢民間文藝與思想變化:從上古巫辭到漢代俗說,追溯先秦兩漢的信仰、歌謠與思想構造 / 高有鵬 著 . -- 第一版 . -- 臺北市：複刻文化事業有限公司, 2025.08
面；　公分
POD 版
ISBN 978-626-428-204-8(平裝)
1.CST: 中國文學史 2.CST: 先秦文學 3.CST: 漢代文學 4.CST: 文學評論
820.9　　　　114010267

電子書購買

爽讀 APP　　臉書